Barbara Taylor Bradford

Tage des Schicksals

BARBARA TAYLOR
BRADFORD

Tage des Schicksals

Roman

Aus dem Englischen
von Beate Darius

Marion von Schröder

Die Originalausgabe erschien 2008
unter dem Titel *Being Elizabeth*
bei HarperCollins Publishers, London

Marion von Schröder ist ein Verlag
der Ullstein Buchverlage GmbH

ISBN 978-3-547-71115-8

Gesetzt aus der Goudy Old Style
bei Pinkuin Satz und Datentechnik, Berlin
Druck und Bindearbeiten: CPI – Clausen & Bosse, Leck
Printed in Germany

ERSTER TEIL

Das Schicksal umarmen

»Ich schlief und träumte, das Leben sei Spaß,
Ich erwachte und sah, das Leben war Ernst.
Ich handelte, und siehe da,
Der Ernst machte Spaß.
Rabindranath Tagore

»Ich beuge mich, doch zerbreche ich nicht.«
Jean de la Fontaine

»Arbeit macht mehr Spaß als das Vergnügen.«
Noël Coward

1

Sie ist tot!«

Cecil Williams kam in das Esszimmer von Ravenscar gestürzt.

Elizabeth Turner sprang unwillkürlich auf. »*Wann?*«, fragte sie mit plötzlich angespannter Stimme, den Blick auf Cecils Gesicht gerichtet.

»Heute Morgen, in aller Herrgottsfrühe. Kurz vor Sonnenaufgang, um genau zu sein.«

Elizabeth kämpfte mit ihren aufwallenden Emotionen; obwohl mit dieser Nachricht schon lange zu rechnen war, hatte sie fast nicht mehr daran geglaubt. Sie brauchte einen Augenblick, um Cecils Worte zu verarbeiten, bevor sie erklärte: »Dazu gibt es nicht viel zu sagen, oder, Cecil? Eigentlich gar nichts, und es hätte auch nicht viel Sinn. Ich bin nicht so scheinheilig zu behaupten, dass es mir großartig leidtut um sie.«

»Mir auch nicht. Ich kann deine Gefühle voll und ganz verstehen, Elizabeth.« Er küsste sie auf die Wange und schaute ihr in die dunklen tränenfeuchten Augen. Ganz gewiss weinte sie nicht um die Verstorbene. Es waren Tränen echter Erleichterung.

»Es ist vorbei, Elizabeth«, sagte er. »*Endlich*. Endlich bist du von ihr erlöst, du bist frei und unabhängig in deinen Entscheidungen. Niemand wird dich mehr bevormunden, nie mehr. Du kannst künftig nach deinen eigenen Vorstellungen handeln, tun und lassen, was du selber für richtig hältst.«

Die Anspannung auf ihrem blassen Gesicht ließ nach, und sie rief: »Ja, ich bin frei. Endlich frei! Oh, Cecil, es ist phantastisch. Obwohl ich mich, zugegeben, an den Gedanken erst noch gewöhnen muss.« Der Hauch eines Lächelns umspielte ihre Lippen und verschwand wieder, so als könnte sie ihr Glück nicht so recht fassen.

Cecil lächelte. »Verständlich. Du brauchst bestimmt noch ein paar Tage, bis du das verinnerlicht hast.«

Sie sah ihn eindringlich an, hob kaum merklich die Brauen. Cecil kannte sie gut, und er verstand sie, und er hatte recht. Es würde noch einige Tage dauern, bis sie wirklich überzeugt war, dass ihr Leben eine positive Wendung genommen hatte. Sie atmete tief durch, bevor sie meinte: »Wie unhöflich von mir, Cecil. Ich hab dir nicht mal Frühstück angeboten, du hast doch bestimmt Hunger, oder? Lucas hat so reichlich aufgetragen, als hätten wir das Haus voller Gäste. Also, worauf hast du Appetit?«

»Ich habe tatsächlich ein bisschen Hunger. Aber bemüh dich nicht, ich nehm mir schon selbst. Komm, setz dich wieder, trink in Ruhe deinen Kaffee und entspann dich. Du hast allen Grund, diesen besonderen Tag zu genießen.«

Elizabeth ließ sich nicht lange bitten, sie war froh, sich wieder in ihren bequemen Sessel setzen zu können. Innerlich aufgewühlt, zitterten ihr die Knie, und sie hatte Mühe, sich auf den Beinen zu halten. Während sie sich zurücklehnte und zu entspannen versuchte, erfasste sie unterschwellig Furcht. Die Zukunft ragte mit einem Mal vor ihr auf – bedrohlich und ungewiss wie ein unbekanntes Bergmassiv. *Überwältigend.* Ihr schwindelte bei der Vorstellung, ihr früheres Leben aufzugeben und ihr Schicksal selbst in die Hand zu nehmen. All die Jahre mit ihren schlaflosen Nächten, dem frühen Aufstehen, oft noch vor Sonnenaufgang. Ständig in Alarmbereitschaft, wie gelähmt vor Angst, immer angespannt. Wegen ihrer Schwester. Nie zu wissen … wirklich nie zu wissen, welche Tricks Mary anwenden, welche Anschuldigungen ihre Schwester diesmal gegen sie vorbringen würde. Sie hatte pausenlos unter Stress und am Rande eines Nervenzusammenbruchs gestanden, den Tanz auf dem Vulkan erlebt, solange sie denken konnte. Mary hatte sie seit ihrer Kindheit gequält.

Augenblicke später setzte Cecil sich mit einem gefüllten Teller neben sie. Zwischen zwei Bissen Rührei bemerkte er: »Du musst ja heute Morgen mit den Hühnern aufgestanden sein. Als ich so gegen halb sieben bei dir klopfte, warst du schon nicht mehr in deinem Zimmer.«

»Ich konnte nicht schlafen, da bin ich irgendwann aufgestanden. Die letzte Woche war entsetzlich zermürbend, das zehrt an den Nerven … vermutlich war es dieses ständige Warten und Warten, dass endlich etwas passierte.«

Die Blicke aus seinen hellgrauen Augen richteten sich auf ihr Gesicht. Seit Jahren war er ihr eng verbunden, und daran würde sich auch nichts ändern. Das war eine Tatsache. Zumal er sie bewunderte und nur das eine Ziel verfolgte, ihr den Rücken zu stärken. Statt ihre Bemerkung in irgendeiner Weise zu kommentieren, aß er schweigend weiter. Er war ein dynamischer, umsichtiger Mann, und seine Pläne standen fest.

Nachdem sie ihren Kaffee ausgetrunken hatte, erklärte sie: »Weißt du, ich hab mir nie großartig Gedanken wegen ihrer Krankheit gemacht. Was hätte das auch gebracht? Wir wussten schließlich alle, dass sie an ihrer schweren Krebserkrankung sterben würde, auch wenn sie sich lange der Illusion hingab, sie könnte schwanger sein. Aber letzte Woche … hmmm, da fielen mir auf einmal ein paar Dinge von früher ein. Die positiven Dinge. *Und die negativen.* Vor allem aus unserer Jugend … als unser Vater uns Mädchen in seinem Testament zunächst nicht berücksichtigte. Damals standen wir uns sehr nahe, wenn auch nur für kurze Zeit. Und danach –« Elizabeth hielt inne und schüttelte den Kopf. »Danach wurde es zunehmend schwierig, mit ihr auszukommen. Mary war unberechenbar. In ihren Augen war ich der Feind. Folglich stürzte sie sich ungeheuer besitzergreifend auf unseren Vater. Nachdem *meine* Mutter die *ihre* angeblich ausgebootet hatte und ich geboren wurde, war mein Dad natürlich der Übermensch, der große Held, der gehätschelt und bewundert werden musste. *Bedingungslos.* Sie war eifersüchtig, was jeder wusste, und auch, dass sie davon überzeugt war, ich würde gegen sie intrigieren.« Elizabeth seufzte schwer. »Genau genommen lag ich seit meiner Geburt im Clinch mit Mary.«

»Das ist jetzt vorbei, vergiss es einfach. Jetzt beginnt ein neues Leben … es ist ein Neustart für dich«, meinte er zuversichtlich.

»Und ich habe vor, mein neues Leben zu genießen«, erwiderte sie, um einen positiven Ton bemüht. Sie stand auf, um sich eine weitere Tasse Kaffee einzugießen. Während sie an ihrem Kaffee nippte, fragte sie: »Wer weiß von Marys Tod? Ich vermute mal alle, oder?«

»Noch nicht.« Cecil schaute zu der antiken Standuhr, die in einer Ecke des Speisezimmers stand. »Es ist noch nicht mal acht. Außerdem Sonntag, deshalb habe ich meine Anrufe auf ein Minimum beschränkt. Erst mal. Nicholas Throckman informierte mich als Erster, dass Mary tot sei. Kurz darauf erfuhr ich es von Charles Broakes.«

Auf Elizabeths Stirn zeigte sich eine steile Falte. Dann dämmerte es ihr. »Ach ja, klar, dein Handy!«, rief sie. »Sie haben dich übers Handy informiert. Kein Wunder, dass bei mir keiner angerufen hat.«

»Ich hatte Nicholas und Charles ausdrücklich gebeten, mich übers Handy zu kontaktieren. Sonst hätten sie womöglich morgens um sechs das ganze Haus aufgeweckt.« Er schüttelte den Kopf. »Auch ich habe letzte Nacht kaum geschlafen. Mir war klar, dass es nicht mehr lange dauert. Das hatte ich irgendwie im Gefühl.«

»Ich schätze, Nicholas ist schon auf dem Weg hierher? Mit dem Etui?«

»Richtig. Eigentlich hat er das Etui bereits seit Freitag. Marys Leute übergaben es ihm an dem fraglichen Nachmittag, damit er es dir umgehend aushändigen könnte. Sie rechneten damit, dass Mary noch am selben Tag sterben würde, aber es war falscher Alarm. Er ist heute Morgen, eine halbe Stunde nachdem er es wusste, losgefahren. Müsste bald hier sein. Ach übrigens, er hat sich für Sonntagmittag bei uns zum Essen eingeladen.«

Sie lächelte, das erste Mal seit Tagen. »Ich freu mich darauf.«

»Sidney Payne rief ebenfalls an. Er wollte herkommen, aber ich habe ihm davon abgeraten, weil wir in den nächsten Tagen sowieso in London sind. Dann setze ich mich mit ihm in Verbindung. Er erzählte mir, dass ihn schon drei weitere Leute angerufen hätten. Du siehst, die Nachricht von Marys Tod hat sich schnell herumgesprochen.« Cecil verzog das Gesicht. »Die Leute lieben nun mal Klatsch und Spekulation, von daher wird sich die Neuigkeit wie ein australisches Buschfeuer verbreiten.«

Elizabeth beugte sich zu ihm vor. »Und wen laden wir zu unserem ersten Meeting ein?«

»Deinen Großonkel Howard, deine Cousins Frank Knowles und Henry Carray. Sidney Payne sollte dabei sein und einige von den Vorstandsmitgliedern, die verdammt lange auf diesen Tag gewartet haben.«

Sie nickte. »Du hast recht. Ich freue mich schon darauf, die Herren kennenzulernen. Aber was ist mit den Managern im Unternehmen, die gegen mich sind?«

»Was können die denn letztlich ausrichten?« Cecil schüttelte verständnislos den Kopf. »Nichts! Sie können dich nicht absetzen, Elizabeth. Du bist durch die testamentarischen Verfügungen deines Vaters die rechtmäßige Erbin von Deravenels.«

»Sie können mich auflaufen lassen, gegen mich intrigieren, mich austricksen. Nenn es, wie du willst.« Sie zuckte mit den Schultern. »Es sind Marys Verbündete – sie werden mich niemals akzeptieren. Sie haben mich nie gemocht!«

»Und wen interessiert das? Sie müssen dich nicht *mögen*, sie müssen dich *respektieren*. Das ist das Entscheidende, und das allein zählt. Und ich werde verdammt noch mal dafür sorgen, dass da keiner querschießt.«

* * *

Mary Turner, ihre Schwester, war tot. Nein, nicht Mary Turner, sondern Mary Turner Alvarez, die Frau von Philip Alvarez, dem einflussreichsten Tycoon in ganz Madrid. Ein Mann, der ihr Vermögen gebraucht, sie für seine Zwecke instrumentalisiert und sie dann verlassen hatte. Mary war einsam gestorben. Aber so waren die Männer. Sie benutzten die Frauen, dann schickten sie sie in die Wüste. Ihr Vater hatte diesbezüglich sämtliche Register gezogen. Denk jetzt nicht schlecht von ihm, redete Elizabeth sich ins Gewissen. Es war *sein* Letzter Wille, sein Testament, was letztendlich den Ausschlag gab. Er hatte sie als seine dritte und letzte Erbin eingesetzt. Folglich gehörte die Deravenel Company jetzt ihr.

Im Nachhinein war Mary keine Alternative geblieben, als sich Harry Turners Wünschen zu fügen. Vorher hatte sie jedoch keinen Versuch gescheut, ihre Schwester aus der rechtmäßigen Erbfolge zu eliminieren.

Zunächst hatte Mary ihren ungeborenen Sohn als designierten Erben eingesetzt, ein Produkt ihrer Phantasie, wie sich herausstellte, denn sie war nicht schwanger. In ihrem aufgedunsenen Leib wütete ein inoperabler Krebs.

Danach probierte sie den absoluten Geniestreich, wie Mary hochtrabend angab. Ihr spanischer Ehemann, Philip Alvarez, sollte alles erben. Schließlich galt er in Spanien als charismatische Unternehmerpersönlichkeit, ein erfahrener Geschäftsmann, der das alteingesessene Unternehmen gewiss kompetent zu führen wüsste.

Nachdem diese Idee von ihren Mitgesellschaftern einstimmig abgelehnt worden war, projizierte Mary sich auf ihre Cousine Marie Stewart, die schottisch-französischer Abstammung war und in Frankreich lebte. Sie war genau genommen zu neunzig Prozent Französin und hatte mit England wenig am Hut. Seinerzeit hatte Cecil fassungslos die Hände gerungen. Hatte diese französische Femme fatale überhaupt den Schimmer einer Ahnung, wie man einen über achthundert Jahre gewachsenen Handelskonzern mit Stammsitz in London führte, ein Traditionsunternehmen und eine Bastion männlichen Egoismus und Chauvinismus? Nein, hatten Cecil und Elizabeth einmütig festgestellt und Mary Turners Hartnäckigkeit heimlich belächelt.

Marie Stewart hatte lange darauf gepocht, sie sei die rechtmäßige Erbin. Und ihren Erbanspruch mit ihrer englischen Großmutter, Margaret Turner, begründet. Margaret war die älteste Schwester von Harry Turner, der indes die direkte männliche Linie väterlicherseits repräsentierte; demnach wären seine Nachkommen, ob männlich oder weiblich, in Hinsicht auf Margarets Linie in der Erbfolge immer bevorzugt worden. Das hatte mit dem Erstgeburtsrecht zu tun und damit, dass der älteste Sohn und seine Nachkommen die designierten Anspruchsberechtigten waren.

Auch dieses Ansinnen Mary Turners hatte man rasch abgeschmettert. Die Gesellschafter von Deravenels wollten keine Marie Stewart in ihrem Gremium, die sie aus einer Reihe von Gründen als Kontrahentin betrachteten. Und von diesem Standpunkt wichen sie nicht ab.

Und so hatte ihre Schwester Mary letztendlich akzeptieren müssen, dass Elizabeth das Zepter übernahm. Allerdings hatte sie das nie öffentlich eingeräumt. Dafür war sie vermutlich zu stolz. Stattdessen hatte sie ihr vor zehn Tagen eine ihrer Assistentinnen mit einem großen Aktenkoffer vorbeigeschickt. Er enthielt den Familienschmuck und jede Menge Schlüssel, für Bankschließfächer, Tresore und die diversen Immobilien der Turners.

Cecil hatte an dem besagten Nachmittag scharfsichtig festgestellt: »Das ist ihre eigenwillige Art, dich als Nachfolgerin zu akzeptieren, Elizabeth. Glaub mir, sie hat sich damit abgefunden und wird den Letzten Willen eures Vaters respektieren. Und ihre einlenkenden Gesten sind weitaus tragfähiger als irgendwelche leeren Floskeln.«

Aber wieso brachte Mary ihren Namen nicht über die Lippen? Warum hatte sie nicht schlicht und ergreifend sagen können: Das ist meine Schwester und Nachfolgerin Elizabeth Turner? Weswegen hatte sie lediglich ausweichend von Harry Turners rechtmäßiger Erbin geschwafelt?

Weil sie dich gehasst hat, dachte Elizabeth, und den Gedanken unerträglich fand, dass du diejenige bist, die bald ihren Platz einnimmt.

Vergiss es, vergiss es, raunte eine kleine Stimme in ihrem Kopf, und sie versuchte, diese Gedanken zu verdrängen. Richtig. Wen kümmerte das jetzt noch? Mary Turner Alvarez war tot. Sie, Elizabeth Deravenel Turner, dagegen lebte und würde alsbald zur Geschäftsführerin der Deravenel Company ernannt werden. Alles gehörte ihr: das Unternehmen, die Häuser, die Juwelen, sie verfügte über Macht und Einfluss. Und darauf war sie stolz. Wer wäre das nicht gewesen? Alles gehörte rechtmäßig ihr. Sie war eine Deravenel *und* eine Turner. Sie war Harrys Mädchen, außerdem war sie ihm wie aus dem Gesicht geschnitten. Mary hatte kein bisschen Ähnlichkeit mit ihm gehabt. Sie ähnelte mehr Catherine, ihrer zierlichen spanischen Mutter.

In ihrem Schlafzimmer öffnete Elizabeth den Kleiderschrank, holte den Aktenkoffer heraus, den Mary ihr geschickt hatte, und trug ihn zum Bett. Den Schlüssel verwahrte sie in ihrem Nachtschränkchen. Sie öffnete den Koffer und wühlte darin herum, hielt die braunen Lederetuis in der Hand, auf denen kleine silberne Platten mit Gravuren angebracht waren. Auf einer stand *Waverley Court, Kent*, auf einer *Ravenscar, Yorkshire*, auf der dritten *Chelsea House*. Darin befanden sich die Schlüssel für die genannten Anwesen. Die anderen Mäppchen enthielten Schlüssel für die Bankschließfächer bei Coutts, der Westminster Bank und Lloyds.

Cecil hatte ihr erklärt, dass in diesen Banksafes weiterer kostbarer Familienschmuck lagerte, diamantbesetzte Diademe, aber auch Silberbestecke und Teeservices, silberne Flakons, Goldschmuck und alte Dokumente. Er hatte zudem betont, dass Elizabeth nach ihrer Rückkehr jede dieser Londoner Banken aufsuchen und als die neue Besitzerin vorstellig werden müsse.

Nachdem sie die Lederetuis beiseitegeschoben hatte, fuhren ihre feingliedrigen Finger begehrlich über drei rote Lederschachteln von Cartier, die sie nacheinander aufschnappen ließ. Eine enthielt ein atemberaubendes Diamantcollier, die nächste ein Paar Smaragdohrringe mit außergewöhnlich schön geschliffenen Steinen, in dem letzten Schmuckkästchen lag eine große, mit Saphiren und Diamanten besetzte Nadel. Der Schmuck war nicht nur erlesen, sondern stammte offenbar noch aus den 1930er Jahren, und Elizabeth fragte sich unvermittelt, wer aus ihrer Familie solche Juwelen gekauft haben mochte. Und für wen. Und ob sie jemals etwas davon tragen wollte. Wohl eher nicht, mit Ausnahme der Südseeperlen, die sie neulich mit Cecil angesehen hatte.

Sie nahm die Perlen aus der mit schwarzem Samt ausgeschlagenen Schatulle und hielt sie ins Licht. Wie herrlich sie schimmerten, sie waren … wunderschön. Ja, diese Kette wollte sie tragen.

Nachdem sie alles wieder weggepackt hatte, verschloss sie den Aktenkoffer sorgfältig und stellte ihn zurück in den Schrank. Damit konnte sie sich auch später noch befassen. In den kommenden Wochen lagen dringendere Probleme vor ihr. Die Banksafes würden ebenfalls warten müssen, genau wie die beiden Häuser, Waverley Court und Chelsea House, wo Mary einige Jahre gelebt und wo sie heute gestorben war. Im Verlauf der Woche sollte ihre Schwester hier auf Ravenscar beerdigt werden, in der Familiengruft, wo alle Deravenels und Turners bestattet lagen. Das Begräbnis musste geplant, die Einladungen an die Trauergäste verschickt werden.

Elizabeth setzte sich an ihren Schreibtisch, schlug ihr Tagebuch auf und blätterte bis zur Seite für den aktuellen Eintrag: *Sonntag, 17. November, 1996.* Ganz oben auf die Seite schrieb sie: *Meine Schwester Mary Turner Alvarez verstarb heute Morgen bei Tagesanbruch. Sie wurde zweiundvierzig Jahre alt.*

Sie lehnte sich auf dem Stuhl zurück und starrte auf die Wand. Ihre Gedanken rasten. Die Vorstellung, die Geschäftsführung des Konzerns zu übernehmen, jagte ihr Angst ein. Indes hatte sie keine Alternative. Wie sollte sie vorgehen? Womit anfangen? Wie ließen sich ihre und Cecils Pläne am besten umsetzen? Welche waren komplexer? Sie hatte keine Ahnung, wie sie all das bewerkstelligen sollte. Seit sie achtzehn war, jobbte sie sporadisch bei Deravenels, und sie hatte die Firma ins Herz geschlossen, bis Mary sie im letzten Jahr vor die Tür gesetzt hatte. Jetzt wurde sie zurückkehren und den Laden führen. Dabei war sie erst fünfundzwanzig und ziemlich unerfahren. Trotzdem blieb ihr nichts anders übrig, und sie würde es schaffen. Keine Frage – sie musste es schaffen.

Elizabeth war eines sonnenklar – sie würde ihren künftigen Mitarbeitern beweisen müssen, dass sie anders gestrickt war als ihre Schwester, die mit Arroganz und Inkompetenz geglänzt hatte. Schlimm genug, dass ihre Kollegen überwiegend frauenfeindlich eingestellt waren. Marys schwache Vorstellung hatte diese Typen zusätzlich in dem Glauben bestärkt, dass Frauen in den Führungspositionen dieses Traditionsunternehmens nichts verloren hätten – hier Männer das Sagen hatten.

Ich muss es tun. Mir bleibt keine Wahl. Ich muss stark sein, hart, clever. Und, wo nötig, raffiniert. Ich muss gewinnen. Ich will gewinnen. Ich will Deravenels und alles, was dazugehört. Es wurde mir vermacht. Ich muss das Unternehmen wieder zu seiner alten Größe führen.

Elizabeth schloss die Augen und legte den Kopf auf die Arme, die sie auf der Schreibtischplatte verschränkt hielt. Getrieben von ihrem hellwachen Verstand entwickelte sie Pläne, Dutzende von Szenarien, die vor ihrem geistigen Auge Gestalt annahmen.

2

Cecil Williams saß an dem wuchtigen Doppelschreibtisch in dem geräumigen Arbeitszimmer, seit Generationen eine Schaltzentrale der Macht für die Männer der Familien Deravenel und Turner.

Als er vor einigen Wochen nach Ravenscar gekommen war, hatte Elizabeth darauf gedrungen, dass er dieses Arbeitszimmer benutzte. Sie selber zog das kleinere Büro vor, das sich an das Speisezimmer anschloss. Er wusste, sie hatte Ravenscar immer sehr gemocht, das schöne alte Elisabethanische Herrenhaus auf den Klippen am Rande des Hochmoors im nördlichen Yorkshire, und jetzt gehörte es ihr. Ihre Schwester Mary dagegen hatte das Haus aus irgendeinem Grund gehasst und ihren Lebensmittelpunkt deshalb nach London verlegt.

Wie dumm von ihr, dachte Cecil. Sein Blick schweifte bewundernd durch den geschmackvoll eingerichteten Raum, über kostbare Antiquitäten, ledergebundene Folianten, die alten Porträts der Deravenel-Patriarchen und die der Turners, die in neuerer Zeit hinzugekommen waren. Das älteste Gemälde porträtierte Guy de Ravenel, den Begründer der Dynastie. Ravenel, ein normannischer Ritter, war mit Wilhelm dem Eroberer nach England gekommen. Er hatte das Handelsunternehmen gegründet, das unter der Familie Deravenel zu einem der bedeutendsten internationalen Konzerne geworden war.

Cecil konzentrierte sich wieder auf seine aktuellen Aufzeichnungen und fügte die Namen der Leute hinzu, mit denen er seit sechs Uhr morgens telefoniert hatte.

Elizabeth zog ihn gelegentlich auf, weil er pedantisch alles notierte, aber das war seine ganz persönliche Vorgehensweise, damit er im Geschäftsleben stets die Kontrolle über das Wesentliche behielt. Seit seiner Schulzeit machte er sich akribisch über jeden Tag Notizen. Als Jurastudent in Cambridge und auch später, als er bei Deravenels einstieg, zunächst in der Abteilung von Edward Selmere und später bei John Dunley, hatte er diese Angewohnheit beibehalten.

Diese Marotte war ihm in Fleisch und Blut übergegangen. Er hatte sein Notizbuch stets zur Hand und konnte seine Erinnerung somit schneller auffrischen als seine Geschäftspartner. Damit war er ihnen immer eine Nasenlänge voraus.

Inzwischen achtunddreißig, war Cecil sich der Tatsache bewusst, dass er vor einem entscheidenden Wendepunkt in seinem Leben stand. Und Elizabeth Turner ging es kaum anders. Mit dem frühen Tod ihrer Schwester war die Führungsverantwortung für ein weitverzweigtes Geschäftsimperium an sie übergegangen, und von ihm als ihrem engsten Vertrauten erwartete sie natürlich, dass er sie in allen Unternehmensfragen kompetent beriet.

Er hatte die Deravenel Company vor fünf Jahren verlassen, weil es ihm nicht möglich war, mit Mary

Turner zusammenzuarbeiten. Die beiden trennten Welten, sie dachten grundverschieden, und als sie ihr Erbe antrat und die Konzernleitung übernahm, hatte er seinen Hut genommen und war aufs Land gezogen. Seit ein paar Jahren half er Elizabeth bei der Verwaltung ihres Privatvermögens, gemeinsam mit ihrem Steuerberater Thomas Parrell.

Es kann nur aufwärtsgehen, überlegte er, und seine Laune hellte sich auf. Wir werden das Kind schon schaukeln; wir werden Deravenels wieder zu dem machen, was es unter der Ägide ihres Vaters war. Nach Harrys Tod war das Unternehmen leicht in Schieflage geraten, ein Umstand, der niemandem verborgen geblieben war.

Als Elizabeths Bruder Edward seinen Vater beerbte, war er noch zur Schule gegangen und viel zu jung, um die Verantwortung auf seinen schmalen Schultern zu tragen. Folglich hatte Edward Selmere, sein Onkel mütterlicherseits, kommissarisch die Leitung übernommen und sich an Harrys testamentarischen Vorgaben orientiert.

Nachdem Selmere sich seinen Ruf gründlich ruiniert hatte, hatte der Vorstand ihn geschasst, und John Dunley war für ihn eingesprungen. Er war ein alter Hase, sein Vater Edmund Dunley hatte schon im Unternehmen gewirkt.

John Dunley war es gelungen, die Firma wieder auf Erfolgskurs zu bringen, und der junge Master Edward schaute sich eine Menge von ihm ab. Leider war Edward bereits mit sechzehn Jahren gestorben – und nach Mary Turners Auftauchen war vieles falsch gelaufen. Sie hatte es geschafft, dem Unternehmen ernsthaften Schaden zuzufügen. Cecil hoffte jedoch, dass sich die Scherben wieder kitten ließen.

Er lehnte sich gedankenvoll zurück. Nach seinem Dafürhalten wäre Elizabeth eine brillante Chefin, ein Naturtalent, wie es sie selten gab. Sie hatte eine exzellente Ausbildung vorzuweisen und ein Gespür fürs Geschäftliche, das hatte sie während ihrer Tätigkeit im Familienkonzern bewiesen. Überdies hatte sie die scharfe Intelligenz ihres Vaters geerbt, Fingerspitzengefühl gepaart mit Führungsqualitäten. Die würde sie gewiss brauchen, wenn sie in der kommenden Woche bei Deravenels startete.

Elizabeth ähnelte vom Charakter her, von ihrer Persönlichkeit und Ausstrahlung sehr ihrem Vater; ihr Bruder Edward und Mary hatten dagegen kaum Ähnlichkeit mit ihm gehabt.

Es klopfte leise, die Tür ging auf und Elizabeth stand auf der Schwelle. Eingerahmt von den hohen Porträts ihres Vaters und ihres Urgroßvaters, die rechts und links vom Eingang hingen.

»Stör ich?«

Er schüttelte den Kopf, für einen Moment sprachlos.

Die Sonnenstrahlen, die durch die Fenster fielen, hüllten die junge Frau in eine Aureole aus Licht. Auf ihrem rotblonden Haar tanzten goldene Sterne, ihr makellos heller Teint schimmerte milchweiß, ihre fein geschnittenen Züge ein Erbe der Deravenels, wie sich an den Porträts unschwer erkennen ließ. Der einzige Unterschied waren ihre ungewöhnlich dunklen

Augen, wohingegen Harry Turner und Edward Deravenel beide hellblaue gehabt hatten.

»Ist irgendwas? Du starrst mich so komisch an.« Elizabeth trat in das Zimmer und sah ihn fragend an.

»Du bist den beiden wie aus dem Gesicht geschnitten«, erwiderte Cecil schmunzelnd. »Das ging mir gerade durch den Kopf, als du da in der Tür standest.«

»Oh.« Elizabeth drehte sich um. Ihre Blicke schweiften von dem Porträt ihres Vaters zu dem ihres Urgroßvaters, dem berühmten Edward Deravenel und Vater von Bess, ihrer Großmutter. Ihn bewunderte sie am meisten, nach ihrer Einschätzung war er der kompetenteste Unternehmer aller Zeiten gewesen … Er war ihr großes, ihr glühendes Vorbild.

»Tja, sieht aus, als wären wir tatsächlich miteinander verwandt«, antwortete sie mit einem durchtriebenen Funkeln in den Augen. Sie setzte sich neben Cecil. »Hoffentlich bringe ich es auch so weit wie die beiden.«

»Das schaffst du.«

»Du meinst, *wir* schaffen das.«

Er senkte den Kopf und murmelte: »Wir geben unser Bestes.«

Elizabeth rutschte auf ihrem Stuhl nach vorn, schaute ihren guten Freund und Berater an und fragte: »Wie machen wir das mit der Beerdigung? Sie muss auf jeden Fall hier stattfinden, oder?«

»Ich sehe allerdings keine andere Möglichkeit.«

»Hast du eine Ahnung, wen wir alles einladen müssen?«

»Also zunächst mal die Mitglieder des Vorstands. Ich halte es für keine schlechte Idee, wenn wir das Ganze an John Norfell delegieren. Er ist ein erfahrener Manager, war lange im Vorstand tätig und ein Freund von Mary. Im Übrigen habe ich ihn neulich bereits darauf angesprochen.«

Elizabeth nickte, Erleichterung zeigte sich auf ihrem Gesicht. »In der Familienkapelle finden höchstens fünfzig Personen Platz, mehr nicht. Hinterher müssen wir die Trauergäste bestimmt noch bewirten.« Sie schüttelte den Kopf und seufzte. »Was hältst du davon, wenn wir die Bestattung auf den späten Vormittag legen und ich den Leuten Mittagessen servieren lasse? Dann sind wir sie wenigstens gegen drei Uhr wieder los.«

Um Cecils Mundwinkel zuckte es belustigt. »Ich kann dir nur beipflichten. Norfell meinte sowieso, dass mitten im Winter nicht viele kommen würden.«

Sie lachte glockenhell. »Es ist eisig kalt. Ich war vorhin kurz draußen, weil ich Lust auf einen Spaziergang hatte, aber den hab ich mir verkniffen. Wie haben es unsere Vorfahren bloß ohne Zentralheizung ausgehalten?«

»Mit Kaminfeuer.« Er nickte zu dem Feuer, das munter im Kamin prasselte. »Zudem wurde die Zentralheizung hier im Haus bereits vor etlichen Jahren installiert.«

»Dafür hat sich mein Dad damals stark gemacht, und auch für die Klimaanlage.« Elizabeth stand auf, ging zum Kamin, legte ein frisches Holzscheit aufs Feuer. Dann drehte sie sich um und fragte leise: »Und was machen wir mit Philip Alvarez? Laden wir ihren Mann nun ein oder nicht?«

»Das musst du entscheiden ... ich plädiere jedenfalls dafür. Aus reiner Höflichkeit, findest du nicht? Außerdem kamt ihr zwei immer gut miteinander klar«, bemerkte Cecil.

Das ist Ansichtssache, dachte sie ironisch. Sie erinnerte sich, dass ihr spanischer Schwager sie mit glühenden Augen angeschmachtet und ihr in den Po gekniffen hatte, wenn Mary mal nicht hinschaute. Sie verdrängte diese verwirrenden Überlegungen und nickte. »Das stimmt. Wir schicken ihm eine Einladung. Ich möchte ihn mir nicht zum Feind machen. Er kommt sowieso nicht.«

»Ja, das denke ich auch.«

»Cecil, wie steht es tatsächlich um die Firma? Wir haben zwar in den letzten zwei Wochen das eine oder andere Problem angerissen, aber nie ernsthaft Lösungsansätze diskutiert.«

»Das können wir erst, wenn ich die Bilanzen eingesehen habe. Ich arbeite seit viereinhalb Jahren nicht mehr dort, und du bist jetzt ein Jahr weg. Ich weiß bloß eins, sie hat Philip einen Haufen Geld für seine Immobiliengeschäfte in Spanien zugeschustert.«

»Wie viel?«

»Millionen.«

»Britische Pfund oder Euros?«

»Euros.«

»Fünf Millionen? Zehn Millionen oder noch mehr?«

»Viel mehr. Bei weitem mehr. Leider Gottes.«

Elizabeth setzte sich wieder. »Bei weitem mehr?«, wiederholte sie bestürzt. »Fünfzig Millionen?«, flüsterte sie mit angehaltenem Atem.

Cecil schüttelte den Kopf. »Irgendwas um fünfundsiebzig Millionen.«

»Ich glaub's nicht!«, rief sie, ihre Miene fassungslos. »Wie konnte der Vorstand einer Investition dieser Größenordnung zustimmen?«

»Keine Ahnung. Mir wurde heimlich gesteckt, dass die Sache seinerzeit ziemlich lasch gehandhabt wurde. Ich persönlich würde in diesem Fall auf grobe Fahrlässigkeit tippen. Und das ist ein krimineller Tatbestand.«

»Können wir jemanden belangen?«

»Sie ist tot.«

»Du meinst, Mary war die treibende Kraft?«

»So kam es bei mir an. Genaueres wissen wir allerdings erst, wenn du wieder als Geschäftsführerin einsteigst. Dann können wir der Sache auf den Grund gehen.«

»Ich kann es kaum erwarten«, murmelte sie angespannt. Nach einem Blick auf ihre Armbanduhr fuhr sie fort: »Ich muss hoch und mich umziehen. Nicholas Throckman wird sicher bald eintreffen.«

* * *

Elizabeth war wütend, unsäglich wütend. Am liebsten wäre sie aus dem Haus gelaufen und hätte ihre Wut laut herausgeschrien. Aber das war müßig. Bei der Kälte hätte sie sich womöglich eine Lungenentzündung geholt.

Stattdessen lief sie nach oben in ihr Schlafzimmer, schlug die Tür hinter sich zu. Sie sank auf die Knie und trommelte mit den Fäusten auf die Matratze ein, Tränen der Empörung standen in ihren dunklen Augen. Sie schlug immer wieder auf das Bett ein, bis ihr Zorn allmählich verrauchte. Schließlich stand sie auf und ging ins Bad, wo sie sich das Gesicht wusch. Dann kehrte sie zurück in ihr Schlafzimmer, setzte sich an den Frisiertisch und begann, sorgfältig Make-up aufzutragen.

* * *

Wie hatte sie so etwas tun können? Wie konnte sie diesem Halsabschneider Philip so viel Geld in die Hand drücken? Aus Liebe und Bewunderung und weil sie ihn halten wollte? Hatte sie ernsthaft geglaubt, er würde bei ihr in London bleiben? Wie töricht von ihrer Schwester. Sie wusste doch genau, dass Philip ein unbekehrbarer Frauenheld war. Er war hinter jedem Rock her, er hatte nicht mal vor der kleinen Schwester seiner Frau haltgemacht.

Und die dusselige Mary hatte ihm das Geld für seine Immobilienpläne in Spanien praktisch nachgeworfen! Ohne groß nachzudenken. Statt von ihrem Verstand hatte sie sich von ihrer Libido lenken lassen. Jenes verheißungsvolle Prickeln zwischen den Schenkeln … die Lust auf Sex … das machte Frauen zuweilen blind.

Davon konnte Elizabeth ebenfalls ein Lied singen. Nach zehn Jahren spukte Tom Selmere ihr immer noch im Kopf herum. Er war ein Bild von einem Mann und ein Draufgänger, und er hatte es auf die Stieftochter seiner neuen Frau abgesehen – damals war Elizabeth fünfzehn gewesen. Es war ihm gar nicht schnell genug gegangen, Harrys Witwe Catherine zu heiraten. Und seine Tochter ebenfalls rumzukriegen. Hatte ihre Mutter den geilen Tom nicht befriedigen können? Diese Frage hatte Elizabeth sich jahrelang gestellt.

Philip Alvarez war keinen Deut besser.

Was zum Teufel hatte er mit dem vielen Geld gemacht? Fünfundsiebzig Millionen. Grundgütiger, ob er das ganze Geld in den Sand gesetzt hatte? Große Teile des Deravenel-Vermögens? Vermutlich hatte er bislang nicht einen Cent zurückgezahlt. War er überhaupt flüssig? Zahlungsfähig?

Wir setzen ihm die Pistole auf die Brust. Was sonst? Bestimmt gab es irgendeinen Vertrag, der die Höhe der Kreditsumme und die Rückzahlungsmodalitäten dokumentierte. Ganz so blöd war Mary nun auch nicht, oder etwa doch?

Das Management meiner Schwester war ein einziges Desaster. Ich weiß das seit langem, von meinen engen Freunden, die im Unternehmen tätig sind, und Cecil hat seine eigenen Netzwerke. Er weiß eine Menge mehr, als er mir gegenüber einräumt; er will mich wie üblich schützen. Ich vertraue ihm blind. Cecil ist loyal und integer. Ein wahrer Schatz. Ruhig und besonnen, unerschütterlich wie ein Fels in der Brandung, grundehrlich. Wir werden das Unternehmen gemeinsam führen und dafür sorgen, dass es wieder schwarze Zahlen schreibt.

Perfekt gestylt ging Elizabeth zur Tür. Dabei fiel ihr Blick auf ein Foto, das auf dem Sideboard stand. Sie und Mary hier auf der Terrasse von Ravenscar. Sie hatte verdrängt, dass es dort stand, nahm es in die Hand und betrachtete es. Es war zwanzig Jahre her … sie fühlte sich auf die Terrasse zurückversetzt … fünf war sie damals gewesen, ein naives kleines Mädchen und kein bisschen misstrauisch gegenüber ihrer intriganten Halbschwester.

* * *

»Na los, Elizabeth, geh zu ihm. Dad hat nach dir gefragt.« Mary schob die Kleinere vor sich her.

Elizabeth schaute zu der Zweiundzwanzigjährigen hoch und fragte: »Bist du sicher, dass er *mich* sehen möchte?«

Mary betrachtete das Kind, das vor lauter Aufregung tiefrote Wangen hatte, und das sie ziemlich nervte. »Ja, bin ich. Los, los, na, mach schon.«

Elizabeth stürmte nach draußen auf die Terrasse. »Hier bin ich, Dad«, rief sie. Sie lief zu dem Tisch, an dem er saß und die Tageszeitung las.

Er hob den Kopf und sprang abrupt auf. »Was willst du denn hier? Mach nicht so einen Lärm! Du störst mich beim Lesen.«

Elizabeth hielt mitten in der Bewegung inne und öffnete den Mund, wie ein Fisch auf dem Trockenen. Sie zitterte.

Er trat einen ärgerlichen Schritt auf sie zu. Starrte sie an, seine blauen Augen kalt wie Eis. »Wer hat dir eigentlich erlaubt, auf die Terrasse zu kommen?«

»Mary hat gesagt, du willst mich sehen«, flüsterte sie mit bebenden Lippen.

»Zum Teufel mit Mary und ihrem Geschwätz. Im Übrigen bin ich nicht dein Dad, hast du mich gehört? Seit dem Tod deiner Mutter bist du ein Kuckuckskind … ein Niemand.« Er kam näher, scheuchte sie wie eine lästige Fliege fort.

Elizabeth wirbelte herum und rannte von der Terrasse ins Haus.

Harry Turner, der ihr in den großen Salon folgte, brüllte: »Nanny! Nanny! Verdammt, wo sind Sie?«

Avis Paisley tauchte wie aus dem Nichts auf. Sie wurde blass, als sie das verschreckte Kind sah, das tränenüberströmt auf sie zugelaufen kam. Das Kindermädchen schloss die Kleine fest in ihre Arme.

»Schnappen Sie sich das Kind und fahren Sie nach Kent, Nanny. Heute noch.« Harry Turner funkelte Avis verächtlich an.

»Nach Waverley Court, Sir?«

»Nein, zur Stonehurst Farm. Ich rufe meine Tante an. Damit Mrs Grace Rose Morran informiert ist, dass Sie heute Abend eintreffen.«

»Ja, Sir.« Ohne ein weiteres Wort begleitete Avis Elizabeth die Treppe hinauf. Sie hätte Harry Turner mit bloßen Händen erwürgen mögen. Er war ein Monster. Er bestrafte das Kind doch bloß, weil er wütend auf die Mutter war. Avis hasste ihn.

* * *

Elizabeth warf einen letzten Blick auf das Foto, bevor sie es im Papierkorb verschwinden ließ. Vorbei ist vorbei, dachte sie, als sie ihr Schlafzimmer verließ.

3

Elizabeth lief das prächtige Treppenhaus hinunter und durchquerte die große Halle. Vor der Bibliothek blieb sie stehen und lauschte. Aus dem Innern drangen gedämpfte Männerstimmen. Sie schob die Tür auf, trat ins Zimmer und blieb verblüfft stehen.

Sie hatte Nicholas Throckman erwartet und war erstaunt, Robert Dunley zu sehen. Ihr Kinder- und Jugendfreund – sie kannten sich seit ihrem achten Lebensjahr – stand mit Cecil am Fenster. Die beiden Männer plauderten angeregt und schienen die junge Frau nicht zu bemerken.

Dann drehte sich Robert plötzlich um. Seine Miene hellte sich auf. »Guten Morgen, Elizabeth!« Er trat zu ihr.

»Robert! Ich hatte ja keine Ahnung, dass du kommen würdest!«

»Ich bin eben wie der sprichwörtliche falsche Fuffziger. Und tauche auf, wenn man am wenigsten mit mir rechnet.« Er grinste und umarmte sie kurz. Nach einem Kuss auf die Wange ließ er sie wieder los und erklärte: »Ich bat Cecil während unseres Telefonats vorhin, dir nichts zu sagen. Wollte dich überraschen.«

»Die Überraschung ist dir gelungen.« Sie schenkte ihm ein strahlendes Lächeln, hakte ihn unter und gesellte sich mit ihm zu Cecil.

Elizabeth freute sich, dass er gekommen war; er war ein zuverlässiger, treuer Freund und hatte sie des Öfteren vor ihrer Schwester in Schutz genommen. Das würde sie ihm nie vergessen. Der liebe Robert bedeutete ihr sehr viel.

Cecil, der sie mit seinen scharfen hellgrauen Augen taxierte, sagte leise: »Ich hoffe, du verzeihst mir diesen kleinen Lapsus?«

»Natürlich«, erwiderte sie lächelnd.

»Habt ihr Lust auf ein Glas Champagner? Oder vielleicht auf irgendwas anderes?«, wollte Cecil wissen. Er ging zu dem Wagen mit den Getränken.

»Champagner, bitte.« Elizabeth ließ Roberts Arm los. Sie stellte sich ans Fenster und blickte über die Weiten der Nordsee mit ihren ausgewaschenen Klippen und den einsamen Sandstränden, die sich kilometerweit bis zur Robin Hood's Bay dehnten.

Die Aussicht war atemberaubend, vor allem an jenem Tag. Die Sonne schien, die See war ruhig und reflektierte das strahlende Blau des Himmels. Dieser Blick faszinierte sie jedes Mal aufs Neue.

»Man hat fast den Eindruck, als wäre da draußen der Frühling eingekehrt«, murmelte Robert. Er trat zu ihr. »Aber das ist reine Illusion.«

»Oh, ich weiß.« Sie bedachte ihn mit einem abgeklärten Blick. »Wie so vieles im Leben.«

Eine Pause entstand, in der Cecil ihr das Glas Champagner reichte. Sie nahm es dankend entgegen, setzte sich und sagte nach einem Blick auf die beiden Männer: »Wo wohl Nicholas so lange bleibt? Müsste er nicht längst hier sein? Es ist kurz vor eins.«

»Der trudelt bestimmt gleich ein«, versicherte Cecil. Er schaute zu Robert und hob fragend eine Braue. »War es voll auf den Straßen?«

»Ging so. Gut möglich, dass Nicholas defensiver fährt als ich. Ich kann von Glück sagen, dass ich in keine Polizeikontrolle gekommen bin. Ich bin nämlich gerast wie ein Irrer.«

»Nicholas bringt mir das Etui«, verkündete Elizabeth. Und bevor Robert etwas erwidern konnte, wechselte sie abrupt das Thema. »Wenn ich mich nicht täusche, kamst du ziemlich gut mit Philip Alvarez klar, oder? Warst du nicht vor einiger Zeit bei ihm in Spanien?«

Robert nickte. »Ja. Aber das heißt nicht, dass wir die allerbesten Freunde geworden sind – er war mir gegenüber immer freundlich zuvorkommend, und seinerzeit hatte er meinen Bruder Ambrose als Berater engagiert. Offen gestanden waren wir beide in Spanien, um einen kleinen Job für ihn zu erledigen.«

Elizabeth öffnete den Mund, um etwas zu sagen und schloss ihn dann wieder, da sie Cecils warnenden Blick auffing.

Cecil räusperte sich. »Ich schlage vor, das Thema Philip Alvarez erst mal zu vertagen. Robert, du kannst uns bestimmt eine Menge über das Resort berichten, das er in Spanien einrichten wollte. Aber dazu kommen wir später noch. Ich glaube, Nicholas ist grade angekommen.« Er erhob sich und lief in die Eingangshalle. »Ja, er ist es«, rief er über die Schulter.

Kurz darauf begrüßte Nicholas Throckman seine alten Freunde Cecil, Elizabeth und Robert. Die vier freuten sich über das Wiedersehen. Mit einem Glas Champagner prostete Nicholas den anderen mit den Worten zu: »Bedaure, aber es ist ein bisschen unkonventionell verpackt, Elizabeth.« Er schmunzelte. »In einer Fortnum-and-Mason-Einkaufstüte. So hab ich es auch bekommen. Da ist das gute Stück.«

»Damit hab ich kein Problem.« Elizabeth nahm ihm die Tüte ab, stellte sie neben sich auf den Boden und holte das Etui heraus. Sie drehte es in den Händen und erschauerte kaum merklich. Das Etui mutete wie ein Schmuckkästchen an, auf dem Deckel stand in verblassten Goldbuchstaben: *Edward Deravenel.*

Sie stellte es auf ihre Knie, legte die Hände darauf und sagte weich, mit zittriger Stimme: »Als ich elf war, zwei Jahre nachdem mein Vater mich endlich wieder als seine Tochter akzeptiert hatte, zeigte er mir dieses Etui. Besser gesagt den Inhalt. Kommt, setzt euch für ein, zwei Minuten. Ich möchte, dass ihr erfahrt, was Harry Turner mir vor vierzehn Jahren erzählt hat.«

* * *

Die drei Männer nahmen widerspruchslos in den Sesseln Platz und nippten an ihrem Champagner. Warteten gespannt auf die Geschichte.

Elizabeth sammelte sich. Sie blickte auf das Etui, strich nachdenklich mit der Hand darüber. Sie schien weit weg, in ihre Erinnerungen versunken.

Robert Dunley, der sie heimlich beobachtete, fand, dass sie wunderschöne Hände hatte, mit langen schlanken Fingern und perfekt manikürten Nägeln. Er hatte fast vergessen, wie schön ihre Hände waren …

Nicholas wiederum bewunderte ihren Mut, mit dem sie auf Konventionen pfiff. Am Todestag ihrer Schwester trug sie ein kirschrotes Twinset und eine dazu passende Hose. Elizabeth machte sich und anderen nichts vor: Die beiden Schwestern hatten sich nicht ausstehen können. Diese schonungslose Ehrlichkeit rechnete er ihr hoch an.

Cecils Gedanken kreisten um Elizabeths schnellen, scharfen Verstand. Sie hatte Philip betont beiläufig erwähnt und Robert in einem Atemzug auf seine Spanienreise angesprochen. Dunley wusste bestimmt Näheres über die wahnwitzige Investition, die Mary getätigt hatte … er nahm sich fest vor, Dunley später noch auf den Zahn zu fühlen.

Elizabeth rutschte nervös auf dem Sofa herum und betrachtete gebannt das Bild, das seit mehr als siebzig Jahren über dem Kamin hing: Edward Deravenel, in Öl, lebensgroß. Er war ein attraktiver Mann gewesen, ihr Vater hatte viel Ähnlichkeit mit ihm gehabt, und sie auch.

Nach einem Blick zu den drei Männern begann sie: »Wie ihr sicher wisst, gehörte dieses Etui früher dem Großvater meines Vaters.« Sie deutete auf das Porträt, ließ den Deckel der Schachtel aufschnappen, nahm ein goldenes Medaillon an einer feinen Kette heraus und hielt es hoch. Es glitzerte im Sonnenlicht.

Auf einer Seite war das Familienwappen der Deravenels, eine weiß emaillierte Rose, eingraviert, auf der anderen eine aufgehende Sonne, eine Erinnerung an den Tag im Jahre 1904, an dem Edward die Grants of Lancashire ausgebootet und sich das Unternehmen wieder angeeignet hatte. Um den Rand war das Familienmotto der Deravenels geprägt: *Fidelitas in Eternitas*, was so viel bedeutete wie Treue bis in den Tod.

»Ich bin mir sicher, dass ihr das Medaillon schon mal gesehen habt. Mein Vater zeigte es mir das erste Mal, als ich elf war. Er erklärte mir, dass sein Großvater es entworfen habe und sechs Stück davon anfertigen ließ. Für sich, seine beiden Cousins Neville und Johnny Watkins, für seinen besten Freund Will Hasling und zwei Mitarbeiter, Alfredo Oliveri und Amos Finnister. Diese Männer, die ihm zeitlebens treu ergeben waren, unterstützten ihn maßgeblich, als er die Kontrolle über den Konzern zurückgewann. Dad vertraute mir damals an, dass er es mit zwölf von seiner Mutter, Bess Deravenel, geschenkt bekommen habe. Kurz darauf starb sie. Offenbar hatte ihr Vater sie gebeten, es für ihren jüngeren Bruder aufzuheben, der das Unternehmen eines Tages erben sollte. Tja, ihr kennt die alte Geschichte über die zwei Deravenel-Jungen, die unter mysteriösen Umständen verschwanden. Meine Großmutter erzählte meinem Dad, dass sie es für seinen älteren Bruder Arthur aufbewahrt hatte, der kurz vor seinem sechzehnten Geburtstag unerwartet starb. Und jetzt wollte sie, dass Harry es bekam, weil er die Firmenleitung übernehmen würde.«

»Hatte Bess es denn nicht ihrem Ehemann Henry Turner gegeben?«, unterbrach Robert sie.

»Offensichtlich nicht«, antwortete Elizabeth. »Mein Dad erwähnte ihn mit keinem Wort, sondern betonte, dass er sehr stolz war, das Medaillon tragen zu dürfen, schon allein wegen der historischen Bedeutung. Er vergötterte seine Mutter, und ich vermute, dass er es deshalb besonders in Ehren hielt, weil es eines ihrer letzten Geschenke an ihn war.«

»Und jetzt gehört es dir«, meinte Nicholas mit einem beinahe zärtlichen, fürsorglichen Lächeln. Genau wie Cecil und Robert ließ er nichts auf Elizabeth kommen. Sie und ihre Interessen standen für ihn immer im Vordergrund.

»Mein Bruder Edward bekam es nach Vaters Tod, obwohl er noch zu jung war, um das Unternehmen zu führen«, fuhr Elizabeth fort. »Ihm stand es jedoch rechtmäßig zu. Nach seinem Tod ging es an Mary über. Wer dieses Medaillon trägt, ist der führende Kopf von Deravenels, aber eigentlich hat es lediglich Symbolcharakter. Trotzdem ist und bleibt es für die Turners von außerordentlicher Bedeutung, und es wird automatisch an den nächsten Erben weitergereicht.«

»Es ist sehr hübsch«, bemerkte Cecil. »Und wenn dein Vater es zu besonderen Anlässen trug, dann mit großem Stolz.«

Sie nickte. »Das stimmt. Um dieses Medaillon rankt sich noch eine weitere Geschichte, die Dad mir nicht vorenthalten mochte. Anscheinend hatten Neville Watkins und Edward Deravenel über Jahre hinweg unüberbrückbare Differenzen, was für alle Beteiligten zermürbend war.« Sie nippte kurz an ihrem Champagner. »Johnny, Nevilles Bruder, stand zwischen den beiden und versuchte zu vermitteln, aber ohne Erfolg. Letztlich blieb ihm nichts anderes, als Partei für seinen Bruder zu nehmen. Als er 1914 bei einem Autounfall ums Leben kam, trug er das Medaillon unter seinem Hemd. Richard brachte es seinem Bruder Edward mit. Worauf Edward Johnnys Medaillon bis zu seinem Tod trug, das eigene gab er seinem Bruder.«

Elizabeth legte den goldenen Anhänger auf ihre Handfläche und tippte auf die aufgehende Sonne. »Wenn ihr genau hinschaut, erkennt ihr die Initialen J.W., die Edward in den Rand gravieren ließ, daneben stehen seine eigenen Initialen. Als mein Dad das Medaillon bekam, setzte er die Anfangsbuchstaben seines Namens hinzu, genau wie Edward und später Mary.« Sie reichte es an Cecil, Nicholas und Robert weiter, die das Schmuckstück interessiert betrachteten.

Robert räusperte sich verlegen. »Du musst es heute tragen, Elizabeth. Jetzt gleich. Es gehört dir, und es steht für die Geschichte eurer Familie. Nächste Woche lasse ich deine Initialen eingravieren. Was hältst du davon?«

»Das ist eine ganz tolle Idee. Danke, Robert.«

Robert erhob sich aus seinem Sessel und ging zu ihr. Er öffnete den Verschluss der Goldkette und legte sie ihr um den Hals. »So, das hätten wir.« Er grinste. »Du bist jetzt der Boss!«

Bevor sie reagieren konnte, tauchte Lucas in der Tür zur Bibliothek auf und verkündete: »Der Lunch ist serviert, Miss Turner.«

»Danke, Lucas. Wir kommen gleich.«

Elizabeth sprang auf, umarmte Robert und raunte ihm ins Ohr: »Du hast immer den richtigen Riecher. Schon als wir klein waren.«

»Das Kompliment kann ich nur zurückgeben«, erwiderte er. Er ergriff ihren Arm und führte sie aus der Bibliothek in die große Halle. Cecil und Nicholas folgten ihnen.

Im Speisezimmer deutete Elizabeth auf den Platz neben sich. »Komm, setz dich zu mir, Cecil. Nicholas und Robert, bitte setzt euch uns gegenüber.«

Nachdem sie ihre Plätze eingenommen hatten, sagte Elizabeth: »Als Vorspeise gibt es Yorkshire Pudding, als Hauptgang Lammkeule mit gebackenen Kartoffeln und diversen Gemüsen. Ich hoffe, es schmeckt euch.«

Nicholas lächelte. »Mmmh, ein köstliches Sonntagsessen. Darauf freue ich mich schon den ganzen Morgen.«

»Danach sucht man in Paris sicher lange, was, alter Junge?«, konterte Cecil. »Im Übrigen freue ich mich, dass du wieder da bist.«

»Ich auch«, versicherte Nicholas. »Wenn ich dich am Telefon richtig verstanden habe, liegt da ein Haufen Arbeit vor uns.«

Cecil nickte. »Stimmt, aber bevor wir mit der Neuorganisation der Firma beginnen und erfolgreich durchstarten, müssen wir uns irgendwas mit dem Vorstand einfallen lassen. Der hat mir einfach zu viele Mitglieder. Zu aufgebläht!«

»Du hast recht!«, bestätigte Elizabeth. »Mary hat entschieden zu viele Manager in den Vorstand berufen. Ich bin dafür, dass wir ihn schleunigst wieder zurückfahren. Auf achtzehn Mitglieder, wie unter meinem Vater.«

»Einverstanden und –«, Cecil hielt inne, da Lucas gerade in Begleitung eines Serviermädchens ins Zimmer kam.

Der Butler stellte das Tablett auf einen Beistelltisch, dann servierten er und das Mädchen den Gästen den Yorkshire Pudding.

Nachdem er die Bratensauce aufgetragen hatte, fragte der Butler: »Möchten Sie, dass ich jetzt den Wein einschenke, Miss Turner?«

»Ja, selbstverständlich, Lucas. Danke.«

Wieder allein, schaute Nicholas in die kleine Runde. »Ein zu großer Vorstand ist unflexibel, findet ihr nicht? Zu viele Stimmen und Meinungen schaffen auf lange Sicht Riesenprobleme. Ich bin froh über euren Entschluss zu verkleinern.«

»Die gesamte Unternehmensführung muss gestrafft werden«, gab Robert zu bedenken. »Hier wurden lange Jahre Geld und Talent zum Fenster rausgeworfen. Die Firma braucht frisches Blut, junge engagierte Mitarbeiter.«

»Robert, du sprichst mir aus der Seele.« Cecil nickte bekräftigend. »Und jetzt einen Toast auf dich, Elizabeth.« Er hob seinen Kristallpokal mit Rotwein und prostete ihr zu. »Auf den Neuanfang bei Deravenels und auf deinen großen Erfolg!«

Die beiden anderen Männer folgten seiner Geste. Elizabeths Augen glänzten, als sie einen Schluck aus ihrem Glas nahm.

»Danke«, sagte sie lächelnd, als sie ihr Glas auf den Tisch zurückstellte. »Ich möchte nur kurz anmerken, wie glücklich ich darüber bin, dass ihr drei heute hier sein könnt und wir gemeinsam die Zukunft der Deravenel Company gestalten werden. Ohne euch würde ich das nicht schaffen.«

»O doch«, meinte Robert zuversichtlich. »Aber mit uns zusammen macht es wesentlich mehr Spaß, stimmt's?«

Sie bedeutete ihnen lachend, mit der Vorspeise anzufangen, und die Männer langten hungrig zu.

Robert schaute dauernd über den Tisch zu ihr und fing ihren Blick auf, bis sie sich wieder auf ihr Essen konzentrierte. Sie war überglücklich, dass er an diesem ganz besonderen Tag hatte kommen können. Er sah fabelhaft aus, ungemein attraktiv und elegant. Unvermittelt bemerkte sie, dass sie ihn ein bisschen zu intensiv anschaute, denn er hob eine Braue und warf ihr einen forschenden Blick zu. Spontan flutete ein heißes Kribbeln durch ihre Magengrube. Eine tiefe Röte trat auf ihre Wangen. O Schreck, seit seiner Ankunft war sie sich seiner männlichen Ausstrahlung gewärtig und fühlte sich zunehmend von ihm angezogen.

4

Mein Freund Robert hat sich in all den Jahren kaum verändert. Zumindest nicht, was seinen Charakter angeht. Er war immer ein rücksichtsvoller, fürsorglicher Mensch und für mich wie ein Seelenverwandter; bisweilen tauchte er aus heiterem Himmel auf, als könnte er meine Gedanken lesen. In meiner Kindheit wünschte ich mir nämlich inständig, dass er seinen Vater überreden könnte, ihn für ein paar Tage zu uns nach Kent zu bringen. Oft hab ich sogar gebetet, er möge doch endlich kommen!

Er und sein Vater erschienen gelegentlich in Waverley Court, für gewöhnlich freitags nachmittags. Dann durfte Robert übers Wochenende bei uns bleiben, im Sommer auch schon mal länger. Kat Ashe, meine Gouvernante, hatte den Jungen ins Herz geschlossen. Heute bin ich mir ziemlich sicher, dass Kat und John Dunley diese Besuche arrangierten, weil sie wussten, wie isoliert ich war.

Wir lernten uns bei einem Mittagessen in unserem Chelsea House kennen und mochten uns auf Anhieb. Als wir nachher spielten und er mir erzählte, dass er acht Jahre alt sei, war ich völlig perplex, weil er verdammt groß war für sein Alter. »Ich bin auch acht«, erklärte ich. »Am siebten September werde ich neun. Und du?« Roberts verdutzte Miene werde ich im Leben nicht vergessen. »Ich hab auch am siebten September Geburtstag. Du, da müssten wir eigentlich zusammen feiern!« Er grinste und rief: »Hey, da sind wir ja fast so was wie Zwillinge, Elizabeth!« Ehrlich gesagt, ist mir schon öfter aufgefallen, wie ähnlich wir uns sind.

Als kleines Mädchen war ich sehr einsam. Nachdem meine Mutter in Frankreich bei einem Autounfall ums Leben gekommen war, schlug mir von meinem Dad offener Hass entgegen. Er ignorierte mich, schubste mich bloß herum und gab mich zu irgendwelchen Verwandten, die sich um mich kümmern sollten. Ich fühlte mich überflüssig und unerwünscht, und das kam nicht von ungefähr. Er konnte mich auf den Tod nicht ausstehen.

Irgendwann schickte mein Dad mich auf die Stonehurst Farm nach Kent. Kat begleitete mich. Sie war wie eine zweite Mutter für mich; Kat liebte mich sehr und liebt mich noch heute, aber verständlicherweise suchte ich damals die Liebe meines Vaters, die er mir jedoch versagte. Stattdessen war er grausam und herzlos zu mir.

Ich war meinem Vater dermaßen egal, dass er meine Erziehung im Großen und Ganzen Kat überließ. Wenn wir uns sahen, beschimpfte er mich, nannte mich einen Betriebsunfall und meine Mutter ein billiges Flittchen. Er ging sogar so weit zu behaupten, er wäre nicht mein Vater. Ich habe nie verstanden, warum er mich so tief verabscheute. Ich hatte richtig Angst vor ihm.

Als ich klein war, wünschte ich mir, Robert wäre mein Bruder, weil ich mich verzweifelt nach einer richtigen Familie sehnte, wo ich Geborgenheit fände und so. Ich liebte Robert, und daran hat sich bis heute nichts geändert. Er ist mein bester Freund. Und ich weiß, tief im Innern, dass ich zu ihm gehöre. Er hat das oft genug beteuert. Als Kinder waren wir eng befreundet, aber es ging auseinander, als wir älter wurden und er auf ein Internat kam. Trotzdem, wenn ich ihn brauchte, war er für mich da. In der schlimmen Zeit, als Mary abgrundtief böse und gemein zu mir war, richtete Robert mich moralisch wieder auf.

Ich bin froh, dass Cecil ihn mag. Die beiden kennen sich seit Jahren, weil Cecil früher für Roberts Vater tätig war. Vom Wesen her sind die beiden recht unterschiedlich. Cecil Williams ist ein kluger, heller Kopf, ein Mann, zu dem man Vertrauen fasst und dem man zuhört. Er ist kein Freund schneller Entscheidungen, sondern eher umsichtig – wie ich. Er beobachtet und wägt ab. Als studierter Wirtschaftsanwalt hält er sich strikt an seine Gesetzesvorlagen.

Robert ist genauso intelligent, gewieft und clever, und ein brillanter Geschäftsmann. Sein attraktives Äußeres und sein jungenhaft natürlicher Charme tragen zu seinem umwerfenden Charisma bei. Hochgewachsen und schlank, mit einem Faible für lässig elegante Kleidung, reißen sich die Frauen um ihn und rennen ihm die Bude ein. Ich weiß, dass er sich darauf nichts einbildet, auch wenn er gern mit Frauen ausgeht. Trotzdem ist er kein Womanizer; dafür würde ich meine Hand ins Feuer legen. Das Einzige, was mich an ihm stört, ist seine Impulsivität. Ich glaube jedoch, er ist inzwischen ruhiger und besonnener geworden.

Ich fand es eine gelungene Überraschung, als Robert letzten Sonntag in Yorkshire auftauchte. Er, Nicholas, Cecil und ich hatten ausgiebig Zeit, über die Zukunft von Deravenels zu sprechen. Er und Nicholas mussten am Montagmorgen wieder fahren. Cecil und ich blieben noch ein paar Tage auf Ravenscar. Hauptsächlich wegen der Beerdigung. Sechzig Leute drängten sich in der kleinen Kapelle! John Norfell *hatte alles perfekt arrangiert. Die Kapelle war mit Blumen geschmückt, Marys Gemeindepfarrer extra aus London angereist. Er und John Norfell begleiteten den Sarg. Das Essen hatten wir bei einem Cateringservice bestellt. Ich bin meiner Pflicht nachgekommen und habe meine Rolle als Gastgeberin mit feierlicher Würde gespielt. Jedenfalls meinte Cecil nachher, ich hätte mich vorbildlich verhalten. Nachdem alle weg waren, packten wir unsere Sachen in seinen Wagen und fuhren zusammen nach London.*

Es ist Samstagmorgen, ich bin wieder in meinem Apartment am Eaton Square und warte auf meine allerbeste Kat, die jeden Moment eintreffen muss. Ich kann es kaum erwarten, sie wiederzusehen … nach so vielen Monaten.

* * *

»Lass dich anschauen, Kleines«, sagte Kat. Sie betrachtete Elizabeths Gesicht. »Also dafür, dass du es wochenlang im kalten Norden aushalten musstest, siehst du gar nicht übel aus. Ein bisschen blass, aber ansonsten bildhübsch.«

Elizabeth umarmte ihre frühere Gouvernante und meinte lachend: »Kat, ich bin immer blass. Das müsstest du ja am besten wissen. Du hast mich weder bei Sonne noch bei Kälte draußen spielen lassen.«

»Stimmt, deine Haut reagiert sehr empfindlich. Und auf Ravenscar ist es meistens lausig kalt und windig. Früher hattest du öfter ein Kälteekzem«, erinnerte Kat ihren Schützling.

»Als Kind, aber jetzt zum Glück nicht mehr.« Elizabeth nahm sie beim Arm und zog sie durch das Foyer. »Ich habe deinen Rat befolgt und schütze meine Haut seit Jahren.«

»Ich weiß.« Kat nickte.

Die beiden Frauen betraten den geraumigen Salon, den Elizabeth vor einigen Jahren mit Kats Unterstützung eingerichtet hatte. Der Raum wirkte hell und freundlich, mit einer hohen Decke und bodentiefen Fenstern, im Kamin knisterte ein anheimelndes Feuer. Mimosengelb gestrichene Wände, sahneweiße Sofas und Sessel sowie kostbare Antiquitäten unterstrichen das stilvolle Ambiente.

»Ich hab dir wahnsinnig viel zu erzählen, aber erst mal brauche ich einen Kaffee«, sagte Elizabeth.

»Ich koch uns rasch einen«, erbot sich Kat.

»Nein, nein, ich mach das schon«, beharrte Elizabeth. »Lass mich doch auch mal was für dich tun, Kat. Du hast mich jahrelang umsorgt.«

»In Ordnung, danke.«

Elizabeth lief in die Küche und Kat ging zu den beiden Fenstern, die auf den Park am Eaton Square hinausgingen. Die Bäume waren kahl, und der kleine Park mutete an jenem unwirtlich kalten Tag trist und abweisend an. Kat fand winterliche Landschaften bedrückend, weil scheinbar ohne Leben. Sie freute sich schon auf den Frühling, auf die ersten wärmenden Sonnenstrahlen, wenn sie sich endlich wieder um ihren Garten kümmern konnte. Indes brachte Elizabeth Turner ein bisschen Sonne in ihr Leben. Sie liebte die junge Frau, die sie aufgezogen hatte, als wäre sie ihr eigenes Kind.

»Da bin ich wieder!« Elizabeth kam in den Salon

gewirbelt. Sie stellte das Tablett mit dem Geschirr auf ein niedriges Tischchen vor dem Kamin. »Komm, nimm dir einen Kaffee und setz dich zu mir, Kat.«

Die beiden Frauen setzten sich auf das Sofa vor dem Kamin und plauderten über dies und das. Unvermittelt fragte Elizabeth: »Und wie war dein Besuch bei Tante Grace Rose? Wie geht es ihr?«

»Deine Tante ist eine unglaubliche Frau«, sagte Kat lächelnd und ihr mütterlich weiches Gesicht hellte sich auf. »Es ist immer wieder schön, sie zu besuchen. Kaum zu fassen, dass sie schon sechsundneunzig ist, aber sie ist … exakt so alt wie dieses Jahrhundert. Dabei ist sie kein bisschen senil und sieht für ihr Alter fabelhaft aus.«

»Faszinierend, wenn jemand im hohen Alter noch so fit ist.«

»Natürlich ist sie nicht mehr so rüstig wie früher. Trotzdem erzählte sie mir, dass sie dauernd auf Achse ist, hier eine Einladung zum Lunch, dort eine zum Dinner wahrnimmt. Sollte ich so alt werden, hoffe ich, so zu sein wie sie.«

»Ich auch«, gestand Elizabeth. »Mir fiel jedenfalls ein Stein vom Herzen, als du anriefst und sagtest, sie käme nicht zu Marys Begräbnis. Ich dachte schon, sie würde darauf bestehen zu kommen … von wegen Familienzusammenhalt und so. Du weißt ja, wie sie ist.«

Kat stellte ihre Kaffeetasse ab und lehnte sich zurück. »Sie erklärte, dass sie nicht mehr zu Beerdigungen geht. In ihrem gesegneten Alter, meinte sie, käme ihre eigene noch früh genug, folglich könnte sie auf einen kleinen Vorgeschmack gut verzichten. Sie geht nur noch zu Taufen und Hochzeiten, wobei sie Taufen lieber mag, weil die modernen Ehen ihrer Meinung nach meist nicht lange halten. ›Also warum überhaupt feiern?‹, meinte sie. Ich hab Tränen gelacht, als ich bei ihr war.«

Elizabeth nickte. »Sie ist immer noch so schonungslos aufrichtig wie früher und hat sich kein bisschen verändert. Braucht sie irgendwas?«

»Meinst du Geld? Nein, sie ist stinkreich. Aber sie bittet um etwas anderes.«

»Worum denn? Na, sag schon. Hoffentlich kann ich ihr den Wunsch erfüllen.«

»Ganz bestimmt. Sie möchte dich sehen. Und so bald wie möglich. Sie weiß, dass du im Stress bist, trotzdem bat sie mich, dich darauf hinzuweisen, dass ihr mit sechsundneunzig nicht mehr viel Zeit bleibt.«

»Hast du eine Ahnung, wieso sie mich sehen möchte?«

»Ich würde es eher so formulieren: Sie will dich unbedingt sehen. Keine Ahnung, wieso. Sie hat nichts weiter gesagt.«

»In der kommenden Woche bin ich voll verplant, aber in der darauffolgenden Woche hab ich noch Termine frei. Am besten abends«, überlegte Elizabeth laut. »Kommst du mit, Kat?«

»Bedaure, aber es geht nicht, Liebes. Grace Rose bat ausdrücklich darum, dass du allein kommst. Anscheinend hat sie dir was Wichtiges mitzuteilen, und da würde ich nur stören.«

»Verstehe. Hmm, da muss ich mir echt was einfallen lassen.«

»Wie wäre es mit morgen Nachmittag, Elizabeth? Zum Tee. Sofern es ihr auch passt, natürlich.« Kat grinste.

»Morgen hab ich jede Menge zu tun. Vor mir liegt eine anstrengende Woche, und ich muss mir passende Kleidung rauslegen und so.« Elizabeth schüttelte leicht bedrückt den Kopf. »Ich weiß nicht, wo ich anfangen soll. Wenn ich an die Firma denke, wird mir ganz anders.«

In ihrer Stimme schwangen Anspannung und Skepsis, und Kat drückte begütigend Elizabeths Hand. »Das schaffst du schon. Du führst den Laden locker mit links –«

»Hör mir zu, Kat«, unterbrach Elizabeth sie. »Ich schätze deine Zuversichtlichkeit, aber so einfach ist das nicht. Ich hab null Erfahrung, wie man ein internationales Unternehmen leitet, zudem arbeite ich seit einem Jahr nicht mehr bei Deravenels, wegen Marys dauernder Schikane. Ich habe Skrupel, dass ich versagen und alles in den Sand setzen könnte.«

»Nein, ganz bestimmt nicht. Im Gegenteil, du bist genauso geeignet und ergebnisorientiert wie dein Vater. Du vertrittst moralische Werte und kannst reichlich praktische Erfahrung für dich verbuchen. Außerdem führst du das Unternehmen nicht allein, oder?«

»Nein, das nicht. Ich habe Cecil Williams, Robert Dunley und Nicholas Throckman als Berater. Cecil erzählte mir gestern, dass Francis Walsington aus Paris zurückgekehrt sei. Jetzt, nachdem Mary tot ist.«

»Das sind alles gute, zuverlässige Leute, auf die du

dich hundertprozentig verlassen kannst«, versicherte Kat.

»Stimmt.«

Kat blickte für einen kurzen Augenblick in eine ungewisse Ferne, dann wandte sie sich abermals an Elizabeth. »Du hast wahrlich anderes zu tun, als dich um deine Kleidung und dergleichen zu kümmern. Ich mach dir einen Vorschlag –« Sie hielt kurz inne und sah die junge Frau an, die ihr ans Herz gewachsen war.

»Was denn? Weshalb schaust du mich so an?«

»Mir kam eben eine Idee, Elizabeth. Bitte doch Blanche Parrell, das mit deiner Kleidung zu organisieren. Sie hat das jahrelang gemacht, als du jünger warst. Schick sie zum Shoppen – Kostüme, Hosenanzüge, Blusen, Mäntel, Schuhe, Accessoires und so weiter. Sie soll dir eine Auswahl hierherschicken lassen. Dann kannst du in Ruhe anprobieren und aussuchen, was du behalten willst. Das kannst du sogar abends nach der Arbeit machen.«

Elizabeths Miene hellte sich auf. »Das ist eine phantastische Idee, Kat. Im Übrigen hab ich noch eine Bitte an dich. Würdest du so lieb sein, dich um dieses Apartment und um Ravenscar zu kümmern? Ich hab demnächst bestimmt keine Zeit für so etwas. Meine neue Aufgabe stellt hohe Anforderungen an mich.«

»Aber Ravenscar ist Lucas' Domäne, oder? Ist er nicht sauer, wenn ich mich da einmische?«

»Nein, ganz bestimmt nicht. Du fährst gelegentlich hin und schaust nach, ob das Anwesen gepflegt und der Garten gut in Schuss ist. Du brauchst dich nicht in die Haushaltsführung einzuschalten. Lucas und seine Frau Maria kümmern sich nämlich rührend um das Haus, außerdem beschäftigen wir stundenweise ein paar Frauen aus dem Dorf, die beim Saubermachen helfen. Das Apartment hier ist pflegeleicht und Angelina eine gute Haushälterin. Ach ja, da wäre noch Waverley Court in Kent. In den nächsten Wochen werde ich bestimmt nicht hinfahren können, um mich mit eventuell anfallenden Problemen zu befassen. Würdest du das für mich übernehmen?«

»Aber selbstverständlich!«, kam es wie aus der Pistole geschossen von Kat. »Das macht mir bestimmt Spaß. Dir schwebt also Folgendes vor: Ich soll praktisch den Job eines Gutsverwalters machen, so wie im vorigen Jahrhundert, und dort die Liegenschaften, Häuser, Stallungen und Finanzen verwalten? Sehe ich das richtig?«

»Genau.« Elizabeth beugte sich vor und fuhr fort: »Ach ja, und die Stonehurst Farm. Grace Rose vermachte sie vor zig Jahren meinem Vater, und Mary war häufig dort, wenn sie sich nicht in dem alten Haus in Chelsea aufhielt. Was mach ich bloß mit diesen Immobilien, Kat?«

»Du hast nicht vor, ins Chelsea House zu ziehen?«

»Nein, auf gar keinen Fall. Ich mag dieses Apartment.«

»Das Haus ist seit vielen Jahren im Besitz der Familie. Richard Deravenel vererbte es deiner Großmutter, und Bess wiederum deinem Vater. Ich glaube sogar, er hätte eine Zeitlang dort gelebt.«

»Dafür war er so gut wie nie auf der Stonehurst Farm. Er zog Waverley Court im Süden Englands vor. Und Ravenscar, genau wie ich.«

»Stimmt. Weißt du was, wir setzen uns in deinem Arbeitszimmer zusammen und erstellen eine Liste der Dinge, um die ich mich kümmern muss. Ich denke, als Erstes sollte ich mich auf das Haus in Chelsea und die Stonehurst Farm konzentrieren, zumal Mary dort jahrelang lebte. Irgendjemand muss sich schließlich ihrer Besitztümer annehmen und mal gründlich aufräumen.«

»Grundgütiger, das hatte ich völlig verdrängt. Und da ist noch etwas, Kat.« Elizabeth sprang auf und bedeutete ihrem früheren Kindermädchen, ihr ins Arbeitszimmer zu folgen. »Ich muss zig Bankschließfächer kontrollieren. Hilfst du mir dabei?«

»Kein Problem. Ich halt dir in der nächsten Zeit den Rücken frei, damit du dich ausschließlich auf deine Führungsaufgaben konzentrieren kannst.«

* * *

Später an jenem Tag musste Elizabeth wieder an Kats Worte denken, dass sie sich auf die Deravenel Company zu konzentrieren habe. Ihr Vater hatte ähnlich argumentiert, damals, als sie neun Jahre alt gewesen war. Im Hinblick auf sich, nicht auf sie. Der fragliche Tag hatte sich in ihr Gedächtnis eingegraben, die Erinnerung war lebhaft deutlich. An jenem Tag hatte ihr Vater sie wieder in den Schoß der Familie aufgenommen … ein Glückstag für sie. Sie lehnte den

Kopf an das Rückenpolster und schloss die Augen, erinnerte sich an das Gespräch mit ihm …

* * *

»Komm her und steh nicht so da wie ein begossener Pudel«, sagte Harry Turner, während sein Blick über das Mädchen schweifte, das vor ihm in der Bibliothek stand.

Das Kind nickte, kam einen Schritt näher, räusperte sich unschlüssig.

Er runzelte die Stirn, sein Tonfall wurde etwas milder. »Du hast doch nicht etwa Angst vor mir, oder, Elizabeth?«

Elizabeth, die stets beteuerte, dass sie vor nichts und niemandem Angst habe, schüttelte den Kopf. »Nein, Dad, ich hab keine Angst vor dir. Mag sein, dass ich ein bisschen schüchtern wirke, weil wir uns kaum kennen.«

Ein Lächeln umspielte seine Mundwinkel. »Ich bin dein Vater, da brauchst du doch nicht schüchtern zu sein. Und jetzt komm, gib mir einen Kuss.«

Elizabeth trat folgsam zu ihm, und Harry beugte sich herunter, so dass sie ihn auf die Wange küssen konnte. Dann sagte er: »Du bist gut in der Schule, sogar eine ausgezeichnete Schülerin. Weiter so, Elizabeth.«

Das Mädchen steckte eine Hand in die Jackentasche ihres grünen Blazers, zog einen Umschlag heraus und reichte ihn dem Vater. »Hier, mein Zeugnis.«

Er nickte und nahm es an sich. »Herzlichen Glückwunsch, du bist ja Klassenbeste!«, rief er, nachdem er das Zeugnis überflogen hatte. Ein Grinsen breitete sich auf seinem Gesicht aus. »Du meine Güte, sprichst du wirklich fünf Sprachen?«

»Wenn du Englisch mit dazuzählst, ja.«

Er lachte. »Und welche kannst du noch?«

»Latein, Französisch, Italienisch und Deutsch.«

»Donnerwetter, Deutsch ist eine schwierige Sprache. Du bist ein kluges Mädchen, Elizabeth. Und jetzt dreh dich um, lass dich anschauen.«

Sie gehorchte. Die Anspannung fiel zunehmend von ihr ab. Ihr glückte sogar ein verlegenes Lächeln.

»Verdammt, du bist ja eine echte Turner!«, rief er. »Du kommst nach mir, groß und schlank, mit rotblonden Haaren. Und auch nach den Deravenels. Den hellen Teint hast du von deiner Mutter geerbt. Also, ich fühle mich regelrecht geschmeichelt, dass meine Tochter eine echte Turner ist. Jetzt essen wir erst mal zusammen zu Mittag, dabei erzähle ich dir alles über Deravenels und wie ich das Unternehmen führe.«

Elizabeth schaute zu ihm hoch und strahlte. »O ja, gern, Dad. Meinst du, du kannst mir die Firma irgendwann mal zeigen?«

»Aber sicher. Gleich nach dem Essen«, versprach er. Er fasste ihre Hand und führte sie in das Esszimmer vom Chelsea House.

* * *

Elizabeth erhob sich aus ihrem Sessel und lief in ihr Ankleidezimmer, betrachtete sich im Spiegel. Ja, sie war eine echte Turner, trotzdem ließ sich das Deravenel-Erbe nicht verleugnen.

Sie musste unwillkürlich lächeln. Sie ging in die Bibliothek und setzte sich an den Schreibtisch. Wie hätte sie jenen Tag je vergessen können? An dem besagten Tag war sie rehabilitiert und so etwas wie sein Liebling geworden. Seitdem hatte sie ihn bewundert, ihn heimlich zum größten Tycoon aller Zeiten hochstilisiert. Ihre Zuneigung hatte den Hass gemildert, der sich wie ein Panzer um ihr Herz schloss. Zwar war sie ihrem Vater weiterhin mit gemischten Gefühlen begegnet, dennoch war es ihr leichter gefallen, Toleranz zu üben und Verständnis für seine Haltung aufzubringen. Und als er starb, hatte sich der Hass fast verloren. Darüber war sie froh.

5

Elizabeth, bitte, gib deinem Herzen einen Stoß und komm endlich«, meinte Robert Dunley leicht ungehalten. »Wir müssen ja nicht ewig bleiben. Trotzdem finde ich es sinnvoll, wenn du dir vorab einen kleinen Überblick verschaffst.«

»Hmm, meinetwegen«, maulte sie widerstrebend. Robert hatte sie zu einem Sonntagslunch ins Savoy eingeladen und ihr gleich nach ihrer Ankunft eröffnet, dass sie erst mal zu Deravenels gehen würden.

Mit einem erfreuten Nicken schob er seinen Arm unter ihren, führte sie durch das Hotelfoyer nach draußen. Kurz darauf überquerten sie die Strand und gingen auf das riesige Gebäude zu, die Konzernzentrale von Deravenels.

»Wieso hattest du es plötzlich so eilig, in die Firma zu kommen?«, fragte sie argwöhnisch.

»Überraschung!« Seine dunkelbraunen Augen blitzten übermütig. »Dein Gesicht möchte ich sehen!«

»Was ist es denn?«, hakte sie nach, neugierig geworden.

»Das wird nicht verraten«, antwortete er mit Nachdruck. Inzwischen standen sie vor dem prächtigen zweiflügeligen Eingangsportal des Gebäudes. Robert tippte einen aus mehreren Ziffern bestehenden

Code in die Schließanlage, die links von der Tür in den Verputz eingelassen war. Dann trat er zurück und wartete.

Sekunden später war eine sonore Stimme aus der Sprechanlage zu hören. »Guten Tag. Wer sind Sie bitte?«

»Tag, Alfred. Ich bin's, Robert Dunley.«

»Danke, Sir. Bitte, treten Sie ein.«

Ein schrilles Summen ertönte; Robert drückte die schwere Tür auf und schob Elizabeth sanft ins Innere.

In dem großen Empfangsbereich erwartete sie Alfred Vine, der diensthabende Pförtner. Als er Elizabeth erblickte, hellte sich seine Miene auf, und er rief: »Miss Turner! Schön Sie zu sehen. Willkommen daheim.«

»Schön, Sie wiederzusehen, Alfred.« Elizabeth schenkte ihm ein warmes Lächeln. Sie kannte ihn seit Jahren, wie viele ihrer Angestellten.

»Das mit Mrs Turner Alvarez tut mir sehr leid«, sagte der Pförtner in getragenem Ton. »Mein Beileid, Miss Turner.«

»Danke, nett von Ihnen.«

Robert schaltete sich ein. »Wir gehen kurz hoch in die Chefetage, Alfred. Wir bleiben nicht lange.«

»Kein Problem. Lassen Sie sich ruhig Zeit, Sir.«

Elizabeth schaute sich aufmerksam um, als sie mit Robert durch das vornehm mit Marmor getäfelte Foyer ging. Ihre Schritte hallten auf der prächtigen Doppeltreppe wider, die sich in den ersten Stock schwang. Als junges Mädchen hatte sie diese Pracht schwer beeindruckt, ja regelrecht eingeschüchtert. Sie lächelte still in sich hinein. Keine Frage, in gewisser Weise war sie noch immer beeindruckt.

»Heute Morgen ist es sehr ruhig, Robert«, sagte Elizabeth und machte große Augen, als das Echo ihrer Stimme widerhallte. »Ach, du meine Güte, das mit dem Nachhall hatte ich ganz vergessen.«

Robert grinste. »Weißt du nicht mehr, als wir das entdeckten? Wir waren zehn und spielten ›Echos machen‹, wie du es nanntest, indem wir kreischten und schrien. Das blieb nicht ohne Folgen.«

»Gott ja, jetzt fällt es mir wieder ein! Unsere Väter waren wütend, weil wir einen solchen Lärm machten. Es war Sonntag, die Büros unbesetzt, genau wie heute. Tut mir leid, aber ich verstehe bis heute nicht, wieso die beiden dermaßen ausgerastet sind.«

»Mein Vater sperrte mir das Taschengeld. Und deiner?«

Elizabeth kicherte. »Ich weiß es nicht mehr. Jedenfalls brüllte er mich an und schimpfte.«

Sie gingen schweigend die Stufen hoch, bogen in den breiten Korridor und blieben vor dem Büro der Geschäftsführung stehen. »Schließ die Augen. Ich möchte nämlich, dass es eine echte Überraschung wird«, bat Robert sie.

Elizabeth gehorchte. Er ergriff ihre Hand, führte sie in das Büro, schaltete die Deckenbeleuchtung ein und sagte: »Okay, jetzt kannst du sie wieder aufmachen.«

Sie öffnete die Augen und schnappte hörbar nach Luft. »O mein Gott, Robert! Wie hast du das bloß hinbekommen?« Während sie sprach, glitten ihre Blicke durch das Zimmer, verschafften sich einen ersten Gesamteindruck. Dann drehte sie sich um und umarmte ihren Jugendfreund. »Es ist wieder Vaters Büro und nicht mehr ihres! Ich danke dir!«

»Gefällt es dir?«, fragte er aufgeregt. Am liebsten hätte er ihr jeden Wunsch von den Augen abgelesen.

»Und wie!« Sie ging durch das große repräsentative Büro, das in den letzten hundert Jahren von Richard Deravenel, seinem Sohn Edward und dessen jüngerem Bruder Richard benutzt worden war. Ihnen folgte ihr Großvater Henry Turner, und nach seinem Tod ihr Vater Harry.

Edward Selmere, der das Unternehmen kommissarisch für ihren jüngeren Bruder verwaltet hatte, hatte ebenfalls ein Büro in der Geschäftsführungsetage gehabt. Nachdem Mary zur Alleingeschäftsführerin ernannt worden war, hatte sie das angestammte Büro der Deravenel-Turners übernommen. Daran war zwar im Prinzip nichts auszusetzen, nur dass Mary ein absolutes Chaos hinterlassen hatte, fand Elizabeth.

»Und was hast du eigentlich mit diesen grässlichen hypermodernen Möbeln gemacht, die Mary damals angeschafft hatte?«, wollte sie von Robert wissen.

»Hab sie rausgeschmissen. Natürlich mit Cecils Einverständnis.« Robert lachte. »Ich war froh, als sie endlich weg waren. Schau mal, die Karte, die da an der Wand hinter dem Schreibtisch hängt … das ist die berühmte alte Weltkarte. Mary hatte sie in die

Abstellkammer verbannt. Ich hab sie zurückgeholt und wieder da angebracht, wo sie hingehört.«

Sie lief zu der Weltkarte. »Und du hast sie neu rahmen lassen, stimmt's?«

»Klar, und durch das neue Glas sieht man alles viel besser.«

»Wie aufmerksam von dir. Danke, tausend Dank, ich bin überglücklich.« Sie setzte sich an den schön geschwungenen Jugendstilsekretär, ein Erbstück von den früheren Unternehmenslenkern, strich mit den Fingern über die fein gegerbte Lederunterlage, für einen Moment weit entrückt. Sie fasste sich wieder, erhob sich und nahm das Ambiente in sich auf: die cremeweiß gestrichenen Wände, das antike dunkelgrüne Chesterfield-Sofa mit den polierten Polsterknöpfen und die gediegenen Stehlampen. »Es ist alles da, nicht, Robert? All die Dinge, auf die mein Vater großen Wert legte.«

»Und sein Vater vor ihm, und davor die Deravenels«, erwiderte Robert. »Der Perserteppich ist auch noch der alte. Stell dir vor, den hab ich selber saubergemacht! Alles fing vor drei Wochen an, als ich Cecil darauf ansprach, ob wir nicht vor deiner Rückkehr das Büro streichen lassen sollten. Du erinnerst dich bestimmt an die scheußlich mausgrauen Wände, die Mary hatte. Cecil ließ mir freie Hand, und dann kam uns mit einem Mal die Erleuchtung, dass Marys Möbel auch nicht das Wahre seien. Et voilà! Raus damit. Wunderbar, dass mir die Überraschung geglückt ist.«

»Das ist sie.«

»So, jetzt gehen wir essen und feiern deine Rückkehr ins Unternehmen. Die Lady ist der Boss! Darauf trinken wir.«

* * *

Viele der Gäste reckten neugierig die Köpfe, als das attraktive, elegante junge Paar durch das Foyer des Savoy Hotels ins Restaurant steuerte. Elizabeth war fast so groß wie Robert, eine aparte Schönheit mit makellos hellem Teint und wie Kupfer glänzenden Haaren. Sie trug ein schmal geschnittenes auberginefarbenes Kostüm, das ihre schlanke Silhouette betonte, und dazu einen farblich passenden, gemusterten Seidenschal, den sie lässig um den Hals geschlungen hatte.

Robert Dunley war sich durchaus bewusst, dass ihre Präsenz für Aufsehen sorgte. Das war nichts Neues. Beide liebten modische Kleidung und hatten einen stilsicheren Geschmack. Er hatte ein Faible für italienische Designerlabel, Elizabeth trug gern kräftige Farben und bevorzugte Modelle von Joseph, Versace und Cavalli.

Nachdem sie sich an einen Fenstertisch mit Blick auf die Themse gesetzt und Champagner bestellt hatten, ergriff Robert ihre Hand und drückte sie sanft. »Bist du nicht froh, dass wir kurz im Büro waren?«

Elizabeth nickte zustimmend. »Doch, du hattest absolut recht, wie üblich. Keiner kann sich so gut in mich hineinversetzen wie du, Robert, Liebster. Ehrlich gesagt, hatte ich wahnsinnig Bammel davor, morgen hinzugehen. Du hast mir über meine ärgsten Skrupel hinweggeholfen. Und noch mal danke, dass du Vaters Büro umgestaltet hast. Ich fand Marys überkandidelten Stahl-und-Glas-Tick abscheulich und hätte mich in ihren neumodischen Designermöbeln nicht wohl gefühlt.«

»Mich schüttelt es, wenn ich nur daran denke. Ich hab richtig aufgeatmet, als der ganze Krempel in den Keller wanderte und die alten Möbel hochgebracht wurden. Für dich hab ich es gern getan«, versicherte Robert.

In diesem Moment stellte der Kellner zwei Gläser Champagner auf den Tisch, und nachdem sie sich zugeprostet hatten, meinte Elizabeth seufzend: »Sag mir bloß, was ich mit dem Chelsea House machen soll.«

»Möchtest du denn nicht dort wohnen?«, wollte Robert wissen.

»Ich weiß nicht … wohl eher nicht. Aber wenn ich wie jetzt auf den Fluss schaue, finde ich die Themse wunderschön, vor allem bei strahlendem Sonnenschein. Und das Haus liegt direkt am Ufer.«

»Von seiner Architektur her ist es ein außergewöhnliches Haus, und bei einem Verkauf würdest du bestimmt eine Menge Geld dafür bekommen. Aber vielleicht möchtest du irgendwann selber dort leben, von daher würde ich an deiner Stelle keine übereilten Entscheidungen treffen.«

»Nein, nein. Kat hat mir zugesagt, dass sie sich den Zustand des Hauses mal genauer ansieht. Im Übrigen kümmert sie sich vorübergehend um all meine Immobilien.« Und lächelnd fügte Elizabeth hinzu: »Kat hat das Angebot, meine Immobilienverwalterin zu sein, angenommen. Mit allem Drum und Dran.«

»Kat macht bestimmt einen ausgezeichneten Job! Sie ist eine außerordentlich tüchtige Person.« Er lehnte sich zurück und fragte: »Und was war das vorhin mit Blanche Parrell?«

»Blanche ist so etwas wie meine neue Stilberaterin. Erst mal entsorgt sie alles, was ich nicht mehr anziehen kann. Und der Stapel für die Altkleidersammlung ist beachtlich, das kann ich dir flüstern. Auf Kats Vorschlag hin kümmert sie sich künftig um meine Garderobe. Sie stellt mir eine Auswahl schicker aktueller Mode zusammen, damit ich in meinem neuen Job toll aussehe.«

»Gute Idee. Das spart dir viel Zeit.« Robert fasste in seine Brusttasche und zog ein gefaltetes Blatt Papier heraus. »Ich hab was für dich, das du dir anschauen solltest. Es ist ein bisschen problematisch, also bitte, reg dich nicht auf.«

»Was ist es denn?« Sie hob ihre schön geschwungenen Brauen. Seine Warnung und seine ernste Miene verrieten ihr, dass das Stück Papier nicht nur kompliziert, sondern auch von verhängnisvoller Bedeutung sein konnte.

»Lies selbst, dann sprechen wir darüber und bestellen das Essen.« Er reichte ihr das Blatt.

Elizabeth faltete es auseinander und sah sofort, dass es sich um eine Überweisung handelte, die Mary Turner Alvarez unterschrieben hatte. Ihre Schwester hatte drei Jahre zuvor fünfzig Millionen Euro auf das spanische Konto von Philip Alvarez überwiesen, den sie kurz zuvor geheiratet hatte. Geschockt starrte sie auf das Papier, las erneut den Betrag. Wütend faltete sie das Überweisungsformular wieder zusammen. Mit gesenkter Stimme und maßlos verärgert zischte sie: »Ich kann es nicht fassen! Entweder hatte er ihr eine Gehirnwäsche verpasst, oder sie war geistig umnachtet oder völlig durchgeknallt.«

»Vermutlich alles zusammen«, konterte Robert.

Elizabeth kam ein entsetzlicher Gedanke. »Meinst du, das Geld stammte aus ihrem Privatvermögen? Oder von einem der Firmenkonten?«

»Keine Ahnung. Aus der Überweisung wird es nicht ersichtlich.«

»Cecil erzählte mir, dass sie fünfundsiebzig Millionen Euro in Philips Immobiliengesellschaft investiert hat. Wusstest du davon?«

»Gerüchteweise habe ich gehört, dass sie ihn ziemlich großzügig unterstützte, aber nicht in welcher Höhe.«

»Bitte sag Cecil nicht, dass ich es dir erzählt habe.«

»Keinesfalls.«

»Woher hast du den Kontoauszug?«, wollte Elizabeth wissen.

»Das tut jetzt nichts zur Sache.«

»Mir kannst du es aber sagen, Robert.«

»Besser nicht … na ja, ich will es mal so umschreiben … ich habe jahrelang in der Deravenel Company gearbeitet, wie mein Vater und mein Großvater. Und manche Leute haben nun mal die schlechte Angewohnheit, ihre Schlüssel zu verlegen.«

»Willst du damit sagen, dass du dir ein paar Schlüssel aneignen konntest?« Elizabeth machte große Augen.

»Du hast es erfasst.«

»Diese Überweisung ist doch eine Kopie, oder?«

»Ja. Das Original liegt noch oder wieder in dem entsprechenden Schubfach. Du kannst sie behalten, wenn du möchtest, aber nimm sie nicht mit ins Büro. Pack sie zu Hause in deinen Safe. Ich bin zufällig darüber gestolpert und wollte sie dir nicht vorenthalten. Mein Gott, ich darf gar nicht darüber nachdenken, was wir noch alles finden werden, wenn wir erst mal loslegen. Jedenfalls möchte ich, dass du den anderen immer einen Schritt voraus bist bei diesem Scheißspiel.«

»Ich muss Cecil informieren. Ich bin mir absolut sicher, dass die fünfzig Millionen aus ihrer Privatschatulle stammten.«

»Keine Frage. Er sollte Bescheid wissen«, pflichtete Robert ihr bei und betrachtete sie mit leicht geneigtem Kopf. »Du nimmst es gefasster, als ich dachte.«

»Irrtum, ich bin echt wütend! Zumal ich das Gefühl nicht loswerde, dass die Fünfundsiebzig-Millionen-Transaktion an Philip lediglich die Spitze des Eisbergs ist.«

* * *

Robert ist ein Schatz! Es war eine gute Idee, vorab einen kurzen Abstecher in die Firma zu machen. Meine Ängste sind verschwunden. Und ich hatte, ehrlich gesagt, große

Skrupel vor den vielen Erinnerungen, die auf mich einstürmen würden. Die negativen beziehen sich ausschließlich auf Mary und wie sie mich behandelt hat. Sie war eine Despotin, auch anderen gegenüber. Misstrauisch und intrigant, überging sie mich, wo sie nur konnte. Irgendwann setzte sie mich vor die Tür.

Ich habe meinen Job vermisst, aber was sollte ich tun? Sie war die verantwortliche Geschäftsführerin und hatte mir gekündigt. Ich zog mich nach Ravenscar zurück, und obwohl sie das Anwesen hasste und nie dorthin kam, lebte ich mit der ständigen Angst um ihre Launen und Stimmungsumschwünge. Sie war zwar weit weg, trotzdem war sie meine Kontrahentin, die stündlich irgendeine infame Gemeinheit gegen mich loslassen konnte.

Die positiven Erinnerungen haben mit meinem Dad zu tun, und als ich neulich sein Büro betrat, fiel mir ein zentnerschweres Gewicht vom Herzen. Es war exakt so eingerichtet wie früher. Ich habe nie verstanden, weshalb Mary die kostbaren Antiquitäten im Keller verstauben ließ und sich dafür mit futuristischen Designerstücken umgab. Es sei denn, sie wollte sich bewusst von unserem Vater distanzieren. Obwohl ihre Beziehung nach außen hin harmonisch schien, konnte diese falsche Schlange es ihm wohl nie verzeihen, dass er ihre Mutter verlassen hatte.

Nachdem sich das Verhältnis zwischen Dad und mir erkennbar entspannt hatte, nahm er mich morgens öfter mit in sein Büro. Dann saß ich auf dem Chesterfield-Sofa und las Broschüren über unsere Weingüter in Frankreich, die Diamantminen in Indien und die afrikanischen Goldminen. Er beantwortete mir bereitwillig Fragen über unser weitverzweigtes Handelsunternehmen. Mittags gingen wir ins Savoy oder Rules zum Essen. Je älter ich wurde, umso beeindruckter war er von meinem Intellekt und meiner Sachkompetenz. Deshalb wurde Mary auch zunehmend eifersüchtig auf mich. Sie hasste ihn, weil er mich über den grünen Klee lobte; sie hasste mich, weil ich Harry Turner ähnlich sah. Dad betonte des Öfteren, dass ich die schmale, hoch aufgeschossene Statur von meinem Großvater Henry Turner hätte, der Waliser, der Bess Deravenel geheiratet hatte. Als Kind war ich dann jedes Mal sehr stolz.

Als mein Vater starb, war ich gerade mal zwölf. Gott sei Dank waren mir diese wenigen wundervollen Jahre mit ihm und meinem Halbbruder Edward vergönnt. Rückblickend waren es die glücklichsten Jahre meiner Kindheit. Edward und ich standen uns sehr nahe. Mit meiner neuen Stiefmutter, Catherine Parker, verstand ich mich ausgezeichnet. Sie war eine reizende, fürsorgliche Frau und liebte uns Kinder wie ihre eigenen, auch Mary.

Im zarten Mädchenalter hatte mein Vater meine Gefühle tief verletzt. Später versuchte er jedoch, seine Sünden wiedergutzumachen. Ich habe viel von ihm gelernt, er ist mein großes Vorbild. Er war ein brillanter Kopf und ein weitaus kompetenterer Unternehmenslenker als sein Vater, den er zuweilen flapsig mit »Gutsherr« titulierte. Er erzählte mir einmal, dass sein Vater, der aus bescheidenen Verhältnissen stammte, es nie gebilligt habe, dass seine Frau Bess sich in die Belange des Unternehmens einmischte. Sie war nämlich die reiche Erbin, durch ihren Vater Edward, und Dad fand es falsch, dass sie keinerlei Entscheidungsbefugnis hatte. Er vergötterte seine Mutter, die ihn und seine jüngere Schwester Mary aufgezogen hatte.

Sie weilten oft auf Ravenscar, vermutlich hing er deshalb an dem Anwesen. Seine Mutter hatte großen Einfluss auf ihn, sie war es auch, die ihm die Familiengeschichte und den Moralkodex der Deravenels näher brachte.

Mein Dad gab das alles an mich weiter, und als seine rechtmäßige Erbin bin ich ab morgen Firmenchefin.

* * *

»Elizabeth, kannst du bitte mal kurz mitkommen und dir die Sachen ansehen?«, rief Blanche Parrell in ihrem melodischen walisischen Dialekt.

»Ja, natürlich«, antwortete Elizabeth. Sie saß in ihrem Arbeitszimmer vor dem Kamin und war in Gedanken bei ihrem Vater. Sie stand auf.

»Brombeertöne stehen dir gut«, rief Blanche über ihre Schulter hinweg, während sie geschäftig durch die Halle lief.

»Find ich auch.« Elizabeth folgte der reizenden Waliserin. Mit ihren rosigen Wangen, den funkelnden dunklen Augen und ihrem strahlenden Lächeln glich Blanche einem sprühenden Energiebündel. Für Elizabeth war die gutmütige, liebenswerte Frau wie eine mütterliche Freundin. Und sie hatte ein Händchen für geschmackvolle Kleidung.

»Ich weiß, es sieht schlimm aus«, verkündete Blanche entschuldigend, als sie das Schlafzimmer betraten. »Nachher räum ich alles wieder auf.«

»Kein Problem.« Elizabeths Blick glitt über die geöffneten Schränke, die eine Wand einnahmen. Zu ihrer Verblüffung hingen darin noch jede Menge

Sachen. »Meine Güte, kann ich das etwa alles noch anziehen?«

»Ja, Liebes. Ich werfe ungern gute Sachen weg, ganz zu schweigen von den Haute-Couture-Modellen und einigen anderen hübschen Stücken.«

Sie deutete auf die Stoffberge, die sich auf dem Fußboden türmten und fügte hinzu: »Der ganze Kram geht an Oxfam und andere karitative Einrichtungen, die dergleichen in ihren Secondhandläden verkaufen. Die Sachen auf dem Bett müssen geändert werden, die auf dem Stuhl gehören in die Reinigung.«

Elizabeth seufzte theatralisch. »Du hast mir das Leben gerettet, Blanche. Tausend Dank. Ich hätte das nie gepackt.«

»Kein Problem, Schätzchen. Die meisten Frauen hängen sich irgendwelche Sachen in die Schränke, bis sie abnehmen oder wieder zunehmen, oder weil sie irgendwo ein Schnäppchen ergattert haben.«

»Und jetzt möchtest du, dass ich dir ein paar von meinen Sachen vorführe, hmm?«

»Wär nicht verkehrt, oder?«

»Stimmt. Für meinen ersten Arbeitstag bei Deravenels dachte ich an einen Hosenanzug. Elegant, aber nicht overdressed. Was meinst du?«

»Ja, mit einer schicken weißen Bluse.« Blanche lief zum Schrank. »Komm, wir gehen mal alles durch. Am besten stellst du dir die Garderobe für die ganze Woche zusammen, das spart Zeit.«

* * *

Thomas Parrell saß in Elizabeths Arbeitszimmer und starrte unkonzentriert auf den Fernseher. Er zappte durch die Programme und schaltete dann das Gerät aus.

Bis auf das Knacken der Holzscheite im Kamin und das leise Ticken der Standuhr war es still im Raum. Er lehnte sich in dem bequemen Armlehnstuhl zurück, streckte die Beine aus und schaute sich um.

Er mochte den gediegenen und dennoch gemütlichen Raum mit den moosgrünen Seidentapeten, einem farblich passenden Teppich und den altrosa bezogenen Sofas und Sesseln. In den Regalen aus Mahagoniholz, die an der Längswand angebracht waren, standen Bücher zu sämtlichen Wissensgebieten. Er grinste heimlich. Hatte er Elizabeth früher im Scherz als »Leseratte« bezeichnet, dann hatte sie glockenhell aufgelacht. Der Begriff passte perfekt, zumal sie ihre Nase in jeden noch so dicken Wälzer steckte. Sie war eine hochintelligente, belesene junge Frau, eine Tatsache, die Harry Turner sehr bewundert hatte.

Thomas bewunderte ihren scharfen Verstand. Sie dachte mit dem Kopf und nicht mit dem Herzen. Zum Glück, denn damit hatte sie sich Probleme vom Hals gehalten – und nicht zuletzt ihre Schwester Mary.

Mary war tot und begraben, und ihre Schwester hatte ihren Platz eingenommen. Er war seit vielen Jahren als Berater für Elizabeth tätig und unterstützte sie in finanziellen und geschäftlichen Dingen. Harry Turner hatte ihn eingestellt, und er war froh und dankbar für diesen Job. Seine Schwester Blanche und er wurden gelegentlich abwertend als Mitglieder der

Waliser Mafia bezeichnet, da sie wie die Turners aus Wales stammten. Als er den Spitznamen Elizabeth gegenüber erwähnt hatte, hatte sie schallend gelacht. »Wie passend! Demnach stecken wir alle unter einer Decke!«

Er hörte Schritte auf dem Gang und stand höflich auf. Als Elizabeth das Zimmer betrat, begrüßte er sie herzlich.

»Tut mir echt leid, dass du warten musstest, Thomas. Deine Schwester hat mir geholfen, meine Garderobe zusammenzustellen. Für die ganze Woche. Das spart Zeit, meinte sie. Kann ich dir was anbieten?«

»Gern. Einen Sherry, bitte.«

Wenig später reichte sie ihm das Glas, goss sich ein Mineralwasser ein und setzte sich zu ihm an den Kamin.

»Ich musste dich heute Abend sehen, Thomas, weil ich nächste Woche bestimmt völlig im Stress bin.«

»Das kann ich mir vorstellen«, meinte er.

»Wie ich bereits am Telefon erwähnte, kümmert Kat sich übergangsweise um meine Immobilien. Würdest du mir den Gefallen tun und gemeinsam mit ihr die Schließfächer bei den Banken überprüfen und eine Inventarliste aufstellen?«

»Aber natürlich. Das mach ich doch gerne für dich.« Er nickte, nippte an seinem Sherry. »Wir müssen auch den exakten Wert der einzelnen Stücke ermitteln, aber das kann ich für dich erledigen.«

»Ach, das wäre toll. Und bitte, möglichst schnell, ja?« Plötzlich tauchte Blanche im Türrahmen auf. »Komm rein, Blanche. Setz dich zu uns und entspann ein bisschen. Du hast dir den ganzen Tag keine Minute Pause gegönnt.«

Blanche trat zu ihnen. »Ich bin eben mit deiner Garderobe fertig geworden. Morgen kümmere ich mich um die Sachen für die nächste Woche.«

»Du bist ein Schatz!«, sagte Elizabeth.

»Ach, Liebes, ich weiß, wem sagst du das?«

6

Sie stand draußen auf der Strand und betrachtete das hohe, imposante Gebäude. Ihr Unternehmen. Jahrhunderte alt, eindrucksvolles Wahrzeichen und Schaltzentrale internationaler Macht, sollte künftig die Stätte ihres Wirkens werden. Die Deravenel COMPANY.

Elizabeth Deravenel Turner atmete tief durch, schob das schwere Eingangsportal auf und ging hinein. Der diensthabende Empfangschef straffte die Schultern. »Guten Morgen, Miss Turner.«

Sie nickte und warf ihm ein strahlendes Lächeln zu. »Guten Morgen, Sam.« Sie durchquerte das riesige, mit Marmor getäfelte Foyer, stieg mit gemischten Gefühlen die Stufen hoch. Enthusiasmus, Respekt, Neugier, ein leiser Triumph, weil jetzt alles ihr gehörte, mischten sich mit Skepsis und Angst. Das ist normal, dachte sie, völlig normal. Immerhin lasse ich mich auf ein großes Wagnis ein.

Sie betrat ihr Büro, hängte ihren Mantel auf und ging durch das Zimmer. Unvermittelt dachte sie an die drei Männer, die vor ihr in diesem Büro gesessen hatten … Ihr Urgroßvater Edward Deravenel, ihr Großvater Henry Turner und ihr Vater Harry Turner, von dem sie ungeheuer viel gelernt hatte. Verdienstvolle Unternehmer, integer und brillant. Sie hatte das Gefühl, als wären sie hier mit ihr in diesem Raum, sie spürte ihre Präsenz, ihren Intellekt ... gleichsam als wünschten sie ihr ein glückliches, erfolgreiches Dasein in ihrer künftigen Rolle als junge Unternehmerin.

Elizabeth setzte sich an den Schreibtisch. Ihr neues Leben als Konzernchefin konnte beginnen.

* * *

Montag, 25. November 1996. Ein schicksalhafter Tag für mich. Ich wurde dazu geboren, am heutigen Tag bei Deravenels die Geschäftsführung zu übernehmen und das Unternehmen erfolgreich durch die derzeitige Krise zu steuern, es wieder konkurrenzfähig zu machen. Ich darf keine Skrupel haben. Vor nichts und niemandem. Ich muss durchsetzungsfähig, diszipliniert, distanziert und demütig sein. Für die Firma, die jetzt mir gehört und die ich schleunigst auf Vordermann bringen muss. Ich werde es schaffen.

Mit Cecil Williams und Robert Dunley kann ich mich auf die Kompetenz und Erfahrung zweier Männer stützen, für deren Loyalität ich meine Hand ins Feuer legen würde. Wir sind ein Dreigestirn, das den Konzern wieder zu der glanzvollen Größe führen wird, die es unter Vaters Leitung hatte. Ich weiß, dass ich innerhalb des Unternehmens Feinde habe, die meiner Halbschwester Mary treu ergeben waren und die ihre Geschäftspolitik weiterhin verfolgen möchten. Aber das ist illusorisch. Zumal sie dem Unternehmen großen Schaden zufügte, etwas, das sich in den Bilanzen und Geschäftsberichten dramatisch niederschlägt. Wir werden uns von diesen Leuten trennen und einen sauberen Schnitt machen müssen. Wie meinte Kat gestern am Telefon: Neue Besen kehren gut. Sie liebt diese altmodischen Sprichwörter und hat immer einen passenden Spruch auf Lager. Liebste Kat, du hast einen ganz besonderen Platz in meinem Herzen. Du bringst mich zum Lachen, wenn ich deprimiert bin oder meinen Moralischen habe. Du dringst als Einzige zu mir durch, wenn ich mich vor den Widernissen dieser Welt abschotte.

* * *

Es klopfte und die Tür wurde gleich darauf geöffnet. Cecil Williams trat ins Zimmer und sagte: »Guten Morgen, Elizabeth. Du bist früh dran.«

»Der frühe Vogel fängt den Wurm«, parierte sie mit einem von Kats alten Sprüchen. »Der heutige Tag ist sicher einmalig, oder?«

»Ganz bestimmt.« Er setzte sich auf einen der Stühle gegenüber ihrem Schreibtisch und betrachtete die alte Landkarte hinter ihr an der Wand. »Ich bin froh, dass sie wieder an ihrem angestammten Platz hängt. Ich kenne sie noch aus meiner Kindheit, als mein Dad für Henry Turner arbeitete.«

»Es ist und bleibt ein Rätsel, wieso Mary sie entfernen ließ«, sagte Elizabeth. »Abgesehen davon, ich kann eine ganze Reihe von Entscheidungen, die sie hier in diesem Büro getroffen hat, nicht nachvollziehen. Hier ist die fragliche Banküberweisung.« Sie schob das Formular über den Schreibtisch. »Robert möchte, dass ich sie dir zeige. Danach soll ich sie zu Hause in meinen Safe packen.«

»Sehr vernünftig.« Cecil konzentrierte sich auf das Stück Papier, blies die Backen auf und wiegte kritisch den Kopf. »Ich kann es zwar noch nicht mit Bestimmtheit sagen, aber ich vermute mal, dass dieses Geld von ihrem Privatkonto stammt.«

»Trotzdem ist es mein Geld, egal, von welchem Konto es kam«, versetzte Elizabeth scharf. »Alles, was sie seinerzeit von unserem Vater geerbt hat, gehört mir genauso gut wie ihr. Sie hatte keinerlei Berechtigung, eigenmächtig irgendwelche Geldsummen zu transferieren.« Sie beugte sich über den Schreibtisch, ihre Miene angespannt, entschlossen. »Meinst du, wir können die fünfzig Millionen Euro zurückfordern?«

»Da bin ich, offen gestanden, überfragt, Elizabeth. Ich muss zunächst mal Marys sämtliche Konten abgleichen, und die Bücher. Hoffentlich stoße ich dabei auf die relevanten Einträge.«

»Falls es überhaupt welche gibt«, meinte die junge Konzernchefin.

»Du sagst es. Ich tippe mal darauf, dass ich nichts finde. Nach unserer Besprechung fange ich an, mich durch die Aktenberge zu wühlen. Ach, übrigens, ich hab mich entschlossen, ein unabhängiges Team von Analysten einzuschalten. Du stimmst mir doch zu, dass das zwingend notwendig ist.«

»Zweifellos. Wir müssen uns schleunigst ein Bild über die Situation im Unternehmen machen, um die strategisch richtigen Schritte einleiten zu können.«

Cecil nickte. »Woran denkst du da im Besonderen?«

»An Entlassungen, Cecil. So leid es mir tut, aber ich glaube, wir müssen uns weltweit von schätzungsweise fünfhundert Mitarbeitern trennen.«

»Fünfhundert? In einer einzigen Kündigungswelle?«

»Das nicht unbedingt. Andererseits schleppen wir sozusagen einen Haufen Altlasten mit uns herum. Ich wusste es schon vorher, und Robert hat es mir nochmals bestätigt. Etliche Leute sollten in den wohlverdienten Ruhestand gehen.« Sie runzelte die Stirn. »Hab ich dich auf dem falschen Fuß erwischt? Bist du da anderer Ansicht?«

»Nein, nein. Was du sagst, stimmt, Elizabeth. Trotzdem müssen wir diesen Punkt behutsam angehen. Einen öffentlichen Aufruhr in der City möchte ich auf jeden Fall vermeiden. Massenentlassungen machen die Leute nervös und reizbar. Außerdem würde es Gerüchte nähren, dass wir mit existentiellen Problemen zu kämpfen haben.«

»Okay, dann machen wir es eben auf die sanfte Tour. Wir wollen schließlich keine Gerüchte in die Welt setzen. Wetten, dass wir mit lukrativen Vorruhestandsregelungen bei etlichen Mitarbeitern offene Türen einrennen?« Elizabeth hielt inne und fügte dann zögernd hinzu: »Bleibt das Problem mit den Niederlassungen im Ausland.«

»Korrekt«, erwiderte Cecil mit Nachdruck. »Zwar haben wir das Thema letzte Woche nur kurz angerissen, trotzdem weiß ich, dass unsere Personaldecke entschieden zu dick ist. Ich überlege, ob ich Sidney Payne auf dieses Problem ansetze. Er ist ein ausgezeichneter Diplomat, und diese Situation erfordert eine Menge Fingerspitzengefühl. Ich muss nochmals betonen, was ich eingangs schon andeutete: Die Reputation der Firma darf unter gar keinen Umständen Schaden nehmen, sonst läuft das Unternehmen Gefahr, an Glaubwürdigkeit zu verlieren.«

»Hmm, verstehe. Vorigen Donnerstag, auf der Fahrt nach London, meintest du, Deravenels benötige dringend eine Finanzspritze. Woher willst du die nehmen? Oder hast du da noch kein Konzept?«

»Doch. Wenigstens ansatzweise. Ich schlage vor, wir holen uns jeden überwiesenen Euro von Philip Alvarez zurück. Und wir verkaufen ein paar Grundstücke. Aber das können wir heute Nachmittag ausführlich besprechen.«

»Gern. Noch Folgendes … Ich könnte Deravenels Geld vorschießen.«

»Niemals.« Seine Miene verriet Entrüstung. »Das würde ich niemals billigen, Elizabeth. Es sei denn, in Form eines Darlehens. Meinetwegen auch, indem du weitere Aktien kaufst. Alles andere ist tabu. So, hier ist die Liste der Vorstandsmitglieder. Schau sie dir an, wenn du zwischendurch mal Zeit hast. Die Vorstandssitzung ist erst in zwei Wochen.«

»Irgendwelche Absagen für das Meeting heute Vormittag?« Elizabeth lehnte sich in ihrem Chefsessel zurück.

»Nein. Alle geladenen Manager kommen.«

»Ich habe aber nicht vor, jemanden zum Mittagessen einzuladen. Du?«, murmelte Elizabeth.

»Nein. Ich ersticke in Arbeit«, erklärte Cecil.

»Dies ist nach fast fünf Jahren mein erster Arbeitstag in diesem Unternehmen. Und ich schätze, dass ich eine Menge aufzuarbeiten habe.«

* * *

Wieder allein, steckte Elizabeth die Überweisung in ihre Brieftasche, dann ging sie die Aufstellung mit den Vorstandsmitgliedern durch, die Cecil für sie vorbereitet hatte. Bei wem würde die Trennung relativ schmerzlos verlaufen?, überlegte sie. Drei Namen fielen ihr ins Auge, ältere Manager, kurz vor dem Pensionseintritt, die vermutlich kaum oder gar keinen Widerstand leisten würden. Hinzu kamen zwei weitere Mitarbeiter, die kontrovers dachten und Elizabeths künftige Entscheidungen bestimmt nicht stützten. Folglich würden sie gehen müssen. »Wie katapultiere ich diese Jungs elegant aus dem Vorstand?«, sagte sie leise vor sich hin und schaute zur Tür.

Nach mehrmaligem lautem Klopfen schwang die Tür auf, und Robert Dunley trat breit grinsend in ihr Büro. Er trug eine Blumenvase – rote und weiße Rosen mit apartem grünem Blattwerk.

»Persönliche Lieferung für Miss Turner«, verkündete er und stellte die Vase auf den Kaffeetisch. »Die rote Rose der Turners und die weiße der Deravenels«, bemerkte er. »Einen wunderschönen guten Morgen, mein Schatz.«

»Guten Morgen, Robert! Danke, wie lieb von dir! Die Blumen sind traumhaft.« Sie sprang auf, ging zu ihm und umarmte ihn stürmisch.

»Ich wollte dir Glück wünschen.« Er hielt sie verdächtig lange in seiner Umarmung fest.

»Ich hab Cecil vorhin die Überweisung gezeigt«, erklärte Elizabeth, nachdem sie sich voneinander gelöst hatten. Sie ging wieder zum Schreibtisch. »Er geht davon aus, dass das Geld von Marys Privatkonto stammt.«

»Verfluchter Mist!«, erregte sich Robert. »Falls das stimmt, wird Philip Alvarez steif und fest behaupten, dass es ein Hochzeitsgeschenk war oder so was in der Art. Und dann wird es schwierig, das Geld zurückzufordern. Da kann man bloß hoffen, es sind Firmengelder.«

»So oder so ist es mein Geld«, betonte Elizabeth in dem gleichen geschäftsmäßigen Ton wie zuvor bei Cecil Williams. »Und ich geb dir Brief und Siegel darauf, dass ich es von diesem widerlichen Typen zurückbekomme, jeden einzelnen Cent. Egal, wie.«

Robert musterte sie. Der harte Zug um ihren Mund, das kalte Glitzern in ihren Augen verrieten ihm, dass sie zu allem entschlossen war. Nicht von ungefähr besann er sich darauf, was er während ihrer langjährigen Freundschaft festgestellt hatte: Elizabeth kannte im Extremfall kein Pardon.

»Was starrst du mich so an, Robert? Findest du, ich klinge zu hart?«

»Nein, überhaupt nicht«, erwiderte er aufrichtig. »Ich bin sogar überzeugt, dass du bei Philip Alvarez Härte beweisen musst. Dieser Mann kennt vermutlich keine Skrupel. Ich knöpfe mir diese spanische Immobiliengesellschaft mal vor, um herauszubekommen, wie sich die Dinge in Marbella entwickelt haben.«

»Ja, das ist eine fabelhafte Idee. Wenn es nicht anders geht, fährst du nach Spanien und machst dich vor Ort schlau.«

»Lass mich erst mal recherchieren, was Sache ist.«

»Was genau wollte seine Firma in Marbella bauen?« Elizabeth betrachtete ihn eindringlich.

»Villen, einen Golfclub, Polofelder. Es sollte ein bewachtes Luxusareal werden, wie es sie in Amerika bereits gibt. Philip bat mich und Ambrose, ein Planungskonzept für den Poloparcours und die Stallungen zu entwickeln. Eben alles, was mit Pferden zu tun hat.«

»Verstehe. Wenn er das Geld nicht rausrückt, verleiben wir uns seine Immobilienfirma einfach ruckzuck ein. Denkbar, dass das ein lukrativer Markt ist, oder? Beispielsweise auch mit Wellnessoasen und so. Inzwischen gibt es etliche gut betuchte Aufsteigertypen, und es werden jeden Tag mehr.«

»Die Sache könnte gut laufen, trotzdem bin ich skeptisch. Da fällt mir ein, ich hab neulich etwas darüber gelesen. Alvarez hat die Baumaßnahmen wohl gestoppt. Und zwar ziemlich abrupt. Womöglich steckt er in finanziellen Schwierigkeiten.«

»Mich hat es zwar nicht überrascht, dass er nicht auf der Beerdigung war«, bemerkte Elizabeth. »Aber es ist auch möglich, dass er wegblieb, weil er keine unangenehmen Fragen beantworten mochte. Zum Marbella-Projekt.« Sie schüttelte den Kopf. »Könnte doch sein, oder?«

»Möglich wär's. Ich krieg das schon noch raus.« Auf dem Weg zur Tür drehte er sich noch einmal um. »Wir sehen uns in einer Stunde beim Meeting.«

Elizabeth nickte, bevor sie sich wieder den Unterlagen widmete, die sich auf ihrem Schreibtisch türmten. Sie konnte sich jedoch nicht konzentrieren. Ihre Gedanken kreisten um Robert. Sie fühlte sich magisch von ihm angezogen, von seinem Aussehen, seiner angenehmen Art, seiner erotischen Ausstrahlung. Sie erschauerte. Robert war ein guter Freund aus Kindertagen. Und jetzt empfand sie mit einem Mal mehr für ihn? Ein heißes Prickeln lief ihr über den Rücken. Sie schaute wieder auf die Seite, die sie gerade las. Und lächelte wissend.

7

Die drei jungen Männer, die in seinem Büro saßen, waren der Kern seines Managementteams. Cecil hatte ihre Karriere über Jahre hinweg verfolgt, genau wie Elizabeth. Sie waren kompetent, kompromisslos, vertrauenswürdig, integer. Und absolut loyal gegenüber Elizabeth und ihm.

Sie hatten sich in der Konferenzecke eingefunden und plauderten zwanglos, während Cecil sie für einen kurzen Augenblick beobachtete. Er lächelte vergnügt. Alle drei waren hochgewachsen, attraktiv und geschmackvoll gekleidet. Mit ihrem gewinnenden Charme vermochten sie ihr jeweiliges Gegenüber spielend zu überzeugen.

Der attraktive, hoch aufgeschossene Robert Dunley war fünfundzwanzig Jahre alt und damit der jüngste Teilnehmer in der Runde. Er war einen Tick besser angezogen als die beiden anderen. Cecil tippte auf Savile Row und Armani. Hinzu kamen wichtige unternehmenspolitische Aspekte. Robert war ein alter Hase im Geschäft und absolut loyal, wie zuvor sein Vater und sein Großvater.

Er war Elizabeths einziger Jugendfreund und ihr zweifellos ans Herz gewachsen. Robin, wie sie ihn gelegentlich zärtlich nannte, war derjenige, der beeinflussend auf sie einwirkte und ihr Möglichkeiten aufzeigte, damit sie die richtigen Entscheidungen traf. *Er kennt sie besser als wir anderen, einschließlich meiner Wenigkeit*, dachte Cecil.

Sie hatten sich schon als Kinder verbündet, zunächst gegen ihren Vater und später gegen Mary. Robert hatte Verständnis für sie, wusste mit ihren Gefühlsschwankungen umzugehen, den gelegentlichen Temperamentsausbrüchen und ihren Selbstzweifeln. Im Übrigen waren Cecil und er seit langem befreundet.

Neben Robert saß der sechsundzwanzigjährige Francis Walsington. Nach ihrem Studium in Cambridge und Gray's Inn hatten sie dieselbe Wellenlänge und ähnliche Visionen. Cecil war froh, Francis mit ins Boot geholt zu haben; der junge Manager war ein gewiefter Taktiker, der mit großem psychologischem Gespür jede brisante Situation zu entschärfen wusste. Er war ein ausgewiesener Experte in Sachen Sicherheitsfragen, Industriespionage und Terrorismusbekämpfung, und er verfügte über diverse anrüchige, aber nützliche Kontakte, die Cecil lieber totschwieg.

Während Marys Machtspielen bei Deravenels hatte Francis ganz Europa bereist und London bewusst gemieden. Ungeachtet ihres eigenwilligen Managementstils, fand Francis ihren nachgerade religiösen Eifer zum Erbrechen. Mary, von ihrer Mutter im römisch-katholischen Glauben erzogen, passte nicht in sein aufgeklärtes protestantisches Weltbild. Vor ein paar Wochen war er wieder in London eingetroffen, wohl wissend, dass Elizabeth die Firmenleitung übernehmen würde und Cecil ihn brauchte.

Auf Roberts anderer Seite saß Nicholas Throckman. Er war mit dreiundvierzig der Älteste in der Runde und lange Zeit in dem traditionsreichen Handelsunternehmen beschäftigt gewesen. Unter Marys Missmanagement hatte er sich ebenfalls anders orientiert. Er war versiert in sämtlichen Unternehmensfragen, hatte für Edward Selmere gearbeitet, als der kommissarisch für Harrys Sohn eingesprungen war. Er kannte Elizabeth seit frühester Jugend und war mit Catherine Parker verwandt, Harrys sechster Frau und Witwe, Elizabeths Stiefmutter und Freundin.

Von den drei Managern war Nicholas der bestechendste Diplomat, und er verfügte über die längste Berufserfahrung. Am Morgen hatte Elizabeth zu Cecil gesagt: »Alles, was wir brauchen, sind ein paar gute Leute.« Sie hatte recht. Und drei der besten saßen nun hier am Tisch.

Cecil erhob sich hinter seinem Schreibtisch und setzte sich zu ihnen. »Alles klar, Leute? Seid ihr einverstanden mit den Aufgabenbereichen, die Elizabeth euch letzten Freitag skizziert hat? Mit euren neuen Verantwortlichkeiten?«

»Natürlich!«, rief Robert. »Wer wäre das nicht.«

»Find ich auch«, bekräftigte Francis.

»Ich bin sehr glücklich, Cecil«, murmelte Nicholas. »Sehr, sehr glücklich.«

»Freut mich, das zu hören. Ich hake deshalb noch mal nach, weil Elizabeth in der Sitzung über eure neuen Positionen sprechen wird, und ich möchte vermeiden, dass irgendwelche unvorhergesehenen Probleme auftauchen. Ich möchte, dass es eine weiche Machtübernahme wird.«

»Wie läuft es bislang an?«, wollte Francis wissen. Er beugte sich interessiert vor, den Blick auf Cecil geheftet.

»Sehr gut. Ich kann nicht klagen. Letzten Freitag hab ich mit John Norfell und später mit Charles Broakes gesprochen. Charlie schien erleichtert, dass wir schnell aktiv geworden sind – er war äußerst kooperativ.«

»Und was ist mit Norfell?«, bohrte Nicholas nach.

»Er war völlig distanziert. Der ist mit Vorsicht zu genießen, Leute. Wir dürfen nicht vergessen, dass er Mary sehr nahestand, und als langjähriger Direktor ist er so was wie eine Institution. Ich hab ihn mit Samthandschuhen angefasst, weil sich Elizabeth keine Feinde machen will. Hoffentlich konnte ich die Gewitterwolken vertreiben. Na ja, jedenfalls stimmte es ihn versöhnlich, dass ich ihm die komplette Planung von Marys Begräbnis übertragen habe.«

Robert schaute auf Cecil. »Trotzdem dürfen wir diesen Typen keine Sekunde lang aus den Augen lassen«, warnte er.

»Keine Sorge, Robert. Da stimme ich dir zu. Und Elizabeth auch. Und jetzt noch kurz zu der Sitzung. Unsere junge Chefin stößt später dazu. Allein. Sie wird die Veranstaltung leiten, folglich sollten wir das Ganze noch mal durchspielen. Passt auf, was ihr sagt. Lasst unsere Pläne außen vor. Ist das bei euch angekommen?«

Die drei Männer nickten bekräftigend, ihre Mienen waren feierlich ernst.

* * *

Robert Dunley, der rechts von Elizabeth saß, lauschte begeistert ihrer Rede. Ruhig, gefasst und überzeugend sprach sie über die Zukunft der Deravenel Company. Er bewunderte ihre optische Erscheinung. Sie trug einen eleganten marineblauen Hosenanzug mit feinem Nadelstreifen, dazu eine weiße Bluse mit offenem Kragen und tropfenförmige Perlohrringe. Er fand, sie sah bezaubernd und gleichzeitig businesslike aus, eben eine echte Stilikone.

Sie saßen um den großen Mahagonitisch im Konferenzraum versammelt und hatten, bis Elizabeth vor ein paar Minuten den Saal betreten hatte, zwanglos in Grüppchen zusammengestanden. Charles Broakes, Sidney Payne, Nicholas Throckman und Francis Walsington fachsimpelten miteinander; Elizabeths Cousins Henry Carray und Frank Knowles unterhielten sich angeregt mit Cecil. Cecil hatte sich vorher mit John Norfell und Elizabeths Großonkel Howard ausgetauscht, der seit vielen Jahren Direktor und ein zuverlässiger Beobachter war. Sie waren zu neunt; bei sieben war er sich sicher, bei einem schwebte ein großes Fragezeichen über dem Kopf. Bei Norfell war Robert skeptisch, zumal er Mary Turner verdächtig nahegestanden hatte.

»Und deshalb werden Sie sicher verstehen, dass ich es als meine Pflicht betrachte, Deravenels erfolgreich ins 21. Jahrhundert zu steuern.« Elizabeth hielt inne, blickte über den Tisch und lächelte den Teilnehmern zu. »Ich möchte Ihnen nun meine ersten Personalentscheidungen verkünden.« Sie wandte sich an Cecil, der zu ihrer Linken saß, und fuhr fort: »Cecil Williams und ich arbeiten schon seit langem zusammen. In den vergangenen Jahren war er mein persönlicher Vermögensberater. Heute ernenne ich ihn zum obersten Finanzchef und zum Direktor der Rechtsabteilung. Und Robert Dunley –« Sie drehte sich zu Robert, der rechts von ihr saß. »… Robert übernimmt künftig den Geschäftsbereich Transport und Logistik. Wir drei werden Deravenels in Personalunion führen.«

Cecil und Robert dankten ihr, und die Anwesenden spendeten Applaus.

Elizabeth ging scheinbar unbewegt darüber hinweg. »Nicholas Throckman wird die PR-Abteilung übernehmen und als verantwortlicher Pressechef agieren, Francis Walsington wird weltweit als Direktor für Sicherheitsfragen eingesetzt.« Wieder dankten ihr die beiden Angesprochenen herzlich, die anderen klatschten Beifall.

Elizabeths Blick heftete sich auf Sidney Payne. Sie lächelte. »Ich weiß, dass Cecil gestern mit Ihnen gesprochen und meine Bitte an Sie herangetragen hat, die Position als Personaldirektor zu übernehmen. Also ich freue mich, dass Sie sich positiv entschieden haben.«

Sidney lächelte breit. »Danke, Elizabeth. Und ich freue mich auf meinen neuen Job.«

»So, das war's für heute. Weitere Personalentscheidungen teile ich Ihnen in den kommenden zwei Wochen mit.« Sie schaute auf John Norfell und Charles Broakes. »John, Charles, ich werde Ihnen beiden in den nächsten Tagen neue Positionen anbieten. Und Henry, Frank, für euch hab ich auch was Neues.«

Sie lächelte zu ihren Cousins Frank Knowles und Henry Carray, die zustimmend nickten.

Schließlich schweifte ihr Blick zu ihrem Großonkel Howard, der ihr ein warmes Lächeln schenkte. »Bei dir bleibt natürlich alles beim Alten, Onkel Howard. Ich hoffe, du bist mir weiterhin ein kompetenter und unverzichtbarer Berater. Darüber wäre ich sehr froh.«

»Aber gern«, antwortete er stolz und glücklich.

»Damit, Gentlemen, wären wir für heute fertig«, verkündete Elizabeth kurz angebunden. »Ich danke Ihnen allen für Ihr Kommen. Wenn Sie mich jetzt bitte entschuldigen, ich muss los.«

* * *

»Das war der schnellste Abgang, den ich je erlebt habe«, grummelte John Norfell und fügte dann verächtlich hinzu: »Zweifellos hat sie Besseres vor – ein Mittagessen mit ihren Freundinnen, oder gibt es da vielleicht einen neuen Mann in ihrem Leben?«

Cecil, ärgerlich und empört über diesen abfälligen und unnötigen Kommentar, musste sich zurückhalten, um Norfell nicht wütend anzublaffen. Stattdessen bedachte er ihn mit einem vernichtenden Blick. »Wenn Sie über Elizabeth sprechen, dann bitte nicht in diesem Ton, ja? Was sie tut, geht weder Sie noch mich etwas an, John. Sie ist erwachsen, frei und ungebunden, und zufällig Chefin dieses Unternehmens, überdies hält sie die Aktienmehrheit. Mit anderen Worten, sie ist der Boss.«

John Norfell machte keinesfalls den Eindruck, als wollte er sich wortreich entschuldigen. Trotzdem besaß er die Geistesgegenwart, zerknirscht dreinzublicken, als täte ihm seine Äußerung leid. Nach kurzer Überlegung meinte er einlenkend: »Ich bin eben enttäuscht, Cecil. Dachte, sie geht zur Feier des Tages mit uns Mittag essen.« Er gestikulierte hilflos mit den Händen, sah bekümmert aus. »Sie hat uns nicht mal Gelegenheit gegeben, sie einzuladen. Stattdessen ist sie einfach verschwunden.«

»Das ist so ihre Art. Immer im Stress. Ich wette darauf, dass sie bereits wieder an ihrem Schreibtisch sitzt und arbeitet«, erklärte Cecil ihm mit unbewegter Miene, obwohl er innerlich kochte. »Sie hält nicht besonders viel von Geschäftsessen in größerer Runde, daran müssen Sie sich wohl oder übel gewöhnen. Wissen Sie, Elizabeth findet dergleichen überflüssig. Einerseits kann man das Essen nicht richtig genießen, andererseits werden dienstliche Probleme nicht vernünftig diskutiert.«

»Verstehe. Soll heißen, sie mag sich nicht mit uns … sozialisieren.«

»So könnte man es grob umschreiben«, erwiderte Cecil schroff.

»Was hat sie eigentlich mit mir vor?«, platzte Norfell ungehalten heraus.

»Das haben wir noch nicht abschließend diskutiert.«

»Und das soll ich Ihnen abnehmen, Cecil? Wo sie Ihnen doch sonst immer alles erzählt?«

Cecil ignorierte diesen Seitenhieb und erklärte

rasch: »Ich weiß lediglich, dass Sie befördert werden.«

»Oh, na dann, danke für die Information, alter Junge. Schön zu wissen, dass sie nicht vorhat, mir eiskalt den Stuhl vor die Tür zu setzen«, entgegnete Norfell mit einem bellenden Lachen.

Zu Cecils Erleichterung trat Sidney Payne zu ihnen, und nach ein paar beiläufigen Sätzen ging John Norfell zu Charles Broakes.

»Ich hoffe, du bist mir nicht böse, dass ich herkam, Cecil«, meinte Sidney. »Ich sah deine gequälte Miene und wollte dich erlösen.«

»Danke, Sidney, du bist ein echter Schnellmerker.« Cecil schmunzelte. »Dieser Norfell war noch nie meine Kragenweite – und Elizabeth kann ihn nicht ausstehen. Im Unternehmen ist er jedoch eine große Nummer. Wir dürfen den Mann also nicht vergraulen.«

Sidney grinste seinen alten Freund an. »Aber auch nicht zu sehr bauchpinseln.«

Cecil Williams lachte, nickte und zog Sidney durch den Konferenzraum in Richtung Tür. »Ich bin froh, dass du den Job angenommen hast. Das wird bestimmt kein Zuckerschlecken. Trotzdem hast du Elizabeth erzählt, du wärest begeistert.«

»Dass ich den aufgeblähten Personalapparat abbauen kann? Meinst du das?«

Cecil nickte.

»Ach, das schaff ich mit links«, versicherte Sidney selbstbewusst.

8

Ich habe eine gute und eine schlechte Nachricht für dich«, rief Robert von der Verbindungstür her, die sich zwischen seinem und Elizabeths Büro befand. »Welche willst du zuerst hören?«

Elizabeth straffte sich in ihrem Chefsessel, warf ihm einen kurzen Blick zu und sagte: »Das fragst du mich? Du weißt doch, dass ich die schlechten Nachrichten immer zuerst hören will.«

Robert ging zu ihr, reichte ihr die mitgebrachte Postmappe und setzte sich auf die andere Seite ihres Schreibtisches.

»Was ist da drin?«, fragte sie leicht skeptisch. Sie ließ die Mappe ungeöffnet auf ihrem Schreibtisch liegen und schaute Robert an, bemerkte die Besorgnis, die in seinem Blick lag.

»Eine Kopie des Briefes, den deine Halbschwester an ihren … Möchtegerngatten Philip Alvarez verfasste, nachdem sie ihm die Riesensumme überwiesen hatte. Dabei handelt es sich um die Kopie, die Mary sich damals für ihre Unterlagen machte. Mit anderen Worten: Sie entspricht dem Original, das sich zweifelsohne in seinem Besitz befindet. Anders kann es gar nicht sein, oder?«

Elizabeth öffnete die Mappe, überflog hastig die Notiz. Es war unverkennbar Marys Handschrift. Die

Notiz war kurz, der Inhalt einschmeichelnd, ein süßes Eingeständnis ihrer Liebe. Widerwärtig. Sie schloss die Mappe wieder. Idiotin! Ignorantin! Mary, diese bornierte Ziege, hatte eine Riesendummheit begangen. Sie hatte sich von Philip umgarnen und übers Ohr hauen lassen.

Elizabeth schloss einen Moment lang die Augen und rang um Fassung. »Folglich hat sie ihm das Geld als Hochzeitsgeschenk gegeben«, murmelte sie kopfschüttelnd. »Ich kriege nicht einen Cent davon zurück, oder, Robin?«, erkundigte sie sich kleinlaut.

»Nein, bedauerlicherweise nicht. Schätze, er sieht das … tja … als eine Art Mitgift.«

»Sie gab ihm praktisch alles, was sie hatte. Cecil teilte mir mit, dass ihr Privatkonto so gut wie leer geräumt ist.«

»Das wusste ich bereits von ihm. Dir bleibt also keine Alternative, als das Geld abzuschreiben«, erklärte Robert mit Nachdruck. »Da wir jedoch inzwischen auf die Verträge für das Marbella-Projekt gestoßen sind, bin ich der Meinung, dass wir Alvarez und seinem Unternehmen eine Meute Anwälte auf den Hals hetzen sollten.«

»Ich bin der Meinung, dass wir das Geld trotzdem nicht zurückbekommen! Mary hat überall nur Chaos angerichtet, und ihre Kooperationen mit Alvarez waren riskante Unternehmungen. Von wegen einflussreicher Tycoon. Das ist eine Menge heiße Luft.«

»Das stimmt. Ich bin mir dennoch sicher, dass das Chaos nicht so groß ist wie von uns ursprünglich vermutet. Es gibt etliche Probleme zu stemmen, aber die Analysten machen gute Fortschritte, und Cecil konnte im Vorfeld bereits einiges klären. Ich übrigens auch. Wir haben die Talfahrt des Unternehmens gestoppt. Es kann nur aufwärtsgehen.«

Sie nickte wie zum stummen Einverständnis, ihre Miene blieb finster.

Robert beugte sich über den Schreibtisch und sah sie an. »Interessiert dich die gute Nachricht denn gar nicht?«

Ihr Gesicht hellte sich spontan auf. Er schaffte es noch jedes Mal, sie aufzumuntern. »Doch, natürlich. Los, erzähl.«

»Ich habe es arrangiert, dass wir am Wochenende wegfahren können.«

»Du machst wohl Witze. Ich kann nicht wegfahren! Ich ersticke in Arbeit und du bestimmt auch, Robin!«

»Du kannst, also kann ich auch. Und wir fahren. Wir brauchen beide eine Auszeit. Die letzten zwei Wochen waren die Hölle, wir haben pausenlos geschuftet, Überstunden gemacht. Es ist verdammt müßig, darüber groß zu diskutieren. Ich bin ausgebrannt und du ebenso. Immerhin kenne ich dich schon etwas länger.«

»Du siehst aus wie ein Filmstar, Robert Dunley!«, rief sie, die Stimme ärgerlich erhoben. »Attraktiv, umwerfend und wie aus dem Ei gepellt heute Morgen. Du wirkst nicht die Spur ausgebrannt.«

»Aber du, Elizabeth. Du bist sehr blass, angespannt, hast dunkle Ringe unter den Augen. Die letzten beiden Wochen haben wir fast ausschließlich in unseren Büros verbracht. Das ist nicht gut. Du brauchst frische Luft. Wir sollten mal wieder wandern und ausreiten.«

Robert hatte recht. Wie üblich lag ihm ihr Wohlbefinden am Herzen. In Wahrheit war sie geschafft, mächtig geschafft. Sie schaute auf den Kalender, der auf ihrem Schreibtisch lag: Es war Donnerstag, der 5. Dezember. Der 8., ein Sonntag, war rot umkringelt. Da hatte sie hoch und heilig versprechen müssen, Tante Grace Rose zum Tee zu besuchen. Montag, der 9., war ebenfalls eingekreist … es war der Termin für die Vorstandssitzung.

»Und was schwebt dir da so vor, Robin?«

»Waverley Court.«

»Waverley Court? Aber das Haus wird gar nicht bewirtschaftet. Da ist es bestimmt lausig kalt!«

»Irrtum. Ich hab gestern Abend mit Toby Watson telefoniert, und er sagte mir, dass du ihn angewiesen hast, die Zentralheizung den ganzen Winter laufen zu lassen, auf kleinster Stufe, damit die Kamine nicht versotten. Er schwärmte davon, wie warm und gemütlich es im Haus sei, und meinte, er könne zusätzlich die Kamine heizen. Es sei auch kein Problem, die Staubhüllen von den Möbeln zu nehmen und Myrtle zum Einkaufen zu schicken –«

»Du hast den Verwalter angerufen!«, unterbrach Elizabeth ihn verblüfft.

»Und hab ihm erklärt, er solle es so machen«, schloss Robert.

»Was so machen? Wovon sprichst du?«

»Dass er Myrtle zum Einkaufen schicken soll. Wir brauchen dort schließlich was zu essen.«

Einen kurzen Moment lang war sie baff, dann fing sie sich schnell wieder und meinte: »Cecil hat für morgen mehrere Meetings anberaumt, an denen ich teilzunehmen habe. Ich *muss* daran teilnehmen, kapiert?«

»Er hat die Termine verschoben. Die Meetings finden erst nächste Woche statt. Er ist mit mir einer Meinung, dass du ein paar Tage Ruhe brauchst.«

»Bist du von allen guten Geistern verlassen? Du hast das schon mit Cecil besprochen?« Sie funkelte ihn an.

»Klar, hab ich. Ich hab mich um alles gekümmert, damit du ein paar Tage entspannen kannst. Also hör auf zu argumentieren.«

Elizabeth lehnte sich in ihrem Sessel zurück, ihr fehlten die Worte. Als sie schließlich zu sprechen begann, hörte sie wie von weit her ihre Stimme: »Ich muss am Sonntagnachmittag rechtzeitig zum Tee mit Tante Grace Rose zurück sein. Sie freut sich schon so darauf … ich möchte sie nicht enttäuschen.«

»Werden wir auch nicht.« Ein triumphierendes Grinsen huschte über sein Gesicht, denn er wusste, er hatte gewonnen. Er sprang auf, lief zu ihrem Schreibtisch und zog sie hoch. »Komm mal kurz mit, ich muss dir was zeigen.«

Sie ließ sich von ihm in sein Büro ziehen. Er schob seine Hand in ihre und führte sie zu der Kredenz, die eine ganze Wand seines Büros einnahm.

»Schau mal. Ist sie nicht schön?« Er strich über das dunkel polierte Möbelstück und fuhr fort: »Sie sieht aus wie ein Stück, aber es sind eigentlich zwei Anrichten, die nebeneinanderstehen. Sie stammen aus der Regency-Epoche. Sieh dir bloß den Glanz des Mahagoniholzes an … einfach phantastisch, oder?«

»Ja, das Holz ist außergewöhnlich schön und auch die beiden Stücke. Sie stehen seit zig Jahren hier … mein Vater konnte sich anscheinend nicht davon trennen.«

»Ein gewisser Will Hasling hat sie für dieses Büro gekauft. Er war der beste Freund deines Urgroßvaters, damals war es sein Büro.«

»Interessant, das wusste ich noch gar nicht.« Sie sah ihn mit großen Augen an. »Wie kommst du jetzt darauf?«

»Erinnerst du dich noch an die vielen Schlüssel, mit denen ich letzte Woche zu kämpfen hatte?«

Sie nickte. »Das müssen über hundert gewesen sein.«

»Seit ich dieses Büro von Marys Assistenten Neil Logan übernommen habe, habe ich versucht, die Fächer in den Kredenzen zu öffnen. Leider erfolglos. Keiner meiner Schlüssel passte. Bis gestern Abend.« Er steckte eine Hand in seine Jacketttasche und holte einen kleinen abgegriffenen Messingschlüssel heraus, den er ihr hinhielt.

»Das ist er. Damit lassen sich die Türen öffnen. Es ist zwar nicht der Originalschlüssel, der zu den Kommoden gehörte, trotzdem passt er. Ein Glück, dass die Schlösser nicht ausgewechselt werden müssen! Da hätten die antiken Möbel zweifellos schwer gelitten.« Robert schloss die Schranktüren auf und zog ein Schubfach heraus. »Die Mappe, die ich dir vorhin gab, lag unter einem Stapel Zeitungen und anderen

Unterlagen. Neil Logan hatte die Notiz bestimmt schon vergessen, und vor allem, wo er sie hingepackt hatte. Wie geht es ihm übrigens?«

»Ich hab neulich mit seiner Frau gesprochen, und sie erzählte mir, dass die Diagnose Nervenzusammenbruch nicht wirklich zutraf. Die Ärzte attestieren ihm inzwischen eine beginnende Demenz. Ich hab sie damit beruhigt, dass ich ihn in den Ruhestand schicke. Das hat sie sehr erleichtert.« Sie trat zu den Kredenzen, betrachtete gedankenvoll die Schubladen und fragte Robert: »War noch was darin … was Wichtiges, meine ich?«

»Nein«, gab er zurück. »Nur die Notiz, die du gelesen hast.«

»Bin ich froh, dass einer von den Schlüsseln gepasst hat.« Unvermittelt lachte sie. »Übrigens, keine schlechte Idee, das mit Waverley Court. Wann fahren wir?«

»Heute Abend«, antwortete er bestimmt. Und fügte lächelnd hinzu: »Jetzt fang bloß nicht wieder an, mit mir zu diskutieren.«

* * *

Nachdem ich eine ganze Weile nicht mehr dort war, hatte ich verdrängt, wie bezaubernd Waverley Court eigentlich ist und was es mir bedeutet. Es ist mir ans Herz gewachsen. Heute Vormittag, als Robin und ich hier in Kent eintrafen, wurde mir erneut bewusst, dass Waverley Court schon immer etwas Besonderes für mich gewesen ist. Kat machte es für mich zu einer Heimat, zu meinem Zuhause. Ich kenne jeden Winkel von den gespenstisch anmutenden Kellergewölben bis hinauf zu den geheimnisvollen Mansarden, jeden Strauch, jeden Baum in unserem großen Garten. Ich liebe die Morgennebel über dem Wasser, und das Stück Strand, das den Kanal einfasst, wo Kat mir als Kind die Lichter von Frankreich zeigte, die in der Ferne blinkten, so als zwinkerten sie mir zu. Waverley Court ist traumhaft im Frühling und im Sommer, aber auch die Herbst- und Wintermonate haben ihren Reiz. Vor Heiligabend dekorierten Kat und Blanche das Untergeschoss mit zauberhaftem Weihnachtsschmuck. Mit Tobys Hilfe stellten sie jedes Jahr einen riesigen Weihnachtsbaum auf, den sie mit glitzernden Kugeln und stimmungsvollen Kerzen schmückten; die Gemälde wurden mit Tannenzweigen umkränzt, an dem Deckenleuchter in der Eingangshalle hing ein Mistelstrauß. Weihnachten ist nicht mehr lange hin. Vielleicht können Robin und ich dann herfahren und ein traditionelles Weihnachtsfest in Kent feiern. Ich glaube, es würde ihm gefallen. Ich weiß es. Ich möchte Weihnachten mit ihm gemeinsam verbringen. Robin ist die einzige Familie, die ich habe, und wir sind einander eng verbunden.

* * *

»Und, ausgeschlafen?«, wollte Robert wissen, als er am Freitagmorgen mit Elizabeth am Frühstückstisch saß. »In deinem ehemaligen Jungmädchenzimmer hast du dich bestimmt wohl gefühlt, oder?«

»Ich hab phantastisch gut geschlafen«, antwortete Elizabeth. »Und ich mag mein altes Zimmer, aber ich war auch hundemüde. Beim Abendessen konnte ich kaum die Augen offen halten.«

»Bist du im Nachhinein nicht froh, dass ich dich überredet habe, mit mir herzufahren?«

»Überreden nennst du das? Du bist echt gut, Robin Dunley. Nötigen trifft es wohl eher.«

»Manchmal muss ich dich halt zu deinem Glück zwingen. Daran hat sich nichts geändert«, entgegnete er mit einem breiten Grinsen.

Sie lächelte stumm.

»Wollen wir heute Morgen einen Ausritt machen?«, fragte Robert.

»Wir haben hier schon lange keine Pferde mehr«, erwiderte sie spontan.

Er schaute sie für einen langen Moment an, bevor sich ein entwaffnendes Lächeln auf seinem Gesicht zeigte. »Doch, habt ihr. Zwei. Eins für dich und eins für mich. Crimson Lass und Straight Arrow. Mein Bruder Ambrose hat sie heute früh hergebracht. Also, was ist jetzt?«

Sie lachte und sprang begeistert auf. »Ich kann es kaum erwarten. Eine Superidee von dir … Los komm, wir müssen uns Reitsachen raussuchen.« Sie warf ihm einen schiefen Blick zu. »Wie ich dich kenne, hast du bestimmt welche mitgebracht.«

»Na klar.« Er stand auf, folgte ihr durch das Frühstückszimmer und durchquerte die Eingangshalle. Gemeinsam stiegen sie die Treppe hoch, und als sie vor Elizabeths Zimmer standen, sagte er: »Wir treffen uns in zehn Minuten im Stall.«

* * *

Robert galoppierte hinter Elizabeth her. Sie ritt wie eine Amazone, und als sie zum Sprung über den höchsten Zaun ansetzte, stockte ihm das Herz. Er hatte Angst um sie, fürchtete, dass sie das Hindernis niemals schaffen würde, ohne dass das Pferd den Zaun streifte und sie abwarf. Dass sie sich bei einem Sturz ernsthaft verletzen könnte.

Sie war schon als kleines Mädchen eine übermütige, waghalsige Reiterin gewesen, wurde ihm bewusst, inzwischen schätzte er sie jedoch noch risikofreudiger ein. Vor etwa einer Stunde waren sie losgeritten, über die Felder von Waverley Court getrabt, auf den Spuren ihrer Kindheit.

Plötzlich war der Zaun da! Ragte direkt vor ihr auf. Robert hielt den Atem an, betete, dass sie es schaffte. Und sie schaffte es. Die junge Stute Crimson Lass flog leicht wie eine Feder über das Hindernis und landete mit traumwandlerischer Sicherheit wieder im Gras. Eine Woge der Erleichterung durchflutete ihn, und er setzte mit der gleichen leichtfüßigen Eleganz über den Zaun. Galoppierte hinter seiner Jugendfreundin her und rief: »Elizabeth! Warte! Bleib stehen!«

Sie verlangsamte und drehte sich halb im Sattel. »Ist irgendwas? Ist dir nicht gut, Robin?«

»Ich bin okay. Mal abgesehen davon, dass ich vorhin kurz vor einem Herzinfarkt stand.«

»Echt?« Sie zog die Stirn kraus und schüttelte verständnislos den Kopf. »Wieso?«

»Weil ich dachte, Crimson Lass würde das Hindernis nicht bewältigen und dich in ihrer Panik abwerfen.«

Sie zuckte wegwerfend mit den Schultern. »Du musst mehr Zutrauen zu mir haben, Robin. Weißt du, ich bin eine verdammt gute Reiterin geworden, seit wir das letzte Mal zusammen ausgeritten sind … Puh, ist das lange her!«

»Stimmt.« Nach einem kurzen Blick auf seine Armbanduhr. »Es ist bereits halb eins. Wollen wir zurückreiten? Ich hab Hunger. Du nicht?«

»Gute Idee. Myrtle bat darum, pünktlich um ein Uhr zum Mittagessen zurück zu sein.«

Sie wendeten die Pferde und trabten nebeneinander über die Weide. Beide schwiegen. Es war ein herrlicher Tag, kühl und sonnig, der Himmel über Kent von einem verwaschenen Blau, mit watteweichen Wölkchen betupft. Das trockene Laub, das noch an den Bäumen entlang der Wiesen und Felder hing, raschelte verheißungsvoll im Wind. Der Wald schimmerte braungolden in seinem spärlichen Winterkleid. Während sie weiterritten, dachte Robert an die Zeit zurück, die er als Junge hier verbracht hatte. Wie sein Vater ihn nach Aldington gefahren hatte, um Elizabeth Gesellschaft zu leisten. Plötzlich sehnte er sich nach jenen Kindheitsjahren zurück, als das Leben so viel unbeschwerter und irgendwie schöner schien. Damals war die Welt noch in Ordnung gewesen … seine Geschwister übermütig, fröhlich und gesund. Seine Eltern lebten noch … Von seinem Kummer überwältigt, verdunkelte sich sein Gesicht, der Schmerz über den Verlust krampfte ihm das Herz zusammen.

Augenblicke später richtete er sich im Sattel auf

und schüttelte entschlossen den Kopf. Er war klug, entscheidungsfreudig, ehrgeizig und ein Optimist … Nein, er durfte nicht zurückschauen … das Leben ging weiter … auch für ihn.

Elizabeth unterbrach seine Gedankengänge, als sie sagte: »Robin, hast du nicht Lust, mich heute Nachmittag zur Stonehurst Farm zu begleiten? Ich möchte hinfahren und mich mal ein bisschen umschauen.«

»Aber natürlich, mach ich gern. Was hat Kat denn zur Farm gesagt?«, erkundigte er sich, augenblicklich neugierig geworden.

»Dass sie in einem Top-Zustand ist, was wir dem Verwalter Briney Meadows zu verdanken haben. Und dass das Anwesen bestimmt ein kleines Vermögen wert ist. Der Park wird von Alison Harden gehegt und gepflegt und ist ein wahres Schmuckstück. Die Gartenanlage war traumhaft, nicht wahr? Früher tollten wir ständig dort herum, weil wir mit Tante Grace Rose zusammen sein wollten. Sie liebte uns beide sehr. Du fandest, sie sei eine Wucht und deine Lieblingserwachsene.«

»Sie brachte uns mit ihrem trockenen Humor zum Lachen, und wir durften uns mit allem vollstopfen, was uns schmeckte … Obstkuchen, Schokoladenpudding, Cremetörtchen. Einmal verdrückten wir beide einen ganzen Trifle. Sie war entsetzt.«

»Erinner mich bloß nicht daran!« Elizabeth lachte. »Ich war hinterher sterbenskrank. Das kleine nimmersatte Monster, das war nämlich ich.«

Robert schüttelte den Kopf. »Nein, Elizabeth, du

warst ein schlechter Esser. Kat jammerte dauernd, du seiest zu dünn.«

»Oh, ich weiß, sie ist der geborene Dauernörgler. Genau wie du.«

»Ich bin kein Dauernörgler!«, protestierte er, halb ärgerlich, halb gekränkt.

»Du hast eben noch rumgenörgelt, dass ich den klitzekleinen Zaun nicht schaffe und mir das Genick breche.«

»Kat und Cecil würden mir gemeinsam das Genick brechen, würde dir in meinem Beisein etwas zustoßen. Das weißt du auch«, betonte er, immer noch verschnupft.

Elizabeth grinste nur, und um ihn zu provozieren, gab sie Crimson Lass die Sporen und galoppierte Robert davon.

* * *

Elizabeth und Robert fühlten sich auf wundersame Weise um Jahre zurückversetzt, als sie am Nachmittag einen Rundgang über die Stonehurst Farm machten. Gemeinsam mit Briney Meadows, der das Gut seit nunmehr einem halben Jahrhundert verwaltete und die beiden von Kind an kannte.

In sämtlichen Zimmern blitzten die Fenster, die Parkettböden glänzten, die Silberleuchter funkelten. Die Teppiche wirkten so sauber wie frisch gereinigt, nirgends ein Stäubchen. Alles hatte seinen angestammten Platz; das Haus war in einem tadellosen Zustand.

»Ich fühle mich, als wäre ich nie weg gewesen«, meinte Elizabeth und strahlte Briney an. »Alles sieht noch genauso aus wie in meiner Kindheit.«

»Tja, Sie sagen es, Miss Turner. Miss Grace Rose ist nämlich eine Pedantin, sie kümmert sich um alles. Und eine Perfektionistin. Sie ruft ständig an und erteilt mir Anweisungen.«

»Ich wusste ja gar nicht, dass sie sich noch um das Haus kümmert, Briney«, entfuhr es Elizabeth verblüfft.

»O doch, Miss Turner! Ihr ist es zu verdanken, dass das Haus so gut in Schuss ist. Das gilt auch für den Park. Schade, dass Alison heute nicht hier ist. Sie wäre begeistert, Sie herumführen zu dürfen. Der Steingarten sieht im Moment sehr hübsch aus. Na ja, bislang haben wir auch einen ziemlich milden Winter.«

»Auf der Herfahrt haben wir die Parkanlagen bewundert«, bemerkte Robert. »Sie sind überwältigend – mit ihren vielen lauschigen Hecken, den herrlich geschnittenen Büschen und den kleinen Teichen – einfach zauberhaft.«

Briney nickte feixend, offensichtlich geschmeichelt über so viel Lob. Der kleine Lausejunge Robert war mittlerweile ein stattlicher, attraktiver Mann geworden, dachte er. Und noch bevor er sich bremsen konnte, platzte er heraus: »Heute haben Sie aber keine Frösche in der Hosentasche, was, Sir?«

Robert warf den Kopf in den Nacken und lachte lauthals. »Sie erinnern sich verdammt gut, Briney. Als Schüler war ich völlig verrückt nach Fröschen, stimmt's?«

»Korrekt, Sir. Sie fanden diese glitschigen kleinen Viecher faszinierend und fischten dauernd im Teich herum. Ich war ständig in Sorge, Sie würden reinfallen.«

»Einmal hast du mir eine Kaulquappe in einem Marmeladenglas vermacht«, schaltete Elizabeth sich ein. »Weißt du noch?«

»Klar, es war ein Geschenk für dich, eins meiner ersten.« Schmunzelnd trat er zu ihr auf die Vortreppe. »Meinst du, so was könnte ich je vergessen?«

Elizabeth kicherte. »Danke, dass Sie uns herumgeführt haben«, meinte sie zu Briney. Sie schüttelte seine altersfleckige, schwielige Hand.

»Gern geschehen, Miss. Hab mich wieder richtig jung gefühlt, wie in alten Zeiten ... das ruft Erinnerungen wach.«

Robert drückte dem Verwalter herzlich die Hand. »Ja, auch für uns war es eine Reise in die Erinnerung, Briney. Passen Sie auf sich auf.«

Briney winkte ihnen nach, als sie über die mit einer Markise überdachte Terrasse liefen, und sie winkten zurück, bevor sie in Richtung Steingarten gingen.

»Ist dir auch aufgefallen, dass Briney Mary mit keinem Wort erwähnt hat. Eigentlich überrascht mich das nicht. Von Toby weiß ich, dass sie sich nicht sonderlich mochten. Er meinte, Briney habe die ganzen Jahre korrekt seine Arbeit erledigt und ansonsten einen Riesenbogen um sie gemacht.«

»Dabei ist er wirklich ein umgänglicher netter Kerl.« Robert zog die Stirn in Falten. »Ich frage mich, wieso deine Tante sich akribisch darum kümmert, dass das Haus weiterhin tipptopp in Schuss ist. Hast du mir nicht neulich erzählt, dass sie es deinem Dad vermacht hat?«

»Ich hatte es so verstanden.« Elizabeth zuckte mit den Schultern. »Vielleicht hängt sie daran, weil sie auf der Farm aufwuchs und später mit ihrem Mann Charles Morran hier lebte. Kat liegt jedenfalls richtig. Ich bin überzeugt, dass das Anwesen ein kleines Vermögen wert ist.«

»Hast du vor zu verkaufen?«, wollte Robert wissen.

»Ich bin mir noch unschlüssig. Andererseits kann ich ja nur in einem Haus leben. Und überhaupt, wovon soll ich die hohen Unterhaltungskosten finanzieren? Die Stonehurst Farm ist schön. Trotzdem hat mir Waverley Court immer am besten gefallen, und es ist näher an London. Ravenscar kann ich nicht verkaufen, weil es nach meinem Tod automatisch an meine Erben geht.«

»Hey, wer redet hier vom Sterben?! Wir beide haben mit unserem Leben noch eine Menge vor, mein Mädchen!«

»O ja, eine ganze Menge, Robin. Wir beide, gemeinsam.«

Er warf ihr einen verstohlenen Blick zu, sagte aber nichts.

9

Grace Rose hatte immer schon ein Faible für modische Kleidung gehabt und ihren eigenen, individuellen Stil gefunden. Und an diesem Sonntagnachmittag sah sie mal wieder bezaubernd aus, fand Elizabeth. Ihr schönes volles silberweißes Haar war modisch frisiert, sie hatte dezent Make-up aufgelegt und sich für ein damenhaft apartes Outfit entschieden. Sie trug ein loses Jäckchen mit Raglanärmeln aus fliederfarbiger Wildseide über einem farblich akzentuierten Seidentop mit dazu passender Hose. Um ihren Hals hatte sie Ketten aus großen Amethyst- und Türkiskugeln geschlungen, und kleine, tropfenförmig geschliffene Amethystperlen zierten ihre Ohren.

Elizabeth nippte an ihrem Tee und beobachtete heimlich ihre Tante. Kaum zu glauben, dass Grace Rose schon sechsundneunzig war. Sie sah bei weitem jünger aus und war geistig noch voll auf der Höhe. Sie zeigte keinerlei Anzeichen von Senilität oder Demenz – ganz im Gegenteil. Grace Rose hatte eine schnelle, scharfe Auffassungsgabe und nichts von ihrem trockenen Witz eingebüßt. Sie war eine sehr alte Dame, so alt wie das Jahrhundert, dennoch war sie geistig jung geblieben. Elizabeth war sich durchaus gewärtig, dass ihre Tante sich selber ständig auf Trab hielt. Sie engagierte sich für Wohltätigkeitsorganisationen, regelte etliche ihrer finanziellen Angelegenheiten noch selbst und war bestens informiert, was um sie herum passierte.

Elizabeth stellte ihre Teetasse auf den Unterteller und beugte sich zu ihrer Tante vor. »Die Sachen stehen dir fabelhaft, Tante Grace Rose. Du siehst einfach toll aus.«

»Danke, das Kompliment kann ich nur zurückgeben, Kleines. Diese Erdtöne stehen dir, mein Kind. Ist das ein Modell von Hermès? Als ich jünger war, hatte ich auch ein Faible für diese Farben.« Rose hielt inne und fragte dann: »Würdest du mir einen kleinen Gefallen tun?«

»Aber natürlich, Tante Grace Rose.«

»Fändest du es schlimm, mich wieder *Grace Rose* zu nennen? So wie früher? Seit ungefähr einem Jahr sagst du *Tante* Grace Rose zu mir, und da fühle ich mich erst recht steinalt.«

»Also ab heute nur noch Grace Rose!«

»Danke.« Die alte Dame lehnte sich zurück in die Gobelinkissen des Sofas und betrachtete Elizabeth. Augenblicke später bemerkte sie: »Lass sie nie merken, wie du dich fühlst.«

Elizabeth sah sie mit großen Augen an. Was meinte ihre Tante damit?

Grace Rose stellte scharfsichtig fest, dass ihre Großnichte verblüfft war. Das hatte sie auch so bezweckt. Sie lächelte still in sich hinein. Kurz darauf erklärte sie: »Mein Dad sagte öfter zu mir: ›Lass sie nie merken, wie du dich fühlst.‹ Er handelte stets nach diesem Grundsatz. Und du auch, nicht wahr,

Elizabeth. Morgen. Auf der Gesellschafterversammlung. Versprichst du mir das?«

»Jaaa«, sagte Elizabeth verdutzt, bis es ihr dämmerte. Grace Rose wusste von der Gesellschafterversammlung, weil sie ein größeres Aktienpaket von Deravenels besaß.

»Mein Dad hatte noch eine andere Regel, die er im Geschäftsleben anwendete: *Zeig nie Schwäche, zeig nie dein wahres Gesicht*. Er erzählte mir irgendwann einmal, dass sein Cousin Neville Watkins ihm das praktisch eingeimpft habe, als er mit neunzehn in der Firma einstieg. Edward Deravenel machte es zu seinem Mantra, und das solltest du auch tun. Ich kann es dir nur wärmstens empfehlen.«

»Ja, das mache ich. Wie du weißt, habe ich meinen Urgroßvater sehr bewundert.«

Grace Rose bedachte Elizabeth mit einem langen gedankenvollen Blick, bevor sie sagte: »Jeder erlag seinem umwerfenden Charme. Er hatte Charisma, o ja, das hatte er. Und er war ein liebenswürdiger, großherziger Mensch, vertrauenswürdig und verlässlich.« Sie seufzte leise, dann straffte sie sich und fügte bestimmt hinzu: »Wir sind die Letzten, du und ich. Die Letzten aus der Familie Deravenel.«

Elizabeth nickte lediglich, aus Furcht, etwas Falsches zu sagen. Immerhin war sie auch eine Turner, gleichwohl mochte sie ihre Großtante nicht kränken, indem sie sie darauf hinwies.

Als könnte sie ihre Gedanken lesen, sagte Grace Rose schnell: »Oh, ich weiß, du bist eine Turner. Aber dein Vater Harry kam nicht nach ihnen. Und du auch nicht. Seine und deine Gene stammen von Bess Deravenel, meiner Halbschwester und deiner Großmutter väterlicherseits. Sie und ich waren beide Rotschöpfe wie du.« Grace Rose strich sich übers Haar. »Jetzt ist es platinweiß, aber früher hatte es einen schimmernden Kupfergoldton.«

Grace Rose drehte sich auf dem Sofa um und wühlte in einem Stapel Mappen und Papieren, die auf einem Beistelltisch lagen. Sie fand, was sie gesucht hatte ... ein silbergerahmtes Foto. »Das ist Edward mit deiner Großmutter und mir ... links, das bin ich. Es wurde 1925 aufgenommen, ein Jahr bevor unser Vater starb.«

Elizabeth sah das Foto zum ersten Mal. Sie betrachtete es für einen langen Augenblick. Ihre Großmutter Bess und Grace Rose glichen einander sehr, beide hatten aber auch viel Ähnlichkeit mit Edward. Die jungen Frauen waren ausnehmend hübsch. »Es besteht absolut kein Zweifel, wer euer Vater ist! Auch nicht, von wem ich abstamme!«, stellte sie mit einem strahlenden Lächeln fest.

Grace Rose schmunzelte. »Liebes, stellst du es bitte wieder auf den Konsolentisch, wo es sonst immer steht?«

Elizabeth nickte und erhob sich. Sie ging zu der Kredenz, die zwischen den beiden hohen Fenstern stand, und stellte das Foto wieder an seinen angestammten Platz. Dann kehrte sie zu ihrer Tante zurück und setzte sich in einen der Armlehnstühle, die vor dem knisternden Kaminfeuer standen.

Die beiden saßen in dem eleganten Salon von

Grace Rose, die in der Chester Street, mitten in Belgravia, eine luxuriöse Stadtwohnung bewohnte. Zarte Creme-, Rosé- und Minttöne dominierten den repräsentativen Raum, der mit stilvollen Antiquitäten und erlesenen Kunstwerken ausgestattet war. Grace Rose besaß eine einzigartige Sammlung, und Elizabeth fand die Gemälde, die ringsum an den Wänden hingen, faszinierend.

Auf mehreren Tischchen standen, zu Gruppen arrangiert, Fotos der Familie Deravenel, der Turners und auch von Grace Roses verstorbenem Mann, dem berühmten Schauspieler Charles Morran. Daneben Vasen mit üppigen Blumensträußen, deren Duft sich mit dem Aroma des Blütenpotpourris vermischte, das ihre Tante so sehr liebte. Es wurde in einem Nonnenkloster in Florenz zusammengestellt und in der Farmaceutica di Santa Maria Novella verkauft.

Elizabeth schob ihr Teegedeck auf den Kaffeetisch und räusperte sich verlegen. »Kat deutete an, dass du mich unbedingt sprechen willst, Grace Rose.« Sie sah ihre Tante fragend an.

»Ja, das ist richtig. Du hast ein extremes Leben geführt, und ich vermute mal, dass es angesichts der gegebenen Umstände extrem bleiben wird.«

Elizabeths Miene war ein einziges Fragezeichen, als sie zurückgab: »Ich bin mir nicht sicher, was du mit *extrem* meinst.«

»Genau das. Dein gesamtes bisheriges Leben war extrem. Anders als das der meisten Menschen. Man könnte auch sagen, ungewöhnlich. Kein Standard. Meins war genauso.« Sie beugte sich vor und tätschelte Elizabeths Hand. »Als deine Mutter verstarb, warst du noch sehr klein. Du hast sie kaum gekannt. Dein Vater verhielt sich verabscheuungswürdig, er schubste dich herzlos in unserer Familie herum, wollte nichts von dir wissen. Er verleugnete dich sogar. Ich gebe zu, ich vergötterte Harry seit seiner Geburt. Er war der Sohn meiner Lieblingsschwester, und ja, es stimmt, ich hab ihn maßlos verwöhnt. Später hab ich ihn zunehmend verachtet, weil er unmöglich mit dir umsprang. Sein Verhalten war gewissenlos und unverzeihlich, und das warf ich ihm auch des Öfteren vor. Leider stieß meine Kritik auf taube Ohren.«

Elizabeth nickte. »Die Stonehurst Farm hat ihm nie wirklich gehört, oder?«

»Das ist korrekt. Ich wollte sie ihm schenken, aber er wollte sie nicht haben, weil er Waverley Court vorzog. Das war jedoch nicht der einzige Grund. Dein Vater sträubte sich innerlich dagegen, die Unterhaltungskosten für das Anwesen zu übernehmen. Deshalb behielt ich es, und Charles und ich verbrachten dort weiterhin die Wochenenden. Nach dem Tod meines Mannes fühlte ich mich dort einsam, so ganz ohne ihn. Trotzdem liebe ich Stonehurst. Ich wuchs auf der Farm auf, deshalb habe ich sie nie verkauft. Irgendwie brachte ich es nicht übers Herz, Wildfremden das Gut zu überlassen.«

»Wie kam es, dass Mary ihre letzten Jahre in Stonehurst verbrachte? Glaubte sie nach Vaters Tod allen Ernstes, es gehöre ihr?«

»Ja, bedauerlicherweise. Nachdem ich ihr die

wahren Zusammenhänge geschildert hatte, bat sie darum, wenigstens die Wochenenden weiterhin dort verbringen zu dürfen, und so kamen wir zu einer Kompromisslösung. Ich übernahm die Kosten für die Unterhaltung des gesamten Besitzes, und sie zahlte die Gehälter für das Personal. Anders als du und dein Vater schien Mary sich aus irgendeinem Grund nicht für Waverley Court zu interessieren.«

Oh, ich kenne die Gründe, sann Elizabeth im Stillen. Laut sagte sie: »Ich war am Freitag in Stonehurst, weil ich ernsthaft annahm, die Farm wäre in meinen Besitz übergegangen. Ich hatte keine Ahnung, dass sie nach wie vor dir gehört. Aus Brineys Worten schloss ich, dass du dich weiterhin sehr stark für das Anwesen engagierst. Das machte mich stutzig.« Und entschuldigend fügte Elizabeth hinzu: »Verzeih mir, dass ich dort wie ein Eindringling eingefallen bin.«

»Ich bitte dich, Kind, du bist doch kein Eindringling! Wir sind enge Verwandte, und du kannst dort hinfahren, wann immer du möchtest. Kat im Übrigen auch.«

»Eins kapiere ich nicht … weshalb ließ Dad uns in dem Glauben, die Farm würde ihm gehören?«

»Wie schon gesagt, ich wollte sie ihm überschreiben, und er war sehr angetan von meiner Geste. Als er jedoch mitkriegte, wie teuer ihn das käme, schlug er mein Angebot aus. Ich denke, Harry erzählte überall herum, dass ich ihm Stonehurst schenken wollte, womöglich gab er sogar damit an, stellte aber später nie richtig, dass er mein Geschenk abgelehnt hatte. Vielleicht war ihm das peinlich.«

Elizabeth spitzte die Lippen. »Klingt plausibel, aber wie konnte Dad bloß so etwas tun?«

Statt einer Antwort meinte Grace Rose scharf: »Ich musste dich sehen, weil ich etwas mit dir besprechen will, was mir Kummer macht. Aber vorher habe ich noch ein paar Fragen.«

»Nur zu.«

»Droht der Deravenel Company der Konkurs?« Grace Rose maß ihre Nichte mit einem bohrenden Blick.

»Aber nein. Niemals. Cecil Williams und ich sind auf einem guten Weg. Wir sind zuversichtlich, dass wir die Schwierigkeiten, mit denen das Unternehmen zurzeit zu kämpfen hat, ausräumen können.«

Grace Rose wiegte den Kopf. »Du glaubst, mit dem Konzern wird es in absehbarer Zeit wieder aufwärtsgehen?«

»Da bin ich mir sogar sicher. Ich verspreche dir, dass wir den Laden wieder ganz nach vorn bringen.«

»Mary hat über Jahre hinweg Missmanagement betrieben, stimmt's?«

»Das kannst du laut sagen.«

»Und sie hat Philip Alvarez einen Haufen Geld gegeben.«

»Ja.«

»Deravenel-Gelder?«

»Ja. Sie investierte Millionen in sein Marbella-Projekt. Ich kann dir jedoch zusichern, dass wir in dieser Sache tätig werden. Entweder holen wir unser komplettes Investment zurück, oder wir verleiben uns das Projekt ein. Wir haben unsere Anwälte eingeschaltet, und es schaut nicht gut aus für Señor Alvarez.«

»Du und Cecil, ihr habt mein volles Vertrauen.« Grace Rose nickte bekräftigend. »Hat sie ihm auch Geld von ihrem Privatkonto überwiesen?«

»Ja. Ich wage jedoch zu bezweifeln, ob wir das jemals zurückbekommen.«

»Ehrlich gesagt, überrascht mich Marys Verhalten nicht wirklich. Sie war keine strahlende Schönheit und auch nicht besonders helle. Vermutlich wollte sie ihn mit dem Geld ködern, damit er sie heiratete. Nenn es Bestechung, wenn du willst.«

Elizabeth prustete los. »Oh, Grace Rose, du hast einen bitterbösen Humor.«

Grace Rose lächelte. »Was die morgige Vorstandsversammlung betrifft, rate ich dir, keine überstürzten Entscheidungen zu treffen.«

»Ich handle nie unüberlegt und taktiere immer sehr vorsichtig. Cecil im Übrigen auch. Aber worauf willst du eigentlich hinaus?«

»Der Vorstand ist zu groß. Träge und unbeweglich. Ich weiß das. Aber was soll's? Ich meine, zum gegebenen Zeitpunkt. Nach meinem Dafürhalten solltest du daran zunächst nichts ändern und niemanden rauskegeln. Lass es erst mal so, wie es ist.«

»Wie kommst du darauf? Und was bezweckst du damit?«

»Mach dir keine Feinde, Elizabeth. Bring das Unternehmen in ruhige Fahrwasser. Lass dir Zeit in puncto Veränderungen. Mach dir Freunde und keine Feinde.«

»Du hast Nerven, Grace Rose.«

»Du bist die größte Einzelaktionärin. Und Geschäftsführerin des Gesamtkonzerns. Du hast ein kompetentes Team um dich versammelt. Bringt Deravenels erst mal wieder auf Vordermann. Und dann entscheidest du, wen du in den Vorstand berufst.«

Elizabeth hörte andächtig zu. Aus den Worten ihrer Tante sprach die Weisheit des Alters, und was sie sagte, ergab Sinn. »Wolltest du mich deshalb sehen?«

»Nicht nur deshalb. Ich muss noch etwas anderes mit dir besprechen, etwas, das mir auf der Seele brennt.« Grace Rose schob sich gemächlich aus dem Sessel. »Komm, ich möchte dir etwas geben.«

Elizabeth stand ebenfalls auf. Ihre Neugier war geweckt.

10

Sie folgte Grace Rose durch die schmale, langgestreckte Eingangshalle in den kleinen roten Salon, Elizabeths Lieblingszimmer. Sie liebte die geschmackvoll arrangierten Rottöne, die den Raum dominierten – die mit dunkelroter Damastseide bespannten Wände und die dazu passenden Vorhänge, den leuchtend rot gemusterten Orientteppich, die mit rotem Samt bezogene Sitzgruppe vor dem Kamin.

Nach ihrer Einschätzung setzte die Rotpalette stimmungsvolle Akzente für die impressionistischen und postimpressionistischen Gemälde, die Grace Rose für diesen eleganten Raum ausgewählt hatte. Elegant und trotzdem anheimelnd gemütlich, fand Elizabeth. Tischlampen mit altrosaseidenen Schirmchen spendeten an diesem unwirtlichen Winternachmittag rosig warmes Licht.

»Komm, setz dich ans Feuer«, bat Grace Rose sie und ging zu dem wuchtigen Schreibtisch, wo sie einen sperrigen Umschlag holte, den sie Elizabeth gab.

»Ich muss mit dir über das Gemälde sprechen«, begann Grace Rose. »Darum geht es mir im Besonderen. Ich bin mir sicher, du weißt, welches Gemälde ich meine.«

Elizabeth nickte. »Ja, natürlich. Das Gemälde, das

euer Vater 1918 kaufte, weil es ihn an Bess und dich erinnerte.«

»Korrekt. Und ich möchte, dass du mir versprichst, es nie, niemals zu verkaufen. Es sei denn, um Deravenels zu retten. Aber nur dann!«

»Ich verspreche es dir. Mein Wort darauf.«

»Bestimmt wäre es lukrativ, es von einem Auktionshaus versteigern zu lassen. Inzwischen muss das Bild ein Vermögen wert sein.«

»Das weiß ich zufällig genau.«

»Du hast es schätzen lassen, stimmt's?«, gab Grace Rose scharfsichtig zurück.

»Das nicht direkt.« Die junge Frau räusperte sich. »Ich muss da etwas weiter ausholen. Also, vor etwa einem Jahr traf ich im Hinblick auf das Bild eine Entscheidung. Kurz nachdem meine Halbschwester mir eröffnete, dass ich mein Firmenbüro zu räumen hätte. Da ich nicht wusste, welche Gemeinheiten ihr künftig noch einfallen würden, um mich zu quälen, zog ich mich nach Ravenscar zurück. Wenn du so willst, versteckte ich mich vor meiner eigenen Schwester.«

»Ich entsinne mich. Du hast mich damals von dort angerufen, um mich zu informieren, für den Fall, dass ich dich brauchte. Aber bitte, erzähl weiter.«

»Nachdem Mary mich rausgeworfen hatte, fuhr ich nach Waverley Court, wo Toby in der Bibliothek das Gemälde für mich abhängte. Wir wickelten es sorgsam in Decken ein, und ich brachte es nach London. Ich erklärte ihm, ich würde es säubern und restaurieren lassen. Was ja auch stimmte. Jetzt hängt es in meinem Ankleidezimmer in meinem Apartment am Eaton Square, wo es absolut sicher ist.«

»Aber Briney Meadows hat das Gemälde noch vor kurzem gesehen. Er war in Waverley Court, weil Toby ihn gebeten hatte, die dort installierte Alarmanlage zu überprüfen.«

Grace Rose gluckste leise. »Ganz schön clever von dir, Liebes. Aber wieso hast du es überhaupt umgehängt?«

»Ich hatte Angst, Mary könnte es stehlen. Sie ging in Waverley Court ein und aus, und ich traute ihr nicht mehr über den Weg. Da sie das Bild ohnehin nicht mochte, lag ein Verkauf nahe, oder? Zudem hätte sie daran niemand hindern können. Ich wollte einfach kein Risiko eingehen. Hätte sie es veräußert, dann wäre der Erlös bestimmt an Philip Alvarez geflossen.«

»Das war clever von dir, Elizabeth. Allerdings –« Grace Rose hielt inne und meinte dann besonnen: »Von Rechts wegen gehörte es ihr, oder?«

»Ich weiß. Das Bild befand sich im Nachlass meines Vaters, den sie durch unseren Halbbruder Edward erbte. Aber an dem besagten Tag traf ich eine rigorose Entscheidung: Ich entschied, dass sie es nicht verdient hatte.«

Um Grace Roses Mundwinkel zuckte es verräterisch, als sie offen einräumte: »Ich an deiner Stelle hätte genauso gehandelt.«

»Danke, das geht mir runter wie Öl.« Sie beugte sich verschwörerisch zu ihrer Tante vor. »Das Bild ist Millionen wert. Ein Händler, ein guter Freund von mir, erzählte mir, dass ein Renoir unbezahlbar sei, und vor allem *Zwei Schwestern*, weil das Bild von bestechender Schönheit sei. Und weil Renoir es 1881 malte, in seiner kreativsten Schaffensphase. Als ich es im vorigen Sommer Julian Everson zeigte, war er schwer beeindruckt. Er taxierte den Wert auf mindestens sechs Millionen britische Pfund. Und das sei extrem niedrig gegriffen, meinte er.«

»Hmm, ich schätze es auf acht Millionen. Hier, dieser Umschlag ist für dich. Er enthält die Dokumentationen zu den Gemälden, die Jane Shaw gehörten, der Seelenverwandten und Geliebten meines Vaters. Nach ihrem Tod erbten Bess und ich ihre Kunstsammlung, die nicht minder kostbar ist. Ich bin mir bewusst, welche Werte an meinen Wänden hängen. In dem Umschlag –«, sie strich über den kartonverstärkten Rücken, »– sind Fotos der Bilder, die deine Großmutter erbte. Wenn du demnächst mal wieder mehr Zeit hast, möchte ich, dass du sie dir anschaust. Sie hängen in den verschiedenen Häusern verstreut, die du geerbt hast. Machst du das, Elizabeth? Es ist wichtig, dass du weißt, wo alles ist.«

»Mach ich. Kat kann schon mal damit anfangen. Sie ist vorübergehend für mich tätig und entlastet mich, wo sie nur kann.«

»Das freut mich für dich. Kat ist eine tüchtige Person. Ich vermute, einige der Gemälde hängen im Chelsea House, wo dein Vater lebte, nachdem er das alte Haus in Berkeley Court verkauft hatte. Schaut auch mal auf Ravenscar und in Waverley Court nach. In dem Umschlag findet sich bestimmt alles Weitere.

Vermutlich erkennst du die fraglichen Gemälde auf Anhieb wieder.«

* * *

Elizabeth breitete den Inhalt des Kuverts auf dem Schreibtisch aus und beschäftigte sich mit der Dokumentation zu den Gemälden. Ihre Tante hatte vor zwanzig Minuten das Zimmer verlassen, um einen Anruf ihres Großneffen entgegenzunehmen, der in Irland lebte.

Während sie fasziniert die Fotos der Gemälde durchging, stellte Elizabeth fest, dass sie einige seltene Schätze betrachtete. Dass sie aus dem Besitz von Jane Shaw stammten, hatte sie indes nicht einmal geahnt. Einige erkannte sie wieder und wusste sofort, wo sie hingen.

Sie starrte auf das Foto eines Gemäldes von Camille Pissarro, das sie schon als Kind gemocht hatte. Es handelte sich um ein Landschaftsbild, das im Speisezimmer von Waverley Court hing, genau wie die stimmungsvolle Winterlandschaft von Armand Guillaumin.

Eine Schneelandschaft von Claude Monet, in Schwarz-, Weiß-, Creme- und Grauschattierungen gehalten, war das Lieblingsbild ihres Vaters gewesen. Das Bild hing noch auf Ravenscar, in seinem Arbeitszimmer.

Ihr Blick fiel auf vier weitere Fotos: je ein Matisse, van Gogh, Sisley und Manet. Diese Gemälde hingen definitiv nicht in Ravenscar oder Waverley Court. Möglich, dass sie im Chelsea House waren.

Grace Rose kam zurück und rief: »Verzeih mir, mein Schatz. Für gewöhnlich telefoniert Patrick nie so lange mit mir. Er musste mir unbedingt von seiner Freundin erzählen. Er will sich verloben. Im Laufe der Woche kommen sie nach London, dann stellt er mir die junge Dame vor.«

»Ach, wie schön.« Elizabeth blickte lächelnd auf.

»Patrick ist wirklich ein lieber Junge. So und jetzt zu den Bildern. Einige davon hast du bestimmt wiedererkannt, weil sie in einem der Häuser hängen, oder?«

Elizabeth schob die Fotos zurück in den Umschlag, stand auf und lief zu ihrer Tante. »Genau. Ich zeig dir mal, welche sich tatsächlich in meinem Besitz befinden. Bei ein paar anderen bin ich mir nicht sicher, wo sie hängen. Vielleicht im Chelsea House? Oder sie wurden veräußert.«

»Das ist natürlich möglich. Ich glaube aber nicht, dass dein Vater Kunst verkaufte. Außerdem sind die Gemälde von weltbekannten Malern. Von einem Verkauf wäre bestimmt in den Medien berichtet worden. Ich bin überzeugt, dass Mary deshalb auch nicht verkaufte. Das hätte man nämlich erfahren.«

»Ich werde Kat bitten, sich noch mal im Chelsea House umzusehen. Sie war letzte Woche schon einmal dort, wegen der Verwaltung des Hauses. Von den Bildern wusste ich da natürlich noch nicht.« Elizabeth seufzte.

»Was hast du mit dem Haus geplant? Willst du es behalten? Oder verkaufen?«

»Ich glaube, ich werde mich davon trennen müssen, Grace Rose. Gewiss, es ist ein schönes altes Anwesen, aber für mich als alleinstehende junge Frau ist es entschieden zu groß.«

Grace Rose schüttelte kaum merklich den Kopf. »Aber du wirst doch nicht immer allein bleiben. Du wirst heiraten, irgendwann Kinder haben.«

Auf Elizabeths Zügen malte sich Entsetzen. »Ich und heiraten? Nein! Niemals!«

»Aber, aber, mein Liebes. Man soll niemals nie sagen. Das Leben steckt voller Überraschungen. Man weiß nie, was einem so alles passieren kann …«

»Nein, ich heirate nicht. Dafür bin ich zu emanzipiert und zu eigenständig – außerdem mag ich mich nicht von einem Mann gängeln lassen, der mir dauernd erzählt, was ich zu tun und zu lassen habe. Ich bin mein eigener … Herr. Und möchte nicht als schmückendes Beiwerk herumlaufen. Ich will keine Kinder. Ich will Karriere machen.«

Grace Rose schwieg.

»Als ich acht war«, fuhr Elizabeth fort, »hab ich Robert Dunley erklärt, dass ich niemals heiraten werde. Du kannst ihn fragen. Er wird es dir bestätigen.«

Grace Rose verkniff sich ein Schmunzeln. »War das, nachdem er dir den *ersten* Antrag gemacht hatte?«

»Ach was, Grace Rose. Er hat mir noch nie einen Antrag gemacht. Und das wird auch künftig so bleiben, verlass dich drauf.«

Grace Rose schluckte geräuschvoll. Ihr lag es auf der Zunge zu sagen, dass Elizabeth sich gründlich irrte. Robert Dunley hatte schon als Junge für das kleine Turner-Mädchen geschwärmt. Als Kinder und Jugendliche hatten sie etliche Wochenenden auf der Stonehurst Farm verbracht. Grace Rose erinnerte sich, wie seine Blicke an Elizabeths Lippen hingen, wie er sie angehimmelt hatte. Der junge Mann war dem zauberhaften Charme ihrer Nichte schon früh erlegen.

»Robin ist für mich wie ein Bruder. Wir verstehen uns gut und haben ziemlich viele gemeinsame Interessen, na und?«, wiegelte Elizabeth ab.

»Schau mal einer an«, murmelte Grace Rose mehr zu sich selbst. »Soweit ich informiert bin, ist er inzwischen zum Chef der Logistikabteilung aufgestiegen. Ich hoffe, du bringst ihn demnächst mal mit. Er war so ein netter, reizender Junge.« Sie wartete die Reaktion ihrer Nichte gar nicht erst ab, sondern fügte eilends hinzu: »Sag mir umgehend Bescheid, was Kat im Chelsea House an Bildern findet. Das interessiert mich brennend.«

»Mach ich. Ich ruf dich morgen Abend an. So, und jetzt zeig ich dir die Gemälde, die sich in meinem Besitz befinden.« Sie öffnete den Umschlag und reichte ihrer Großtante als Erstes das Foto der geliebten Pissarro-Landschaft.

* * *

Auf der Heimfahrt kreisten Elizabeths Gedanken um die Vermutung ihrer Großtante, aus ihr und Robin könnte ein Paar werden. Offenbar hatte Grace Rose verdrängt, dass Robin verheiratet war. Mit Amy Robson und das seit mittlerweile acht Jahren. Seltsamerweise traten die beiden nie als Paar in Erscheinung.

Blanche Parrell hatte ihr neulich erzählt, dass Amy in Cirencester lebte, weil sie und Robin sich getrennt hätten. Robin erwähnte seine Frau mit keinem Wort, und Elizabeth war nie auf die Idee gekommen, sich nach ihr zu erkundigen. Tja, diese Teenagerehe sei wohl gescheitert, hatte Blanche angemerkt. »Früh gefreit hat oft gereut.« Seinerzeit hatten etliche Leute vermutet, die beiden *müssten* heiraten, doch das war offensichtlich nicht der Fall. Sie hatten keine Kinder.

Robert Dunley lebte wie ein Junggeselle, scheinbar ungebunden und unabhängig. Er wohnte und arbeitete in London und fuhr auch an den Wochenenden nicht nach Cirencester. Elizabeth schüttelte verständnislos den Kopf. Wäre sie an Amys Stelle gewesen, hätte sie um Robert und um ihre Ehe gekämpft.

11

Du bist verschwiegen, und du beherrschst die hohe Kunst der Diplomatie. Das ist ein großes Plus für dich, Elizabeth. Wenn du geschickt taktierst, kann gar nichts schiefgehen«, sagte Cecil Williams.

Elizabeth, die ihn über den Schreibtisch hinweg anschaute und ihm interessiert zuhörte, erwiderte: »Was du sagst, stimmt, Cecil. Grace Rose hat gestern ähnlich argumentiert. Ich soll nichts überstürzen und mir keine Gegner machen. Sondern Befürworter.«

»Grace Rose ist eine weise alte Dame. Wir sollten uns noch nicht von den überzähligen Vorstandsmitgliedern trennen, sondern die Sache sehr, sehr langsam angehen. Das würde sonst bloß Stimmung machen und für böses Blut sorgen.« Cecil setzte sich kerzengerade auf und trank einen Schluck Kaffee. »Der Vorstand ist ohnehin heute sehr dezimiert.«

»Oh, wie das denn?«, fragte Elizabeth verblüfft.

»Charles Broakes kam am Freitagnachmittag in mein Büro und übergab mir eine Liste derjenigen, die abwesend sind.« Cecil nahm ein kleines Notizbuch aus der Innentasche seines Jacketts und schlug es auf. »Malcolm Allen hat gekündigt. Er ist seit kurzem Witwer und zieht nach Los Angeles, um näher bei seiner Tochter und bei seinen Enkeln zu sein. Zwei weitere Manager sind an Grippe erkrankt, und Rodney Nethers, der im Sommer einen Herzinfarkt hatte, ist ebenfalls zurückgetreten. Genau wie Peter Thwaites, der sich ins Steuerparadies Monaco zurückgezogen hat. Neil Logan hast du in den wohlverdienten Ruhestand geschickt, weil er an Demenz leidet. Mary ist tot. Rushton Douglas starb im letzten August. Macht zusammen acht, die an den Sitzungen nicht mehr teilnehmen.«

»Das ist aber merkwürdig!« Elizabeths schön geschwungenen Brauen hoben sich nachdenklich. »Meinst du, einige kommen deshalb nicht, weil ich die Geschäftsführung übernommen habe?«

Cecil schüttelte heftig den Kopf. »Nein, ganz bestimmt nicht.«

»Weißt du denn mit Sicherheit, dass diese beiden wirklich Grippe haben?«

»Das nicht, aber Rodney hatte wirklich einen Infarkt, Malcolm ist Witwer geworden, und Rushton ist definitiv tot. Sein Nachruf stand in der *Times*.«

Elizabeth verkniff sich ein spöttisches Lächeln. »Dann besteht der Vorstand aus zehn Leuten, macht mit mir zusammen elf.«

»Korrekt, und die Zahl ist auch wesentlich überschaubarer. Dabei sollten wir es künftig belassen.« Cecil steckte das Notizbuch in seine Jackentasche zurück. »Charles Broakes stimmt dem zu. Im Übrigen weiß er es sehr zu schätzen, dass du ihm die Gesamtverantwortung für die Weingüter übertragen hast.«

»Freut mich für ihn. Soweit ich informiert bin, ist er ein überaus kompetenter Manager.«

»Charles ist einverstanden, dass Robert und ich an der Sitzung teilnehmen, damit wir unsere Berichte verlesen können.«

»Gut. Er und John Norfell könnten gegen eure Anwesenheit ohnehin kein Veto einlegen, oder?« Sie wartete seine Reaktion gar nicht erst ab, sondern fügte hinzu: »Im Übrigen werde ich dich und Robert nominieren. Ich möchte, dass ihr mit im Vorstand seid. Glaubst du, da gibt es Einwände?«

»Das bezweifle ich. Charles und John werden dem zustimmen, und dein Großonkel Howard bestimmt auch. Die anderen Mitglieder vertreten entweder deine Linie oder sie enthalten sich der Stimme. Danke, Elizabeth, dass du mich in den Vorstand holst und –« Cecil hielt inne, da Robert aus seinem Büro gestürzt kam und rief: »Gott sei Dank, dass wir Francis haben!«

Die beiden starrten ihn entgeistert an, und Elizabeth fragte besorgt: »Was ist denn, Robin? Ist irgendwas Schlimmes passiert?«

»Tut mir leid«, entschuldigte sich Robert. »Ich hätte nicht so hereinplatzen dürfen. Was passiert ist … Walsington hat sich zwischenzeitlich in Madrid umgehört und herausgefunden, dass Philip Alvarez jede Menge Dreck am Stecken hat. Frauen, Alkohol, das süße Leben eben. Und jede Menge Schulden. Aber das Schlimmste ist, das Marbella-Projekt wird nicht weitergeführt, weil er vorm Konkurs steht.«

»Ach, du meine Güte!«, rief Elizabeth und schlug die Hände vors Gesicht. »Wenn er bankrottgeht, sehen wir keinen Cent von unseren fünfundsiebzig Millionen. Oh, Robin, das sind ja frustrierende Neuigkeiten.«

Cecil war blass geworden. Sein Blick richtete sich auf Robert, der sich in einen der Sessel fallen ließ. »Ich halte es für das Beste, wenn du umgehend nach Madrid fliegst«, verkündete er mit grimmiger Stimme.

»Ganz meine Meinung. Hab bereits gebucht. Ich nehme morgen früh die erste Maschine. Mein Bruder Ambrose fliegt schon heute Nachmittag. Er trifft Francis in dessen Hotel. Wir müssen schnell handeln und die erforderlichen Schritte einleiten. Wir dürfen keine Zeit verlieren.«

»Stimmt«, bekräftigte Cecil. »Auf Walsingtons Recherchen kann man sich blind verlassen. Ich sag immer, er wäre ein Spitzenspion geworden. Hast du unser Büro in Madrid kontaktiert?«

»Ja, hab ich. Dort ist man über alles informiert.« Nach einem Blick zu Elizabeth fügte er hinzu: »Keine Sorge. Wir kriegen das schon hin.«

»Ich vertraue dir, Ambrose und Francis, dass ihr die leidige Geschichte in Spanien aus der Welt schafft. So, und jetzt gehen wir die Tagesordnungspunkte durch, die auf der Versammlung aufs Tapet kommen.«

* * *

Kaum dass sie den Tagungsraum betrat, schlug Elizabeth Feindseligkeit entgegen. Sie reagierte seit jeher sensibel auf Menschen und ihre Befindlichkeiten und fühlte spontan, dass die Atmosphäre zum Zerreißen gespannt war.

»Guten Morgen, Gentlemen«, sagte sie betont neutral und ging mit schnellen Schritten zu ihrem Platz am Ende des Konferenztisches. Ihre Begleiter Cecil und Robert setzten sich links und rechts von ihr und grüßten ebenfalls in die Runde. Die Anwesenden reagierten mit einem Kopfnicken, manche lächelten höflich.

»Ich freue mich sehr, dass alle gekommen sind. Willkommen zu meiner ersten Vorstandssitzung«, eröffnete Elizabeth das Treffen.

Ihre Miene weiterhin unbewegt, glitt ihr Blick über den Tisch. Sie richtete ihn auf Mark Lott und Alexander Dawson, die beiden Manager, die laut Cecil an Grippe erkrankt waren. Donnerwetter, sind die aber schnell genesen, dachte sie und begriff sofort, dass die Antipathie von ihnen ausging. *Natürlich.* Mark Lott war ein enger Freund von Mary gewesen und häufiger Gast auf der Stonehurst Farm. Alexander Dawson hatte sie noch nie leiden können. Er war ein Speichellecker und ein Lügner – Elizabeth hatte ihn bei etlichen Lügen ertappt. Das sind meine Gegner, schwante es ihr, auf die beiden muss ich künftig ein Auge haben.

»Meine erste Amtshandlung ist die Berufung von Cecil Williams und Robert Dunley in den Vorstand. Wie Sie alle wissen, gehören die beiden zu meinem engsten Beratergremium und sie werden Deravenels gemeinsam mit mir leiten. Aus diesem Grund ist es wichtig, dass sie im Board sitzen. Mir ist es eine große

Ehre, die beiden zu nominieren. Wie steht es mit Ihnen, Gentlemen?«

»Ich bin dafür, dass Cecil Williams und Robert Dunley in den Vorstand berufen werden«, ließ sich Charles Broakes vom anderen Ende des Tisches vernehmen.

»Ich stütze diese Nominierung«, verkündete John Norfell mit donnernder Stimme. »Wer dafür ist, hebe bitte die Hand. Ich will alle Hände sehen.«

Elizabeth registrierte, dass sämtliche Anwesende die Hand hoben. Sie lächelte in sich hinein. Lott und Dawson wagen es nicht, gegen mich zu stimmen, dachte sie, nicht wenn ich Broakes und Norfell hinter mir habe. Angesichts ihrer Beförderung hab ich bei den beiden gute Karten.

Charles Broakes blickte über den Tisch und erklärte: »Die Herren Cecil Williams und Robert Dunley sind einstimmig in den Vorstand gewählt worden. Willkommen an Bord, Gentlemen, und kollegiale Glückwünsche.«

Dann fuhr Elizabeth eilends fort: »Lassen Sie uns mit der Tagesordnung weitermachen. Da wäre zunächst der Status quo des Unternehmens. Ich kann Ihnen heute leider noch keinen abschließenden Bericht geben, da unsere Berater, Controller und Analysten noch daran arbeiten. Allerdings kann ich Ihnen vorab versichern, dass der Konzern trotz der Verluste, die aufgrund von Fehlinvestitionen entstanden sind, nicht ernsthaft in Gefahr ist.« Sie sagte das im Brustton der Überzeugung, obwohl es eine Lüge war, wenn auch eine Notlüge. Sie hielt es weder für sinnvoll, die

Defizite des Unternehmens offenzulegen, noch die heikle Situation in Spanien anzusprechen. Warum schlafende Hunde wecken?

»Wollen Sie damit andeuten, dass Deravenels *überlebensfähig* ist?« Alexander Dawson beugte sich interessiert vor, sein Blick war auf Elizabeth gerichtet.

»Ja, das ist definitiv Fakt. Vielleicht darf ich Ihnen jetzt unsere künftigen Pläne kurz vorstellen. Ich habe John Norfell und Charles Broakes zu Direktoren befördert, die ihre jeweiligen Abteilungen im internationalen Geschäft –«

»Soll das heißen, Sie haben den beiden als Spartendirektoren Entscheidungsbefugnisse im Ausland eingeräumt?«, wurde sie von Mark Lott unterbrochen.

»Ja. Ich möchte, dass unser Stammkonzern weiterhin in London ansässig bleibt. Die im Ausland tätigen Spartenmanager werden künftig über ihre Vorgesetzten in London kommunizieren, statt eigenverantwortlich zu entscheiden.«

»Das ist eine Form der Kontrolle«, erklärte Cecil, »damit gewährleisten wir, dass unsere sämtlichen, im Ausland ansässigen Niederlassungen künftig im Einklang mit unseren Plänen und unseren Visionen agieren. Wir werden zudem den Großteil unserer Büros weltweit reorganisieren, was natürlich zwangsläufig zu Freisetzungen führt, einige Mitarbeiter …«

»Aber doch hoffentlich nicht zu Massenentlassungen!«, polterte Dawson los und unterbrach Cecil. »Das würde weltweit signalisieren, dass wir ernsthafte Probleme haben.«

»Einige Mitarbeiter werden wir entlassen müssen,

einige werden in den Ruhestand gehen. Für andere werden sich Teilzeitregelungen finden«, entgegnete Elizabeth mit fester, geschäftsmäßiger Stimme. »Aber das zieht sich über einen längeren Zeitraum, vielleicht über ein Jahr. Uns liegt es fern, Alarm zu schlagen, außerdem besteht dazu absolut kein Grund. Die Deravenel Company ist ein sicheres Unternehmen, das habe ich bereits betont. Sie muss jedoch mittel- bis langfristig effizienter geführt werden. Mein Kollege Robert Dunley wird Ihnen jetzt kurz umreißen, welche Veränderungen wir angedacht haben.«

Anders als seine Vorredner stand Robert auf und legte die Pläne dar, die er gemeinsam mit Elizabeth und Cecil entwickelt hatte. Er war ein eloquenter und leidenschaftlicher Redner, und sein Vortrag fand allgemein Zustimmung.

Nach ihm führte Cecil die Überlegungen aus, diverse Büros weltweit zu schließen. Er erhob sich ebenfalls und trug die erarbeiteten Punkte selbstbewusst und schlüssig vor. Im Anschluss beantwortete er bereitwillig Fragen und beruhigte die Teilnehmer, die in Anbetracht der drohenden Schließungen hohe Imageverluste befürchteten.

John Norfell sprach über seine Pläne und Visionen für die internationale Hotelgruppe; Charles Broakes äußerte sich zu dem Weinhandel, den er weltweit kontrollieren würde. Beide Männer strahlten Selbstsicherheit und Kompetenz aus.

Heiße Debatten entbrannten; es wurden Themen angeschnitten, die Elizabeth lieber totgeschwiegen hätte. Gleichwohl glückte es ihr, sämtliche Kritikpunkte geschickt zu entkräften. Sie war eine gute Schauspielerin, immer schon gewesen, und eine brillante Taktikerin. Und diese Talente und Fähigkeiten kamen ihr an jenem kalten Dezembermorgen sehr zugute.

Als die Sitzung um halb eins zu Ende war, schüttelte sie sämtlichen Teilnehmern die Hand und plauderte noch kurz mit ihnen. Dann stahl sie sich in einem unbemerkten Augenblick aus dem Sitzungsraum, während Cecil und Robert die Herren zu einem gemeinsamen Lunch in den angrenzenden Bankettsaal baten.

12

Robin fehlt mir doch mehr, als ich dachte. Er ist nach Madrid geflogen, wo er sich mit dem Problem Philip Alvarez befassen wird. Obwohl ich sehr beschäftigt bin, ist es langweilig ohne ihn. Im Büro ist es richtig öde – ich vermisse sein Lachen, seine Witze und Scherze, seinen feinsinnigen Humor. Und sein gutes Zureden. Robin ist der Einzige, der mich beruhigen kann, wenn ich wieder mal ausraste. Weil er mir komplexe und komplizierte Vorgänge verständlich erklären kann. Seine Rationalität und Logik helfen mir sehr.

Jeden Morgen knipse ich in seinem Büro als Erstes sämtliche Lampen an und lasse sie bis abends an. Wenn dort Licht brennt, fühle ich mich weniger einsam. Dann stelle ich mir insgeheim vor, er könnte jeden Moment durch die Verbindungstür kommen.

Er ist in Madrid, gemeinsam mit seinem Bruder Ambrose, Nicholas Throckman und Francis Walsington. Nach unserem Telefonat gestern Abend hatte ich den Eindruck, dass sie einen entscheidenden Schritt vorangekommen sind. Hoffentlich! Ich will, dass sich das Problem Alvarez zu meinen Gunsten klärt. Dann brauche ich mir wegen der fünfundsiebzig Millionen keine grauen Haare wachsen zu lassen, und Robin kommt endlich wieder zurück.

Niemand könnte mir Robin je ersetzen. Das Band, das wir in unserer Kindheit knüpften, wird nie zerreißen. Im

Rückblick verstehe ich, wieso wir uns vorübergehend aus den Augen verloren haben. Unsere Wege kreuzten sich als Teenager und junge Erwachsene nicht so häufig. Leider. Er war im Internat und später auf der Universität. Er ist Cambridge-Absolvent wie Cecil Williams und einige andere meiner Befürworter im Unternehmen.

Während meiner früheren Tätigkeit bei Deravenels hatte Robin einen Job in unseren New Yorker Büros; nach einigen Jahren New York wurde er nach Indien versetzt, genauer gesagt, in unsere Niederlassung in Neu-Delhi, wo er mit den Edelsteinminen betraut war. Wir sahen uns erst wieder, als er nach England zurückkehrte. Er hatte genauso Probleme mit Mary wie ich. So etwas verbindet natürlich; er war sehr verständnisvoll und stellte sich jedes Mal schützend vor mich, wenn sie wieder mal ihre despotischen Anwandlungen bekam.

Im letzten Jahr waren Robin und ich häufiger zusammen; er kam wieder öfter nach Ravenscar, um mit mir und Cecil die weitere Zukunft des Unternehmens zu planen. Im Nachhinein betrachtet, war das optimal, weil es uns einen immensen zeitlichen Vorsprung sicherte. So konnten wir vielfach direkt handeln.

Inzwischen arbeiten Robin und ich so eng zusammen, als wären wir siamesische Zwillinge. Uns verbindet eben eine langjährige Freundschaft. So etwas prägt. Wir haben viele gemeinsame Interessen: Wandern, Tanzen, Tennis und ganz besonders Reiten. Er ist ein ausgezeichneter Pferdekenner, bei weitem erfahrener als ich, obwohl ich eine gute Reiterin bin. Wir gehen gern ins Kino, zu Konzerten, in die Oper und ins Theater. Ich ziehe ihn bisweilen damit auf, dass an ihm ein Schauspieler verloren gegangen sei. Er hat eine sonore mitreißende Stimme, wie der verstorbene Richard Burton, der auf der Bühne jeden in seinen Bann zog. Robin kontert dann, ich sei eine viel bessere Schauspielerin. Schon möglich, dass er recht hat.

Robin ist hochintelligent, in vielerlei Hinsicht ein brillanter Kopf, und er trifft mit untrüglichem Gespür den Kern der Sache. Im Geschäftsleben kann ich eine Menge von ihm lernen. Er ist loyal und integer, genau wie Cecil, und ich finde es durchaus positiv, dass sich zwischen ihnen allmählich eine tiefe Freundschaft entwickelt. Beide genießen mein volles Vertrauen, da wäre es doch schlimm, wenn es Meinungsverschiedenheiten zwischen ihnen gäbe, oder? Zum Glück ist das nicht der Fall.

In der Firma bahnen sich rasante Veränderungen an; ich komme kaum noch zum Atemholen. Cecil ist großartig, er hat sämtliche Fäden in der Hand. Ich spüre förmlich, dass unsere Pläne noch im Verlaufe dieses Jahres Früchte tragen werden. Momentan fokussiert sich die gesamte City auf Deravenels: beobachtet, spitzt die Ohren und wartet. Ich habe mir geschworen, dass wir nicht versagen dürfen.

Robin hat mir versprochen, Weihnachten wieder hier zu sein. Ich möchte gern nach Waverley Court fahren. Eine kurze Auszeit würde uns nämlich guttun. Zumal wir beide unverbesserliche Workaholics sind.

* * *

Das Telefon klingelte und riss Elizabeth aus ihren Gedanken. Sie setzte sich ruckartig auf und griff nach dem Hörer. »Elizabeth Turner.«

»Ich bin's.«

»Robin! Hallo! Ich habe schon auf deinen Anruf gewartet«, gestand sie.

»Okay, also hier bin ich. Und ich glaube, ich habe gute Nachrichten.«

»Erzähl mir jetzt nicht, du hast ihm das Geld aus den Rippen geleiert. Dann wärst du nämlich ein Genie!«

»Hab ich leider nicht, aber ich bin einen großen Schritt weiter mit Philip. Das heißt ›wir‹, schließlich sind wir ja ein Team. Zudem bist du nicht ganz unbeteiligt.«

»Inwiefern?«

»Philip hat dich wohl immer gern gemocht, Elizabeth. Und kann nachvollziehen, wie dir nach Marys Investition zumute ist. Er will dir gegenüber fair sein«, erklärte Robert. »Er hat in etwa den gleichen Betrag in das Marbella-Projekt gesteckt und schlägt dir eine gleichberechtigte Partnerschaft vor. Die Deravenel Company und er würden dann sozusagen Partner. Wie auch immer, es läuft nicht so, wie er angenommen hat, also möchte er, dass wir das Projekt übernehmen.«

»So mit allem Drum und Dran?«, hakte sie ungläubig nach.

»Ja. Er hat zugegeben, dass ihm die nötige Erfahrung für Bauprojekte in dieser Größenordnung fehlt. Wenn wir ihn nicht mit unserem Know-how unterstützen, geht sein ehrgeiziges Projekt den Bach runter. Und wir verlieren zwangsläufig unsere fünfundsiebzig Millionen.«

»Das heißt, Philip steht vor dem Bankrott.«

»Er persönlich nicht. Die meisten seiner Unternehmungen stehen auf sicherem Fundament. Aber die Geschichte in Marbella geht baden, und dann müssen wir das Geld komplett abschreiben.«

»Will er denn unbedingt Partner bleiben?« Elizabeth umklammerte den Telefonhörer.

»Ja. Wir können bestimmt einen Deal aushandeln, der uns Vorteile sichert. Mit anderen Worten, wir übernehmen den ganzen Laden.«

»Weiß Cecil schon davon?«

»Noch nicht. Ich rufe ihn gleich an. Was hältst du davon? Soll Deravenels sich in Spanien engagieren oder nicht?«

»Ich weiß, dass wir es können. Wir haben kompetentes Personal.« Sie klang plötzlich bestürzt. »Außerdem kann ich nicht mal eben einfach so fünfundsiebzig Mille abschreiben.«

»Stimmt. Wir haben keine Alternative. Im Übrigen bleibt noch eine ganze Menge mit Philip zu klären. Ich wollte bloß von vornherein deine Einschätzung wissen, und Cecils, damit ich morgen mit Philip Nägel mit Köpfen machen kann. Zweifellos würde sich die Ausfertigung der Verträge bis nach Weihnachten hinziehen. Einigen wir uns vorab mündlich mit ihm, kann das Team Madrid umgehend verlassen.«

»Und wie stehst du persönlich dazu, Robin?«

»Mein Bauchgefühl suggeriert mir, wir sollten auf Philips Angebot eingehen … wenigstens erst einmal. Wenn ich den Deal geschickt einfädele, und die Sache zahlt sich für uns aus, sind wir letztendlich die Gewinner.«

»Meinen Segen hast du. Bitte ruf Cecil sofort an, ja? Ich gehe jetzt direkt zu ihm. Und danke, Robin.«

»Nichts zu danken, Elizabeth. Wenn alles gut läuft, bin ich morgen Abend zurück.«

»Ach, das wäre schön. Ich vermisse dich.«

»Ich dich auch.«

Sie legte auf und ging zu Cecils Büro. Nach einem kurzen Klopfen betrat sie sein Zimmer. In diesem Augenblick klingelte das Telefon. »Das ist Robert«, verkündete sie feierlich und setzte sich vor Cecils Schreibtisch.

Cecil nickte und nahm den Hörer auf. »Williams.« Er hörte schweigend zu und sagte dann: »Ja, ist gerade reingekommen, Robert. Wie ist es denn so gelaufen?«

Er lehnte sich zurück, nickte, schaute mehrmals zu Elizabeth, fing ihren Blick auf. Schließlich erklärte er: »Ich stimme dir und Elizabeth unumwunden zu. Uns bleibt vermutlich gar keine Alternative, als uns erst einmal auf Philips Angebot einzulassen. Versuch, ein möglichst lukratives Geschäft für uns rauszukitzeln, Robert.«

»Und, wie stehst du dazu?«, wollte Elizabeth nach dem Telefonat wissen.

»Ich bin mit dir und Robert einer Meinung. Dass wir nichts zu verlieren haben. Im Moment finden erst einmal nur Vorgespräche statt.«

Elizabeth stand auf. »Ich sag dir jetzt mal was, Cecil. Wenn John Norfell das Marbella-Projekt in die Hände bekommt, wird dieses Resort ein voller Erfolg. So was ist genau sein Ding. *Sollten* wir einsteigen, und er leitet das Ganze, mach ich mir da keinen Kopf.«

»Ich auch nicht«, antwortete Cecil.

Elizabeth schaute auf die Uhr. »Huch, ich muss los. Ich bin mit Thomas und Kat im Chelsea House verabredet. Gestern am Telefon taten sie beide sehr geheimnisvoll.«

»Wäre schön, wenn sie weitere positive Neuigkeiten für dich hätten.« Cecil schenkte ihr ein Lächeln, was bei ihm selten genug vorkam.

13

Das Haus war im Regency-Stil erbaut. Fließende Symmetrien, breite Fensterfronten und hohe Schornsteine bestimmten die elegante Fassade. Dieses architektonische Kleinod lag versteckt hinter einer hohen Ziegelmauer und inmitten eines reizenden Parks am Ufer der Themse.

Von Neville Watkins ursprünglich für seine Frau Nan gekauft, hatte es sich gut hundert Jahre später im Nachlass von Marys Vater befunden. Das Anwesen war gepflegt, das Haus tipptopp in Schuss. Und folglich eine wertvolle Immobilie.

Es ist tatsächlich ein echtes Schmuckstück, überlegte Elizabeth, als sie das schmiedeeiserne Tor in der roten Ziegelwand aufdrückte und den Garten betrat.

Dann blieb sie stehen und betrachtete entrückt das Haus. Unvermittelt drängten die Erinnerungen in ihr Bewusstsein. Ein Kaleidoskop an Bildern entstand vor ihrem geistigen Auge … Die Tage, die sie hier mit ihrem Vater und Edward, ihrem kleinen Bruder, verbracht hatte … Jene glücklich entspannten Tage Anfang der achtziger Jahre … Ihr Vater, menschlich und mitfühlend … Ihr Vater mit seiner sechsten und letzten Frau Catherine … Die süße mütterliche Catherine, die sie geliebt hatte wie eine eigene Tochter. Und Thomas Selmere, Catherines neuer Mann, der sie auch geliebt hatte … Hatte er doch, oder etwa nicht?

Ein Schatten huschte über ihr Gesicht, und sie runzelte die Stirn. Hastig verdrängte sie den Gedanken an Tom – er hätte ihr gefährlich werden können. Elizabeth schauderte unwillkürlich. Eine eisige Gänsehaut lief ihr über den Rücken. Es hatte nicht viel gefehlt, und er hätte sie rumgekriegt. Aber sie war hartnäckig geblieben, hatte einen kühlen Kopf bewahrt, gute Miene zum bösen Spiel gemacht. Und geschwiegen wie ein Grab. Das hatte ihr größeren Ärger erspart, Tom aber nicht. Der arme Idiot.

Sie klingelte, und das Portal wurde von Ann Whitehead aufgerissen. Die Haushälterin begrüßte sie warmherzig und schob sie ins Innere.

Die Eingangshalle wurde von winterlichem Sonnenlicht durchflutet, und Elizabeth musste wegen der strahlenden Helligkeit, die sie umfing, blinzeln. Staubpartikel tanzten in den schrägen Lichtstreifen, die durch die Fenster fielen. Die himmlische Ruhe in der großen Halle ließ sie aufseufzen. Dieses Haus, seit Jahrzehnten in Familienbesitz, verströmte eine friedvolle Gelassenheit.

Ann nahm ihr den Mantel ab, und Elizabeth dankte ihr. Sie wirbelte herum und augenblicklich breitete sich ein Strahlen auf ihrem Gesicht aus. Kat, Thomas und Blanche kamen ihr bereits entgegen – die drei herzensguten Menschen, die sie großgezogen, die sie in ihrer Kindheit und Jugend begleitet hatten. Sie liebte dieses Trio.

Die drei umarmten und küssten sie. Ihre Mienen

spiegelten Aufrichtigkeit. Und vielleicht hatten sie ja positive Neuigkeiten. Sie verschwiegen ihr gewiss nichts, das war Elizabeth klar.

»Bei deinem strahlenden Gesicht tippe ich darauf, dass du eine gute Nachricht für mich hast, Thomas. Oder?« Elizabeths Augen blitzten übermütig. »Na, mach schon, gestehe!«

Er schmunzelte. »Das stimmt. Aber bevor ich loslege, setzen wir uns gemütlich in die Bibliothek. Einverstanden?«

»Meinetwegen«, antwortete Elizabeth. Sie wandte sich zu Kat und drückte ihr sacht den Arm. »Danke für alles, was du für mich getan hast, Kat. Für die vielen kleinen Leckerbissen, die du mir heimlich zugeschoben hast. Und bei dir möchte ich mich ebenfalls bedanken, Blanche.« Sie schob ihren Arm unter den von Blanche und fügte hinzu: »Das mit der Kleiderauswahl hast du toll gemacht. Ich bin absolut überzeugt von den neuen Sachen.«

»Gern geschehen. Immerhin kenne ich deinen Geschmack.« Blanche, eine gutherzige Seele, kannte Elizabeth von klein auf.

Gemeinsam gingen sie durch den Flur in die Bibliothek, die Elizabeth seit vielen Jahren heilig war. Ihr Blick schweifte über das Interieur, dabei dachte sie an ihren Vater, der diesen Raum geliebt hatte.

Ringsum standen Hunderte von ledergebundenen Folianten auf massiven Mahagoniborden, im Kamin prasselte das obligatorische Feuer, egal, ob Winter, Frühling, Sommer oder Herbst war. Gemütliche Sofas und Sessel aus weichem Leder, bestechend schöne

Kunstobjekte und kostbare Gemälde verliehen dem Raum ein stimmungsvolles Ambiente und einen Hauch von Zeitlosigkeit. In dem Zimmer hatte sich seit Neville Watkins nichts geändert, bis auf ein paar Gemälde, die hinzugekommen waren. Jane Shaw hatte sie seinerzeit Bess Deravenel Turner vermacht.

Elizabeth nahm in der Nähe des Kamins Platz. »Spannt mich nicht länger auf die Folter! Los, Thomas, wie lautet die große Neuigkeit?«

»Wir haben im Keller eine Entdeckung gemacht. Das heißt, eigentlich war es Kat. Also Kat, du hast das Wort.«

Kat rutschte nervös auf dem Rand ihres Sessels herum. »Ich bin auf eine erstaunliche Sammlung von Silber- und Goldobjekten gestoßen, Elizabeth. Ich war dermaßen begeistert, dass ich einen Experten hinzugezogen habe, damit er sich das Ganze einmal ansieht und den Wert der Antiquitäten einschätzt. Er heißt Alex Pollard. Und er war beeindruckt. Ich hatte einige Teile, die ich für besonders wertvoll hielt, gesäubert und poliert, und ich hatte recht. Alex hat meine Vermutung bestätigt. Sie sind von Meistern ihres Fachs gefertigt worden. Hast du schon mal von Paul Storr, William Denny oder Paul de Lamerie gehört?«

Elizabeth schüttelte den Kopf, dann rief sie: »Oh, wartet mal kurz! Ich bin mir sicher, mein Vater hat mehrfach den Namen Paul de Lamerie erwähnt. Er erzählte mir, de Lamerie sei der beste Goldschmied seiner Epoche gewesen. Ich glaube, George I. ernannte ihn zum offiziellen Hoflieferanten.« Elizabeth legte nachdenklich die Stirn in Falten. »Möglich, dass Dad, der sein Können bewunderte, einige Stücke von ihm kaufte.«

»Das ist richtig. Ich fand im Keller eine Reihe von Stücken, die de Lameries Stempel tragen.« Kat stand auf und fuhr fort: »Ich möchte, dass du dir die Sammlung anschaust. Ich habe alles im Esszimmer aufgebaut.«

* * *

Das Esszimmer war stilvoll und trotzdem zweckmäßig eingerichtet, warme Rottöne gaben dem großen Raum eine wohnliche Atmosphäre.

Als sie hinter Kat das Zimmer betrat, stellte Elizabeth sofort fest, dass der große Mahagoniesstisch komplett ausgezogen war; sämtliche Extrabretter waren eingelegt. Die gesamte Tafel bog sich unter Gold- und Silberobjekten, Stücke von sichtbar hohem Wert. Kerzenhalter, Tabletts, Servierplatten, Vasen, Etageren, Dessertservices, Obstschalen und Trinkgefäße standen dort sorgfältig aufgereiht.

»Wie ausgefallen sie sind«, staunte Elizabeth. Sie nahm einen der Trinkkelche und zeigte ihn Kat. »Schau mal, er ist wie eine Tulpe geformt. Ganz reizend. Dahinter steckt viel handwerkliches Können.«

»Er ist von Paul de Lamerie, wie alles hier auf dem Tisch«, erklärte Kat. »Alex Pollard schätzt den Wert auf ungefähr zehntausend Pfund, pro Kelch. Insgesamt gibt es dreißig Stück davon.«

Elizabeth stutzte. »Willst du damit andeuten, dass

die dreißig Kelche insgesamt dreihunderttausend Pfund wert sind?«

»Und das ist noch niedrig angesetzt, laut Pollard. Bei einer Auktion bringen sie womöglich noch mehr. Paul de Lamerie war einer der renommiertesten Gold- und Silberschmiede seiner Zeit, und er war tatsächlich Hoflieferant unter König George I. Das war 1716, und 1712 hatte er sein Londoner Geschäft eröffnet. Der Mann war eine Berühmtheit.«

Elizabeth stellte den Kelch zurück auf die Tafel. »Wie schaffte er es, so viel zu produzieren? Die Stücke sind sehr aufwendig und einzigartig gestaltet.«

Kat blickte zu Thomas, der sich daraufhin zu ihnen an den Tisch gesellte. »Gute Frage, Elizabeth. Ich war neugierig und hab ein bisschen Recherche betrieben. Um den finanziellen Erfolg nicht zu gefährden, beschäftigte Paul de Lamerie offenbar eine Reihe von Angestellten. Er war clever und arbeitete auf Kommissionsbasis, produzierte aber auch Stücke, die später verkauft wurden. Er war damals hoch angesehen und einer der Ersten, die in ihren Arbeiten den Rokoko-Stil nachempfanden.« Thomas zeigte auf die vielen Objekte.

»Alles trägt den Stempel von Paul de Lamerie sowie das Jahr der Herstellung und den Prägestempel für das Edelmetall«, erklärte Kat.

»Danke für deine Erläuterungen, Kat. Eine Sache gibt mir aber trotzdem noch Rätsel auf. Er hat einen französischen Namen, wieso ist er dann als einer der berühmtesten englischen Silberschmiede bekannt?«

»Seine Eltern waren Hugenotten, die Frankreich

aus religiösen Gründen verließen und in die Niederlande gingen, wo Paul geboren wurde. 1691 zogen sie nach England. Paul de Lamerie wuchs in London auf und erlernte dort sein Handwerk«, beantwortete Thomas ihre Frage.

»Ah, verstehe.« Elizabeth ging langsam um die Tafel, dabei betrachtete sie die vielen wunderschönen, aus Gold und Silber gefertigten Stücke. Schließlich meinte sie zu Kat: »Wenn dreißig goldene Kelche dreihunderttausend englische Pfund wert sind, was würden dann die übrigen Stücke bringen? Sie muten wie Kunstwerke an, allerdings bin ich keine Expertin. Trotzdem sehen sie ungeheuer kostbar aus.«

»Alex erstellt gerade eine Inventarliste mit den Schätzpreisen. Die Expertise bekomme ich nach Weihnachten. Du hast recht, Elizabeth. Hier auf dem Tisch liegt ein kleines Vermögen. Dort aber auch.« Kat deutete auf die Konsolentische unter den Fenstern, auf denen weitere Silberstücke lagerten.

Gemeinsam durchquerten Thomas und Elizabeth das Esszimmer, Kat und Blanche folgten ihnen. »Die meisten dieser Stücke sind von Paul Storr und William Denny, zwei weiteren berühmten Silberschmieden«, erzählte Thomas. »Kat weiß mehr darüber, da sie nachgeforscht hat.«

»Sieh nur diese bezaubernden Dessertschüsseln!« Kat wandte sich an Elizabeth. »Diese hier hat Paul Storr um 1815 gestaltet, in der englischen Regency-Periode. Das Silber hat eine wundervolle Patina, nicht?«

Elizabeth beugte sich über den Tisch, musterte eine

Schüssel genauer und nickte. »Ja, stimmt. Sie ist unvergleichlich schön.« Ihr Blick ruhte auf der Silberschüssel, die von zwei Putten gehalten wurde, die auf einem Sockel standen und die Arme reckten. Jede hatte einen Leoparden an ihrer Seite. Dann glitten ihre Blicke zu einem Paar eleganter Kerzenleuchter. »Sind die auch von Paul Storr?«

»Ja, aus der Ära von George III., so um 1815 herum. Die große Silberschale ist auf 1720 datiert. Sie wurde von William Denny, einem weiteren bekannten englischen Silberschmied entworfen. Im Übrigen fertigte Paul Storr anlässlich des Sieges in der Schlacht an der Nilmündung im Jahre 1798 für Admiral Lord Nelson einen Becher, der heute im National Maritime Museum in Greenwich ausgestellt ist.«

Elizabeth, die aufmerksam zugehört hatte, fragte: »Und woher stammen die anderen Silbergegenstände?« Sie schaute auf die beiden anderen Tische. »Das sind ja wahre Schätze: Kaffee- und Teeservices, Schüsseln, Etageren, Becher, Tassen, Teller, Rosenvasen, Servierplatten, Eierbecher.« Sie fing an zu lachen. »Mein Gott, wer hat das alles gekauft? Und gesammelt?«

»Zum Glück habe ich in den Gewölbekellern, in denen das Silber aufbewahrt wurde, auch diverse Aufstellungen und Expertisen gefunden. Diese geheimen Kellerräume sind hinter Regalen verborgen und mit schweren Eisentüren gesichert. Dahinter stehen die Tresore. Wie dem auch sei, die Goldkelche von Paul de Lamerie wurden bei einer Auktion Anfang der 1920er Jahre von eurem Urgroßvater Edward Deravenel ersteigert. Er kaufte auch die von Paul Storr entworfenen Dessertschalen. Das muss um die Zeit gewesen sein, als euer Vater das Haus am Berkeley Square verkaufte und hier einzog.«

»Verstehe. Sind sämtliche Stücke aufgelistet?«, wollte Elizabeth wissen.

»Leider nein. Überdies gibt es noch eine kostbare Sammlung von Edwards Mutter, Cecily Deravenel. Ich denke jedoch, Alex Pollard wird uns eine umfassende Inventarliste erstellen.«

* * *

»Meinst du nicht, dass Elizabeth sich mittlerweile langweilt?«, wollte Blanche von ihrem Bruder wissen. »Ihr muss es doch zum Halse heraushängen, sich diese vielen Sachen anzuschauen. Wie ich sie kenne, steht sie nicht auf solches *Zeugs*.« Sie seufzte. »Elizabeth hat als junge Unternehmenschefin anderes zu tun.«

Thomas schnaufte amüsiert über den unverblümten Kommentar seiner Schwester. »Nein, sie steht absolut nicht auf solches *Zeugs*. Aber sie braucht Geld, und dieses *Zeugs* lässt sich zu Geld machen. Sie war bereits als Kind auf Geld fixiert und sauer, wenn sie keins hatte. Weißt du noch, wie unausstehlich sie werden konnte, wenn sie kein Geld für neue Klamotten bekam? Wenn ihr Vater mal wieder knapp bei Kasse war?«

»Das war er häufiger. Er war aber auch ein Knauser. Alle Turners waren geizig bis dorthinaus. Sein Verhalten hat sie irgendwie traumatisiert –«

»Wir brauchen ihre Psyche jetzt nicht weiter zu analysieren, Blanche.« Thomas schaute seine Schwester beschwörend an. »Was hältst du davon, wenn du in den Keller gehst und Kat bittest, für heute aufzuhören?«

»Lassen wir ihr noch ein paar Minuten. In den Lagerräumen steht jede Menge sündhaft teures Porzellan. Das meiste ist noch nagelneu und komplett. Sèvres, Limoges, Royal Doulton, Worcester, Meissen, Dresden und wie sie alle heißen. Und antikes blauweißes Wedgwood. Das ist Hunderttausende wert.«

»Sicher noch von Cecily Deravenel, oder?«, erkundigte sich Thomas.

»Ja.« Blanche beugte sich in ihrem Sessel näher zu ihrem Bruder vor und raunte ihm leise zu: »Ich finde, du solltest Elizabeth auf Alex Pollards Vorschlag hinweisen. Jetzt wäre ein guter Zeitpunkt dafür.«

»Stimmt. Ich sag's ihr beim Tee.«

In diesem Moment ging die Tür zur Bibliothek auf, und Elizabeth kam, gefolgt von Kat, herein. Sie stellten sich zu Thomas und Blanche an den Kamin, und Kat meinte fröstelnd: »In den Kellerräumen ist es verdammt kalt.« Sie hielt die Hände über das Feuer, genau wie Elizabeth, die von der Kälte ganz blass geworden war.

»Ich schaue kurz in die Küche und bitte Ann, den Tee zu servieren.« Blanche sprang auf und machte sich auf die Suche nach der Haushälterin.

Thomas räusperte sich. »Kat hat dir bestimmt erzählt, dass das Porzellan noch komplett ist und somit sehr wertvoll«, wandte er sich an Elizabeth.

Sie setzte sich neben ihn auf das Sofa. »Ich bin regelrecht überwältigt von den vielen Kostbarkeiten, die ich heute Nachmittag gesehen habe, Thomas. Und das ist erst der Anfang. Wer weiß, was alles in den Kellern von Ravenscar und Waverley Court lagert, wo ich auch noch nie gewesen bin? Im Übrigen erzählte mir Kat, dass ihr zusammen die Bankschließfächer kontrolliert habt.«

»Ich habe Elizabeth gerade von den zweiundzwanzig diamantbesetzten Tiaren erzählt, die im Safe bei der Coutts Bank verwahrt werden«, schaltete sich Kat ein.

Noch bevor Thomas reagieren konnte, schüttelte Elizabeth lachend den Kopf. »Kannst du dir das vorstellen, Thomas? *Zweiundzwanzig diamantbesetzte Tiaren.* In allen Größen und Formen, die den Frauen aus meiner Familie gehörten. Einfach sensationell.«

»Sie sind phantastisch«, antwortete Thomas. »Kat hat dir bestimmt auch erzählt, dass sich viele von ihnen als Colliers tragen lassen … die wertvollsten jedenfalls.«

»Tiaren sind heutzutage ziemlich aus der Mode gekommen«, meinte Elizabeth. »Sicherlich lassen sie sich trotzdem gut verkaufen.«

Thomas nickte zustimmend und hielt den richtigen Moment für gekommen. »Alex Pollard kam diesbezüglich mit einer guten Anregung. Was hältst du von einer öffentlichen Auktion? Sotheby's oder Christie's könnten die Gold- und Silbersachen versteigern, das kostbare Porzellan, einen Teil der Kunstobjekte – Bilder, die du nicht behalten möchtest – und antike

Möbelstücke. Insbesondere, wenn du vorhast, dieses Haus zu verkaufen.«

Elizabeth lehnte sich zurück und dachte über seinen Vorschlag nach. Schließlich erklärte sie: »Ich bin mir noch unschlüssig, was ich mit dem Haus mache. Aber die Idee mit der Auktion finde ich gut. Wie sollten wir den ganzen Nachlass sonst loswerden? Sachen, die ich überhaupt nicht will.«

»Da wäre noch der Schmuck«, gab Kat zu bedenken. »Du hast mir neulich erzählt, dass dir an den Stücken, die Mary dir in dem Koffer schickte, nicht viel liegt. Die könnte man ebenfalls versteigern.«

»Aber nicht die Südseeperlen!«, warf Elizabeth eilends ein. »Die möchte ich behalten, und die Ohrringe. Ich schaue mir alles noch mal an, bevor ich mich endgültig entscheide.«

»Schön, dass dir die Idee einer Turner-Auktion zusagt«, meinte Thomas grinsend. »Alex Pollard schlug vor, dass wir sie so nennen, um ihr die … entsprechende Bedeutung zu geben.«

»Ich würde sie lieber *Die Deravenel-Turner-Sammlungen* nennen. Und den Katalog in Kategorien wie klassische Silber- und Goldarbeiten aus dem achtzehnten und neunzehnten Jahrhundert, antikes Porzellan aus berühmten europäischen Manufakturen, Kunst alter und neuer Meister, antike englische Möbel, Orientteppiche und so weiter untergliedern. Zusätzlich würde ich noch Schmuck von weltberühmten Juwelieren hinzufügen. Irgendwas in der Richtung. Wie findest du das?«

Thomas war schwer beeindruckt. »Genial. Auch

das mit den beiden traditionsreichen Namen. Meine Hochachtung, Elizabeth.«

Kat nickte zustimmend.

»Na, okay, wahrscheinlich entscheide ich mich für Sotheby's. Ach, übrigens, wann lerne ich eigentlich diesen Mr Pollard kennen?«

»Wann du willst. Seine Frau arbeitet in der Immobilienabteilung von Sotheby's. Für den Fall, dass du das Haus verkaufen möchtest.«

»Das trifft sich gut.« Ein Strahlen glitt über Elizabeths Gesicht. »Hat er irgendetwas zu dem Anwesen gesagt?«

»Er wies uns auf die einmalige Lage und den topgepflegten Zustand des Hauses hin. Und dass du locker dreißig Millionen Pfund dafür verlangen kannst.«

»Das weiß ich auch selbst. Aber das ist mir zu wenig, unter siebzig Millionen Pfund läuft da gar nichts.«

Kat staunte sie mit offenem Mund an, Thomas machte große Augen. Bevor sie nachhaken konnten, kam Blanche mit Ann zurück, die einen Teewagen ins Zimmer schob.

»Na endlich!«, rief Elizabeth und lief den beiden entgegen. »Das ist genau das, was ich jetzt brauche. Eine schöne heiße Tasse Tee zum Aufwärmen!«

14

Sie hatte verdrängt, wie schön die oberen Etagen des Chelsea House waren, mit ihren geräumigen Schlafzimmern, den lichtdurchfluteten Fluren und den großzügigen breiten Galerien.

Elizabeth schob die Tür zu dem größten Schlafzimmer auf, ging hinein und schaute sich um. Sie erinnerte sich sofort an das letzte Mal, als sie hier gewesen war. Aus einem Anflug familiären Pflichtgefühls hatte sie Mary besucht, die über ihr Kommen sichtlich wenig begeistert schien. Ihre Halbschwester hatte versucht, sie eiskalt abzuwimmeln, und ihr demonstrativ zu verstehen gegeben, dass sie es kaum erwarten konnte, wenn sie wieder ging.

Elizabeth biss jedoch die Zähne zusammen und blieb. Sie hatte sich auf den Besucherstuhl gesetzt, der neben dem Bett stand. Mary, überzeugt, dass sie Philips Kind unter dem Herzen trug, hatte mit unerschütterlichem Selbstbewusstsein aufgetrumpft, obwohl sie todkrank war. Elizabeth hatte insgeheim vermutet, dass der unnatürlich aufgeblähte Leib ihrer Halbschwester auf eine schlimme Krankheit deutete. Ihre Vermutung bestätigte sich, nachdem bei Mary Magenkrebs diagnostiziert worden war.

Doch an jenem Tag vor mittlerweile über einem Jahr hatte man Mary davon nichts angemerkt. Sie hatte getobt, Elizabeth gekündigt und ihr damit gedroht, sie zu enterben.

»Verschwinde! Ich kann dich nicht mehr sehen!«, hatte sie gebrüllt, ihre dunklen Augen tief in den Höhlen, das Gesicht schweißnass. »Du warst mir immer ein Dorn im Auge, du kleines hinterhältiges Biest. Du hast mir meinen Vater weggenommen. Und was hast du davon? Ich hab jetzt das Sagen. Nicht du. Du wirst bei Deravenels niemals –«

Von einem plötzlichen Hustenkrampf geschüttelt, war sie in die Kissen zurückgesunken, und Elizabeth war alarmiert aufgesprungen, hatte sich über sie gebeugt, worauf Mary sie rigoros weggestoßen hatte.

Also hatte sie sich hingesetzt, gewartet, bis ihre Halbschwester sich wieder erholte. Als sie dann halbwegs normal atmete, hatte Elizabeth sie gefragt, ob sie ihr irgendwie helfen könnte.

»Verschwinde! Das hilft mir bestimmt«, hatte Mary mit spontaner Heftigkeit erwidert. »Verschwinde, und lass dich hier nie wieder blicken!«

Und das hatte sie getan.

Leise seufzend trat Elizabeth ans Fenster und schaute in den Garten. Auf die triste Winterlandschaft und die Themse, die bleigrau dahinfloss. Heute war das Wetter entsetzlich bedrückend. Als sie sich umdrehte, fiel ihr Blick auf das große Himmelbett, das mit weißem Leinen bezogen war, die vielen Kissen mit viktorianischer Spitze umsäumt. Unvermittelt dachte sie an all jene, die in diesem Raum gewohnt hatten … ihre Familienangehörigen.

Ihr Großonkel Richard Deravenel und seine Frau

Anne Watkins Deravenel … Richard, der Onkel, den ihre Großmutter Bess vergöttert hatte. Ihr Vater hatte ihr irgendwann erzählt, dass er seinen älteren Bruder Edward Deravenel glühend bewundert hatte und dass er an seinen Nichten und Neffen hing, vor allem an Harrys Mutter Bess, Edwards Tochter. *Die Neffen* … das waren die beiden kleinen Jungen, die am Strand von Ravenscar spurlos verschwanden … und die nie gefunden wurden. Es war ein großes, ungelöstes Geheimnis geblieben. Heute verschwanden andauernd Kinder – laut Statistik alle fünf Minuten ein Kind … irgendwo auf dieser Welt –, und viele tauchten nie wieder auf.

Harry Turner hatte hier mit seiner dritten Frau Jane Selmere gewohnt, der Mutter seines einzigen Sohnes und Schwester der Selmere-Brüder Edward und Thomas, beide ungemein attraktiv und skrupellos.

Elizabeth verließ das Schlafzimmer und lief durch den Gang in ihr früheres Kinderzimmer. Draußen wurde es bereits dunkel, und drinnen war es dämmrig, trotzdem nahm sie wahr, dass sich in dem Raum nichts verändert hatte. Sie schloss die Tür, lehnte sich dagegen und schaute sich um.

Langsam kamen die Erinnerungen in ihr Bewusstsein.

Die Jahre verwischten. Die Vergangenheit holte sie ein.

* * *

Er steht in der Ecke, direkt neben dem Fenster.

Groß, schlank, dunkelhaarig, umwerfend männlich. Trotz des Dämmerlichts erkenne ich das Lachen in seinen haselnussbraunen Augen … Augen, in denen sich häufig Begehren und Leidenschaft spiegeln. Für mich. Ich schloss die Badezimmertür und rührte mich nicht.

»Liebes, komm zu mir«, raunte er. »Komm schnell, lass dich umarmen. Bitte, Elizabeth, ich habe hier auf dich gewartet.«

Ich blieb stehen, gleichsam zur Statue erstarrt. Ich zweifelte keine Sekunde lang daran, was er von mir wollte. Ich hatte Angst. Und erschauerte vor Erregung. Er hatte es schon einmal mit mir gemacht, mein Admiral, mich gelehrt, seine Hände auf meinem Körper herbeizusehnen, seinen Mund auf meinem. Es war nicht richtig. Ich weiß das. Indes vermochte ich ihm nicht zu widerstehen. Wie von Geisterhand gelenkt, ging ich zu ihm. Er zog mich in seine Umarmung und hielt mich ganz fest. Er war groß und stark, ich hörte sein Herz unter seinem feinen Baumwollhemd heftig schlagen. Er beugte sich zu mir herunter und küsste mich, während sich seine Zunge forschend zwischen meine Lippen schob. Und ich die seine suchte, auf sein zärtliches Spiel reagierte. Ich dachte, meine Knie würden unter mir nachgeben, und klammerte mich an ihn. Er presste mich an sich, dass ich seine Erektion spürte und erschauerte.

»Berühr mich, spür mich, Elizabeth«, flüsterte er in mein Haar. »Schau, was du angerichtet hast, Schätzchen. Es gehört dir, es gehört alles dir.«

Ich versuchte, mich aus seiner Umarmung zu winden, denn ich hatte plötzlich Bedenken, dass man uns erwischen könnte. Er war jedoch stärker und drückte mich mit seinem Gewicht auf das Bett, schob mir das Nachthemd hoch und betrachtete mich für einen endlos langen Augenblick. »Elizabeth, Elizabeth, ich begehre dich so sehr. Alles an dir, mein kleiner Schatz.«

»Tom, nein, das dürfen wir nicht«, wisperte ich. Ich versuchte angestrengt, mich aufzusetzen, aber er drückte mich zurück, beugte sich über mich. Erneut küsste er mich, und dann fühlte ich seine Hand zwischen meinen Schenkeln, die mich mit zärtlicher Hingabe streichelte. »Oh, du bezaubernde, feuchte kleine Blüte«, murmelte er, während seine Finger behutsam in mich drangen. Ich begann zu stöhnen. »Ja, Elizabeth, ja. Du magst das, oder? Und du liebst mich, stimmt's?«

Die Angst schnürte mir die Kehle zu, ich bäumte mich unter ihm auf und schob ihn mit aller Kraft von mir. Plötzlich fiel es mir wie Schuppen von den Augen. »Tom, wir dürfen es nicht tun. Nicht hier. Das ist viel zu gefährlich.« Ich griff nach meinem Morgenmantel, warf ihn mir über. »Bitte, Tom, du musst gehen. Bitte. In deinem eigenen Interesse. Was, wenn jemand reinkommt und uns erwischt?«

Er grinste. »Das passiert schon nicht, Kleines. Nicht um sieben Uhr morgens«, hauchte er lasziv. »Aber wenn du Angst davor hast, schlage ich dir Folgendes vor. Wir treffen uns später im Ritz, ja?« Er griff in seine Jacketttasche und drückte mir einen Schlüssel in die Hand. »Um zwei. Dann können wir uns ungestört lieben. Fahr mit dem Aufzug in den sechsten Stock, die Zimmernummer steht auf dem Schlüssel. Kommst du?«

Bei der Vorstellung, mit ihm in inniger Umarmung in

einem Bett zu liegen, spürte ich ein verheißungsvolles Prickeln in meinem Unterleib. Das war etwas anderes als die heimlich verstohlenen Augenblicke, die wir dem Schicksal abtrotzten, in ständiger Sorge vor einer peinlichen Entdeckung. Trotzdem hatte ich Skrupel vor jenem Schritt, der letztlich unweigerlich in eine Katastrophe münden würde. Während ich unschlüssig auf dem Bettrand saß, wurde mir meine Antwort abgenommen. Die Tür wurde aufgerissen, und Kat Ashe stand auf der Schwelle.

»Verdammt, was ist denn hier los?«, rief sie entsetzt. Sie blickte mit vor Angst geweiteten Augen von mir zu Tom. »Admiral Selmere, was haben Sie um diese Uhrzeit in Elizabeths Zimmer verloren?«, entrüstete sie sich. Ihr Blick bohrte sich in seinen.

»Ich habe Elizabeth bloß um ein paar Aspirin gebeten«, antwortete er seelenruhig mit unbewegter Miene. Dann holte er demonstrativ ein Tablettenröhrchen aus seiner Hosentasche. Mit einem charmanten Lächeln zu Kat sagte er: »Danke, Elizabeth«, und verließ mit ausholenden Schritten das Zimmer.

Kat kam zu mir, tastete mein Gesicht mit Blicken ab. »So etwas gehört sich nicht, Elizabeth. Er hat in deinem Schlafzimmer nichts zu suchen, du hast ja nicht mal was Richtiges an! Ich finde es falsch und taktlos. Dieser Mann ist immerhin mit deiner Stiefmutter verheiratet.«

Ich war froh, dass ich wenigstens den Morgenmantel anhatte, und zog ihn fester um mich. »Du hast ja recht, aber er wollte doch bloß die Tabletten.«

»Ich weiß. Aber als ich reinkam und er in deinem Zimmer stand, machte es einen anderen Eindruck auf mich. So etwas könnte von den Zimmermädchen leicht falsch ver-

standen werden. Und wir wollen doch kein übles Gerede, oder? Schließ künftig die Tür ab.«

»Ich habe keinen Schlüssel«, erklärte ich.

»Ich besorg dir einen.« Kat verschwand, ohne mir gesagt zu haben, weshalb sie eigentlich bei mir hereingeplatzt war.

Wieder allein, legte ich mich auf mein Bett und dachte an meinen Admiral … Er war umwerfend, indes bewegten wir uns auf dünnem Eis. Soll ich ihn im Ritz treffen oder nicht? Ich wusste keine Antwort auf diese Frage.

* * *

Als Elizabeth in die Bibliothek zurückkehrte, stand Thomas Parrell vor dem wärmenden Kamin. »Und, wie war es oben?«, wollte er wissen.

»Ich kann meinen ersten Eindruck nur bestätigen, Thomas. Das Haus ist ein Schmuckstück, und bei einem Verkauf möchte ich den Höchstpreis dafür erzielen.«

»Willst du jetzt doch verkaufen?« Kat hob fragend eine Braue.

Elizabeth nickte stumm. Die Erinnerung an jenen Morgen in ihrem Schlafzimmer, als sie noch ein Teenager gewesen war, lag ihr schwer auf der Seele.

»Ich halte die Entscheidung für sehr sinnvoll«, bekräftigte Kat. Und Blanche nickte zustimmend. »Soll ich Alex Pollard informieren? Vielleicht kann er vorab einen Termin mit seiner Frau vereinbaren?«

»Ich würde zwar gern mit ihm über die Auktion sprechen, aber nicht über das Haus«, räumte Elizabeth ein, inzwischen wieder gefasster. Sie setzte sich in die Nähe des Kamins. »Erzählt mir ein bisschen mehr über die Auktion. Wann sollte sie eurer Meinung nach stattfinden?«

* * *

Sie konnte nicht einschlafen.

Zu viele Eindrücke stürmten auf sie ein … die kostbaren Schätze im Chelsea House, Schmuck, Porzellan, Hausrat, die wertvollen Gemälde in Waverley Court und Ravenscar. Das bedeutete unendlich viel Geld. Und das war der Punkt.

Geld. Die Crux ihrer Kindheit; laut Kat und Blanche hatte sie nie genug bekommen, um sich ihre vielen Wünsche zu erfüllen. Und jetzt war es wieder ein Problem. Wegen Mary. Elizabeth wusste intuitiv, dass der Deal mit den Spaniern bei weitem nicht so einfach war, wie Robin ihn darstellte. Dafür war das Ganze viel zu schnell und zu glatt gelaufen. Sie glaubte, dass die Sache einen entscheidenden Haken hatte, und das war mit Sicherheit die Finanzierung.

Cecil hatte betont, er werde es nicht billigen, wenn sie Deravenels aus ihrem Privatvermögen Geld vorschießen würde. Aber bei einem finanziellen Engpass musste es doch möglich sein, dass sie dem Unternehmen eine Finanzspritze zukommen ließ, oder?

Konnte sie es nicht machen wie ihr Urgroßvater Edward Deravenel? Er hatte die Deravco Oil in Persien aus seinem Privatkonto finanziert. Mit zwei amerikanischen Partnern, Jarvis Merson und Herb

Lipson, denen er hundertprozentig vertraute. Als die Ölgesellschaft irgendwann Gewinne abwarf, hatte er sie an Deravenels verkauft und damit sein Handelsimperium um eine weitere erfolgreiche Sparte vergrößert.

Automatisch gingen ihre Gedanken wieder zum Chelsea House. Sie war selber verblüfft gewesen, als sie den Hauspreis auf siebzig Millionen Pfund festgesetzt hatte. Je länger sie indes darüber nachdachte, umso überzeugter war sie, dass diese Summe im Bereich des Möglichen lag. Vermutlich sogar mehr. Das Haus war wunderschön, und sie war vorübergehend versucht gewesen, es zu behalten, aber der Nachmittag hatte ihr bewiesen, dass sie eindeutig zu viel Negatives mit dem Haus verband ... Marys Hasstiraden im letzten Jahr ... die Zurückweisung durch Catherine, ihre Stiefmutter, die sie aus dem Haus warf, nachdem sie Elizabeth und Tom in flagranti erwischt hatte ... die schmerzvollen Erinnerungen an ihn, die ihr regelrecht das Herz zerrissen hatten.

Wie hatte sie bloß so dumm sein können, mit ihm zu flirten und seinen erotischen Avancen nachzugeben? Gott sei Dank hatte sie nie mit ihm geschlafen. Trotzdem war sie nicht ganz unschuldig daran, dass er in Ungnade gefallen war. Der lebenslustige, charmante, gewitzte Tom, der unverbesserliche Womanizer, dessen Verstand leider allzu oft unterhalb des Gürtels gesessen hatte. Er war sein eigener, größter Feind gewesen.

Nachdem er die Royal Navy als weltweit jüngster Admiral verlassen hatte, hatte er bei Deravenels als

Logistikberater in der Abteilung Schiffstransporte angefangen. Dort war er bei seinem Bruder Edward in Ungnade gefallen, der damals die Funktion als kommissarischer Geschäftsführer innehatte. Edward hatte nicht lange gefackelt und seinen Bruder vor die Tür gesetzt. Damit war sein Ruf endgültig ruiniert. Nach Catherines Tod war Tom Selmere nach Frankreich gezogen, wo er bei einem Autounfall ums Leben kam.

Autounfall, dachte sie zynisch. Ihr war die Geschichte von Anfang an suspekt gewesen, sie vermutete eher, dass Tom von irgendeinem Auftragskiller ermordet worden war.

Eines war Fakt: Sie würde das Chelsea House verkaufen … und damit ein paar von den negativen Erinnerungen in ihrem Kopf ausradieren. Ihr Entschluss stand unwiderruflich fest.

15

Robert Dunley stand vor dem Spiegel in seinem Ankleidezimmer, einen abwesenden Ausdruck auf dem attraktiven Gesicht. In Gedanken war er bereits bei Deravenels, und er hatte es eilig, ins Büro zu kommen.

Hastig griff er nach seinem Anzugsakko, das über einer Stuhllehne hing, zog es über und lief in sein Schlafzimmer. Er setzte sich an den Schreibtisch und ging abermals die Papiere durch, die er auf dem Rückflug von Madrid durchgesehen hatte, machte sich Notizen und steckte dann die Dokumente in seinen Aktenkoffer.

Fünf Minuten später hielt er auf der Straße ein Taxi an. Morgens um halb sieben war das völlig unproblematisch. Kurz darauf steuerte der Wagen durch Belgravia in Richtung Mall, auf dem Weg zur Deravenel Company.

Während er sich im Fond zurücklehnte, dachte er an Elizabeth und Cecil und die Tagesaktivitäten. Er hoffte, sie würden dem Deal, wie er ihn Philip Alvarez avisiert hatte, zustimmen. Er und sein Team hatten die Modalitäten vorher in seiner Madrider Hotelsuite stundenlang diskutiert und auf etwaige Risiken abgeklopft. Robert Dunley ließ sich die Sache noch einmal durch den Kopf gehen, auf der Suche nach irgendwelchen Problemen oder Einwänden, und konnte nichts Gravierendes finden.

Unvermittelt bremste der Taxifahrer: »Wir sind da, Sir.« Er parkte am Straßenrand. Robert hatte die Strecke mal wieder in Rekordzeit bewältigt. Er zahlte, sprang aus dem Taxi und eilte in das Gebäude. Nachdem er den diensthabenden Pförtner im Vorbeigehen begrüßt hatte, lief er, immer zwei Stufen auf einmal nehmend, den prächtigen Treppenaufgang hinauf. Er konnte es kaum erwarten, mit der Arbeit zu beginnen.

In seinem Büro brannte Licht, Wortfetzen drangen durch die Verbindungstür. Elizabeth sprach bereits mit Cecil. Robert stellte seinen Aktenkoffer auf einen Stuhl, hängte seinen Mantel auf und öffnete die Tür. »Sagt jetzt nicht, dass ich spät dran bin. Guten Morgen allerseits.«

»Guten Morgen, Robert«, rief Cecil fröhlich. »Willkommen daheim.«

Elizabeth sprang auf und hauchte ihm einen flüchtigen Kuss auf die Wange. »Nein, du bist nicht spät dran. Wir sind auch erst vor ein paar Minuten eingetrudelt.«

Robert folgte ihr zu der Sitzecke in ihrem Büro und setzte sich neben Cecil. »Ambrose und Nicholas sind gestern am späten Nachmittag nach Marbella gefahren. Sie wollten sich das Resort noch mal genauer anschauen und dabei Fotos machen. Sie fliegen morgen zurück.«

»Bevor du uns über deine Gespräche mit Philip Alvarez informierst, hätte ich noch eine Frage.«

Elizabeth lehnte sich zurück und betrachtete Robert forschend. »Das Ganze läuft mir einfach zu glatt. Ich werde das Gefühl nicht los, dass die Geschichte einen Haken hat … und der lautet *Geld*.«

»Das stimmt«, bestätigte Robert unumwunden. »Bevor wir das Resort in Marbella übernehmen können, müssen wir es erst fertigstellen. Und das kostet uns eine hübsche Stange Geld.«

»Wie viel?« Cecil beugte sich vor und sah Robert gespannt an.

»Um die siebzig Millionen Euro.«

»Siebzig Millionen«, entfuhr es Elizabeth. »Das heißt, wir werfen gutes Geld schlechtem hinterher.«

»Nicht unbedingt, denn wir können das Resort locker bis Ende 1997 fertigstellen und verwalten. Ich bin überzeugt, es wird ein voller Erfolg. Nach meinem Dafürhalten ist das eine zeitlich befristete Investition, die wir schnell wieder reinholen. Und wenn wir nach fünf Jahren verkaufen, machen wir bestimmt einen Riesengewinn. Ich denke mal, dass die Freizeitindustrie boomen wird, vor allem in Feriengebieten wie Marbella.«

Cecil, der interessiert zugehört und sich Notizen gemacht hatte, nickte. »Erzähl uns mehr über das Resort, Robert. Was ist daran so Besonderes? Und wie kommst du darauf, dass es ein Riesenerfolg wird?«

»Die Anlage ist ein riesiges Areal in einer landschaftlich reizvollen Gegend direkt am Meer. Der Golfplatz ist angelegt, der Golfclub bereits fertig. Der Poloparcours ebenfalls, das Clubgebäude allerdings noch nicht. Das kleine Hotel steht zwar schon, hat aber wie der Golfclub noch keine Inneneinrichtung. Und die Villen müssen noch gebaut werden.«

»Villen?« Auf Cecils Stirn zeigte sich eine steile Falte. »Von Villen war nie die Rede. Das kostet doch einen Haufen Geld.«

»Nein, weil es keine richtigen Villen sind. Ehrlich gesagt, sind es Bungalows, ähnlich wie die vom Beverly Hills Hotel. Philip hat den hochtrabenden Begriff gewählt. Jeder Bungalow hat einen Wohnraum, ein bis zwei Schlafzimmer plus Bad. Die Architektur ist verdammt einfach, die Dinger lassen sich sicher relativ schnell bauen.«

»Verstehe. Und wie viele davon sind geplant?«, wollte Cecil wissen.

»Erst mal sechs. Allerdings ist das Areal riesig, so dass bei Bedarf weitere gebaut werden können.«

»Was ist mit einem Spa?«, schaltete Elizabeth sich ein. »Ein Resort braucht unbedingt einen Wellnessbereich. Das wird künftig immer wichtiger.«

»Das ist richtig, und entsprechende Pläne existieren bereits, haben mich jedoch nicht vom Hocker gerissen. Alles sollte viel, viel größer und exklusiver werden. Mit einem Swimmingpool und Tennisplätzen, also einem großen Sport- und Freizeitbereich.« Robert stand auf. »Ich habe ein paar Fotos in meinem Aktenkoffer. Ich hole sie mal.«

Augenblicke später setzte er sich neben Elizabeth auf das Sofa, zeigte ihr die Farbaufnahmen, die sie an Cecil weiterreichte.

»Stimmt, die Gegend ist landschaftlich reizvoll, Robin«, sagte sie. »Und auf den ersten Blick sieht die Anlage fabelhaft aus. Was ist denn schiefgelaufen? Wieso konnte Alvarez den Bau nicht fertigstellen?«

»Offen gestanden, ich weiß es nicht genau. Ich denke mal, er hatte sich mit seinen anderen Geschäften übernommen. Vielleicht hat er auch das Interesse verloren. Jetzt steckt er dermaßen in Zahlungsschwierigkeiten, dass es ihm über kurz oder lang das Genick bricht. Die Banken sitzen ihm bereits im Nacken. Und zwar massiv.«

Cecil legte die Fotos, nachdem er sie betrachtet hatte, auf den Kaffeetisch. »Sieht echt gut aus. Aber kommen wir zum Wesentlichen. Wenn wir uns in das Projekt einkaufen, müssen wir siebzig Millionen Euro in die Fertigstellung investieren. Hinzu kommen die laufenden Unterhaltungs- und Verwaltungskosten. Richtig?«

Robert nickte.

Cecil wiegte skeptisch den Kopf.

»Was hast du Alvarez vorgeschlagen, Robin?« Elizabeth wandte sich an Robert. »Und wo sieht er sich selbst in diesem Geschäft?«

»Ich hab ihm Folgendes vorgeschlagen: Erstens, dass seine Investition von zweiundsiebzig Millionen Euro in dem Projekt bleibt, genau wie die fünfundsiebzig Millionen Euro von Deravenels, die Mary bei ihm investiert hat. Zweitens kann er Mitgesellschafter des von uns neu zu gründenden Unternehmens werden, allerdings ohne Stimmrecht. Die Entscheidungen muss er uns überlassen. Und drittens sieht er seine Investition erst wieder, wenn wir innerhalb von fünf Jahren verkaufen. *Falls* wir verkaufen. Er war mit allem einverstanden.«

»Er hat keine Alternative«, erwiderte Elizabeth.

»Ein wahres Wort.« Robert grinste und beugte sich näher zu ihr. »Er wird sich mehr oder weniger mit allem einverstanden erklären, weil ihm das Wasser bis zum Halse steht. Schließlich will er seine anderen Projekte nicht gefährden.«

»Als wir gestern telefonierten«, sagte Cecil, »meintest du, wir könnten uns mit der abschließenden Entscheidung bis nach Weihnachten Zeit lassen. Mal angenommen, wir entschließen uns einzusteigen, wann wäre das in etwa?«

»Mitte Januar.«

»Und was ist mit den Banken, die ihm im Nacken sitzen?«

»Ich habe gesagt, wir würden ihm eine Absichtserklärung geben, die er den Banken vorlegen kann. Darin würden wir sämtliche Vereinbarungen vorab schriftlich fixieren. Immer vorausgesetzt, dass seine Dokumentation korrekt ist und der Vorstand von Deravenels dem zustimmt.«

»Das heißt, wir müssen den Vorstand einschalten?« Elizabeth warf Cecil einen fragenden Blick zu.

»Ja, auf jeden Fall, aber das wird sicher unproblematisch«, antwortete Cecil. »Nach außen hin klingt die Sache nach einem lukrativen Deal, und außerdem hat Deravenels sowieso fünfundsiebzig Millionen hineingebuttert. Ich glaube, der Vorstand wird uns beipflichten, dass wir unsere spanische Investition absichern müssen. Irgendwie.«

»Und woher nehmen wir die siebzig Millionen für die Fertigstellung des Resorts?« Elizabeth blickte abwechselnd von Cecil zu Robert.

»Aus unserer Hotelkette und aus dem erfolgreichen Weingeschäft«, antwortete Cecil. »Ich kläre das mit Broakes und Norfell. Für den Rest stehen unsere Banken mit Sicherheit gerade.«

»Hältst du es nicht für sinnvoll, wenn Norfell vorher nach Marbella fliegt und sich selber ein Bild macht?«, bemerkte Elizabeth.

»Doch. Das wollte ich gerade vorschlagen. Aber natürlich erst nach Weihnachten«, erwiderte Robert.

»Wann müssen wir die Absichtserklärung beziehungsweise einen Vorvertrag ausgefertigt haben?«

»Er meinte, er kann die Banken noch bis Anfang Januar hinhalten. Ambrose und Nicholas bringen weitere Informationen mit, also Baupläne, Skizzen und Fotos.«

»Sehr gut.« Cecil schaute noch einmal in sein Notizbuch, bevor er es zuklappte.

»Bist du sicher, dass Philip Alvarez sich nach unserer Übernahme nicht einmischt?«, gab Elizabeth zu bedenken.

»Ganz sicher«, bekräftigte Robert. »Wir machen den Vertrag so wasserdicht, dass er gar keine Handhabe hat. Lass dir wegen Philip keine grauen Haare wachsen. Unser spanischer Freund will bestimmt nur seine Haut retten. Wenn wir ihm den Ärger mit der Ferienanlage abnehmen, ist er uns ewig dankbar.«

Elizabeth warf ihm einen skeptischen Blick zu, sagte aber nichts.

Cecil erhob sich. »Ich schlage vor, wir treffen uns morgen Vormittag um neun hier, gemeinsam mit Ambrose und Nicholas. Und danke, Robert, du hast einen phantastischen Job gemacht.«

»Das war Teamwork, Cecil.«

Sobald sie allein waren, wandte sich Elizabeth zu Robert. »Ich pflichte Cecil bei. Du hast einen phantastischen Job gemacht. Du, Robin«, druckste sie herum, »Weihnachten steht vor der Tür, und da wollte ich dich fragen, ob du nicht Lust hast, nach Waverley Court zu kommen.«

»Nein.«

»Nein?«, wiederholte sie bestürzt und sank förmlich in sich zusammen. Ihre Miene verriet Fassungslosigkeit.

»Und du kannst auch nicht hinfahren. Weil wir nämlich jede Menge zu tun haben, um diesen Deal in trockene Tücher zu bringen. Wir müssen über die Feiertage arbeiten.«

»Kein Problem. Und was ist mit dem ersten Weihnachtsfeiertag?«

»Den feiern wir zusammen. Aber in London, nicht auf dem Land.«

Elizabeth seufzte erleichtert auf.

»Gehen wir heute Mittag zusammen essen?«

Elizabeth schüttelte den Kopf. »Bedaure, das geht nicht, Robin. Ich bin mit Grace Rose zum Lunch verabredet und möchte sie nicht enttäuschen. Aber heute Abend bin ich frei.«

»Dann lade ich dich zum Abendessen ein. Wir gehen ins Caprice, wo du deine heißgeliebten Fish and Chips bekommst.«

Sie fing an zu kichern. »Wow, ist das ein Date.«

* * *

»Du siehst heute wieder bezaubernd aus«, stellte Grace Rose fest. Sie ergriff Elizabeths Hand und strahlte.

»Danke, das Kompliment gebe ich gern zurück, Grace Rose.« Elizabeth küsste zärtlich die Wange ihrer Großtante.

»Komm, wir setzen uns noch ein paar Minuten in den Salon. Möchtest du ein Glas Sherry?«

Elizabeth, die lediglich eine Banane gegessen und eine Tasse Kaffee zum Frühstück gehabt hatte, winkte ab. »Nein, besser nicht, ich muss nachher noch arbeiten.«

»Verstehe.« Grace Rose zog sie in den Salon. »Komm, wir setzen uns an den Kamin, da ist es schön warm. Holst du mir bitte ein Gläschen Sherry. Die Karaffe steht auf der Anrichte mit den Getränken.«

»Natürlich.« Elizabeth schlenderte zu dem Büfett und goss weißen Sherry in ein Glas, den mochte Grace Rose am liebsten. Kurz entschlossen schenkte sie sich ebenfalls einen Sherry ein. Von einem kleinen Glas würde sie schon nicht betrunken werden.

»Ich habe mir auch einen eingeschenkt. Zur Feier des Tages.«

Ihre Tante nahm lachend das schlanke Stielglas in

Empfang. »Das ist ja nicht viel mehr als ein Fingerhut. Fröhliche Weihnachen, Liebes.«

»Fröhliche Weihnachten.«

»Mir fiel ein Stein vom Herzen, als du mich informiert hast, dass die Bilder aus Jane Shaws Sammlung wieder aufgetaucht sind. Wo hängen sie denn?«

»Ein paar Gemälde sind im Chelsea House und in Waverley Court, die meisten jedoch in Ravenscar. Kat war noch einmal in allen drei Häusern, wo sie jedes einzeln aufgelistet hat. Warte, ich hab eine Kopie für dich.« Sie stellte das Sherryglas auf einen Beistelltisch, griff in ihre große rote Hermès-Birkin-Tasche und holte einen Umschlag heraus, den sie Grace Rose gab.

»*Die Brücke von Moret* von Alfred Sisley hängt im roten Speisezimmer im Chelsea House«, begann Elizabeth. »Ein paar andere wunderschöne Sisleys hängen in Ravenscar. Aber auch ein Rouault, zwei Matisses und zwei Monets.«

»Jane Shaw hatte ein geschultes Auge für so etwas. Ihre Sammlung ist ausgesprochen wertvoll.«

»Das weiß ich.« Elizabeth atmete tief durch. »Ich spiele mit dem Gedanken, ein paar von den Bildern zu verkaufen. Du hast doch nichts dagegen, oder?«

Grace Rose ließ sich ihre Verblüffung nicht anmerken. »Sie gehören jetzt dir, du kannst frei entscheiden, was du damit machen möchtest. Ich war lediglich besorgt, na ja ... dass irgendetwas abhandengekommen sein könnte. Aber wieso willst du verkaufen? Brauchst du Geld?«

»Nicht unbedingt dringend, das nicht. Andererseits liegt mir nichts an einer großen Kunstsammlung. Überdies plane ich eine Auktion. Ein paar von den Gemälden würden sich da gut machen.«

»Aber nicht der Renoir, oder?«, entfuhr es Grace Rose erschrocken.

»Nein, nicht der Renoir. Der ist unverkäuflich. Kat hat im Keller von Chelsea House eine wahre Schatzkammer entdeckt. Alles Dinge, die ich nicht brauche und nicht will. Da hatten wir die Idee mit der Auktion. Ich möchte sie *Die Deravenel-Turner-Sammlungen* nennen, und sie soll im nächsten Jahr stattfinden. Wahrscheinlich bei Sotheby's.«

»Und welche Schätze hat Kat im Keller entdeckt?«, wollte Grace Rose wissen.

»Unter anderem Schmuck von Cartier und etliche Diamant-Tiaren, Gold und Silbersachen aus dem 18. und 19. Jahrhundert«, klärte Elizabeth sie auf.

Grace Rose war einen Moment erstaunt, doch dann sagte sie schließlich: »Ich glaube, einige Stücke stammen noch von meinem Vater. Er sammelte dergleichen. Das meiste datiert jedoch Jahrhunderte zurück. Nevilles Vater Rick, damals Englands größter Industriemagnat, sammelte kostbare Objekte aus Gold und Silber, Kunstgegenstände und Gemälde.«

In diesem Moment betrat Louisa, die Haushälterin, das Zimmer. »Das Essen ist serviert, Madam.«

16

Mein Gott, sie ist phantastisch, dachte Elizabeth, als sie Grace Rose durch die Halle folgte. Ich hoffe, ich bin wie sie, wenn ich eine alte Dame bin. Keinerlei Anzeichen auf Osteoporose oder Rheuma. Ihre Tante war groß, gut gekleidet und hielt sich kerzengerade. Und sie war geistig auf der Höhe. Elizabeth war voller Bewunderung für die Sechsundneunzigjährige.

Kaum dass sie an dem Tisch in dem geschmackvoll eingerichteten Esszimmer saßen, das in Farngrün und Weiß gehalten war, nahm Grace Rose den Gesprächsfaden wieder auf.

»Das mit der Auktion halte ich für eine sehr gute Entscheidung, Elizabeth. Was sollst du dich mit irgendwelchen Dingen belasten, die du gar nicht haben möchtest, für die sich aber andererseits eine Menge Geld erzielen lässt? Vor allem für die Gemälde.«

In diesem Augenblick kam Louisa ins Zimmer, die ihnen Teller mit Räucherlachs servierte, dazu dünne Scheiben Vollkornbrot, Butterröllchen und Zitronenschnitze. An Grace Rose gewandt, bemerkte die Haushälterin: »Möchten Sie, dass ich dazu Weißwein serviere, Mrs Morran?«

»Für mich nicht, Louisa«, antwortete Grace Rose und blickte fragend zu Elizabeth.

»Danke, nein, für mich auch nicht.« Elizabeth nickte der Haushälterin lächelnd zu.

Schweigend begannen sie zu essen, bis Grace Rose Messer und Gabel auf ihren Tellerrand legte und in leise vertraulichem Ton bemerkte: Ich sorge mich um dich. Hast du finanzielle Probleme, mein Kind?«

»Nein, ganz bestimmt nicht, Grace Rose. Ich habe den Treuhandfonds von meinem Dad und mein Gehalt bei Deravenels, damit komme ich ganz gut aus. Trotzdem bin ich froh, dass *dein Vater* eine klare Vision für die Zukunft hatte.«

»Wie hab ich das zu verstehen?« Grace Rose klang verdutzt.

»Edward Deravenel handelte ungemein vorausschauend, als er vor vielen Jahren Geld für den Unterhalt und die Instandsetzung von Ravenscar zurücklegte. Wenn ich das Geld nicht hätte, könnte ich das Haus dichtmachen oder vermieten. Verkaufen kann ich das Anwesen schließlich auch nicht.«

Grace Rose seufzte. »Mary ist für deine Finanzmisere verantwortlich, stimmt's?«

Elizabeth nickte. Sie trank einen Schluck Wasser. Wie um ihre Tante zu beschwichtigen, meinte sie: »Mir geht es finanziell nicht schlecht. Keine Sorge, es ist nichts Dramatisches.«

Als sie in Elizabeths Gesicht schaute, wechselte Grace Rose lieber das Thema. »Du sprachst von Cartier-Schmuck. Lag der auch im Kellergewölbe von Chelsea House?«

»Teilweise. Kurz vor ihrem Tod bekam ich ein paar wunderschöne Stücke von Mary.«

»War darunter auch ein Set aus Aquamarinen und Diamanten? Ein Ring, ein Armband und Ohrringe? Diese Stücke gehörten deiner Großmutter, ihr Onkel hat sie ihr geschenkt.«

Elizabeths Miene hellte sich auf. »Ja, es ist sehr hübsch. Dann verkaufe ich das Set nicht.«

»Das solltest du auf gar keinen Fall tun. Bess liebte das Schmuckset und trug es zu ganz besonderen Gelegenheiten.«

»Sie stand ihrem Onkel sicher sehr nahe?«

»Ja, und sie nahm ihn immer in Schutz. Ich im Übrigen auch. Zumal wir beide überzeugt waren, dass er mit dem Verschwinden der Jungen nichts zu tun hatte.«

Überrascht über diese unerwartete Enthüllung, sah Elizabeth ihre Tante groß an. »Hat das denn jemand geglaubt?«

Grace Rose nickte schweigend, die Lippen zu einer schmalen Linie aufeinandergepresst.

»Wie entsetzlich!« Elizabeth verstummte, da Louisa zurückgekehrt war und nun die Teller abräumte. Wieder allein, beugte sie sich verschwörerisch zu Grace Rose. »Aber was könnte deinen kleinen Brüdern denn zugestoßen sein? Die Geschichte, die mein Dad mir erzählte, war richtig unheimlich. Die beiden verschwanden spurlos, als sie am Strand von Ravenscar spielten. Sie wurden nie gefunden.«

»Es war in der Tat sehr mysteriös. Wir alle waren ratlos, einschließlich der Polizei. Bess und ich hatten natürlich unsere eigene Theorie.«

»Und welche?«, fragte Elizabeth gespannt.

Grace Rose schwieg nachdenklich. Schließlich sagte sie: »Wir dachten, dass sie beiseitegeschafft worden waren, um damit zwei Konzernerben auszuschalten. Bess und ich hielten an der Idee fest, dass irgendjemand die Deravenel Company an sich reißen wollte. Mit der Entführung der Jungen gab es keinen männlichen Erben mehr.«

»Meine Großmutter war die eigentliche Erbin!«

»Wem sagst du das? Wir waren schließlich nicht auf den Kopf gefallen. Wir wussten, dass ihr zukünftiger Mann die Firmenleitung übernehmen würde. Weil man Bess als Geschäftsführerin des Deravenel Konzerns niemals akzeptiert hätte, obwohl ihr Vater sich ausdrücklich dafür einsetzte, weibliche Nachkommen gleichberechtigt zu behandeln. Aber du weißt ja selbst, diese Firma ist immer schon eine Hochburg männlichen Chauvinismus gewesen.«

»Folglich lenkten einige Leute den Verdacht auf Richard?«

»Ja. Aber was hätte er damit bezwecken wollen? Er liebte die beiden Jungen und leitete das Unternehmen sowieso. Er besaß Macht, Geld und Einfluss und wäre bestimmt noch für zehn bis fünfzehn Jahre Chef geblieben, bis die Jungen ihre Ausbildung abgeschlossen hätten. Diese Theorie fanden wir alle nicht haltbar.«

»Meinst du, Henry Turner hatte seine Finger im Spiel?«, hakte Elizabeth behutsam nach.

»Nein, und schon gar nicht, nachdem ich ihn besser kannte. Wie dem auch sei, Bess hätte ihn niemals geheiratet, wäre sie der Meinung gewesen, er hätte ihre Brüder auf dem Gewissen. Nein, wir glaubten, dass im Hintergrund jemand die Fäden zog, jemand, der ganz bestimmte Interessen vertrat und dem es sehr gelegen kam, wenn Edward Deravenels Söhne verschwanden.«

»Und wer könnte das gewesen sein?«, fragte Elizabeth.

»Wir haben es nie herausgefunden. Es blieb ein dunkles Geheimnis. Irgendwann begannen Bess und ich, uns auf einen gewissen Jack Buckley zu fokussieren. Er war ein Cousin der Deravenels, aber von der Grant-Seite der Familie, und er überließ nichts dem Zufall. Zumal er Bess' Tante heiratete, Katharine, eine Schwester ihrer Mutter. Er hatte überall seine Finger im Spiel und war gelinde ausgedrückt machtbesessen.«

»Profitierte er davon, als Henry Turner Deravenels übernahm?«

»Nein, jedenfalls nicht übermäßig. Er starb im Jahr darauf völlig unerwartet an einem Herzinfarkt.«

»Und was ist mit Richards Mörder? Könnte dieser Jack Buckley ihn umgebracht haben?«

»Mal ganz ehrlich, Elizabeth, darüber sprachen deine Großmutter und ich auch des Öfteren. Aber was sollten wir machen? Wir hatten nicht den kleinsten Beweis und, vergiss eins nicht, wir waren junge Frauen, denen sowieso keiner geglaubt hätte. Es gab ohnehin niemanden, mit dem wir hätten reden können. Wahrscheinlich hätte man uns bloß ausgelacht.«

Grace Rose schaute zur Tür, die soeben aufschwang. Louisa schob einen Servierwagen vor sich her, auf dem Platten mit Lammkoteletts und Gemüse standen. Dazu servierte sie ihnen Braten- und Minzsauce.

»Danke, Louisa. Sieht das wieder köstlich aus«, murmelte Grace Rose. »Ach bitte, lassen Sie die Minzsauce ruhig hier. Sie wissen ja, ich kann sie zu allem essen.«

»Dir macht es doch nichts aus, über die Vergangenheit zu sprechen, oder, Grace Rose?«, meinte Elizabeth plötzlich besorgt, sobald die Haushälterin verschwunden war. Sie vergötterte ihre Tante und wollte unter gar keinen Umständen, dass die alte Dame sich unnötig aufregte.

Grace Rose lächelte. »Aber nein, natürlich nicht. Ehrlich gesagt, ist mir die Vergangenheit bisweilen präsenter als die Gegenwart. Ich kann mich besser an Dinge erinnern, die vierzig Jahre zurückliegen, als an aktuelle Begebenheiten.« Sie begann wie ein junges Mädchen zu kichern. »Mag sein, dass mir die Vergangenheit wichtiger und interessanter vorkommt als mein derzeitiges Leben. Trotzdem bin ich froh, dass ich geistig rege und körperlich fit bin, Elizabeth. Ich möchte noch nicht abtreten. Ich habe mir noch einiges vorgenommen.«

»Erzählst du mir von deinen Schwestern? Ich hab mich oft gefragt, was aus den jüngeren Deravenel-Töchtern geworden ist.«

»Hat Harry denn nie von seinen Tanten gesprochen?«

»Nein. Wenn ich mich nach ihnen erkundigte, wechselte er sofort das Thema.«

»Vermutlich interessierte dein Vater sich nicht besonders für sie. Tja, lass mich mal überlegen … Bridget, die Jüngste, wurde Nonne und war glücklich mit ihrer Entscheidung. Cecily heiratete einen viel älteren Mann und war kreuzunglücklich. Nach seinem Tod heiratete sie ein zweites Mal.« Grace Rose zwinkerte, als sie hinzufügte: »Er sah gut aus, war charmant – ein Womanizer, so nennt man das wohl heute. Die beiden waren glücklich miteinander. Anne und Katherine lebten mit ihren Männern auf dem Land. Wir schrieben uns zu Weihnachten, hatten aber ansonsten kaum Berührungspunkte. Nach Bess' Tod wurde es zunehmend weniger. Sie war diejenige gewesen, die die Familie zusammenhielt.«

»War meine Großmutter glücklich, was meinst du?«

»Glücklich? Das ist ein komplexer Begriff. War Bess glücklich? Schwierige Frage. Sagen wir mal so, sie war nicht unglücklich.« Wieder wirkte Grace Rose seltsam entrückt, als ließe sie die Vergangenheit vor ihrem geistigen Auge Revue passieren, Dinge und Menschen, die sie liebte und die sie längst verlassen hatten.

Elizabeth, die sie heimlich beobachtete, stellte eine plötzliche Traurigkeit fest, die sich wie ein Schatten über das Gesicht ihrer Großtante legte. Sie ergriff ihre Hand und fragte besorgt: »Fühlst du dich auch gut?«

Ihre Großtante nickte. »O ja, ich fühle mich bestens, Liebes. So, und jetzt zu deiner Frage. Ich glaube nicht, dass deine Großmutter eine Traumehe führte. Henry Turner war ein kleiner Langweiler; verschroben, wenn du so willst. Aber er liebte Bess, er war gut zu ihr und bedingungslos treu. Auf mich machte es jedoch häufig den Eindruck, dass sie enttäuscht war, weil er es nicht billigte, dass sie sich für Deravenels engagierte. Sie liebte das Unternehmen, es gehörte rechtmäßig ihr, sie war eine intelligente, selbstbewusste junge Frau und hätte ihm eine Stütze sein können. Hinzu kamen herbe Schicksalsschläge. Von ihren sieben Kindern blieben nur vier am Leben. Arthur, ihr ältester Sohn, starb mit fünfzehn. Es war ein entsetzlicher Schock für sie. Für uns alle. Danach richtete sie ihre ganze Aufmerksamkeit auf deinen Vater, sie verwöhnte ihn nach Strich und Faden. Vergiss nicht, Harry stand ihr immer sehr nahe. Ich glaube, in gewisser Weise sah sie Edward Deravenel in ihm.«

»Ja, ich weiß, sie verglich ihn oft mit seinem Großvater. Dad gestand mir, dass der Tod seiner Mutter ein schwerer Schlag für ihn gewesen sei. Ich wage zu bezweifeln, ob er für seinen Vater ähnlich empfand.«

»Ich auch. Trotzdem kamen sie gut miteinander aus. Die arme Bess, sie war mit siebenunddreißig noch viel zu jung zum Sterben. Ihr Tod stürzte mich in ein tiefes Loch. Sie war zeitlebens meine beste Freundin gewesen.«

Elizabeth schaute in das Gesicht der alten Dame, das voller feiner Fältchen war. Die Augen ihrer Großtante füllten sich plötzlich mit Tränen. »Wein nicht«, Elizabeth streichelte begütigend ihren Arm, »es tut mir aufrichtig leid, es war taktlos von mir. Das wollte ich nicht. Bitte verzeih mir.«

Grace Rose rang sich ein Lächeln ab. »Aber Kindchen! Da gibt es nichts zu verzeihen! Ich liebe meine Erinnerungen ... was wäre eine alte Dame ohne ihre Erinnerungen an die Vergangenheit? So und jetzt plaudern wir über die Gegenwart, Elizabeth. Erzähl mir von Deravenels.«

»Hmm, ich glaube, wir konnten das Problem mit Marys unüberlegter Investition bei Philip Alvarez lösen.«

»Oh, darüber musst du mir haarklein berichten.«

Woraufhin Elizabeth sie in ihre Pläne einweihte.

* * *

An jenem Abend war Elizabeth von dem einen Wunsch beseelt, sich die Fotoalben anzuschauen, die ihr Vater ihr vermacht hatte. »Du hast sicher mehr Interesse daran als Edward oder Mary«, hatte er mit seinem spitzfindigen Grinsen gesagt. »Mary interessiert sich weder für meine englischen Verwandten noch für die spanischen Vorfahren ihrer Mutter. Und Edward hat bloß seine Studien im Kopf.«

Und so war der Stapel Alben vor langer Zeit in ihren Besitz übergegangen. Sie blätterte in einem der dicken Wälzer, konzentrierte sich auf eine Reihe von Schnappschüssen, die in den 1920er Jahren auf Ravenscar entstanden waren. Mein Gott, da war ja Grace Rose. Ihre Großtante als junge Frau mit Bess Deravenel, ihrer Großmutter. Und wer war der Mann, der mit ihnen auf dem Foto stand? Elizabeth schaute auf die altertümlich geschwungene Bildunterschrift und stellte fest, dass es der berühmte – unrühmliche? – Richard Deravenel war. Sie betrachtete lange sein Gesicht, dann ließ sie das Album sinken und kuschelte sich in das Rückenpolster ihres Sofas.

Richard Deravenel. Hatte man ihn zu Unrecht verdächtigt? Oder war er ein Kidnapper und ein Killer? Was stimmte letztlich? Wie Grace Rose ihr heute erzählt hatte, hatten sie und Bess stets an seine Unschuld geglaubt. »Du darfst nicht vergessen, er hatte Feinde«, hatte Grace Rose eingeräumt. »Und die haben ihn auf dem Gewissen.«

Ihre gesamte Familie hatte Feinde, dachte Elizabeth bestürzt, die Deravenels und auch die Turners. Konnten Ruhm, Reichtum und Macht so viel Neid und solchen Hass schüren? Keine Frage.

Habe ich Feinde? Mit aller Wahrscheinlichkeit. Und wer sind diese Kontrahenten? Sie schauderte unwillkürlich und zog sich die Strickjacke fester um die Schultern. Keine Ahnung, aber ich finde es hoffentlich bald heraus, sagte sie sich. Sie werden sich selbst verraten. Eine Gänsehaut lief ihr über den Rücken. Sie musste vorsichtig sein, verdammt vorsichtig.

ZWEITER TEIL

Liebe wartet nicht

»Der Liebste hat mein Herz und ich hab seins,
Im schlichten Austausch für das and're Geben.
Ich halt seins fest, nicht missen er kann meins,
Nie ließe sich was Besseres erstreben.«
Sir Philip Sidney

»Wie ich dich liebe? Lass es mich dir sagen.
Ich liebe dich so tief und weit und rein
Als meine Seele reicht, wo das Gefühl das Sein
Auslöscht und alle Herzensklagen.
So lieb ich dich an jedem wie an allen Tagen
Mit stiller Sehnsucht, bei Sonne und bei Kerzenschein.
Elizabeth Barrett Browning

17

Das waren ganz früher bestimmt mal Kerker«, meinte Robert an Elizabeth gewandt. Er leuchtete mit der Taschenlampe in das hohe Gewölbe, das sich am Ende der Treppe erstreckte, die zu den Kellerräumen von Ravenscar führte.

»Du könntest recht haben«, murmelte sie, während sie nach dem Lichtschalter an der rauen Wand tastete und ihn herunterdrückte. Plötzlich wurde der riesige Keller von gleißendem Licht durchflutet. »Ich habe mich öfter gefragt, was die schweren Eisentüren mit den winzigen Fenstern zu bedeuten haben. Mein Dad hat mir jedoch nie verraten, dass es Kerker waren, obwohl er mir interessante Geschichten über Ravenscar erzählte.«

»Also ich möchte da unten nicht eingekerkert sein.« Robert schauderte. »Mein Gott, ist das kalt hier unten. Ich bin froh, dass ich eine dicke Jacke und meinen Barbour-Mantel anhabe. Es ist ja eisig.«

»Ich weiß, aber es dauert ja auch bloß ein paar Minuten. Los komm mit. Der ganz große Keller, der mit der Nummer zehn ist direkt vor uns.«

»Zehn wie in der Bestenliste?« Er hob grinsend eine Braue.

Sie lachte. »Vermutlich. Da unten lagern Schmucketuis mit Juwelen von Cartier, Boucheron,

Mauboussin, Garrard, Asprey, Harry Winston, Tiffany und etlichen anderen. Außerdem französische Auboussin-Teppiche und -Wandgobelins, silberner und vergoldeter Hausrat. Kat ist fast in Ohnmacht gefallen, als sie die Schätze entdeckte. Blanche und Thomas Parrell mussten ihr bei der Aufstellung des Inventars helfen. Alle drei sind der Meinung, dass die Sachen auf einer Auktion versteigert werden sollten, und ich schließe mich dem an. Kat hat wirklich gute Arbeit geleistet.«

»Sei froh, dass sie so tüchtig ist und dir das abnimmt.«

»Stimmt, bin ich auch. Hier ist der Keller.« Elizabeth blieb in dem langen Gang stehen und reichte Robert einen riesigen Eisenschlüssel. »Schließ du auf. Kat meinte, das Schloss klemmt ein bisschen.«

»Wahrscheinlich braucht es einen Tropfen Öl.« Er nahm den Schlüssel, kämpfte einen kurzen Augenblick mit dem Schloss, bis er sich drehen ließ, dann drückte Robert die Eisenklinke herunter. Er stemmte sich mit der Schulter gegen die Tür, bis sie ächzend aufsprang.

Er betrat den Raum, schaltete das Licht an, und der schwache Schein der Glühbirne offenbarte ihnen wahre Schätze. »Mein Gott, hier sieht es ja aus wie in der Bank of England! Hast du auch die Schlüssel für die anderen Türen?«

»Ja.« Sie reichte ihm einen Ring mit nummerierten Schlüsseln. Hinter sämtlichen Türen befanden sich Räume mit Regalen, in denen ungeahnte Kostbarkeiten lagerten.

Elizabeth winkte Robert, als sie die Schmucketuis entdeckt hatte, die sich in einem der Räume türmten. »Ich kann es kaum fassen. Du meine Güte, so viel Überfluss!« Sie nahm ein paar Schachteln von einem Bord herunter und erklärte Robert: »Kat möchte, dass ich mir alles anschaue und dann entscheide. Am besten tragen wir alles nach oben ins Esszimmer, was meinst du? Dort können wir die Stücke dann sortieren.«

»Hier unten ist es dafür jedenfalls zu dunkel. Und entschieden zu kalt. Nachher holen wir uns noch eine Lungenentzündung.«

»Dann komm, lass uns alles nach oben tragen. Im Esszimmer ist es wenigstens warm.«

»Ich bitte Lucas, uns Tee oder eine Suppe zu machen«, schlug Robert vor. »Wir brauchen etwas Heißes zum Aufwärmen.«

»Lucas und Marta sind nach Scarborough zum Einkaufen gefahren, aber ich kann uns Tee machen.«

»Oh, mach dir deswegen keine Gedanken. Zunächst mal brauchen wir Kissenbezüge oder Wäschekörbe, womit wir die Sachen nach oben bringen können. Dann geht es bedeutend schneller.«

»Du bist einsame Spitze, Robin! Ein echter Schnellmerker.«

* * *

Elizabeth sank bibbernd auf den kleinen Zweisitzer in der Bibliothek, möglichst nah an den Kamin. Sie fühlte sich wie ein Eiszapfen, völlig durchgefroren von der Kälte, die im Keller herrschte.

Nachdem er einige Holzscheite auf das Feuer gelegt und die Zentralheizung höher gestellt hatte, war Robert verschwunden. Während sie ihre Hände über der Glut warm rieb, hörte sie seine Schritte und schaute zur Tür.

Er kam mit zwei bauchigen Schwenkern ins Zimmer. »Ich weiß zwar, dass du Hochprozentiges verabscheust, trotzdem solltest du das hier trinken.« Er reichte ihr ein Glas.

»Was ist das?« Sie blickte erst auf die bernsteinfarbige Flüssigkeit dann zu ihm.

»Calvados. Und jetzt trink.«

Sie gehorchte und schüttelte sich angewidert. »Igitt, ist das eklig.«

»Das wärmt einem das Herz.«

Sie schüttelte lächelnd den Kopf, ein übermütiges Funkeln in ihren Augen.

»Was ist denn?«, wollte er wissen.

»Genau das hast du früher schon behauptet, wenn ich Kats Gemüsebouillon nicht essen wollte.«

»Ich war schon damals ein schlauer kleiner Junge.«

»Und weißt du was? Du hast immer überzeugend geklungen«, murmelte sie.

»War ich auch und bin ich noch. Der Calvados wärmt dich innerlich auf.« Er bemerkte, wie sie fröstelte, und setzte sich neben sie. Schlang einen Arm um sie und zog sie an sich. »Komm, ich gebe dir ein bisschen von meiner Wärme ab.« Mit einer Hand rubbelte er ihren Arm, ehe er sie in eine innige Umarmung zog. »Gleich geht es dir wieder besser. Bei Unterkühlung hilft am besten Körperwärme.«

Besonders deine, dachte Elizabeth und schmiegte sich sehnsüchtig in seine Arme. Er war warm und sprühte vor Gesundheit, sie fühlte förmlich, wie sein Lebenswille und seine Energie in sie strömten. Sie sah ihn verstohlen an, dann schloss sie die Augen, kuschelte sich an seine muskulöse Brust und dachte … dachte an ihren Admiral. Genau wie er hatte Robin dunkles Haar und glutvolle Augen, nur dass seine noch dunkler waren. Er war von ähnlicher Statur, hatte lange Beine und einen athletischen Körper wie Tom Selmere. Anscheinend war das der Typ Mann, auf den sie flog, oder? Sie fühlte sich von Männern wie Robert Dunley angezogen … ihr Robin, ihr lieber, geliebter Robin … ihr bester Freund … ihre Familie … der Mann, den sie liebte … o mein Gott …

Elizabeth hielt den Atem an. *Der Mann, den sie liebte*. Wie kam sie denn darauf … so plötzlich … aus heiterem Himmel? Nein, nicht aus heiterem Himmel. Sie liebte ihn schon lange, hatte sich das bloß nie eingestehen wollen. Sie war erregt und erfüllt von einer süßen Sehnsucht nach ihm. Ich begehre ihn … ich will ihn ganz für mich … er ist für mich bestimmt, oder? Nein, noch nicht … aber das wird schon noch. Er muss es sein … er gehört zu mir, ging es ihr durch den Sinn. Augenblicklich dachte sie an seine Frau … die Frau, von der er nie sprach … die er anscheinend kaum sah … die Frau, die *sie* seit langem bewusst verdrängte … und die sie fast vergessen hätte.

Amy … das junge Mädchen, das er vor acht oder neun Jahren geheiratet hatte, im Überschwang seiner jugendlichen Emotionen … die Frau, mit der er sich nichts mehr zu sagen hatte … sie wusste, dass sich die beiden auseinandergelebt hatten …

»Wie fühlst du dich?« Robert löste sich von ihr, hob mit Daumen und Zeigefinger ihr Kinn an und betrachtete ihr Gesicht.

»Phantastisch. Warum?«

»Du bist plötzlich so still.«

»Ich hab ein bisschen entspannt. Mir ist schon viel wärmer.« Von wegen, heiß und prickelnd vor Erregung traf es vermutlich besser, überlegte sie. Sie wand sich eilig aus seiner Umarmung und sprang auf. »Lucas hat uns einen Lunch vorbereitet. Ich bin kurz mal in der Küche, um das Essen aufzuwärmen.« Ihre Stimme klang ungewöhnlich schroff, und sie stürmte geradezu aus der Bibliothek.

Für einen Augenblick war Robert über ihre abrupte Reaktion verdutzt. Zwar wäre er ihr gern gefolgt, er brauchte jedoch einen Moment, um sich zu fassen. Er hatte eine Erektion, war innerlich aufgewühlt von seinen Empfindungen. Schon über ein Jahr begehrte er sie, seit er wieder häufiger nach Ravenscar kam, um mit ihr und Cecil die Zukunft von Ravenscar zu planen, währenddessen sie auf Marys Ableben gewartet hatten. In all jenen Monaten hatte er sich rigide kontrolliert und jede Situation gemieden, die ihn in Versuchung hätte führen können … sie zu verführen, sie zu vernaschen, sie zu besitzen, denn danach sehnte er sich. Wie lange er sie schon liebte? Solange er sie kannte, also schon als reizender kleiner Junge in kurzen Hosen.

Vorhin war sie weiß wie eine Wand gewesen, völlig durchgefroren, hatte gezittert wie Espenlaub. Ihm war nichts Besseres eingefallen, als sie zu wärmen, und das hatte ihn sexuell erregt. Armer Idiot, wovon träumst du eigentlich nachts?, redete ihm eine zynische kleine Stimme ins Gewissen.

* * *

Eins hatte Elizabeth an ihrem Vater bewundert: Was er anfing, machte er perfekt, und zwar in Rekordzeit.

Während sie in der Küche herumwirbelte, wurde sie automatisch an ihren Vater erinnert. Nachdem Harry sich mit ihr ausgesöhnt hatte, hatte sie ihn als Elfjährige darauf hingewiesen, dass die Küche altmodisch und unpraktisch sei.

Sehr zur Freude des Personals hatte er ihr recht gegeben und die Räumlichkeiten mit ihrer Hilfe modernisiert. Nachdem komplett alles herausgerissen und entsorgt war, hatten sie sich für einen grünen Granitboden und passende Arbeitsplatten entschieden. Die Wände wurden in einem freundlichen Pfirsichton gestrichen, Wandschränke und Türen weiß lackiert. Sie hatte mit ihm die Küchenzeile ausgesucht, zwei hohe moderne Kühlschränke mit Stahlfronten, Weinkühler und Eiswürfelbereiter, eine Mikrowelle und einen Aga-Herd. Frauen schätzten diese kombinierten Gas-/Elektroherde, hatte sie ihrem Vater vorgeschwärmt. Folglich sei der Aga ein Muss. Zudem hatte sie darauf bestanden, den alten Küchentisch durch eine Essecke mit passender Granitplatte zu ersetzen.

Jetzt deckte sie diese Essecke mit Platzdeckchen, Besteck, Servietten und Gläsern ein.

Im letzten Jahr, als sie ständig auf Ravenscar wohnte, hatte sie entdeckt, dass sie sich gern in der Küche betätigte. Folglich besuchte sie Kochkurse und lernte, einige Gerichte zuzubereiten. Heute hätte sie gern selbst gekocht, aber Lucas hatte sie nicht gelassen.

Das vorbereitete Essen stand in Schüsseln auf dem Küchentresen. Sie brauchte es nur noch in die Mikrowelle zu stellen und Brotscheiben für die Krabben in den Toaster zu schieben.

Sie überlegte, was Robert wohl gerade machte, und schrak zusammen, als er rief: »Ich habe echt Hunger.«

Sie wirbelte herum. Er stand grinsend im Türrahmen und sah umwerfend aus in seinem cremefarbigen Pullover und den Bluejeans.

»Ich bin gleich fertig. Setz dich schon mal.«

Er setzte sich, trank einen Schluck Wasser und überlegte, wieso sie so angespannt klang. Schließlich sagte er: »Ich habe mir ein paar von den Schmucketuis angesehen, es sind traumhafte Stücke darunter. Mir ist etwas ziemlich Einzigartiges aufgefallen, etwas sehr Seltenes, glaub ich zumindest. Es ist bestimmt ein Vermögen wert.«

»Was denn?«

»Setz dich, dann erzähle ich es dir. Soll ich dir helfen?«

»Danke, nein, hab alles unter Kontrolle.« Sie lief geschäftig zum Tisch, stellte den Teller mit den Toastscheiben in die Mitte, holte die Butterdose aus dem Kühlschrank und setzte sich dann neben Robert.

Nachdem er sich einen Toast mit Butter bestrichen hatte, sagte Robert: »Lass mich kurz von den Shrimps probieren – mmh, ich liebe Krabben –, und dann beschreibe ich dir das Schmuckstück.«

Sie nickte und nahm sich ebenfalls von den Krabben. »Sie schmecken köstlich, Robin. Möchtest du Zitrone dazu?«

»Nein, danke.« Nachdem er ein paar Shrimps gegessen hatte, lehnte er sich zurück und legte die Gabel auf den Tellerrand. »Es handelt sich um ein außergewöhnliches Stück, ein Collier aus alten Diamanten, sehr alten, um genau zu sein. Ein wahrhaft historisches Halsband. In der Schatulle lag ein Umschlag, auf den Kat lediglich *Eugénie* geschrieben hat. In einem größeren Umschlag fand ich ein paar wichtige Hinweise. Auf einer kleinen Karte stand, dass das Collier früher Elizabeth Wyland Deravenel gehörte, ein Geschenk von ihrem Mann Edward. Ursprünglich wurde es für Kaiserin Eugénie von Frankreich gefertigt. Die Kronjuwelen wurden anlässlich der Auktion *Diamonds of the Crown of France* versteigert. Das war 1887. Vieles von dem Diamantschmuck kaufte der renommierte Juwelier Boucheron, unter anderem diese Kette.«

»Wie faszinierend! Und wie wunderschön«, war Elizabeth begeistert. »Das bringt ein stolzes Sümmchen bei meiner Auktion, oder?«

»Ganz bestimmt. Sämtliche Stücke, die ich bisher gesehen habe, sind schön, aber keines ist so kostbar.

Nach dem Essen schauen wir uns alles an, und dann bringen wir die Schätze zurück in den Keller. Nach meiner groben Schätzung liegt auf deinem Esszimmertisch momentan Schmuck im Wert von fünf bis sechs Millionen britischen Pfund. Es können auch acht Millionen sein.«

»Das ist nicht wahr!«, stammelte Elizabeth entgeistert.

»Doch, ist es.« Er lachte, als er die hektisch roten Flecken auf ihren Wangen bemerkte. »Und was willst du mit dem vielen Geld machen?«

»Ich kaufe so viele Deravenels-Aktien, wie ich bekommen kann.«

Ihre Antwort verblüffte ihn, und er runzelte die Stirn. »Gibt es denn noch welche zu kaufen? Wir sind schließlich ein Privatunternehmen und handeln nicht an der Börse. Oder planst du heimlich einen Börsengang?«

»Nein, natürlich nicht! Und wenn, wärst du der Erste, den ich darüber informieren würde, da ich dir alles erzähle. Aber einige von den älteren Direktoren halten Aktien, und die hätte ich gern. Diese Manager ziehen sich demnächst aus dem Vorstand zurück, und wetten, wenn ich ihnen ein gutes Angebot mache, bekomme ich sie auch?«

»Du willst also eine noch größere Kontrolle über das Unternehmen gewinnen.«

»Ja. Selbstverständlich habe ich nicht vor, das ganze Geld in Aktien zu investieren. Ich bilde stille Reserven, für den Fall, dass Deravenels irgendwann eine Finanzspritze benötigt.«

Robert nickte stumm. Er war sich stets gewärtig gewesen, dass sie das Unternehmen liebte, ihm eng verbunden war wie damals Harry Turner. Wie der Vater, so die Tochter. Trotzdem stellte er erst jetzt fest, wie stark der Konzern ihr Leben und Handeln bestimmte.

»Ach, du meine Güte! Ich hab vergessen, die Pastete in die Mikrowelle zu schieben!« Elizabeth sprang hektisch auf. »Das Hauptgericht ist in einer Minute fertig!«, rief sie über die Schulter hinweg. »Gemüse und Sauce kommen gleich.«

»Lass dir ruhig Zeit.« Robert fragte sich heimlich, ob er eine vergleichbare Beziehung zu Deravenels würde aufbauen können. Anscheinend war die Firma das Wichtigste in ihrem Leben, oder? He, halt mal kurz die Luft an, alter Junge, warnte er sich. Wie kommst du überhaupt auf die Idee, dass sie was für dich übrighat? Du bist ihr alter Kumpel aus Kindertagen, du Blödmann. Wenn die sich einen Mann sucht, dann bestimmt was Frisches, Knackiges.

* * *

Robert zog seinen Barbour-Mantel über und ging durch die große Halle zu den hohen Doppeltüren, die in den Garten führten. Draußen schlenderte er über die Terrasse und hielt nach Elizabeth Ausschau. Er entdeckte sie bei der verfallenen Ruine des alten Festungsturms, der über den Rand der Klippen ragte.

Er schauderte, als er über den schmalen Felspfad lief, der durch den terrassenförmig angelegten Garten führte. Was machte sie bei dieser Märzkälte da unten? Obwohl Karfreitag war, war es winterlich kalt an der Küste. Er blickte auf. Es war später Nachmittag, und der zinngraue Himmel wurde allmählich zart Violett, am Horizont ging die Sonne unter. Es würde ein schöner Abend werden. Wolkenlos und mondhell, davon war Robert überzeugt.

»Was zum Kuckuck machst du eigentlich bei der Kälte hier draußen?«, wollte er wissen, kaum dass er sich zu ihr in den verfallenen Wachturm gesellte. Vor Jahrhunderten hatten hier Soldaten patrouilliert und Ravenscar vor Plünderern und Piraten bewacht, die auf ihren Schiffen über die Nordsee segelten und dieses reiche, fruchtbare Fleckchen Erde zu erobern trachteten.

Beim Klang seiner Stimme drehte Elizabeth sich um und strahlte ihn an. »Nach unserer Aktion in den muffigen Kellern brauchte ich dringend frische Luft. Aber ich gebe zu, es ist lausig kalt!«

»Was du nicht sagst. Komm mit rein, es wird schnell dunkel.«

»Ich liebe die hereinbrechende Abenddämmerung. Das diffuse Zwielicht über dem Meer.« Sie blickte über die Festungsmauer. »An Abenden wie diesem ist es wunderschön hier draußen.« Eine Windböe zerrte an ihren Kleidern, und sie schmiegte sich schutzsuchend an Robert. Er legte ihr einen Arm um die Schultern und führte sie Richtung Garten; einen Augenblick lang billigte sie, dass er die Führung übernahm. Dann rief sie spontan: »Ich bin schneller als du!«, und rannte los.

Er lief ihr nach, holte sie auf der Terrasse ein und folgte ihr in die Halle. Sie kämpfte mit ihrem gefütterten Wintermantel, wickelte sich den dicken Wollschal vom Hals. Er zog seinen Mantel aus und fragte: »Und was sollte das jetzt?«

Sie betrachtete ihn schweigend.

Sie war weiß wie eine Wand, sämtliche Farbe war aus ihrem Gesicht gewichen, und sie zitterte. Unversehens bemerkte er die Tränen, die in ihren langen Wimpern glitzerten.

»Ist irgendwas?«, erkundigte er sich besorgt.

Sie schüttelte den Kopf.

Er trat einen Schritt näher, und sie wich automatisch zurück.

Ihre Blicke trafen sich.

Roberts Kehle war mit einem Mal wie zugeschnürt. Er nahm die Emotionen auf ihrem Gesicht wahr. Sie spiegelten genau das, was er auch empfand. Begehren … tiefes, leidenschaftliches Begehren.

»Elizabeth«, hauchte er, seine Stimme war rau. »Liebling …«

»Oh, Robin, oh, Robin.«

Sie fielen sich stürmisch in die Arme. Er küsste Elizabeth innig, leidenschaftlich, hemmungslos. Entrückt, losgelöst von Zeit und Raum, merkten sie gar nicht, dass Lucas einen Korb Holzscheite in die Bibliothek trug.

»Was hältst du davon, wenn wir uns in dein Schlafzimmer zurückziehen?«, fragte Robert leise.

»O ja, Robin, komm schnell.«

18

Hand in Hand gingen sie nach oben in Elizabeths Schlafzimmer, wo sie wohlige Wärme umfing.

Robert grinste. »Zum Glück ist es hier drinnen mollig warm.« Er kümmerte sich um das Kaminfeuer, legte weitere Holzscheite auf, stocherte in der Glut. »Und das bleibt die nächsten Stunden auch so.«

Elizabeth schloss die Tür von innen ab, trat zu ihm und zog ihn zu dem großen Sofa vor dem Kamin.

Sie sah ihn fest an. »Ich glaube, uns ist beiden vorhin die Erleuchtung gekommen. Mir war plötzlich sonnenklar, dass ich meine Gefühle nicht länger verstecken möchte … ich kann nicht dauernd verdrängen, wie sehr ich dich liebe, Robin.«

»Mir ging es genauso, Elizabeth. Ich weiß seit mehr als einem Jahr, dass du mir unendlich viel bedeutest, trotzdem habe ich es dir nie gesagt. Wir Menschen sind zuweilen ganz schön dumm.« Er beugte sich zu ihr herunter, umschloss mit seinen Händen zart ihr Gesicht und gab ihr einen hingebungsvollen Kuss. »Ich liebe dich so sehr … Ich habe dich immer geliebt und werde dich immer lieben.«

Sie stellte sich auf Zehenspitzen, streichelte sein ihr schon so lange vertrautes Gesicht. Es war anziehend, gut geschnitten, mit kantigen Wangenknochen, einer hohen Stirn und sinnlichen Augen, aus denen er sie sehnsüchtig ansah. Keine Frage, er war ein ausnehmend attraktiver Mann. Sie mochte seine hoch aufgeschossene sportliche Statur, die breiten Schultern, die langen trainierten Beine. Sie schmiegte sich an ihn, und er umarmte sie zärtlich.

»Oh, Robin, mein Liebling, Robin, Liebster, ich will dich … jetzt.«

»Ich weiß. Ich empfinde genauso.« Wieder fanden sich ihre Lippen, und mit heißen Küssen steigerte er die Ungeduld ihres Verlangens, bis sie beide vor Lust entbrannten.

»Komm, lass uns ins Bett gehen«, flüsterte Robert. Er zog sie vom Sofa hoch, führte sie zu dem großen Himmelbett, zog sich aus und half ihr dann beim Ausziehen. Innerhalb von Sekunden lagen sie nackt unter der Decke, eng aneinandergeschmiegt.

»Es ist sooo romantisch im Schein des Feuers«, wisperte Elizabeth. »Mach kein Licht.«

»Nein.« Robert stützte sich auf einen Ellbogen und schaute sie an. »Ich hab mir insgeheim vorgestellt, dass ich mit dir hier eng umschlungen liege, und um ehrlich zu sein, schon das ganze letzte Jahr.«

»Oh, Robin, Liebling, wenn ich das nur geahnt hätte. Wir haben viel Zeit verschenkt.«

»Wir haben endlos viel Zeit verschenkt. Eigentlich seit wir acht sind.«

»Waren wir blöd.«

»Blöd ist gar kein Ausdruck dafür.« Für einen Augenblick zögerte Robert, bevor er leise fragte: »Willst du es auch wirklich?«

»Die Frage kommt ein bisschen spät, findest du nicht?« Und ohne seine Antwort abzuwarten, fügte sie hinzu: »Ich habe nie etwas anderes gewollt.«

»Ich auch nicht. Ich hab ja bloß gefragt, weil es nachher kein Zurück gibt, wenigstens was mich betrifft. Wenn wir uns jetzt lieben, dann bekenne ich mich zu dir. Das ist wie eine Offenbarung.«

»Für mich auch.«

Sie schauten sich lange an. Robert meinte, in die Tiefen ihrer Seele zu blicken, und sein Herz begann heftig zu schlagen. In diesem Moment begriff er, dass er zu ihr gehörte. Er würde immer zu ihr stehen, egal, was kommen mochte. Elizabeth Turner war seine Bestimmung, sein Schicksal. Sie war seine Traumfrau. Kein anderer Mann würde sie jemals besitzen. Weil sie keinen anderen begehren würde. Nur ihn.

Er streichelte ihre Brüste, glitt über ihren flachen Bauch zwischen ihre Schenkel. Robert fühlte, dass sie sich spontan versteifte, und er hob fragend die Brauen.

»Ja«, hauchte sie. »O ja, Robin.«

Während er sie zärtlich stimulierte, wurde er zunehmend erregter. Er spürte seine heiß pulsierende Erektion und hielt mitten in seinem erotisierenden Spiel inne, gleichsam um ihren Liebesakt auszudehnen, jede Sekunde auszukosten.

»Was ist denn? Warum hörst du auf?«, fragte Elizabeth verdutzt.

»Weil ich nichts überstürzen möchte. Ich möchte unser erstes Mal genießen, dich genießen, deine Sinnlichkeit, unsere Nähe. Ich habe so lange gewartet, jetzt möchte ich mit allen Sinnen genießen.«

Elizabeth drängte sich an ihn, fühlte seine Erektion an ihrem Schenkel und erschauerte. Ein heißes Prickeln durchflutete ihren Schoß. Sie sehnte sich mit jeder Faser ihres Körpers nach ihm, ihre Lust ließ sich nicht mehr bezähmen; sie konnte es kaum erwarten, mit ihm eins zu werden, zu verschmelzen. Entrückt bemerkte sie, wie er ihre Brüste mit dem Mund liebkoste, wie seine Hand ihre Scham ertastete.

Sie öffnete die Augen und betrachtete ihn. Sein Gesicht war ganz dicht über dem ihren, hinreißend schön, und ihr Herz schlug heftig … sie liebte ihn mehr als ihr Leben. Er streichelte sie, seine Finger fühlten sich an wie Schmetterlingsflügel auf ihrer Feuchte.

»O ja, Robin, o ja, hör nicht auf«, flüsterte sie.

Er schob schweigend die Laken beiseite, kauerte sich auf das Bett und begleitete mit seinen Lippen das Spiel seiner Finger, schenkte ihr die seligen Wonnen, nach denen sie sich verzehrte. Sobald sich Elizabeth bebend vor Erregtheit unter ihm wand, vermochte er seine eigene Lust nicht mehr zu zügeln. Er glitt auf sie, presste seine Lippen auf ihre und drang ein in ihre weiche Hitze.

Elizabeth seufzte, schlang ihm die Beine um den Körper und fiel ein in seinen ungestümen Rhythmus. Gemeinsam erreichten sie den Gipfel der Lust. Seine Wange an ihre Halsbeuge geschmiegt, flüsterte er wie entfesselt ihren Namen.

Eng aneinandergekuschelt blieben sie liegen. Ineinanderverschlungen, nicht bereit sich zu trennen.

Für Elizabeth war dieser rauschhafte Orgasmus eine ganz neue Erfahrung. Kein Mann hatte ihr jemals eine solche Befriedigung geschenkt, weder Selmere noch Murrey, der andere, der ihr Avancen gemacht hatte …

Ihre Gedanken schweiften ab, während sie Robins gleichmäßigen Atemzügen lauschte und seinen vertrauten Duft einsog. Eine Mischung aus Shampoo, Seife und seinem männlich würzigen Eau de Cologne. Sie war unbeschreiblich glücklich, wähnte sich im siebten Himmel der Liebe.

* * *

Er ist vor ein paar Minuten in sein Zimmer gegangen, weil er sich vor dem Abendessen noch duschen und rasieren will. Er ging widerwillig – eigentlich mochte ich ihn gar nicht gehen lassen. Er fehlt mir schon wieder. Er sieht phantastisch gut aus, sympathisch, und er hat sich das charmante Große-Jungen-Image bewahrt. Robin ist ein ehrlicher, authentischer Mensch, und ich werde es niemandem erlauben, etwas anderes zu behaupten. Und es wird garantiert Gerede geben. Die Leute werden ihn beneiden, mich beneiden, uns beneiden. Aus gutem Grund. Weil wir beide, Robin und ich, nämlich etwas haben, was nur wenigen vergönnt ist: die perfekte Harmonie von Körper und Geist. Wir sind Seelenverwandte, und wir passen sexuell wunderbar zusammen.

Vorhin, bevor er ging, küsste er mich heiß und leiden-

schaftlich und sagte: »Denk daran, wir beide haben gerade unser Schicksal besiegelt. Jetzt gibt es kein Zurück mehr.« Wie könnte ich das vergessen? Ich gehöre zu ihm, und er gehört zu mir. Wir sind eins. Für immer.

* * *

Als Elizabeth eine Stunde später in die Bibliothek ging, blieb sie auf der Schwelle stehen, und ihr Herz tanzte vor Freude. Endlich. Endlich hatten sie sich wieder. Robin stand mit dem Rücken zum Kamin und erwartete sie. Er trug einen roten V-Pullover, perfekt sitzende Jeans, auf Hochglanz polierte Loafers und sah zum Anbeißen aus.

Sie lief zu ihm. »Ich glaube, ich muss dich einsperren.«

Er zog sie an das wärmende Feuer. »Weshalb?«

»Weil du umwerfend aussiehst. Ich kann dich nicht allein lassen. Sonst wirst du womöglich noch gestohlen!«

Er beugte sich lachend zu ihr herunter und küsste sie. »Das kommt, weil ich verliebt bin. In dich.«

»Ich auch, in dich.«

»Du siehst hinreißend aus, Liebling.« Seine Blicke glitten über ihren Körper. Das brombeerfarbene Strickkleid umschmeichelte ihre schlanke Figur wie eine zweite Haut. Um ihre Schultern hatte sie einen edlen pinkfarbenen Pashminaschal geschlungen. »Diese Farben stehen dir ausgezeichnet.«

»Danke für das Kompliment. Was hältst du von einem Drink?«

»Gute Idee. Lucas kam eben mit einer eisgekühlten Flasche Veuve Clicquot. Wie klingt das?«

»Perfekt.«

Er füllte zwei Gläser mit dem rosa prickelnden Champagner. Sie prosteten einander zu. Elizabeth trank ein Schlückchen, bevor sie sagte: »Danke, dass du mir mit dem Schmuck assistiert hast. Allein hätte ich das nie geschafft.«

»Gern geschehen. Immerhin ist der Schmuck ein wesentlicher Bestandteil der Auktion. Hast du schon einen Termin?«

Elizabeth kuschelte sich in den gemütlichen Zweisitzer und nippte an ihrem Champagner. »Ich hatte einen Termin mit den Verantwortlichen bei Sotheby's. Sie schätzen, dass sie noch ungefähr vier Monate brauchen, bis sie das Inventar komplett zusammengestellt, in die diversen Kategorien eingeordnet und den Katalog gedruckt haben. Ich denke mal, dass die Auktion im Herbst oder zu Beginn des Winters stattfinden wird.«

»Also noch in diesem Jahr?«

»Hoffentlich. Ich bin froh, wenn ich das hinter mir habe.«

»Und das Haus in Chelsea? Willst du es nun verkaufen?«

»Ja, ich denke schon, Robin.« Sollte sie ihm sagen, dass das Haus für sie mit deprimierenden Erinnerungen behaftet war? Nein, auf gar keinen Fall. Zumal sie das Thema Tom Selmere nicht anschneiden mochte. Stattdessen kam sie noch einmal auf den Schmuck zu sprechen. »Meinst du, wir schaffen es übers Wochenende, sämtliche Stücke aufzulisten? Wenn wir fertig sind, kann Kat die Sachen abholen lassen. In unseren Banksafes sind sie bestimmt besser aufgehoben.«

»Das packen wir. Im Übrigen muss ich nächste Woche nach Madrid fliegen. Beim Duschen hatte ich eine Idee. Hast du nicht Lust, nächstes Wochenende nach Marbella zu kommen?«

»O ja, Robin, das wäre super. Wir könnten richtig schön entspannen und das warme Wetter genießen. Außerdem brenne ich darauf, das Resort zu sehen. Da ist bloß eine Sache –« Sie hielt inne und biss sich auf die Lippe.

»Na, sag schon. Was?«

»Wenn irgend möglich, würde ich eine Begegnung mit Philip Alvarez lieber vermeiden.«

»Kein Problem, er ist gar nicht da. Und weswegen ist dir das so unangenehm?«

Sie lachte nervös. »Weil … weil er mir dauernd nachstellte. Ich glaube, das ist das passende Wort dafür. Und sobald er sich unbeobachtet fühlte, versuchte er, mich anzufassen, mich zu umarmen oder mir in den Po zu kneifen.«

»Dieser Windhund!« Robert lachte los. »Ich kann es ihm nicht verdenken, Liebes. Du bist eben zum Anbeißen süß.«

Er setzte sich neben sie aufs Sofa und streichelte ihr die Hand. »Ich bin mir ziemlich sicher, dass er momentan nicht in Marbella ist. Und sollte er zufällig auftauchen, dann beschütze ich dich, versprochen.«

In diesem Moment klopfte es und Lucas streckte

vorsichtig den Kopf zur Tür herein. »Verzeihen Sie, Miss Turner. Das Dinner ist serviert.«

»Danke, Lucas. Wir kommen gleich.«

Sie tranken ihren Champagner aus und schlenderten in das Speisezimmer, wo sie sich zu Tisch setzten. Lucas servierte ihnen Trüffelleberpastete und dazu Cornichons und Toast, schenkte Weißwein ein. »Brauchen Sie noch etwas, Miss Turner?«

»Danke, Lucas. Alles perfekt.«

Nach einem kurzen Nicken verschwand er in der Küche.

»Du verwöhnst mich zu sehr, Elizabeth. Krabben und Pastete zum Mittag, und jetzt Pâté und Cornichons. Mmmh, das sind meine Lieblingsgerichte.«

»Ich versuche eben, mich bei dir einzuschmeicheln. Liebe geht durch den Magen.« Sie strahlte vor Glück.

»Weißt du noch, wie wir als Kinder in Waverley Court ein Riesenglas Cornichons verdrückt haben? Hinterher hatten wir fürchterliche Bauchschmerzen, und Kat war sehr böse mit uns.«

»Ich mag sie trotzdem noch, ich meine Cornichons«, erklärte Elizabeth kichernd, die gerade ein Gürkchen aß. »Allerdings verputze ich nicht mehr so viele wie damals.«

»Darf ich mal raten, was es als Hauptgang gibt?« Robert legte eine dünne Scheibe Pastete auf eine Toastecke.

»Noch eine von deinen Leibspeisen, Robin. Gebratenen Schellfisch mit Chips und Erbsenpüree.« Sie warf ihm einen zärtlichen Blick zu.

»Göttlich! Hoffentlich serviert Lucas Fish and Chips stilecht in einer Zeitung.«

»Bedaure, mein Lieber, aber es schmeckt genauso lecker von einem Teller. Um noch mal auf Philip Alvarez zurückzukommen. Stimmt es, was über ihn erzählt wird? Ich meine die Geschichten, die Francis Walsington letztes Jahr zu Ohren kamen. Frauen, Alkohol, Schulden?«

»Dass er Schulden hat, stimmt. Laut Francis bemüht er sich jedoch redlich darum, sein angeschlagenes Image wieder aufzupolieren. Und die Frauengeschichten und sein Faible für das süße Leben sind seine Sache, finde ich.«

Elizabeth senkte den Kopf. »Na ja, wie man's nimmt. Er hat verdammt Glück, dass wir eingesprungen sind und ihm den Hals retten, indem wir das Marbella-Projekt übernehmen.«

»Das stimmt.«

»Ich möchte dich noch etwas fragen.«

»Nur zu. Frag ruhig.« Robert lehnte sich zurück.

»Wie viele Gegner habe ich bei Deravenels?«

»Nicht so viele, wie du denkst«, erwiderte er mit Nachdruck. »Natürlich gibt es immer die frauenfeindlichen Sturköpfe, die es nicht verknusen können, wenn Frauen Karriere machen, und die deshalb alle Frauen anfeinden. Ich gebe zu, einige dieser Chauvis sitzen auch bei Deravenels. Schließlich war der Konzern viele Jahre lang eine reine Männerdomäne. Echte Feinde hast du aktuell lediglich zwei, aber dass die dir gefährlich werden könnten, glaube ich nicht.«

»Du meinst Alexander Dawson und Mark Lott, stimmt's?«

»Sieh mal an, meine kleine Schnellmerkerin.«

»Ich hab so ein Bauchgefühl, dass sie mich nicht leiden können. Auf der Vorstandssitzung standen sie mir nämlich relativ kontrovers gegenüber. Aber du liegst vermutlich richtig, Robin. Mir großartig schaden können sie nicht, oder doch?«

»Nein, eher unwahrscheinlich. Mark Lott war einer von Marys Gnaden. Um seinen Job nicht zu gefährden, würde der sich mit jedem verbünden. Für Dawson gilt Ähnliches. Er ist ein falscher Fuffziger, und das ist noch milde ausgedrückt.«

»Ich weiß. Er lügt wie gedruckt. Und er ist ein mieser kleiner Schleimer. Das ist mir schon früher aufgefallen.«

Lucas kam ins Zimmer, räumte die Teller ab und servierte den Hauptgang. »Läuten Sie, wenn Sie etwas brauchen, Miss Turner«, bat er und verschwand in seinem eigenen kleinen Reich.

Elizabeth und Robert hatten eine Vorliebe für die gleichen Gerichte, beide aßen mit Hingabe Fish and Chips.

Während des Essens räusperte sich Robert und sagte: »Nach meinem Ermessen hast du eine ganz kritische Gegnerin, Elizabeth, die dir ernsthaft schaden kann.«

Elizabeth sah seufzend von ihrem Teller auf und blickte ihn missmutig an. »Willst du damit behaupten, dass diese Marie Stewart erneut probiert, alles aufzumischen?«

»Leider ja.«

»Aber warum, Robin? Wieso sitzt sie mir neuerdings wieder im Nacken?«

»Sie ist überzeugt, dass sie die rechtmäßige Erbin ist. Und davon lässt sie sich auch nicht abbringen. Und nachdem sie einen Vorgeschmack der Macht hatte, will sie vermutlich mehr.«

»Vorgeschmack der Macht. Wieso?« Elizabeths Stimme überschlug sich fast vor Ärger.

»Du weißt, dass sie im April letzten Jahres François de Burgh geheiratet hat, den Erben der weitverzweigten Handelsgruppe Dauphin, die bis jetzt seinem Vater gehört. Die ist zwar bei weitem nicht so groß wie Bernard Arnaults LVMH oder Pinaults Artemis, aber trotzdem ein renommiertes, internationales Unternehmen. Marie und François sind beide dort tätig. Als ambitionierte junge Dame denkt sie vermutlich, sie kann sich die Deravenel Company unter den Nagel reißen und es dem Global Player einverleiben. Damit hätte sie bei ihrem Schwiegervater Henri de Burgh einen großen Stein im Brett.«

»Nicht zu fassen! Das Testament meines Vaters ist unanfechtbar. Wasserdicht. Zudem kann sie über ihre Großmutter sowieso nicht erben. Die weibliche Nachkommenlinie ist nämlich seit jeher von der Erbfolge ausgeschlossen.« Elizabeth war sichtlich wütend.

»Vielleicht solltest du mit ihr mal Klartext reden«, riet Robert. »Ihre Großmutter war Margaret Turner, eine Schwester deines Vaters und die älteste Tochter von Bess Deravenel und Henry Turner. Marie hat von ihrer Großmutter Scottish Heritage, ein florierendes Unternehmen in Schottland geerbt, aber das reicht ihr anscheinend nicht. Sie kriegt den Hals nicht voll.«

»Mein Gott, was kann ich bloß tun?« Elizabeths makellos heller Teint war noch eine Spur blasser geworden.

»Cool und gefasst bleiben. Wir warten erst mal ab und setzen Francis Walsington auf sie an. Er bringt jede Intrige ans Licht. Und er weiß für jedes Problem eine brillante Lösung.«

Er streichelte tröstlich ihren Arm, worauf Elizabeth sich seufzend an ihn kuschelte. »Ich vertraue dir voll und ganz, Liebster.«

19

Robert wachte in der Nacht auf und tastete nach Elizabeth. Ihr Bett war leer. Er richtete sich auf, sah sich suchend in ihrem Schlafzimmer um, das in weiches Mondlicht getaucht war. Sie stand am Fenster und schaute auf die Nordsee.

Er schob die Laken beiseite, schwang seine Beine aus dem Bett und ging zum Fenster. »Elizabeth, was hast du? Kannst du nicht schlafen?«

Sie schwieg, drehte sich nicht einmal zu ihm um. Ihr Rücken durchgedrückt, die Schultern gestrafft, nahm er ihre innere Anspannung wahr.

Mit einer Mischung aus Bestürzung und Besorgnis legte er ihr seine Hände auf die Schultern und drehte sie behutsam zu sich herum; in ihren Augen standen Tränen. »Liebling, was hast du? Du bist ja völlig aufgelöst.« Er umarmte sie. »Sag mir, was dich bedrückt. Du weißt, du kannst mir alles anvertrauen.«

»Ich war innerlich so aufgewühlt und konnte nicht schlafen, und plötzlich musste ich an sie denken, an … Amy.

Er hielt sie weiterhin umschlungen, ihr Kopf lag an seiner Brust.

Augenblicke später hob Elizabeth ihr Gesicht und blinzelte ihn unter Tränen an. »Denk jetzt bitte nicht, dass ich eifersüchtig bin. Ich möchte nur wissen, wie die Situation zwischen euch beiden ist. Schließlich bist du immer aufrichtig zu mir gewesen, Robin.«

Er streichelte ihr die Wange, hauchte ihr einen leichten Kuss auf die Stirn. »Komm, wir setzen uns an den Kamin, dann erzähle ich dir alles, was du wissen möchtest.« Sie sanken auf das Sofa. Er rutschte in eine Ecke und sah Elizabeth eindringlich an. »Amy und ich haben uns getrennt, und das schon vor längerer Zeit.«

»Wann?«, hakte sie nach.

»Vor fünf Jahren. Mit uns hat es einfach nicht geklappt.«

»Wieso hast du sie überhaupt erst geheiratet, Robin?«

Er schüttelte leicht resigniert den Kopf. »Ich kann es nur auf meine jugendliche Unreife schieben. Mein Gott, was weiß man mit siebzehn, achtzehn? Nichts. Nichts über Frauen, Sex, die Welt, das Leben. Meine Hormone rebellierten, und sie war sehr hübsch, ein verführerisches junges Mädchen, und ich war scharf auf sie. Wie mein Bruder Ambrose des Öfteren beteuert, kennt ein steifer Schwanz kein Gewissen. Ich wollte sie unbedingt ins Bett kriegen, Sex mit ihr haben, aber dafür musste ich sie heiraten. Und ein Jahr später habe ich meinen Entschluss bitter bereut. Tja, hinterher ist man immer klüger.«

»Konntet ihr eure Eheprobleme nicht irgendwie lösen?«

»Wir hatten nicht wirklich Probleme. Sie war glücklich, aber mir war die Rolle als liebender Ehemann irgendwann zu wenig. Zumal wir keine gemeinsamen Interessen hatten. Sie lebt gern auf dem Land, liebt das süße Nichtstun und wartete sehnsüchtig darauf, dass ich abends heimkam und mit ihr von Babys träumte. Aber es kamen keine Babys, und irgendwann fuhr ich abends nicht mehr nach Hause. Sie langweilte mich entsetzlich, uns trennten Welten.«

»Wieso habt ihr euch dann nicht scheiden lassen?«

»Eine Scheidung hat sie nie ernsthaft in Erwägung gezogen. Ich auch nicht. Wenigstens bis jetzt nicht. Sobald es sich ergibt, rede ich mit ihr. Ich bin sicher, dass Amy sich nicht querstellt.«

»Die Scheidung ist mir nicht so wichtig, Robin. Ich habe sowieso nicht vor zu heiraten.«

Er sah sie verblüfft an. »Ah, verstehe. Deine Haltung in puncto Ehe hat sich nicht geändert, stimmt's?« Er klang leicht amüsiert.

»Nein. Ich möchte unabhängig bleiben und für mich selbst entscheiden können. Amy habe ich lediglich erwähnt, weil ich Klarheit über eure Beziehung haben möchte. Nachdem ich das jetzt weiß, ist es für mich völlig in Ordnung. Ich habe damit absolut kein Problem.« Sie rutschte näher zu ihm, ergriff seine Hand. »Du und ich, wir müssen immer ehrlich miteinander umgehen. Ehrlichkeit und Aufrichtigkeit, mehr will ich gar nicht von dir.«

»Und große Gefühle willst du nicht?«

»O doch. Natürlich, sogar sehr. Aber ich weiß ja, dass du in mich verliebt bist. Wir lieben uns, und das allein zählt.«

Er zog sie in seine Arme und küsste sie stürmisch.

»Ehrlich gesagt, bist du die einzige Frau, die ich je geliebt habe.«

»Fünfundzwanzig Jahre lang?«

»Du bist genauso alt wie ich. Bin ich der einzige Mann, den du je geliebt hast?«

»Ja.«

»Was ist mit diesem Admiral? Warst du in ihn nicht verliebt?«

Die Worte hingen bedeutungsschwer im Raum, und einen Augenblick lang verschlug es Elizabeth vor Scham die Sprache. Halbwegs wieder gefasst, antwortete sie: »Ich war nicht in ihn verliebt, nein. Verknallt, ja. Er war attraktiv, ein Frauenschwarm, und ich war sehr jung.«

»Ich weiß. Mein Vater sagte, sein Verhalten sei skandalös gewesen.«

»Heute empfinde ich das genauso. Und du?«

»Nein. War es denn skandalös?«

»Keine Ahnung.«

»Hat er dich verführt?«

»Wir hatten keinen Sex, wenn du das meinst.«

»Aber er hat es versucht ...« Ihm versagte die Stimme, und er zuckte hilflos mit den Schultern.

»Er hat mich ... berührt. Na ja, du weißt schon.«

»Unsittlich berührt?«, fragte er, sein Blick starr auf sie gerichtet.

Sie nickte. »Tom Selmere war dir sehr ähnlich –«

»O nein, das glaube ich nicht!«, entfuhr es Robert spontan. Seine Lippen zu einer schmalen Linie zusammengepresst, setzte er sich kerzengerade auf.

»Ich meine, *vom Aussehen her*. Vom Charakter

her ganz bestimmt nicht. Er war ein unmoralischer Mensch und bei weitem nicht so intelligent und kompetent wie du. Genau genommen, war er ziemlich oberflächlich. Witzig, aber nicht weise.«

»Das meinte mein Vater auch.«

Elizabeth lehnte sich zurück und schaute versonnen in die zuckenden Flammen im Kamin. Beide schwiegen, in ihre Gedanken vertieft.

Eine kurze Weile später war Robert derjenige, der das Schweigen brach. Er zog sie abermals an sich. »Glaub mir, Elizabeth, ich liebe dich mit jeder Faser meines Herzens.«

»Ich habe nicht mit ihm … geschlafen. Mein Ehrenwort.«

»Ich glaube dir, und selbst wenn, wäre es nicht wichtig. Seit unserer Kindheit waren wir füreinander bestimmt, und jetzt gehören wir zusammen. Komm, lass uns wieder ins Bett gehen. Dann beweise ich es dir, ja?«

Bevor sie etwas erwidern konnte, gab er ihr einen leidenschaftlichen Kuss. Er hob sie in seine Arme und trug sie zum Bett.

»Wen interessiert schon die Vergangenheit?«, sagte er, als er sich neben sie legte. »Das Jetzt zählt und sonst gar nichts.«

* * *

»Wie sieht deine erste Erinnerung an mich aus?«, wollte Elizabeth wissen. Sie schlang einen Arm um Roberts Hüfte und schmiegte sich an ihn. Obwohl erschöpft und befriedigt von ihrem ausgedehnten Liebesspiel, konnten sie beide nicht einschlafen.

Er hatte ihr den Rücken zugewandt. »Vor meinem geistigen Auge sehe ich ein kleines Mädchen, eine wilde, aufmüpfige Range. Das ist das Bild, das sich mir spontan aufdrängt.«

»Klingt nicht besonders romantisch«, grummelte sie und küsste ihn auf die Schulter.

»Mag sein, trotzdem hast du damals einen bleibenden Eindruck bei mir hinterlassen. Du hattest echt … Mumm. Vor allem, wie du dich gegen Harry aufgelehnt hast.«

»Das bildest du dir ein. Ich hab mich nie gegen meinen Dad aufgelehnt. Ich hatte immer ein bisschen Angst vor ihm, ganz ohne Quatsch.«

»Ich glaub's nicht!«, entfuhr es Robert. »Ich habe dich als ungeheuer mutig in Erinnerung. Und das empfinde ich auch heute noch so.«

»Danke für das schöne Kompliment, aber offen gestanden, hatte ich manchmal richtige Angst vor ihm.«

»Ich glaube, mit zunehmendem Alter wurde er milder und zugänglicher, nachdem er dich wieder als Familienmitglied akzeptiert hatte.«

»Auf jeden Fall netter. Du weißt ja selber, wie er vorher mit mir umsprang. Er hat mich emotional misshandelt. Er hasste mich, was darin gipfelte, dass er vorübergehend sogar sein Testament änderte. Seit meiner Geburt lehnte er mich ab. Als Vater war er damals eine Katastrophe, das wird dir jeder bestätigen.«

»Ich bin sicher, das alles hatte mit deiner Mutter zu tun.«

»Wie kommst du darauf?«

»Meine Eltern haben mal darüber gesprochen. Sie vermuteten, dass er verärgert war, weil Anne ihre Karriere nicht aufgeben wollte. Sie war Innenarchitektin, und er wurde zunehmend eifersüchtig. Er glaubte, sie hätte irgendwelche Affären oder so. Und als sie mit ihrem Bruder und ein paar von seinen Freunden bei diesem entsetzlichen Autounfall … in Südfrankreich …«

»Ich weiß, sie kam dabei ums Leben, aber worauf willst du eigentlich hinaus, Robin?«

»Ich vermute mal, dass er deiner Mutter indirekt die Schuld an dem Unfall gab. Glaubt man meinem Vater, ließ Harry kein gutes Haar an deiner Mutter.«

»Ich weiß. Das war auch das Lieblingsthema meiner Halbschwester. An einem gewissen Punkt in seinem Leben wurde mein Vater zum Monster für mich.«

»Allein seine vielen Ehen. Er hat sechsmal geheiratet. Und war bestimmt ein mit allen Wassern gewaschener Womanizer.« Robert schüttelte den Kopf. »Also kein Wunder, dass du nicht heiraten willst … er war dir kein positives Vorbild, stimmt's?«

»Stimmt. Letztlich wollte er unbedingt einen Erben. Meine Schwester und ich reichten ihm nicht … er wünschte sich einen Jungen. Den bekam er dann zwar, aber unser Bruder starb jung.«

Als Robert die tiefe Betroffenheit in ihrem Gesicht sah, wechselte er abrupt das Thema. »Jetzt bist du an der Reihe. Und was fällt dir spontan ein, wenn du an mich denkst?«

Sie lächelte weich, bedachte ihn mit einem verheißungsvollen Augenaufschlag. »Ein Bild, das mir unvergessen bleibt? Es ist noch nicht lange her, schätzungsweise ein oder zwei Jahre – damals waren wir gerade bei der ewig nörgelnden Mary Turner in Ungnade gefallen. Du schenktest mir einen wunderhübschen Blumenstrauß, mit den Worten, dass du immer für mich da sein würdest. Und da war noch ein anderes Mal, als du mir Geld geschickt hast. Erinnerst du dich?«

»Klar. Ich wollte dir helfen, weil ich dich liebte.«

»Aber jetzt liebst du mich anders, oder?«, hakte sie nach.

Er verkniff sich ein belustigtes Lächeln. »Mmmh … ja.«

Sie beugte sich dicht zu ihm und wisperte: »Jetzt habe ich so viele neue Bilder von dir im Kopf – hoffnungslos romantische, erotische Visionen. Wusstest du, dass du sehr sexy bist, Robin? Ich wette, das haben dir schon etliche Frauen gesagt.«

Statt einer Antwort zog er sie in seine Arme und küsste sie leidenschaftlich. Kurz darauf liebten sie sich wieder. Und so ging es das ganze Wochenende.

20

Und so begann sie, unsere große Liebesgeschichte. An einem kalten diesigen Märzwochenende in Ravenscar. Mittlerweile ist Juni, wir sind in Paris und genießen jeden Augenblick in dieser faszinierenden Stadt der Lichter.

Ich liebe Robin, und er erwidert meine tiefen Gefühle. Wir sind verrückt aufeinander. Wir haben nur Augen für einander, als lebten wir auf einem fremden, wunderschönen Planeten. Als hätte die Welt aufgehört zu existieren.

Dabei kennen wir uns schon viele Jahre und stellen mit fünfundzwanzig plötzlich fest, dass wir uns lieben. Reiner Wahnsinn, nicht wahr? Mit einem Mal hat es zwischen uns gefunkt. Und aus Freunden wurden Liebende. Wir sind immer zusammen, Tag und Nacht, wir verbringen jede freie Minute miteinander. Robin ist bei mir eingezogen. Zwar hat er seine Wohnung behalten, aber er ist kaum noch dort. Ich will nicht mehr ohne ihn sein, denn Robin ist wie ein Teil von mir, er ist mein Seelenverwandter. Seitdem sehe ich das Leben mit anderen Augen. Robin und Deravenels bestimmen mein Dasein.

Ganz ohne Zweifel hat die Arbeit Einfluss auf unser Privatleben, denn er muss häufiger reisen. Derzeit pendelt er zwischen Marbella und London hin und her, um die jeweiligen Bauabschnitte zu inspizieren. Er ist zufrieden mit der Entwicklung, und ich war beeindruckt, als ich das Resort im April kennenlernte. Es ist eine wahrhaft hübsch gestaltete

Anlage, und ich bin mir sicher, dass die Sache ein Riesenerfolg wird. Eins muss man Philip Alvarez lassen: Er hat ein wunderschönes Fleckchen Erde direkt am Meer gekauft.

Mit unserer Rückkehr aus Marbella fing das Gerede an. Die Neuigkeit von unserer Beziehung verbreitete sich wie ein Lauffeuer im Unternehmen. Uns interessiert es nicht, was die Leute denken. Sollen sie ruhig reden.

Wir gehen sehr offen mit unserer Beziehung um und haben nie versucht, sie zu verheimlichen. Ganz im Gegenteil. Wir gehen gern und oft zusammen aus. Robin ist ein Gesellschaftstier, genau wie ich, wir lieben Theater, Kino, Partys mit Freunden. Wir besuchen karitative Einrichtungen und Wohltätigkeitsveranstaltungen. Folglich wird laufend über uns berichtet, dauernd sind irgendwelche Fotos von uns in den Zeitschriften. Und das gießt natürlich Öl aufs Feuer.

Was Amy angeht, so erwähnt Robin sie nie, und ich stelle auch keine Fragen. Mir ist es offen gestanden gleichgültig, ob er sich scheiden lässt oder nicht. Und mein Schatz weiß das, er weiß auch, dass ich nicht heiraten werde. Immerhin liegt Robin gar nicht so falsch mit seiner Vermutung, dass mein Dad ein schlechtes Beispiel für mich gewesen sei. Aber nicht nur Harry. Tom Selmere war genauso schlimm … er heiratete Harrys Witwe und wusste nichts Besseres, als mir nachzustellen. Und was war mit Vaters fünfter Ehe? Seine reizende junge Frau Katherine hatte dauernd irgendwelche Liebhaber und war so blöd und indiskret, sich erwischen zu lassen. Worauf Harry die Scheidung einreichte und sie fallen ließ wie eine heiße Kartoffel. Nein, die Ehe reizt mich nicht. Ganz im Gegenteil. Ich bin glücklich, wie es jetzt ist. Robin liebt mich von ganzem Herzen, und mehr will ich nicht.

Wir kommen oft nach Paris, um ein bisschen ungestört zu sein. Ich mag das Relais Christine – Robin entdeckte das charmante Hotel vor ein paar Jahren. Es ist nicht weit weg vom Quartier Latin, eine kleine bezaubernde Pension, eine ehemalige Abtei aus dem dreizehnten Jahrhundert. Unsere Suite geht auf einen gepflasterten, mit üppigen Blumenkübeln geschmückten Hof, und hat eine eigene Terrasse, die wir sehr zu schätzen wissen. Genau wie die himmlische Ruhe, die Robin und ich zum Abschalten brauchen. Dabei sind wir mitten in Saint Germain, Notre-Dame ist nur einen Steinwurf entfernt …

* * *

Als Elizabeth das Klirren des Schlüssels hörte, sprang sie auf und lief von der Terrasse ins Zimmer.

Robert schloss die Tür hinter sich, stellte die Einkaufstüten ab und schloss Elizabeth zärtlich in die Arme.

Dann schob er sie auf Armeslänge von sich und betrachtete sie. »Da bin ich aber froh. Du siehst schon viel erholter aus, Liebes. Vorhin hab ich mir echt Sorgen gemacht.«

»Ich war nur ein bisschen müde, jetzt bin ich wieder topfit.« Sie blickte zu den Tüten und fragte: »Was ist das da alles? Hast du die halbe Stadt leergekauft?«

»Setz dich, dann zeig ich's dir.« Er trug die vier Tüten zu der Sitzecke neben den hohen zweiflügeligen Terrassentüren und reichte ihr eine. »Das ist für dich.«

»Chanel! O toll. Danke. Was ist es?«

»Wird nicht verraten. Na, mach schon auf.«

»Das ist genau die Tasche, die ich mir sooo gewünscht habe!«, rief sie, nachdem sie das Päckchen aufgerissen hatte. »O danke, Robin. Chanel in London führt dieses Modell nämlich nicht.«

»Jetzt hast du es, und es ist mit Liebe geschenkt.«

Sie sprang auf und küsste ihn stürmisch. »Und was ist in den anderen Einkaufstüten?«

»Eine Chanel-Handtasche für Merry, eine Brieftasche für Ambrose und ein paar Krawatten für Cecil Williams.«

»Das ist unheimlich aufmerksam von dir, Robin. Sie freuen sich bestimmt riesig über die Geschenke.« Sie setzte sich wieder. »Wie war es bei unserer französischen Dependance?«

»Das Übliche. Das Pariser Büro arbeitet verdammt effizient, und ich mag Jacques Bettancourt. Er ist ein netter Typ, sehr tüchtig, ungemein charmant und kooperativ. Ich wünschte, unsere anderen Auslandsmanager wären so wie er. Mit manchen komme ich überhaupt nicht klar.«

»Das bleibt nicht aus. Wir haben Personalkürzungen vorgenommen, um die Kosten zu senken, und das hat keiner gern. Trotzdem war deine Entscheidung eine sehr, sehr gute.«

»Die Lorbeeren gebühren Nicholas, nicht mir. Er hat es den Betroffenen mit Pensionszusagen und hohen Abfindungen schmackhaft gemacht, aus dem Unternehmen auszuscheiden, ohne dass es böses Blut gegeben hätte. Das hat uns zwar eine stolze Summe Geld gekostet, auf lange Sicht sparen wir jedoch ein

Vermögen an Gehältern ein. Dank Nicholas ist alles glattgegangen.«

»Bei ihm schlucken die Leute jede bittere Pille, weil er ein Zückerchen hinterherschiebt. Essen wir heute Abend mit ihm zusammen?«

»Hmmm. Er besteht darauf, uns ins Le Grand Véfour auszuführen. Angeblich ist das dein Lieblingsrestaurant.«

»Stimmt. Mir gefällt die Vorstellung, dass Napoleon und Josephine dort romantische Soupers hatten. Zudem finde ich das Interieur sehr geschmackvoll.«

Er lachte. »Hauptsache, das Essen schmeckt. Aber du warst ja noch nie eine große Feinschmeckerin.«

Sie nickte, nahm abermals die rote Chanel-Tasche in die Hand und bewunderte das schöne Stück. »Die wollte ich schon immer haben«, murmelte sie versunken.

Sie sah entsetzlich dünn aus, stellte Robert fest. Vielleicht lag es an ihrem schwarzen Kleid, dass sie so schlank wirkte. Oder hatte sie abgenommen? Er machte sich ernsthaft Sorgen wegen ihrer Essgewohnheiten. Sie war schon als Kind ein schlechter Esser gewesen, und wenn er sie in eines der angesagten Restaurants einlud, aß sie wie ein Spatz. Sie war von Natur aus eine kleine Hektikerin, in letzter Zeit klagte sie über Schwindelanfälle, und sie war neuerdings öfter gereizt.

»Ist irgendwas? Wieso schaust du mich so an, Robin?«

»Ach, nur so. Ich bewundere dein schickes schwarzes Leinenkleid, mein Schatz.«

Sie strahlte über sein Kompliment. »Ich bin froh, dass du Merry eingestellt hast. Sie ist meine rechte Hand geworden.«

»Freut mich. Und Ambrose ist meine, zumindest was das Projekt in Marbella angeht. Er hält mir den Rücken frei und entlastet mich, wo er kann. Wenn ich ihn nicht hätte, müsste ich ständig vor Ort sein. Stattdessen springt er für mich ein und vertritt mich zuverlässig.«

Sie nickte. »Ich finde es schön, dass deine Familie sich so engagiert.« Sie streichelte seinen Arm. »Tausend Dank.«

»Meine Familie, oder wenigstens das, was davon übrig ist, mag dich, Elizabeth. Ambrose und Merry würden alles für dich tun, weil sie dich respektieren und bewundern.« Er beugte sich vor und sah sie fest an. »Hat Cecil sich irgendwie über mich geäußert? Ich meine, über unsere Beziehung?«

»Nein. Erstaunlich, nicht? Mir ist allerdings aufgefallen, dass er mich in letzter Zeit so merkwürdig anschaut. Als wäre er sich unschlüssig, was er von alldem zu halten hat.«

»Aha! Laut Nicholas soll in unseren Londoner Büros die Gerüchteküche brodeln. Er meint jedoch, das gibt sich wieder. Wir sollen locker darüber hinwegsehen und unser Leben leben.«

»Hmm, das überrascht mich nicht, nachdem wir zum Dauerthema in der Presse avanciert sind. Jung, schön, erfolgreich und verliebt. *Liebe mit großem L* lautete die letzte Headline.«

Er half Elizabeth auf, schlang ihr einen Arm um die

Taille und führte sie ins Schlafzimmer. »Was hältst du davon, wenn wir uns vor dem Dinner noch ein bisschen ausruhen?«

»Ausruhen ist nicht. Da weiß ich was Besseres. Wie wär's, wenn wir uns auf das Bett legen und heißen Sex haben?«

»Eine fabelhafte Idee.«

* * *

Unter den Arkaden des Palais-Royal gelegen, war das Le Grand Véfour schon seit der Zeit der Französischen Revolution so etwas wie eine Institution in Paris. Im Jahre 1784 zunächst als Café des Chartres eröffnet, wurde es im Laufe der Jahrzehnte ein beliebter Treffpunkt berühmter Zeitgenossen … Napoleon und Josephine, die Schriftsteller Victor Hugo und Colette, französische Politiker, berühmte Maler, Schauspieler, Filmstars und -sternchen verkehrten hier.

Das erste Mal war Elizabeth mit ihrer Großtante dort gewesen, nachdem Grace Rose ihr zum neunzehnten Geburtstag eine Parisreise geschenkt hatte. Obwohl sie nur noch ein weiteres Mal dort gegessen hatte, hatte das stilvolle Restaurant bei ihr einen bleibenden Eindruck hinterlassen.

Die antiken, goldgerahmten Spiegel an den Wänden und Decken reflektierten das Licht und vermittelten Elizabeth die Illusion, als würde der Raum um sie herum schweben. Dazwischen hingen neoklassizistische Gemälde mit blütenumkränzten, tanzenden Nymphen, die Bilder so alt, dass sie durch Glas geschützt werden mussten. Von dem Speisesaal ging eine magische Anziehungskraft aus. Eine Atmosphäre, die Elizabeth sofort aufs Neue faszinierte.

Nicholas erwartete sie bereits. Er erhob sich, begrüßte die beiden überschwänglich und küsste Elizabeth auf die Wange.

»Setzt euch.« Nicholas deutete auf die rote Samtbank an der Wand und fügte hinzu: »Ist echt bequem.«

»Wenn du nichts dagegen hast, nehm ich lieber einen Stuhl«, erwiderte Robert. Er sank auf einen der antiken schwarz-goldenen Stühle, und Nicholas setzte sich zu Elizabeth auf die Bank.

»Ich hab eine Flasche Krug bestellt«, verkündete Nicholas an Elizabeth gewandt. »Damit wir auf deine geplante Auktion anstoßen können. Heute Nachmittag, im Büro, hat Robert mich darüber informiert. Ich war baff, als er meinte, du könntest gut fünfzig Millionen Pfund erzielen. Das musste ich erst einmal auf mich wirken lassen.«

»Es sind unglaublich viele Stücke, über Generationen gesammelt, von unserer Familie und von Verwandten. Ich kann es selber kaum fassen. Die Experten von Sotheby's sind schon jetzt überzeugt, dass es *die* Auktion des Jahres wird. Du musst dir vorstellen, Nicholas, es sind massenweise Kunstobjekte, kostbare Bilder, Berge von Cartier-Schmuck, silberner und vergoldeter Hausrat, antike Möbel.«

»Robert erwähnte, dass du das Chelsea House verkaufen willst … ich mochte das Anwesen immer sehr, es ist ein kleines Juwel.«

»Ja, ist es. Hoffentlich ist irgendein russischer Oligarch oder ein Milliardär bereit, mal eben schlappe sechzig bis siebzig Millionen Pfund dafür hinzublättern.«

»Nun übertreib mal nicht!«, warf Robert ein. Um seine Mundwinkel zuckte es amüsiert. »Vor ein paar Tagen wurde es noch auf dreißig Millionen geschätzt.«

»Laut Sotheby's ist es doch erheblich mehr wert, Robin. Ihr Immobilienteam hält den Bau für einzigartig. Regency-Stil, Topzustand, mit einer neuen Küche und neuen Bädern. Weil das Anwesen direkt an der Themse liegt und einen großen Park hat, gehen sie davon aus, dass der Preis noch nicht ausgereizt ist.«

In diesem Augenblick brachte der Ober die Flasche Krug in einem silbernen, mit zerstoßenem Eis gefüllten Kühler an ihren Tisch. Er ließ den Korken knallen, schenkte den roséfarbenen Champagner ein und entfernte sich mit einem knappen Nicken.

Nicholas schwenkte seine Sektflöte. »Auf die Deravenel-Turner-Sammlungen!«

»Auf die Sammlungen«, sagte Elizabeth. Sie ließen die Gläser klirren.

Eine kurze Weile später wandte Elizabeth sich an Nicholas. »Ich möchte dich etwas fragen ... es ist sehr wichtig für mich.«

»Du kannst mich alles fragen.«

»Kennst du zufällig jemanden, der Deravenel-Aktien hat und verkaufen möchte? Ich zahle auch den höchsten Preis.«

Nicholas schüttelte den Kopf. »Spontan wüsste ich niemanden. Aber vermutlich gibt es da ein paar Leute, Aktionäre, die inzwischen im Ruhestand sind, oder Witwen und Kinder ehemaliger Direktoren, die Aktien geerbt haben und verkaufen würden. Geht es dir dabei um Marie Stewart? Ich kann dir versichern, sie hält bei weitem nicht so viele Aktien wie du.«

»Das stimmt. Aber wissen wir denn mit allerletzter Gewissheit, dass sie nicht über Strohmänner kauft und kontrolliert?«

»Nein, natürlich nicht«, unterbrach Robert. »Wir können es jedoch herausfinden, indem wir diskrete Nachforschungen anstellen. Francis ist darin ein Genie.«

»Hast du vor, den Erlös der Auktion in den Kauf eines weiteren Aktienpakets zu stecken?«, erkundigte sich Nicholas.

»Ja. Und nein. Selbstverständlich benötige ich das Geld, um Aktien zu kaufen, aber ich werde auch eine Kriegskasse einrichten, für den Fall, dass Deravenels wider Erwarten eine Finanzspritze braucht. Oder falls ich mich mit der … französischen Dame auseinandersetzen muss.« Elizabeth trank einen Schluck Champagner. »Ich möchte die Sachen sowieso nicht haben. Mir sind sie eher lästig, überflüssiger Plunder. Wir leben heute in einer völlig anderen Welt.«

»Verstehe.« Nicholas lehnte sich zurück und räumte gedankenvoll ein: »Ganz ohne Zweifel wird Marie Stewart demnächst ungemütlich werden, weil ihr das mit Deravenels ein Dorn im Auge ist. Trotzdem, Elizabeth, auf lange Sicht hat sie keine Handhabe. Das Testament deines Vaters ist völlig legal und hält jeder gerichtlichen Auseinandersetzung stand.«

»Nicholas hat recht.« Robert beugte sich über den Tisch und schaute Elizabeth an. »Zudem darfst du nicht vergessen, dass du ein Team von kompetenten Juristen beschäftigst … darunter auch Cecil und Francis Walsington, die in einem möglichen Streitfall deine Interessen wahrnehmen.«

»Sie kommt nur dann an Deravenels ran, wenn du stirbst und keinen leiblichen Erben hinterlässt«, gab Nicholas zu bedenken.

»Das stimmt so nicht«, widersprach Elizabeth. »Was ist mit den Greysons? Sie wurden von meinem Bruder Edward besonders begünstigt, und sie sind auch meine Cousinen. Folglich werden sie in der Erbfolge mitbedacht. Außerdem kann ich einen Erben ernennen.«

»Ich meine schon, bin mir aber nicht ganz schlüssig. Die Frage kann dir Cecil mit letzter Sicherheit beantworten.« Nicholas zog die Stirn in Falten. »Die einfachste Variante wäre natürlich, du heiratest und setzt selber einen kleinen Erben in die Welt.«

»Das muss sie letztlich selbst entscheiden.« Robert ergriff Elizabeths Hand. »So, lasst uns endlich bestellen. Ich komme um vor Hunger.«

Der Ober brachte ihnen die Speisekarten, nannte ihnen die Spezialitäten des Abends, und sie bestellten. Elizabeth entschied sich für die gegrillte Seezunge, Robert und Nicholas nahmen mit Foie gras gefülltes Täubchen. Dann lehnten sie sich entspannt zurück, sprachen dem köstlichen Champagner zu und plauderten über dies und das.

Wie üblich glückte es Robert Dunley mit seinem trockenen Humor, Elizabeth von ihren trüben Gedanken abzulenken. Schon bald hellte sich ihr Gesicht auf, und sie konterte mit witzigen, geistreichen Bemerkungen. Die drei unterhielten sich blendend.

Nicholas fühlte sich zunehmend entspannt, erleichtert, dass das Thema Marie Stewart erst einmal vom Tisch war. Marie war ihm seit Jahren ein Stachel im Fleisch, denn er hielt sie für eine raffinierte Intrigantin. Gleichwohl mochte er seine Vermutung nicht offen aussprechen, schon gar nicht an diesem schönen Abend. Damit hätte er Elizabeth nur zusätzlich belastet, etwas, das er auf jeden Fall vermeiden wollte.

21

Francis! Was für eine reizende Überraschung!«, rief Elizabeth, als Francis Walsington etwa zwei Stunden später an ihrem Tisch auftauchte, mit einem breiten Lächeln auf seinem sympathischen Gesicht. Sie schaute zu Nicholas. »Warum hast du nicht erwähnt, dass er auch kommt?«

»Weil es dann keine Überraschung mehr gewesen wäre, stimmt's?«

Francis hauchte Elizabeth einen Kuss auf die Wange, bevor er sich neben Robert setzte und sich einen Cognac bestellte. Dann griff er über den Tisch und drückte Elizabeths Hand. »Schön, dich zu sehen, und meinen Glückwunsch. Du bist eine Superchefin, Elizabeth. Innerhalb von nur sechs Monaten hast du einen Großteil des Schadens abgewendet, den deine Halbschwester in fünf Jahren Missmanagement angerichtet hat. Das macht dir so schnell keiner nach.«

»Danke, Francis. Ohne euch drei und Cecil hätte ich das nicht geschafft. Wir sind eben ein Superteam.«

Er nickte bestätigend. »Das Marbella-Projekt lässt sich gut an.« An Robert gewandt, fügte er hinzu: »Du und Ambrose, ihr habt einen Klassejob hingelegt. Ich überlege ernsthaft, ob wir nicht ein paar von unseren anderen Hotels in dem gleichen Stil restrukturieren sollten.«

»Das ist mir auch schon durch den Kopf gegangen. Aber die Frage dabei ist, ob John Norfell damit einverstanden wäre.«

»Wieso nicht?« Elizabeth hob fragend eine Braue.

»Er wird uns mit dem Totschlagargument kommen, dass eine derartige Maßnahme viel zu kostspielig ist«, warf Robert ein.

»Genau.« Nicholas nickte. »Er wird argumentieren, dass uns dazu das Geld fehlt. Andererseits bin ich mir ziemlich sicher, dass die Banken uns für ein solches Innovationskonzept Kredite einräumen würden.«

»Ich könnte Deravenels das Geld zur Modernisierung der Hotels vorschießen.« Elizabeth blickte von Nicholas zu Francis. »Das ist mit ein Grund, weshalb ich mich zu der Auktion entschlossen habe. Um das Unternehmen bei der Umsetzung neuer, kreativer Projekte finanziell unterstützen zu können. Wir müssen den Konzern gestärkt ins nächste Jahrhundert führen.«

»Und das gelingt uns nur, indem wir modernisieren«, pflichtete Robert ihr bei.

»Charles Broakes kam Anfang der Woche mit einer sensationellen Geschäftsidee auf mich zu.« Elizabeth machte eine Pause, bevor sie fortfuhr: »Ich habe dir davon erzählt, Robert. Du warst doch auch begeistert.«

»Stimmt.« Robert klärte seine beiden Kollegen auf. »Broakes hatte die Idee, einige von unseren Weingütern in Hotels umzuwandeln, mit Weinseminaren, köstlichen Spezialitäten aus der Region. Ich fand diesen Gedanken bestechend, zumal zwei der Herrenhäuser auf unseren französischen Weingütern nicht mehr bewohnt, sondern lediglich als Büroraum genutzt werden. Ich sehe in einer solchen Investition eine Riesenchance.«

»Ich auch«, bekräftigte Francis. »Demnach müssten wir jeweils ein kleines Verwaltungsgebäude bauen und die Herrenhäuser dann in Gästehäuser umfunktionieren. Schwebte Charles etwas in der Richtung vor?«

»Ja.« Elizabeth fing an zu lachen. »Ich dachte, wir bauen gleich einen Spa mit ein. Die meisten Gäste lieben Spas. Hinzu kommt folgende Überlegung: Die Frauen, die sich nichts aus Wein machen, gönnen sich ein paar Wellnesstage, während ihre Männer Weinseminare besuchen. Damit machen wir zwar nicht unbedingt Wahnsinnsgewinne, aber doch einen ganz passablen Umsatz und – nicht zu verachten –, wir fahren eine geniale Werbekampagne für unsere Weine.«

»Die Idee ist brillant«, betonte Nicholas. »Meinte Charles unsere Weingüter in Mâcon und der Provence?«

»Genau.« Elizabeth nippte an ihrem Weißwein. »Es wäre zu überlegen, ob wir nicht im Gegenzug einige unserer verlustintensiven Abteilungen schließen. Im internationalen Vergleich sind wir zwar absolut konkurrenzfähig, trotzdem können wir auf die eine oder andere Sparte bestimmt verzichten. Was meint ihr?«

Die vier diskutierten angeregt über die Deravenel

Company. Als der Kaffee serviert wurde, verfiel Francis Walsington in nachdenkliches Schweigen. Er nippte an seinem Kaffee und schien ganz Ohr, während er seinen eigenen Gedanken nachhing.

Wie die anderen Männer am Tisch war er groß, gut aussehend, elegant gekleidet und mit siebenundzwanzig eine vornehme Erscheinung, was ihn älter wirken ließ. Er verfügte über ein unerschütterliches Selbstbewusstsein und war der geborene Machertyp. Als studierter Jurist und Chef der Sicherheitsabteilung bei Deravenels ging er in seinem Beruf förmlich auf. Und er war brillant in seinen Entscheidungen.

Jetzt bewunderte er die Frau, die ihm gegenübersaß. Elizabeth trug ein rotes Seidenkleid und eine lange weiße Perlenkette mit dazu passenden Ohrringen. Das lange rotblonde Haar schmeichelte ihrem Gesicht. Sie war eine hinreißende Schönheit.

Dass sie vor Glück strahlte, lag bestimmt an ihrer Beziehung mit Robert Dunley. Sie waren verliebt, und Francis war erfreut über diese neuerliche Entwicklung. Sie verdiente das Glück, das sie bei Robert gefunden hatte, ein Mann, den er bewunderte und schätzte. Sie waren seit über zehn Jahren enge Freunde und ergänzten sich hervorragend. Francis amüsierte sich häufig darüber, dass Außenstehende Robert unterschätzten, weil er umwerfend aussah und großen Wert auf teure modische Kleidung legte. Er wusste um Roberts Intelligenz und sein unternehmerisches Know-how und dass er Elizabeth loyal ergeben war. Und er wusste auch, dass Elizabeth, Cecil und Robert die Firma stets gemeinsam führen würden, ein Dreigestirn, das die konzentrierte Macht in Händen hielt. Und daran würde sich künftig nichts ändern.

* * *

Francis und Nicholas, alte Pariskenner, die sich während Mary Turners Inquisitionsherrschaft von Deravenels abgesetzt hatten, wohnten wie stets im Ritz. Elizabeth und Robert waren schon früher gegangen, und die beiden Freunde freuten sich, dass ihnen so ein bisschen Zeit für Persönliches blieb.

Schweigend liefen sie in Richtung Louvre, genossen das angenehm milde Wetter, die Schönheit der Stadt und einen grandiosen Nachthimmel. Unvermittelt blieb Francis stehen, wandte sich zu Nicholas und meinte: »Die beiden tun mir irgendwie leid. Das ganze dumme Gerede muss ihnen doch fürchterlich auf den Geist gehen.«

»Ehrlich gesagt, kümmert die zwei das nicht sonderlich. Elizabeth ist Schlimmeres gewöhnt. Ihr Vater war ein richtiges Ekelpaket. Ich habe nie begriffen, weshalb er sie als Kind wie Dreck behandelte. Er war ausgesprochen herzlos und brutal, denk mal an Catherine. Er war zwanzig Jahre mit ihr verheiratet, glücklich verheiratet, und dann kam diese Anne Bowles vorbeigeschwebt und er verliebte sich Hals über Kopf in sie und der Rest ist … na ja, Geschichte, sozusagen.«

»Anne hat sich lange gesträubt«, sagte Francis. »Das weiß so ziemlich jeder. Er brauchte sechs Jahre, bis er sie endlich rumgekriegt und in sein Bett gelockt hatte. Und dann ging alles schief, was nur schiefgehen konnte.«

»Natürlich schob er alles auf Anne. So war er nun mal. Harry Turner war niemals der Schuldige. Er war ein Egoist, wie er im Buche steht. Ich konnte ihn nie leiden. Er war ein Aufschneider mit einem Ego von der Größe des Eiffelturms.«

»Um noch einmal auf Elizabeth und Robert zurückzukommen«, warf Francis ein. »Sie hat mir neulich gestanden, dass sie sehr glücklich mit ihm sei, ihn aber nicht heiraten will.«

»Hat er erst mal seine Scheidung durchgesetzt, denkt sie darüber vielleicht anders.« Nicholas zuckte mit den Schultern. »Ich hab offen gestanden keine Ahnung.«

Statt einer Antwort seufzte Francis hörbar und hakte freundschaftlich seinen langjährigen Mitarbeiter unter. Schweigend liefen sie weiter.

Als Francis weiterhin schwieg, fragte Nicholas: »Dein Seufzen klingt ja so, als hättest du all die Last der Welt auf deinen Schultern zu tragen. Was ist denn los, alter Junge?«

»Das Gerede ist bis nach Frankreich gedrungen, Nicky. Es kursieren Gerüchte über Elizabeth … über ihre *schamlose* Beziehung mit einem verheirateten Kollegen. Dreimal darfst du raten, wer so was in Umlauf bringt?«

»Ein französisches Früchtchen mit englischen Wurzeln?«

»Genau. Sie erzählt jedem, der es hören will, dass

sie ihrer ehebrecherischen und unmoralischen Cousine die Konzernführung aus der Hand nehmen wird.«

»Nie im Leben!«, entrüstete sich Nicholas. »Das weißt du genauso gut wie ich.«

»Aber sie kann Elizabeth das Leben verdammt schwermachen, indem sie sämtliche Aktien aufkauft, die an den Märkten zu haben sind.«

»Glaubst du denn, dass das so viele sind?«

»Wohl eher nicht. Und Harrys Letzter Wille ist laut Cecils Versicherungen unanfechtbar. Der leidige Klatsch und Tratsch, die brodelnde Gerüchteküche, erfundene Pressegeschichten, Lügen und Dementi können einen jedoch längerfristig zermürben, Nicky. Wir müssen alles vermeiden, was Deravenels in die negativen Schlagzeilen bringen könnte.«

»Können wir nicht irgendwas in puncto Marie Stewart unternehmen? Damit diese Zicke künftig die Klappe hält«, schnaubte Nicholas.

»Ich kann mir da zwar einiges vorstellen, aber das meiste ist nicht gerade die feine englische Art.« Francis schmunzelte vor sich hin.

Nicholas seufzte missmutig. Sie bogen um die Ecke in eine Seitenstraße, die zum Ritz führte. Vor dem Eingang an der halbkreisförmig angelegten Place Vendôme blieb er plötzlich stehen und packte Francis Walsington am Arm. »Wart mal kurz. Da ist noch was, das mir unter den Nägeln brennt. Warum ist Robert dermaßen skeptisch gegenüber John Norfell?«

»Komm, lass uns noch einen Absacker an der Bar nehmen. Dann erzähle ich dir mal, was ich vermute.« Mit dieser Einladung zog Francis ihn ins Hotel.

22

Kaum dreht man sich um, machst du irgendwelche Dummheiten!«

Der vertraute Klang von Kat Ashes Stimme zauberte ein Strahlen auf Elizabeths Gesicht. Sie hob den Kopf, richtete ihren Blick auf die Tür. Als sie Kats besorgtes Gesicht bemerkte, verlor sich automatisch ihre gute Laune.

Sie sprang auf, ging um ihren Schreibtisch, blieb dann jedoch unschlüssig stehen. Was mochte Kat bloß haben? Insgeheim ahnte sie es.

Kat, die ihren früheren Schützling für gewöhnlich mit warmer Zuneigung begrüßte, verharrte im Durchgang zur Bibliothek und sah Elizabeth mit einem gereizten Blick an.

»Irgendwie wirkst du ein bisschen verärgert –« Sie hielt inne, atmete tief durch und machte sich auf eine gehörige Standpauke gefasst.

»Das ist die Untertreibung des Jahres!«, entrüstete sich Kat. »Ich bin maßlos wütend auf dich, Elizabeth. Wie *konntest* du? Wie kann man so dumm sein, den gleichen Fehler noch einmal zu begehen?«

»Was meinst du?«, fragte Elizabeth ausweichend, bemüht, eine drohende Konfrontation zu vermeiden.

»Du weißt genau, was ich meine. Wie konntest du

dich auf diesen Mann einlassen? Er ist genau so ein Windhund wie Selmere!«

»Robin ist nicht wie Tom!«

»Er ist verheiratet, oder etwa nicht?«, gab Kat aufgebracht zurück.

»Na und? Ich möchte sowieso nicht heiraten, Kat. Du kennst meine Einstellung zu diesem Thema. Folglich ist es mir gleichgültig, ob er verheiratet ist oder nicht.«

»Aber anderen ist so etwas nicht gleichgültig. Du hast einen Skandal ausgelöst. Zum zweiten Mal. Es ist wie damals bei der Selmere-Affäre.«

»Nein, ist es nicht!«, widersprach Elizabeth.

»Doch. Du bist die Chefin von Deravenels und hast eine Liaison mit einem verheirateten Mann. Du hüpfst mit einem Kollegen ins Bett, und das gehört sich nicht. Seinerzeit hast du mit dem Mann deiner Stiefmutter geschlafen. Das war genauso dumm, Elizabeth.«

»Ich habe nie mit Tom Selmere geschlafen«, empörte sich Elizabeth, ihre Stimme war so schrill, dass sie sich fast überschlug. Ihr Gesicht war weiß wie eine Wand, und sie zitterte vor Wut.

»Du warst ... *intim* mit ihm und hast ihn sogar ermutigt. Deshalb machte er dir nach dem Tod deiner Stiefmutter einen Heiratsantrag. Worauf sein Bruder diesem bornierten Idioten den Stuhl vor die Tür setzte.«

»Ich habe Tom Selmere zu nichts ermutigt, Kat. Die Idee, mich zu heiraten, kam von ihm. Ich wusste nicht einmal, dass er darüber mit seinem Bruder gesprochen hatte ... das erfuhr ich erst, als Tom ernste Schwierigkeiten bekam. Du weißt genau, dass ich völlig schuldlos an der Geschichte war. Zudem kennst du meine Einstellung zum Hausfrauen- und Mutterdasein.«

Kat schwieg und schluckte schuldbewusst.

Elizabeth fügte etwas milder hinzu: »Um Himmels willen, komm rein und mach die Tür hinter dir zu.«

Kat ging zum Kamin, setzte sich in einen der Sessel und sah Elizabeth gespannt an.

»Es ist nicht so, wie du denkst. Robin und ich sind diskret im Büro, wir demonstrieren dort bestimmt nicht vor Publikum, dass wir zusammen sind. Genauso wenig wie in der Öffentlichkeit.«

»Dauernd bist du in den Klatschspalten der Zeitschriften. Du kannst mir sagen, was du willst, es ist ein Skandal«, beharrte Kat.

»Kann ich was dafür, dass die Presse uns auf Schritt und Tritt verfolgt? Und ja, es stimmt, wir wurden bei verschiedenen Anlässen zusammen gesehen, bei Modenschauen in den unterschiedlichen Hotels, weil wir uns nicht verstecken. Das sehe ich auch gar nicht ein. Wir machen kein Geheimnis aus unserer Beziehung. Warum auch? Robin lebt getrennt von Amy und das schon seit mindestens fünf Jahren.«

»Wenn das so ist, sollte er schleunigst die Scheidung einreichen«, verkündete Kat im Brustton der Überzeugung. »Damit er wieder frei ist, frei für dich.«

»Das ist mir nicht wichtig.«

»Aber das mit den Klatschgeschichten würde dann aufhören.«

»Oh, das tangiert mich nur am Rande.«

Kat seufzte. »Du bist ein Dickkopf, immer schon gewesen.«

Elizabeth beugte sich vor und fasste Kat zärtlich am Arm. »Ich finde nichts dabei, dass ich mit einem Kollegen liiert bin. Etliche Leute verlieben sich in ihre Mitarbeiter und Kollegen; immerhin verbringen wir die meiste Zeit im Büro. Wo lernen wir Menschen kennen? Am Arbeitsplatz natürlich. Wir leben im Jahr 1997. Die Zeiten haben sich geändert, es wird alles nicht mehr so streng gesehen wie früher.«

»Das stimmt«, räumte Kat ein. »Trotzdem mache ich mir Sorgen.«

»Versteh doch, ich bin glücklich. Das erste Mal in meinem Leben. Robin und ich, wir lieben uns. Du weißt selber am besten, dass wir schon als Kinder wie die Kletten aneinanderhingen. Ich bin wahnsinnig in ihn verliebt. Er ist die große Liebe meines Lebens. Trotzdem habe ich nicht vor, ihn zu heiraten. Akzeptier das einfach, mir zuliebe.«

Kat seufzte, ihr Ärger war plötzlich wie weggeblasen. Sie konnte Elizabeth nie lange böse sein. »Ich möchte dich halt vor Enttäuschungen bewahren, deshalb mache ich mir zwangsläufig Sorgen.«

»Robin wird mich nicht enttäuschen. Und ich weiß, dass du dir Sorgen machst, und dass ich dir nicht egal bin, das hast du häufig genug bewiesen. Es ist bloß … Ich bin frei, Kat. *Frei.* Das erste Mal in meinem Leben kann ich tun und lassen, was ich will. Alle, die mich kontrollierten – mein Vater, mein Halbbruder und meine Halbschwester –, sind tot. Ich bin niemandem mehr Rechenschaft schuldig. Ich bin unabhängig.«

Kat stand auf, zog Elizabeth hoch und schloss sie in die Arme. Nach einer Weile ließ sie Elizabeth wieder los und sagte milde, den Blick auf das blasse Gesicht gerichtet: »Ich möchte eben nur das Beste für dich, Elizabeth.«

»Das glaube ich dir, Kat. Und du kennst Robin Dunley, seit er ein kleiner Junge war. Er möchte auch nur das Beste für mich, und ich verspreche dir, er wird sich von Amy scheiden lassen. Erleichtert dich das?«

Kat nickte. »Wenn er wieder solo ist, kann niemand mehr mit dem Finger auf euch zeigen oder üble Gerüchte verbreiten.«

»Nächste Woche, nach seiner Rückkehr aus Marbella, will er mit Amy sprechen. Er fährt zu ihr nach Cirencester, und sie werden sich garantiert in Freundschaft trennen. Sie haben sich nicht mehr viel zu sagen und gehen seit langem getrennte Wege. Und wenn man es genau nimmt, haben sie sich jahrelang nicht mehr gesehen.«

Kats Gesicht hellte sich auf. »Da fällt mir aber ein Stein vom Herzen. Ich habe mich halb umgebracht vor Sorge.«

»Mach dir keinen Kopf. Hol stattdessen mal die Aufstellungen von Sotheby's. Vielleicht lässt sich in etwa überschlagen, wie viel ich bei der ersten Auktion zu erwarten habe.«

»Die Kunstauktion ist als Erste angesetzt, die Experten von Sotheby's sind dabei, Schätzungen hinsichtlich der Erlöserwartungen festzumachen. Auch für den Schmuck. Ich habe da gewisse Informationen, die ich dir gern mal zeigen würde.«

Elizabeth strahlte sie an.

* * *

In den nächsten zwei Stunden gingen die beiden Frauen die Listen mit dem Familienschmuck durch, den Kat Ashe in monatelanger Arbeit katalogisiert hatte. Sie erklärte, wie sie vorgegangen war und dass manche Sets gewiss begehrter seien als andere und folglich höhere Preise erzielen würden.

»Das Gebot für das Diamantcollier aus der französischen Kollektion, das früher Kaiserin Eugénie gehörte, geht bestimmt sehr hoch.« Kat reichte ihr ein Foto.

»Wie hoch?« Elizabeth blickte von dem Foto zu Kat.

»Ich schätze auf zwei Millionen Pfund, vielleicht auch noch höher. Ich habe nächste Woche einen Termin mit Sotheby's, wo dann entschieden wird, wie die Auktion verläuft. Für die Colliers von Harry Winston, Cartier und Mauboussion aus den fünfziger und sechziger Jahren wird bestimmt ebenfalls sehr, sehr hoch geboten.«

Elizabeth nickte. »Ich entsinne mich. Robin und ich waren mächtig beeindruckt, als wir den Schmuck auf Ravenscar begutachteten. Die Diamanten sind wunderschön, von faszinierender Schliffqualität, manche haben zwanzig bis dreißig Karat. Ich denke mal, hier reden wir über Millionen.«

»Genau. Die Sotheby's-Experten sind wahnsinnig gespannt, sie vermuten bereits, dass der Erlös der Sammlung den ursprünglichen Wert bei weitem übersteigen wird. Zumal es heutzutage nichts Vergleichbares mehr auf dem Markt gibt. Du hast da etwas Einzigartiges geerbt, Juwelen, die wahre Kunstwerke sind.«

»Das ist mir inzwischen klargeworden, und ich danke dir für die vielen Stunden Arbeit, die du investiert hast, um den Schmuck zu sortieren und zu katalogisieren. Tausend Dank für deine kompetente Hilfe.«

»Mir hat es Spaß gemacht«, sagte Kat. Sie lehnte sich entspannt auf dem Sofa zurück, froh, dass sich alles wieder eingerenkt hatte. Sie schaute zu Elizabeth. »Bitte entschuldige meinen Lapsus von vorhin. Es war nicht nett von mir, dir Sex mit Tom Selmere zu unterstellen. Das tut mir wahnsinnig leid. Kannst du mir noch einmal verzeihen?«

»Aber Kat, sei nicht albern. Mein Gott, da gibt es nichts zu verzeihen. Du wolltest mir bestimmt nichts Böses. Ich hoffe, du fühlst dich ein bisschen besser, nachdem du um Roberts Situation Bescheid weißt.«

»Ich muss gestehen, ich fühle mich schon erheblich wohler, nachdem du mir erzählt hast, dass er sich mit seiner Frau aussprechen will.«

»Das macht er bestimmt. Keine Sorge. Alles wird gut.« Elizabeth warf einen Blick auf die Kaminuhr. »Oh, ich muss schleunigst wieder ins Büro. Ich habe heute Nachmittag einen Termin mit Cecil Williams.«

»Kein Problem. Ich mache inzwischen hier weiter. Blanche meinte, sie wolle später auf einen Sprung vorbeikommen. Sie bringt eine Auswahl weißer Blusen für dich mit. Wir essen zusammen zu Mittag.«

»Grüß sie ganz lieb von mir. Bis später!«

* * *

Cecil Williams schaute auf Nicholas Throckman und sagte: »Ich dachte, du seiest darüber informiert, dass John Norfell ein enger Vertrauter von Mary Turner war.«

»Nein, das weiß ich erst seit kurzem, von Francis. Er erzählte mir in Paris, dass Robert Dunley ihm nicht über den Weg traut, weil Norfell zwei Gesichter hat.«

»Das umschreibt es exakt, Nicholas. Ich bin schon lange derselben Meinung wie Francis.«

»Und weswegen standen sie sich so nahe?«

»Sie gingen in dieselbe Kirche. Und beide waren wohl in der Kirchenverwaltung tätig, auf einer Ebene, die sich politisch engagierte. Ich bin sicher, Norfell ist es immer noch.«

»Dann ist John Norfell Katholik!«, entfuhr es Nicholas. Er schüttelte den Kopf. »Merkwürdig, das wusste ich nicht. Andererseits hab ich ihn natürlich nie nach seiner Konfession gefragt.«

»Als Mary Turner den Konzern leitete, warst du die meiste Zeit in Frankreich, und ich hatte mich aufs Land zurückgezogen. Wir ahnten nicht mal, wie dicke die beiden miteinander waren.«

»Und Francis lebte ebenfalls in Paris. Wir haben uns oft getroffen.« Nicholas stand auf, ging durch Cecils Büro und stellte sich ans Fenster. Heute war der Himmel von einem wolkenlos klaren Blau. Er freute sich bereits auf den Nachmittag. Dann würde er nach Gloucestershire fahren, um dort das Wochenende zu verbringen. Der Juni war ein schöner Monat, und er liebte das Landleben.

Cecil lehnte sich in seinem Bürosessel zurück, beobachtete Nicholas und erkundigte sich nach einer Weile: »Was hat Francis denn noch so gesagt, als ihr euch voriges Wochenende in Paris getroffen habt?«

»Er erzählte, dass das Gerede über Elizabeth und Robert in Frankreich angekommen sei. Ich glaube nicht, dass ihn das sonderlich beunruhigte. Er meinte bloß, dass Madame de Burgh beziehungsweise Marie Stewart infame Gerüchte in die Welt setzen würde. Sie lässt kein gutes Haar an Elizabeth und wirft ihr unmoralisches Verhalten vor, weil sie sich auf eine Beziehung mit einem verheirateten Mann einlässt, der übliche Klatsch und Tratsch eben.«

»Wir können von Glück sagen, dass Harry Turner in juristischen Belangen ein fanatischer Erbsenzähler war, vor allem in Hinblick auf seinen Letzten Willen. *Und seine Nachfolger.*« Cecil schmunzelte. »Aber mal Spaß beiseite. Marie Stewart ist nicht zu unterschätzen. Die Dame bringt uns unter Umständen noch jede Menge Ärger ein.«

»Inwiefern?«

»Um uns das Leben schwerzumachen, ganz einfach.«

»Sie könnte aber doch nicht ernsthaft versuchen, eine Übernahme zu erwirken, oder? Immerhin sind wir ein Privatunternehmen«, sagte Nicholas ernst.

»Das stimmt. Allerdings wurden über die Jahre hinweg etliche Aktien an verdiente Direktoren und auch an Familienangehörige ausgegeben. Sollten die in großer Stückzahl zum Verkauf angeboten werden … aber nein, ich glaube, wir sind sicher. Mit einem Übernahmegebot würde sie nicht weit kommen, wegen unserer Unternehmensrichtlinien und -strukturen. Hinzu kommt, dass nur ein gebürtiger Deravenel, ob Mann oder Frau, einen berechtigten Führungsanspruch auf das Unternehmen hat. Überdies hält Elizabeth durch das Vermächtnis ihres Vaters die Aktienmehrheit.«

»Diese Marie Stewart soll laut Francis auch eine Menge Anteile halten. Anscheinend hat sie diese von ihrer Großmutter, Harrys Schwester Margaret, geerbt.«

»Das ist korrekt. Aber bei weitem nicht so viele wie Elizabeth.«

»Und weshalb ist Francis wegen dieser Stewart in Alarmbereitschaft?«

»Weil sie uns viel Ärger machen kann, indem sie das derzeitige Management aufmischt und dergleichen. Was wir jetzt am allerwenigsten brauchen, ist negative Publicity. Wir haben genug damit zu kämpfen, Marys Missmanagement der letzten Jahre zu beheben. Und das machen wir bislang effizient und sehr effektiv.«

»Zum Glück!« Nicholas kam zurück an Cecils

Schreibtisch und setzte sich ihm gegenüber. »Ich bin heilfroh, dass wir den Laden langsam wieder auf Kurs bringen.«

»Um noch einmal auf John Norfell zurückzukommen. Robert hält ihn für überambitioniert, machtbesessen und intrigant. Das ist das Ausschlaggebende, weshalb er ihm nicht über den Weg traut.«

»Francis denkt offensichtlich genauso.«

»Dem schließe ich mich auch an.«

Nicholas nickte und lehnte sich nachdenklich zurück. Kurz darauf erkundigte er sich: »Hast du mit Elizabeth über ihre Beziehung zu Robert gesprochen?«

»Wozu? Meine Worte würden zweifellos auf taube Ohren stoßen. Eine verliebte Frau hört letztlich nur auf die Stimme ihres Herzens.«

23

Puh, ist das ein Tag«, stöhnte Miranda Phillips. Sie betrat Elizabeths Büro bei Deravenels und ging geschäftig an ihren Schreibtisch. »Das Telefon steht einfach nicht still.«

»Ich bin gerade dabei, deine Notizen durchzugehen«, sagte Elizabeth mit einem Lächeln zu Robins Schwester. Merry war ihre persönliche Assistentin, eine bildhübsche junge Frau mit olivfarbenem Teint und kornblumenblauen Augen. »Ah, Grace Rose hat angerufen. Was wollte sie denn von mir?«

Merry setzte sich ihr gegenüber und lachte. »Das Übliche. Dich sehen, was sonst? ›Und zwar dalli, ich lebe nicht mehr ewig.‹ So ähnlich formulierte sie es, aber mit einem liebenswerten Kichern, muss ich dazusagen. Ich habe ihr versprochen, du würdest dich heute noch bei ihr melden.«

»Hmm, am Wochenende hab ich eigentlich nichts vor. Da Robin in Marbella ist, bin ich relativ frei in meiner Planung. Vielleicht lade ich sie für Sonntagmittag zum Essen ins Dorchester ein. Sie liebt dieses Hotel mit seinem ganzen Plüsch und Pomp. Ich rufe sie kurz an.« Kaum dass Elizabeth nach dem Hörer griff, kam Cecil Williams ins Zimmer gestürzt, seine Miene verriet nervöse Besorgnis.

»Was ist denn?« Elizabeth sah den sonst so distinguierten Manager besorgt an. »Irgendwelche Probleme?«

»Ja«, erwiderte er schroff. Er setzte sich ihr gegenüber. »Ich habe gerade mit Robert telefoniert. Sie mussten heute Morgen mit dem Flugzeug notlanden. Nein, reg dich nicht auf, er und Ambrose sind okay.«

»O mein Gott, nein!« Elizabeth blickte mit schreckgeweiteten Augen von ihm zu Merry, die sich auf ihrem Stuhl aufrichtete und kreidebleich geworden war. Sie presste eine Hand vor den Mund.

»Die beiden sind Gott sei Dank nicht ernsthaft verletzt!«, versuchte Cecil die beiden Frauen zu beschwichtigen. »Du darfst mir ruhig glauben, Elizabeth. Keine Sorge, Merry, Ihre Brüder haben bloß ein paar Kratzer abbekommen. Ambrose hat sich den Meniskus verletzt, und Robert hat einen komplizierten Handbruch. Sie hatten verdammt Glück im Unglück.«

»Wo war der Absturz? Sind sie im Krankenhaus?« Elizabeth schnappte sich den Telefonhörer.

»Immer eins nach dem anderen. Sie wurden in dem kleinen Erste-Hilfe-Bereich behandelt, der zum Resort gehört und dann in eine Privatklinik in Marbella eingewiesen. Nach eingängiger Untersuchung wurden beide jedoch wieder entlassen. Robert wird dich in zehn Minuten oder so anrufen, weil ich dich vorher kurz über die Ölpest informieren wollte.«

»Was für eine Ölpest?«, fragte Elizabeth. »Davon weiß ich nichts.«

»Die spanische Regierung hat noch keine offizielle

Verlautbarung herausgegeben. Was ich weiß, weiß ich von Robert. Offenbar ist heute Morgen vor Spaniens Küste ein Öltanker havariert und explodiert.«

»Doch hoffentlich keiner von unseren Tankern, oder? Um Gottes willen!«, rief sie. Ein Schiffsunglück hätte ihr gerade noch gefehlt. Weltweite Schlagzeilen wegen Deravco Oil. Ihr Herz sank ins Bodenlose.

»Nein, das nicht. Aber es könnte auch für uns kritisch werden. Wenn der Ölteppich an unseren Küstenstreifen treibt, stehen wir vor einer ökologischen Katastrophe ungeahnten Ausmaßes.«

»Gütiger Himmel, nein!« Elizabeth rang angsterfüllt die Hände. »Dann hätten wir das ganze Geld umsonst investiert und könnten unser Resort in Marbella dichtmachen. Ölverseuchtes Wasser, im Ölschlamm verendete Vögel und Fische, eine zerstörte Meeres- und Pflanzenwelt. Von den weiten weißen Sandstränden ganz zu schweigen. O Cecil, das darf nicht passieren.«

»Wir wollen das Beste hoffen«, sagte Merry leise, die augenblicklich begriff, was für Deravenels auf dem Spiel stand. Und für die Firmenchefin.

Elizabeth atmete mehrmals tief durch, bis sie sich halbwegs wieder gefasst hatte. »Was ist mit dem Tanker, Cecil? Und vor allem mit der Besatzung? Hat es Tote gegeben? Verletzte?« In ihren Augen lag tiefe Bestürzung.

»Wie ich bereits sagte, man weiß offiziell noch nichts Genaues«, erwiderte Cecil. »Robert ist jedoch überzeugt, dass es etliche Verletzte gegeben haben muss. Während wir telefonierten, setzte gerade eine umfassende Rettungsaktion ein. Als er und Ambrose von der Explosion erfuhren, beschlossen sie, mit einem unserer kleinen Flugzeuge das Gebiet abzufliegen, um sich ein Bild über die allgemeine Situation zu machen. Auf dem Rückflug nach Marbella fiel eines der Triebwerke aus, und der Pilot musste die Maschine etwa fünf Meilen vom Resort auf einem Feld notlanden. Aufgrund des felsigen Geländes wurde es leider Gottes eine Bruchlandung. Zum Glück sind die Insassen dabei nur leicht verletzt worden.«

»Wie kam es zu der Explosion?«, hakte Elizabeth nach. »Ist die Ursache schon bekannt?«

»Robert wusste es bis jetzt noch nicht. Er meinte, die spanische Regierung werde im Laufe des Tages eine offizielle Stellungnahme abgeben.«

»Wo war der Tanker, als er explodierte?« Elizabeth zog die Stirn in sorgenvolle Falten.

»In der Straße von Gibraltar.«

»O nein!«, seufzte sie. »Wenn der Ölteppich erst mal an unseren Küstenstreifen treibt, dann ist das ganze Gebiet verseucht.«

Das Telefon klingelte, und sie nahm rasch den Hörer ab. »Hallo?«

»Ich bin's, Liebes«, meldete sich Robert Dunley. »Ich bin hier in Marbella. Mach dir keine Sorgen, ich bin okay.«

»Robin, oh, Robin! Gott sei Dank ist dir und Ambrose nichts Schlimmeres passiert! Ihr könntet beide tot sein!«

»Sind wir aber nicht. Cecil hat dich bestimmt schon informiert, oder?«

»Ja, hat er, und Merry ist auch hier. Ich setze mich in die Nachmittagsmaschine, dann bin ich …«

»Nein, nein, du brauchst nicht zu kommen, Elizabeth! Mach dir bitte keinen Stress. Das ist völlig unnötig. Wir bleiben hier und helfen, wo wir können. Die Rettungsteams suchen auf See nach Verletzten und nehmen sie an Bord. Alles ist unter Kontrolle. Die spanische Regierung hat sehr umsichtig und verantwortungsbewusst gehandelt. Es besteht wirklich kein Grund zur Sorge.«

»Ich mach mir aber Sorgen«, sagte sie. »Ich möchte bei dir sein.«

Er lachte. »Ich habe lediglich ein gebrochenes Handgelenk, Liebes. Küssen kann ich noch«, zog er sie auf.

»Zum Glück.«

»Ich ruf später wieder an. Grüß Merry von mir. Ich liebe dich, mein Schatz.«

»Wann kommst du nach Hause?«, fragte Elizabeth, die es kaum erwarten konnte, dass er zurückkehrte.

»Nächste Woche, wie geplant. Ich muss hier noch ein paar Sachen erledigen. Tschüs, mein Liebling, und immer schön fröhlich bleiben.«

»Ich werd's versuchen«, versprach sie und starrte den Hörer an. Er hatte aufgelegt.

Sie warf ihrer Assistentin einen vielsagenden Blick zu. »Er hat einfach aufgelegt. Das ist mal wieder typisch für ihn. Männer!« Dennoch lächelte sie, Erleichterung zeigte sich auf ihrem Gesicht. »Ich soll dich von ihm grüßen, Merry.« Und an Cecil gewandt, erkundigte sie sich: »Wie beseitigt man eigentlich solche Ölfelder, die dann auf dem Meer treiben? Hast du eine Ahnung, Cecil?«

»Nicht direkt. In erster Linie wohl mit Bakterien, Pilzkulturen und anderen chemischen Verfahren. Man kann das Öl auch abpumpen oder abfackeln. Jedenfalls ist das die Sache von Experten.«

»Und wie macht man das?«, hakte Elizabeth nach.

»Also, das können dir unsere Jungs von Deravco bestimmt besser erklären als ich. Soll ich Spencer Thomas anrufen und ihn bitten herzukommen?«

»Nein, nicht nötig, aber trotzdem danke. Hoffentlich bleiben wir von so etwas verschont. Aber mal was anderes. Du sprachst von Problemen bezüglich Charles Broakes?«

Cecil nickte. »Ja, und ich möchte das aus der Welt haben.«

Merry sprang auf. »Ich bin in meinem Büro, falls du mich brauchst, Elizabeth.« Sie lief nach draußen und zog die Tür hinter sich zu.

»Was ist das Problem mit Charles Broakes? Du wolltest seinen Plan noch mit mir diskutieren, aber ich war der festen Überzeugung, ihr wäret euch bereits in allem einig?«

»Ja, das waren wir auch. Aber wir hatten John Norfell unterschätzt.«

»Oh. Sag jetzt nicht, er hat sich quergestellt.«

»Doch. Leider. Na ja, er hat es jedenfalls versucht. Er sträubt sich vehement dagegen, dass die Hotelabteilung für die Restrukturierungsmaßnahmen, die Bürobauten und die Wellnessoasen aufkommen soll.

Er steht auf dem Standpunkt, dass die Sparte Weinbau davon profitiert und folglich auch zahlen sollte.«

»Irgendwie hat er nicht ganz unrecht, oder?« Elizabeth lehnte sich zurück und schaute gedankenverloren an die Zimmerdecke. »Andererseits kann die Sparte Weinbau eine solche Investition unmöglich allein stemmen.«

»Das ist es ja eben.« Cecil schlug die Beine übereinander und blickte stirnrunzelnd in sein Notizbuch. »Und ich weiß mir da echt keine Lösung.«

»Die Lösung heißt Geld, Cecil. Viel Geld. Und das muss ich irgendwo hernehmen. Ich bitte die Beteiligten mal kurz zu mir. Dann hören wir uns ihre Stellungnahmen an.« Sie lächelte und war wie ausgewechselt.

* * *

»Die Hotelabteilung kann und wird in diese Umbaumaßnahmen kein Geld stecken. Das ist mein letztes Wort in dieser Sache.« John Norfell funkelte Charles Broakes vernichtend an. »Jede weitere Diskussion wäre müßig. Der Fall ist für mich erledigt.«

Charles Broakes erwiderte seinen vernichtenden Blick.

Die beiden Männer konnten sich nicht ausstehen, und Charles Broakes war frustriert und verärgert. Und intelligent genug, um zu begreifen, dass er bei John Norfell den Kürzeren zog. Folglich setzte er sich über seinen Kollegen hinweg und wandte sich direkt an Elizabeth.

»Was kann man da machen?«, fragte er in ruhigem, gefasstem Ton. Er war sich bewusst, dass seine Chefin es verabscheute, wenn man sich bei ihr in Szene zu setzen suchte. Sie dachte mit dem Kopf und nicht mit dem Herzen und war über jeden Konflikt erhaben.

Elizabeth seufzte und hob kaum merklich die Schultern. »Ich habe wirklich keine Ahnung, Charles, was Sie unter diesen Umständen machen können.«

»Sie sagten doch, Sie fänden die Idee brillant, die Herrenhäuser der Weingüter in Hotels umzuwandeln. Haben Sie diesbezüglich Ihre Meinung geändert?«

»Nein, aber die Sparte Weinbau hat offensichtlich nicht die nötigen Mittel, und die Hotelabteilung weicht nicht von ihrer Position ab.« Sie blickte von Norfell zu Broakes. »Scheinbar nagen die Hotelmanager am Hungertuch, Charles, könnte doch sein, was?« Um ihre Mundwinkel zuckte es verräterisch.

Charles Broakes war ein langjähriger Wegbegleiter und ein glühender Fan von ihr. Er nahm den amüsierten Ton in ihrer Stimme wahr und wusste Bescheid. Sie war fest entschlossen, ihn in irgendeiner Form zu unterstützen, wollte aber noch nicht mit den Fakten herausrücken. Sie möchte Norfell an die Wand spielen, ihn kleinmachen, dachte Charles und lehnte sich abwartend zurück. Allmählich fand er Gefallen an diesem Spiel.

»Ich verabscheue den Gedanken, dass dieses Projekt wegen ein paar lumpiger Pfund den Bach runtergehen könnte. Soweit ich mich entsinne, ist die Investition doch gar nicht so dramatisch, oder?«, warf Cecil ein.

»Absolut korrekt«, pflichtete Charles ihm bei. »Fünfzig Riesen würden locker reichen.«

»Von wegen fünfzig Riesen«, schnaubte John Norfell aufgebracht. »Sie haben die Spas vergessen. Diese Dinger kosten ein kleines Vermögen. Und wieso sollten wir für Wellnessoasen auf Weingütern blechen?«

»Oh, die Kosten für die Spas waren nicht mit eingerechnet.« Elizabeth spitzte die Lippen. »So was aber auch, das ist echt bedauerlich! Ich meine, ich liebe Spas … deshalb war ich auch diejenige, die auf die Idee kam, stimmt's?«

»Ja«, bestätigte Charles.

»Sie sind definitiv nicht in der Lage, diese Maßnahmen zu finanzieren, John?«, fragte sie Norfell.

»Nein. Und Sie werden mich auch nicht dazu nötigen, bloß weil Sie diesen Tick mit Ihren verdammten Spas haben.«

Entrüstet über seinen anmaßenden Ton, versetzte sie stirnrunzelnd: »Ich habe keinen *Tick*, oder wie immer Sie es nennen mögen, John. Und schon gar nicht, was mein Unternehmen betrifft. Ich fordere Sie also auf, derartige Äußerungen zukünftig zu unterlassen. Und bitte, unterschätzen Sie mich nicht.«

John Norfell wurde rot vor Wut im Gesicht. Wie kam sie dazu, ihn im Beisein von Broakes und Cecil Williams zu kritisieren? Diese dämliche Tussi hatte eine verflucht große Klappe.

Als könnte sie seine Gedanken lesen, fuhr Elizabeth unbewegt fort: »Sie halten mich vermutlich für eine unerfahrene junge Frau, die vom Business keine Ahnung hat und die Ihnen trotzdem vorschreiben will, wo es langgeht. Aber da irren Sie, John. Warum sollte ich? Immerhin leiten Sie die Hotelabteilung. Sie sind also maßgeblich verantwortlich für deren Erfolg und Misserfolg. Was meine Unternehmenserfahrung anbelangt, vergessen Sie nicht, dass ich durch Harry Turners harte Schule gegangen bin. Und mein Vater war zweifellos ein unternehmerisches Genie.«

John Norfell machte den Mund auf und schloss ihn wieder, ohne etwas erwidert zu haben. Konnte diese Frau Gedanken lesen? Verdammt, die blieb echt cool und ließ sich nicht so leicht austricksen.

Er atmete tief durch. »Ich wollte Sie nicht brüskieren, Elizabeth. Verzeihen Sie, wenn ich mit meiner Äußerung zu weit gegangen bin. Was die Spas angeht, weiß ich, wovon ich rede. Wir haben erst kürzlich in unseren Hotels in La Jolla und in Los Cabos Wellnessbereiche installieren lassen. Beide Projekte haben Unsummen verschlungen. Also, machen Sie sich auf was gefasst.«

»Oh, keine Sorge, John. Ich bin auf alles gefasst. Immer und überall.«

John grinste, zumal er ihren leisen Sarkasmus gar nicht bemerkt hatte. Charles und Cecil tauschten Blicke aus.

Elizabeth stand auf, trat ans Fenster und blickte auf die Strand. Es war Freitag. Unten auf der Straße herrschte lebhafter Verkehr. Sie sah ein Stück blauen Himmel, einen Streifen Sonnenlicht und dachte: Ich will wieder auf der Sonnenseite des Lebens stehen. Ich darf dieses Spiel nicht verlieren.

»Ich hab mir Folgendes überlegt«, sagte sie schließlich und kehrte wieder zu ihrem Schreibtisch zurück. »Ich gründe ein Unternehmen, und sollte es erfolgreich sein, biete ich es Deravenels zum Kauf an, so wie mein Urgroßvater seinerzeit die Deravco Oil an den Konzern veräußerte, nachdem sie richtig Umsatz machte. Meine neue Firma wird Wellnessoasen gestalten und bauen.«

Sie setzte sich hinter ihren Schreibtisch und beobachtete Charles. »Ich frage mich, wie ich es nennen soll? Wie klingt *Ecstasy*? Ach nein, besser nicht, es gibt eine Droge, die so heißt. Hmmm. Wie wär's mit *Forever Bliss* … ja, das klingt gut. Frauen gefällt die Vorstellung von ewiger Schönheit. Würden Sie mein Unternehmen beauftragen, Ihnen Spas einzubauen, Charles?«

Er nahm den Spielball auf und nickte. »Das würde ich sofort machen, aber ich kann es mir nicht leisten.«

»Oh, kein Problem.« Sie bedachte ihn mit einem langen, vielsagenden Blick. »Das regeln wir ganz elegant über einen hausinternen Kredit. Sie garantieren mir schriftlich, dass Sie innerhalb von zwei Jahren zurückzahlen. Na, wie klingt das?«

Charles Broakes verkniff sich das Lachen. Stattdessen sagte er: »Klingt echt gut, Elizabeth.«

Sie streckte ihm die Hand entgegen. »Schlagen Sie ein! Wir machen den Deal.«

Und das taten sie.

Sie wandte sich abermals zu Cecil. »Ich bin überzeugt, die ersten zehn bis fünfzehn Posten, die anlässlich der Auktion den Besitzer wechseln, bringen mir um die zwanzig Millionen Pfund ein. Zudem hinterlege ich den Schmuck als Kreditsicherheit bei der Bank: Das macht weitere zehn Millionen. Damit habe ich das Startkapital für meine neue Firma, *Forever Bliss*. Wir müssen gleich am kommenden Montag aktiv werden, damit Charles in Mâcon und der Provence mit den Umbaumaßnahmen loslegen kann.«

* * *

Die Idee mit den Spas ließ Elizabeth nicht mehr los. Als sie gegen neun Uhr abends nach Hause zurückkehrte, war ihr Plan umsetzungsreif gediehen. Und sie war völlig aufgekratzt.

In den vergangenen Monaten hatte sie beschlossen, in allen Hotels der Deravenel-Gruppe Wellnessbereiche zu eröffnen. Spas und Fitnessräume waren »in« und wurden von den Hotelgästen zunehmend nachgefragt. Um ihre Hotels auch im nächsten Jahrhundert konkurrenzfähig zu halten, waren derartige Investments unabdingbar. Robert und Cecil pflichteten ihr bei, und zum Glück auch der Vorstand. Die Projekte liefen bereits an.

Heute hatte sie eine Vision gehabt … eine Vision von Spas als eigenständigen Unternehmungen. Losgelöst von den Hotels. Ein Elizabeth-Turner-Spa, wie *Forever Bliss*, konnte überall eröffnen, als unabhängiges Unternehmen, von ihr finanziert und kontrolliert. Die Möglichkeiten waren unbegrenzt. Ungeachtet der Spas auf den Weingütern, beschloss sie spontan, Spas in London, Leeds, Manchester und Edinburgh zu eröffnen, vielleicht auch in Paris und New York. Sie fand ihren Einfall grandios und rechnete mit einem Riesenerfolg.

Sie lief in die Küche, nahm den Teller Räucherlachs mit den gebutterten Schwarzbrotecken aus dem Kühlschrank und trug ihn in die Bibliothek.

Dort setzte sie sich vor den Computer und scrollte noch einmal ihre Aufzeichnungen durch. Elizabeth musste sich loben – sie hatte alles bedacht. Für die farbliche Gestaltung der Räumlichkeiten schwebte ihr eine Kombination aus schlichtem Weiß und wohltuend zarten Grüntönen vor: Erfahrungsgemäß wurden Stimmung und Atmosphäre durch das gewählte Farbschema und das minimalistische Design beeinflusst. Leise, stimmungsvolle Musik, Duftkerzen und Blütenpotpourris sollten das Wohlfühlambiente unterstreichen, und natürlich flauschige Bademäntel und Handtücher. Das Angebot umfasste ein breites Spektrum an Schönheitsbehandlungen: Gesichts- und Körpertreatments, Anti Aging, Massagen, Wickel, Aufgüsse, Reflexzonentherapie. Und, ganz wichtig, ein Coiffeur. Es gab nichts Schlimmeres für eine gepflegte Frau als eine ruinierte Frisur. Das wusste sie von sich selber. Und sie würde –

Das Klingeln des Telefons unterbrach ihren Gedankenfluss, und sie nahm den Hörer ab. »Hallo?«

»Hier ist dein Traummann.«

»Wohl eher das, was noch davon übrig ist!«, erwiderte sie und kicherte, froh, Roberts Stimme zu hören.

»Ich versichere dir, mein bestes Stück ist noch dran«, konterte Robert schmunzelnd.

»Gott sei Dank. Wie geht es dir?«

»Ich kann nicht klagen, Schätzchen. Außer dass eine gebrochene Hand ein bisschen lästig ist. Du warst heute lange im Büro, stimmt's?«

»Ja, und ich war sehr fleißig.« Sie berichtete ihm voller Euphorie von ihrem aktuellen Vorhaben.

»Ich finde die Idee fabelhaft! So was läuft bestimmt super. Mir ist schon klar, dass du nicht anders konntest, als die Spas letztlich selber zu finanzieren, aber auf lange Sicht macht sich dein Engagement mit Sicherheit bezahlt. Außerdem kann dir niemand von den Vorstandsmitgliedern reinreden. Nach meinem Dafürhalten werden die Spas eine ganze Menge zu unserem neuen modernen Unternehmensimage beitragen, genau wie das Resort.«

»Wie läuft es denn so bei euch? Konnte die Tankercrew gerettet werden? Und was ist mit dem Ölteppich?«

»Die gesamte Crew wurde gerettet, und die Ölfelder werden derzeit beseitigt. Unser Küstenstreifen ist noch mal glimpflich davongekommen. Sieht nämlich so aus, als würde der Ölschlamm uns nicht erreichen … wir wollen es jedenfalls schwer hoffen.«

»Ein Glück! Ich hatte schon Angst, dass wir das Resort vor seiner Eröffnung gleich wieder schließen müssten.«

»Ich auch. Heute Abend bin ich jedoch wieder optimistischer. Die Lage entspannt sich zunehmend. Ach, noch was ganz Wichtiges. Francis hat von einem seiner Kontakte aus den spanischen Regierungskreisen erfahren, dass die Tankerexplosion kein Unfall war. Man vermutet das Werk von Terroristen; dass der Tanker bewusst hochgejagt wurde, um die Mittelmeerregion in eine ökologische Katastrophe zu stürzen. Francis ist höchst alarmiert. Er spricht sich für eine umgehende Verschärfung der Sicherheitsvorkehrungen bei Deravco aus, damit unsere Bohrinseln und unsere Tanker vor Manipulationen geschützt sind.«

»Mein Okay hat er. Sag ihm, er soll alles Erforderliche in die Wege leiten, ganz egal, was es kostet. Weißt du, insgeheim hatte ich diese Befürchtung schon seit längerem. Ich hatte diese dunkle Ahnung, wir könnten Opfer eines Terroristenanschlags werden. Wir besprechen alles Weitere nach deiner Rückkehr. Ach, übrigens, was ist mit unserer Reise nach Südfrankreich? Wir haben uns noch nicht endgültig entschieden, Robin, und ich muss es allmählich wissen, damit ich planen kann.«

»Also, ich dachte mir Folgendes …«, begann er, und dann schwärmte er ihr überschwänglich vor, wie er sich ihren gemeinsamen Sommerurlaub vorstellte.

24

Grace Rose war zweifellos eine Berühmtheit, überlegte Elizabeth im Stillen. Sie saßen an einem der besten Tische im Grillroom des Dorchester, und ihre Großtante wurde von dienstbaren Geistern umringt, als wäre sie die Königin von England.

Grace Rose hatte etwas Einzigartiges. Man konnte es Charisma nennen, aber Elizabeth bezeichnete es als eine Aura … eine Aura der Würde, Eleganz, Erhabenheit und ja, von *Starruhm*. Irgendwie komme ich nicht von dem *Star* weg, dachte Elizabeth lächelnd.

Für eine alte Dame von siebenundneunzig Jahren hatte Grace Rose sich blendend gehalten. Sie sah jünger aus und war sehr gepflegt. Das silberweiße Haar war perfekt frisiert, ihr zartrosiger Teint strahlte wie der einer viel jüngeren Frau. Sie trug ein blaues Seidenkostüm und darunter eine weiße Chiffonbluse mit femininem Rüschenkragen. Aquamarinohrringe und eine mit Aquamarinen und Diamanten besetzte Brosche unterstrichen das jugendliche Blau ihrer Augen, die heute ausgelassen funkelten.

»Da steuert jemand auf unseren Tisch zu, Grace Rose«, warnte Elizabeth ihre Tante vor.

»Bestimmt irgendeine Frau, die wissen will, wo ich meine Bluse gekauft habe«, meinte Grace Rose mit einem entwaffnenden Lächeln zu Elizabeth. »Das passiert mir häufiger. Ach ja, und ehe ich es vergesse: Du siehst bezaubernd aus in Weiß, das solltest du ruhig öfter tragen.«

»Danke. Und es ist ein Mann. Ich meine, der da auf unseren Tisch zukommt. Vermutlich kennt ihr euch – er lächelt sehr freundlich.«

Bevor Grace Rose etwas erwidern konnte, stand der Fremde an ihrem Tisch, verbeugte sich vor ihr und schüttelte ihr die Hand. »Guten Tag, Mrs Morran, ich bin Marcus Johnson. Ich habe früher die Pressearbeit für Ihren Mann gemacht.«

»Marcus, natürlich! Schön, Sie zu sehen. Wie geht es Ihnen?«

»Sehr gut, danke, und Sie sehen bezaubernd aus, wie das blühende Leben, Mrs Morran.«

»Ich kann mich auch nicht beklagen. Darf ich vorstellen: Elizabeth Turner, meine Großnichte.«

Elizabeth lächelte freundlich. Er lächelte zurück und nickte höflich.

»Ich musste neulich noch an Ihren verstorbenen Gatten denken. Er war ein Original. Treffender kann ich es nicht umschreiben.«

»Sie haben recht, Mr Johnson, und er schätzte die Arbeit mit Ihnen über die Maßen.«

»Danke, ich auch. Nun möchte ich Sie aber nicht länger stören. Der Ober kommt mit Ihren Getränken. Es war eine schöne Überraschung, Sie wiederzusehen. Auch auf die Gefahr hin, dass ich mich wiederhole: Sie sehen phantastisch aus, Mrs Morran.«

Marcus Johnson verabschiedete sich von den Damen und zog sich zurück. Nach einer Weile sagte

Grace Rose: »Er war unglaublich gut in seinem Job. Solltest du irgendwann einen Pressesprecher suchen, dann nimm ihn. Er ist loyal, integer und sehr talentiert.«

»Danke für den Tipp. Ich werde mir den Namen merken.«

Der Ober stellte die Champagnerflöten auf den Tisch und verschwand wieder. »Cheers.« Grace Rose hob ihr Glas. »Auf dein Wohl, Elizabeth, und auf deine neue Geschäftsidee. *Die Spas!*«

Sie stießen an, und Elizabeth dankte ihr. »Puh, Freitag war vielleicht ein komischer Tag. Es ist ungeheuer viel passiert«, erzählte sie ihrer Tante. Sie berichtete von dem Flugzeugabsturz und der Tankerexplosion, den Problemen zwischen Norfell und Broakes. »Zu allem Überfluss bin ich morgens mit Kat aneinandergerasselt. Sie war stinksauer auf –« Elizabeth hielt inne. Mist, das war ihr unbeabsichtigt rausgerutscht. Wieso erwähnte sie die Konfrontation mit Kat Ashe und ihre Verärgerung? Sie hätte besser den Mund halten sollen.

Grace Rose war jedoch hellhörig geworden. »Was war mit Kat Ashe? Worüber war sie pikiert?«

»Ach, nichts«, meinte Elizabeth ausweichend.

»O doch, los erzähl schon. Du weißt, deine Geheimnisse sind bei mir sicher.«

»Es ist kein Geheimnis«, platzte Elizabeth heraus. »Kat konfrontierte mich damit, dass ich mich skandalös verhalte, weil ich eine Beziehung mit einem verheirateten Mann habe.«

»Damit stehst du nicht allein, das kann ich dir

flüstern. So etwas hat es immer gegeben und wird es immer geben. Ich vermute, sie macht sich Sorgen, weil darüber geredet wird, oder?«

»Du hast es also auch schon läuten hören?«

»Jeder weiß es, Liebes. Es ist überall rum. Ich überhöre dergleichen, weil ich dich verstehe und deinen Entschluss billige. Ich war lediglich ein bisschen überrascht, dass Robert verheiratet ist. Das hatte ich tatsächlich verdrängt. Die Ehe stand von Anfang an unter keinem guten Stern. Lässt er sich scheiden?«

»Ja. Sie leben seit mittlerweile fünf Jahren getrennt, von daher gibt es eine gütliche Einigung.«

Grace Rose beugte sich etwas über den Tisch. »Tu dir selber einen Gefallen, Elizabeth. Halt dich aus der Schusslinie.«

»Wie meinst du das?«

»Ich gebe dir den einen guten Rat. Ab heute hältst du dich bedeckt, und Robert auch. Bleibt aus dem Rampenlicht, meidet diese ständigen Empfänge und Partys und macht um Fotografen einen Riesenbogen. Mit anderen Worten, macht euch rar in der Londoner Szene. In zwei oder drei Wochen hört das Gerede auf. Die Presse hat ein kurzes Gedächtnis und vergisst euch in null Komma nichts. Gerüchte können nachhaltig geschäftsschädigend sein, dergleichen kannst du dir überhaupt nicht leisten. Merk dir das, Elizabeth. Und jetzt trink aus und lass uns bestellen. Ich glaube, ich nehme das Roastbeef – es ist köstlich hier und zergeht auf der Zunge.«

* * *

Nachdem sie sich für den gebeizten Lachs und das Roastbeef entschieden hatten, lehnte Grace Rose sich entspannt zurück. »Als wir am Freitagabend telefoniert haben, sprachst du davon, dass du vorhast, einen Bankkredit in Höhe von zehn Millionen Pfund aufzunehmen und dafür deinen Schmuck als Sicherheit zu hinterlegen. Ist das dein Ernst?«

»Mein voller Ernst. Anders lässt sich die Finanzierung der Spas auf den Weingütern nicht durchsetzen, nachdem Broakes und Norfell sich nicht einig werden konnten. Zudem bin ich seit Jahren ein Fan solcher Wellnessoasen, und als ich Broakes spontan die Finanzierung zusagte, wurde mir mit einem Mal bewusst, dass ich eine eigene Firma haben will. Schau, ich weiß, dass Deravenels mein Unternehmen ist, das ich gemeinsam mit Cecil und Robert führe. Aber etwas Eigenes zu schaffen, das reizt mich wahnsinnig. In meiner eigenen Firma kann ich alles selbst bestimmen und muss mich nicht vor anderen rechtfertigen.«

»Ich verstehe, was du meinst, Elizabeth. Aber warum leihst du dir zehn Millionen Pfund? Das scheint mir doch sehr hoch gegriffen.«

»Jetzt wirf mir bitte nicht wieder vor, dass ich zu ungeduldig bin. Ja, ich will direkt mehrere Spas, finanzielle Erfolge und das alles in Rekordzeit. Ich eröffne zeitgleich mehrere Wellnesstempel, mit großen Ankündigungen, einer ausgeklügelten Werbekampagne. Ich nenne das *den Rahm abschöpfen*. Elizabeth-Turner-Spas: *Forever Bliss*. In meinem Kopf steht das Konzept bereits.«

»Du bist schrecklich ehrgeizig, Liebes. Andererseits kann ich deine Überlegungen nachvollziehen: große Pläne, große Ergebnisse. Folglich kannst du auf mein Erspartes zurückgreifen. Nimm dir, so viel du brauchst. Und wende dich mit deinen Plänen vertrauensvoll an Marcus Johnson. Er ist ein Genie, nicht nur als Pressesprecher. Er hat auch ein Händchen fürs Marketing.«

»Vielleicht war es Bestimmung, dass wir ihn heute hier getroffen haben. Ich nehme ganz bestimmt Kontakt mit ihm auf.« Elizabeth machte eine kurze Pause und fuhr dann fort: »Heute Nacht hatte ich noch eine Idee. Angesichts der Tatsache, dass in solchen Spas alle möglichen Schönheitsprodukte zur Anwendung kommen, fände ich es sinnvoll, eine Kooperation mit einem Kosmetikhersteller einzugehen, der eine Produktlinie unter meinem Namen entwickelt. Das wäre eine weitere Einnahmequelle.«

Grace Rose lachte. »Elizabeth, du bist eine echte Deravenel, obwohl du Turner heißt! Du klingst schon wie mein Vater. Er brütete ständig neue Geschäftsideen aus, entwarf umfassende Konzepte und war damit erfolgreich. Wohingegen dein Vater der ungekrönte König erfolgreicher Übernahmestrategien zum richtigen Zeitpunkt war. Harry war diesbezüglich ein Genie.«

»Ich weiß. Freitag noch habe ich gegenüber John Norfell fallenlassen, dass mein Vater ein Genie war und ich durch seine harte Schule gegangen bin.«

»Norfell ist mir ein Rätsel«, bemerkte Grace Rose stirnrunzelnd. »Er gehörte zu der kleinen Clique, die deine Halbschwester um sich geschart hatte, und man hätte fast meinen können, sie hatten was miteinander. Obgleich sie ihn sexuell nicht gereizt hätte. John Norfell steht auf schöne Frauen. In meiner Jugend nannte man so was einen Schürzenjäger.«

Elizabeth verzog das Gesicht. »Igitt. Welche Frau würde denn auf Norfell abfahren? Er ist nicht die Spur attraktiv.«

»Stimmt. Aber er hat zwei Dinge, denen etliche Frauen nicht widerstehen können. Macht und Geld. Mein Mann meinte immer: Vom schönen Teller isst man nicht.«

»Grace Rose, du bist köstlich!« Lachend prostete Elizabeth ihr mit dem Champagnerglas zu. »Was hältst du von der Idee einer eigenen Kosmetikserie? Ich weiß schon genau, welche Düfte ich wählen würde, und ein Team exzellenter Chemiker entwickelt bestimmt eine überzeugende Produktlinie für mich.«

»Die Idee ist fabelhaft, und ich nehme an, dass du dich auf Blumendüfte verlegst. Du warst schon als Kind begeistert von meinem Garten und wolltest ständig Blumen pflücken.«

»Toll, daran erinnerst du dich noch? Also ich dachte da an Jasmin, Sommerrosen, Hyazinthen, Nelken und Lilien. Ich mag natürlich auch grüne Düfte wie Sommergras und Frühlingslaub. Ein cleverer Parfümeur kreiert mir bestimmt genau das, was mir so vorschwebt.«

»Du hast dir im Vorfeld eine Menge Gedanken gemacht, meine Kleine. Wenn das kein Erfolg wird, weiß ich es auch nicht.«

»Wir wollen das Beste hoffen. Ah, da wird unser

Lachs gebracht. Es kommt zwar selten vor, aber ich habe richtig Hunger.«

»Klär mich doch mal auf, wie du dir die Spas vorstellst«, bat ihre Tante, nachdem sie von dem Lachs gekostet hatte.

Das ließ Elizabeth sich nicht zweimal sagen. Sie legte mit wachsender Begeisterung los und redete eine geschlagene halbe Stunde lang ohne Punkt und Komma. »Also ich stelle mir viel Weiß vor, Weiß mit einem Hauch Grün … durchsichtige weiße Batistvorhänge, keine Kunstobjekte, weil das Interieur minimalistisch wirken soll. Stattdessen lasse ich hohe grüne Vasen mit weißen Orchideen aufstellen. Ansonsten bleibt Weiß die dominierende Farbe. Ich möchte alles vermeiden, was ablenkend wirkt. Einfachheit ist das oberste Gebot. Die Frauen sollen das Gefühl haben, dass sie in meinen Spas die optimale Behandlung und Pflege bekommen. Sie sollen sich umsorgt und wohl fühlen … und ihre Sorgen für eine Weile außen vor lassen. Ich möchte, dass sie rundum relaxen und auf den Schwingen ihrer Träume davonfliegen.«

»Verstehe. Im Übrigen hätte Marcus es ähnlich formuliert … das mit dem Davonfliegen.«

»Klingt gar nicht so übel, oder? Vielleicht kann man das für die Werbekampagne verwenden.«

Grace Rose lehnte sich zurück. Ein Lächeln breitete sich über ihr Gesicht. »Elizabeth, dein Elan, dein Enthusiasmus und deine Inspiration sind bewundernswert. Ich wette, deine Spas werden ein voller Erfolg.«

* * *

Am Montagmorgen saß Elizabeth mit Cecil Williams in ihrem Firmenbüro. Dieses erste Meeting zu Wochenbeginn war ein festes Ritual geworden. Für gewöhnlich war Robert Dunley ebenfalls anwesend, aber er weilte noch in Marbella.

»Wann hast du den Termin mit der Bank?«, wollte Elizabeth wissen.

»Gleich nach unserem Meeting rufe ich Ed Aspley an und nagle ihn auf morgen fest, sofern das machbar ist. Du brauchst die Zusage der Bank aber nicht abzuwarten, denn der Kredit wird dir auf jeden Fall zugebilligt. Wenn du magst, kannst du schon heute loslegen und den Bau deiner Spas in die Wege leiten. Ich weiß, dass dir dieses Projekt unter den Nägeln brennt.«

»Ich kann direkt anfangen? Oh, wunderbar, Cecil! Als Erstes muss ich mich nach Architekten und Gestaltern umsehen, und ich muss ein paar angesagte Immobilienmakler anrufen. Für meine eigene Produktlinie brauche ich ein geeignetes Labor und erfahrene Chemiker.«

»Wende dich diesbezüglich vertrauensvoll an Melanie Onslow von der Hotelabteilung, die kennt sich mit so etwas aus. Sie hat die Wellnessoasen in den beiden amerikanischen Hotels eingerichtet. Sie hilft dir bestimmt gern.«

»Stimmt, dass ich darauf nicht selber gekommen bin! Melanie hat einen phantastischen Job gemacht. Ich rufe sie nachher an.«

»Robert hat dich bestimmt informiert, dass Francis Walsington vor Übergriffen durch Terroristen warnt.

Ich finde, Francis' Skepsis ist berechtigt. Wir müssen unsere Sicherheitsvorkehrungen verschärfen und eventuell sogar ein Sicherheitsunternehmen von außen einschalten. Wie siehst du das?«

»Ich stimme dir zu. Schon die ganze letzte Zeit hatte ich ein ungutes Gefühl. Für Terroristen sind wir das perfekte Ziel. Die spanische Regierung hält sich bislang mit einer offiziellen Stellungnahme zurück. Robin erzählte mir jedoch, dass Francis' Informant den Terroranschlag auf den Tanker bestätigt hat.«

»Francis bekommt für gewöhnlich verlässliche Informationen. Soll ich ihn damit beauftragen, dass er das Sicherheitsprogramm der Deravco überprüft?«

»Ja, unbedingt und umgehend.«

Die beiden beratschlagten noch etwa eine halbe Stunde. Dann zog Cecil sich in sein Büro zurück, und Elizabeth stürzte sich in die Vorbereitungen für ihr Baby – die Spas.

25

Wie meintest du das eigentlich, Robin, von wegen Liebe wartet nicht?« Die Ellbogen auf den Küchentisch gestützt, betrachtete Elizabeth ihn im Schein der Kerzen.

»Na so, wie ich es gesagt habe … die Liebe wartet nicht. Du musst sie ganz festhalten und darfst sie nie mehr loslassen, wenn sie dir aus heiterem Himmel begegnet. Ja, ganz recht, denn sonst verschwindet sie womöglich wieder. Die Liebe ist flüchtig wie der Hauch der Ewigkeit. Sie zerrinnt dir zwischen den Fingern.« Wie zur Veranschaulichung rieb Robert Daumen und Zeigefinger aneinander. »Ein Wimpernschlag, und schon ist sie verschwunden.«

»Wir beide haben sie ganz festgehalten, nicht wahr?«

»Ja, ein Glück!« Er fasste ihre Hand, küsste ihr die Fingerspitzen. »Ich liebe dich, Elizabeth, ich habe dich immer geliebt. Irgendwann habe ich festgestellt, dass es die große Liebe ist, und Liebe wartet nicht. Wir fühlten es beide, im selben Augenblick.«

»Ja. Und ich liebe dich, Robin, du bist mein Leben. Ich hasse es, wenn wir getrennt sind. Im Juni und Juli war es besonders schlimm, als du dauernd nach Madrid und Marbella musstest. Ich bin ja so froh, dass das vorbei ist.«

»Wenigstens für die nächste Zeit«, erinnerte er sie und stand auf. Er ging um den Küchentisch, legte ihr die Hände auf die Schultern und hauchte ihr einen Kuss aufs Haar. Dann zog er sie hoch. Er schaute sie an und sagte zärtlich: »Meinst du, ich kann dich überreden, mit nach oben zu kommen?«

»Das brauchst du nicht, ich komme freiwillig mit.« Sie schob ihre Hand in seine und blies die Kerzen aus. Gemeinsam gingen sich nach oben in Elizabeths Schlafzimmer.

Ein heller Augustmond stand am dunklen Nachthimmel, tauchte ihr Schlafzimmer in mildes, weich silbriges Licht. Robert legte ein Holzscheit auf die Glut im Kamin. Dann zog er Elizabeth in seine Arme. Einmal mehr war er verzaubert von der perfekten Harmonie ihrer Körper. Sie waren beide groß und schlank, waren sich in vielem sehr ähnlich. Sie schlang die Arme um seine Hüften, bettete ihren Kopf an seine Brust, ehe sie anfing, sein Hemd aufzuknöpfen. Robert beugte sich vor, verschloss ihre Lippen mit einem heißen Kuss; zunehmend erregt, umfasste er ihren runden Po, drängte an ihren Schoß. Er begehrte sie mit einer Leidenschaft, die ihm regelrecht den Atem nahm.

Elizabeth, die das wilde Verlangen in seinen Zügen bemerkte, flüsterte: »Vergiss nicht, Liebe wartet nicht.« Sie zog ihr T-Shirt aus, öffnete den Reißverschluss ihres Rocks, streifte ihn ab und sah den geliebten Mann an.

Robert zog sich eilends aus, hob sie in seine Arme und trug sie zum Bett. »Die Liebe mag nicht warten. Und ich auch nicht«, raunte er ihr ins Ohr.

Er legte sie auf das Bett und glitt neben sie. Auf einen Ellbogen gestützt, betrachtete er bewundernd ihr Gesicht. »Du bist schön, Elizabeth.« Er lächelte. »So wie für dich habe ich noch für keine Frau empfunden.«

Schweigend erwiderte sie sein Lächeln, strich ihm mit den Fingerspitzen zart über die Wangen.

Er beugte sich über sie, küsste sie auf die Stirn, die Wangen, den Nacken, legte eine Hand auf ihre Brust. Küsste ihre harte Knospe; seine Hand glitt tiefer, über ihren flachen Bauch, drängte zu dem weichen Vlies zwischen ihren Schenkeln.

»Für mich ist es jedes Mal wieder so, als wäre es das erste Mal mit dir. Ich sehne mich danach, deinen Körper immer wieder neu zu entdecken.«

»Ich weiß«, sagte sie leise und schloss die Augen, entrückt vom Spiel seiner Hände, seiner Zunge. Sie fühlte ein heißes Prickeln, das ihren Schoß durchflutete, und erschauerte. Sie schmolz dahin, ihr schwindelte vor Erregung. Er erregte ihre Sinne, seine Zärtlichkeiten waren eine einzige himmlische Verheißung: Und ihre körperliche Vereinigung war alles, was in diesem Moment für Elizabeth zählte.

Er schob sich auf sie, drang in sie, presste sie an seinen Körper. Sie schlang Arme und Beine um ihn, fühlte sich auf Wolke sieben, während er sich lustvoll stöhnend in ihr bewegte. Mit kehlig gepresster Stimme raunte er ihr zu: »Ich kann nicht mehr warten, Elizabeth. Ich halte es nicht mehr aus.«

Sie suchte seinen Mund, und ihre Zungen tanzten im Rhythmus ihrer Körper. Gemeinsam erreichten sie den Gipfel ihrer Lust, brandeten an die Gestade der Glückseligkeit.

Erschöpft und befriedigt blieben sie noch eine lange Weile liegen, bis Robert sich auf die Ellbogen stützte und ihr verliebt in die Augen sah. »Es war gut, stimmt's? Guter Sex, hm?«

»Der beste Sex, den ich je hatte. Und es wird jedes Mal besser, Robin.«

»Wir brauchen noch viel mehr Übung.«

Sie lachte hell. »Wir dürfen nie damit aufhören, versprichst du mir das?«

»Keine zehn Pferde könnten mich davon abhalten.« In Robins Stimme schwang ein Lachen mit.

* * *

Sie saßen vorm Kamin in ihrem Schlafzimmer, beide in Bademäntel gehüllt, und tranken eisgekühlten Champagner, den Robert aus der Küche geholt hatte.

Elizabeth nippte an ihrem Glas, schaute versunken in die Flammen und wollte plötzlich von Robert wissen: »Hast du eine Vorstellung, was mit Dauphin passieren wird? Ich meine, wird François de Burgh oberster Chef der gesamten Handelsgruppe? Oder bleibt die derzeitige Führungsspitze bestehen und wird nicht ausgetauscht?«

»Keine Ahnung. Er ist noch ziemlich jung für eine solche Aufgabe, findest du nicht?« Robert grinste. »Ups. Wem sag ich das?« Er schüttelte den Kopf. »Laut Francis Walsington stehen die Manager und Mitarbeiter im Unternehmen unter Schock. Verständlicherweise. Wer rechnet schon damit, dass Henri de Burgh bei einem Ausritt in Versailles von seinem Pferd abgeworfen wird?«

»Und dann zu Tode getrampelt wird!«

»Er galt als ausgezeichneter Reiter. Das war halt Pech.«

»Du weißt nie, was das Leben für dich bereithält, Robin. Wir beide können davon ein Lied singen, stimmt's?«

»Eigenartig, Ambrose hat sich neulich ganz ähnlich geäußert … Dass wir alle unsere Brüder verloren haben … ist fast unbegreiflich. Ich glaube nicht, dass wir jemals darüber hinwegkommen … Ambrose und Merry fühlen wie ich.«

»Der Tod kennt keine Gnade«, meinte Elizabeth seufzend. »Wenn er dich will, dann holt er dich.«

»Übrigens, ich habe vor ein paar Tagen mit Amy gesprochen. Wegen der Scheidung.«

»Oh.« Mehr brachte sie nicht heraus. Elizabeth war dermaßen verblüfft, dass ihr die Worte fehlten.

»Sie hat ein Treffen vorgeschlagen. Irgendwann im nächsten Monat, in Cirencester.«

»Du fährst also zu ihr?«

»Was bleibt mir übrig? Ich will endlich diese Scheidung über die Bühne bringen.«

»Das kann ich –« Elizabeth hielt inne und horchte mit schiefgelegtem Kopf. »Ich glaube, dein Handy klingelt. Wo hast du es hingelegt?«

Er sprang auf, wühlte in seinen Hosentaschen, bis er das Handy fand. »Hallo?«, rief er und lauschte. »Oh, du bist's, Ambrose. Ja, alles klar. Wieso rufst du um diese Zeit an?« Er hörte schweigend zu, trat dabei näher ans Fenster, für einen besseren Empfang. »Nein, kein Problem, ganz bestimmt nicht.« Er schaute fragend zu Elizabeth. »Kann Ambrose morgen zum Mittagessen herkommen? Er ist übers Wochenende in Harrogate.«

»Ich freue mich darauf«, rief sie.

»Sie freut sich, Ambrose, und ich auch. Also dann bis morgen.«

* * *

Die Dunleys waren bestimmt die attraktivste Familie in ganz England, überlegte Elizabeth, während sie mit Robert und seinem älteren Bruder am Strand von Ravenscar entlanglief.

Ambrose war ein anziehender Mann, wenn auch nicht so umwerfend wie Robin. Und ihre Schwestern Miranda und Catherine waren richtige Schönheiten, hinreißend wie Filmstars. Alle hatten dunkle Haare und dunkel- oder haselnussbraune Augen. Bis auf Merry mit ihren strahlend blauen. Ihre Brüder, die inzwischen tot waren, hatten genauso phantastisch ausgesehen.

Ihr Großvater Edmund Dunley hatte für ihren Großvater Henry Turner gearbeitet, und sein Sohn John, ihr Vater, wiederum für Harry Turner. Elizabeths Vater hielt große Stücke auf John Dunley, dennoch war John – wie sein Vater vor ihm – irgendwann in Ungnade gefallen.

Elizabeths Halbschwester Mary hatte ihm kurzerhand gekündigt und ihn aus dem Unternehmen geworfen. Weder John noch sein Vater vor ihm hatten sich jedoch irgendetwas zuschulden kommen lassen. Folglich war es eine himmelschreiende Ungerechtigkeit gewesen. Jetzt wendete Elizabeth das Blatt. Sie ermöglichte den Dunleys eine zweite Karriere in der Deravenel Company.

Robert teilte sich mit ihr die Führungsspitze, seine Schwester war ihre persönliche Assistentin, und Ambrose kümmerte sich um das Projekt in Marbella und bekleidete mithin eine nicht zu unterschätzende Vertrauensposition. In ein paar Wochen würde seine Frau ebenfalls im Unternehmen anfangen, als ihre zweite Assistentin. Anne sollte die Elizabeth-Turner-Spas betreuen.

Die beiden Brüder unterhielten sich angeregt, Elizabeth hörte jedoch bloß mit halbem Ohr zu. Sie hing ihren eigenen Gedanken nach und freute sich diebisch über ihren Triumph. Ihr war klar, dass sich einige ihrer Manager die Mäuler darüber zerrissen, dass sie die Dunleys wieder eingestellt hatte. John Norfell ließ kein gutes Haar an der Familie, und damit indirekt auch nicht an ihr. Robert war John stets mit vorsichtiger Skepsis begegnet, und er hatte recht. Inzwischen hatte *sie* Norfell ebenfalls kritisch im Visier.

Elizabeth warf Robert einen verstohlenen Blick zu, dem Mann, den sie über alles liebte. *Ihr Mann.* Er sah heute Morgen phantastisch aus: schwarzer Rollkragenpullover unter einem Tweedjackett, dazu eine beigefarbene Hose. Um den Hals hatte er einen burgunderroten Kaschmirschal geschlungen. Ambrose war ähnlich lässig in Pullover, Tweedsakko und Jeans gekleidet. Obwohl erst Ende August, war es hier auf Ravenscar schon merklich kühl geworden. Von der Nordsee wehte stets eine leichte Brise.

»Und wie ist deine Meinung dazu?«, riss Robert sie aus ihren Tagträumen.

»Oh, ich war mit meinen Gedanken ganz woanders. Entschuldige«, antwortete Elizabeth. »Was hast du gesagt?«

»Dass Tony Blair etwas –« Er machte mit den Händen eine seiner typisch ausgreifenden Gesten. »Ich würde es als das gewisse Etwas charakterisieren.«

»Genau. Er hat unglaublich viel Charisma. Und Stil. Im Übrigen mochte ich auch John Major. Er hat ungeheuer viel Charme.«

»Das stimmt, Elizabeth.« Ambrose schenkte ihr ein warmes Lächeln. »Er wurde leider ziemlich unterschätzt. Gut aussehend, clever, charmant, authentisch, aber die Öffentlichkeit begriff das anscheinend nicht. Wirklich schade.«

»In den Medien kam er häufiger nicht gut rüber«, befand Elizabeth. Sie hakte sich bei Robert unter. »Hast du mit Ambrose über die Dauphin-Gruppe gesprochen?«

»Ja, hat er«, antwortete Ambrose, bevor Robert reagieren konnte. »Ich schätze mal, dass François de Burgh in die Fußstapfen seines Vaters treten und den Laden am Laufen halten soll. Er arbeitet sowieso dort, und seine Frau ebenfalls. Wenn ihr mich fragt, wird der Junior ruck, zuck die Führung an sich reißen.«

»Ist François de Burgh denn entsprechend kompetent? Und ein erfahrener Geschäftsmann?« Elizabeths skeptischer Blick traf Ambrose.

»Walsington hält ihn für ein ausgekochtes Schlitzohr und für erfahrener, als man denkt. Zudem hat er eine äußerst clevere Mutter, die akribisch dafür sorgen wird, dass ihr ältester Sohn die geballte Unternehmensmacht innehat und nicht irgendein von außen berufener Manager. Sie mischt immer mit und hat das letzte Wort, meinte Francis.«

»Und was ist mit meiner Cousine Marie Stewart de Burgh? Kann sie uns gefährlich werden?«

»Schwer zu sagen. In absehbarer Zeit jedenfalls nicht. Sie wird ihren Mann effizient bei der Unternehmensführung unterstützen müssen. Das lenkt sie vorübergehend von Deravenels ab.«

»Na, hoffentlich«, sagte Elizabeth seufzend und schauderte automatisch.

Robert legte ihr spontan einen Arm um die Schultern. »Ist dir kalt, Liebes?«

»Nein, der Wind ist bloß ein bisschen unangenehm«, erwiderte Elizabeth ausweichend. Sie war unwillkürlich zusammengezuckt. Sie fühlte sich, als hätte man ihr soeben das Grab geschaufelt.

»Sollen wir umkehren?«, erkundigte sich Ambrose.

»Gute Idee«, meinte sie. »Der Champagner wartet schon auf uns.«

* * *

Elizabeth und Ambrose gingen in die Bibliothek voraus, und Robert lief in die Küche, um Lucas über ihre Rückkehr zu informieren.

Ambrose legte mehrere Holzscheite auf das Feuer und schichtete sie mit dem Schürhaken auf. Dann setzte er sich Elizabeth gegenüber. »Hier auf Ravenscar ist es wesentlich kühler als in Harrogate. Als ich heute Morgen losfuhr, war es draußen richtig schön mild.«

»Von der Nordsee«, sagte Elizabeth, »weht selbst an heißen Tagen immer ein leichter Wind zu uns herüber.« Sie kicherte. »Wollpullover sind hier ein Muss.«

»Meine Mutter erzählte mir irgendwann einmal, dass mein Großvater Edmund sich vehement dagegen sträubte, deinen Großvater Henry hier draußen zu besuchen. Für ihn lag Ravenscar gewissermaßen an den Ausläufern des Polarkreises.«

Elizabeth lachte; sie mochte Ambrose sehr gern. Aber auch seine Schwester Merry. »Ich bin meinem Dad noch heute dankbar, dass er eine Zentralheizung einbauen ließ. Im Winter ist das eine Wahnsinnserleichterung.«

»Das glaube ich dir gern. Diese alten Kästen bekommt man nur schlecht warm.« Er lehnte sich in seinem Sessel zurück und streckte die langen Beine aus.

Elizabeth beugte sich zu ihm vor. »Ich möchte dir für dein schwieriges Engagement in Marbella danken. Du hast einen echt tollen Job gemacht.«

»Danke, dass du das sagst. Bisweilen war es ganz

schön hart, das kann ich dir flüstern, aber es ist die Sache wert. Wenn es erst mal fertig ist, wird es das schönste Resort an der ganzen Küste.«

»Ich bin froh, euch wieder alle im Unternehmen zu wissen. Ihr Dunleys seid für mich wie eine eigene Familie.«

»Aber wir sind deine Familie, Elizabeth, oder werden es spätestens, wenn er sich mit Amy geeinigt hat und ihr beiden heiratet. Anne und ich wären begeistert, euch den Hochzeitsempfang in unserem Haus ausrichten zu dürfen – als Beinahe-Familie.«

Elizabeth nickte stumm. Sie saß wie paralysiert in ihrem Sessel und war sprachlos. Und wütend. Wieso redete Robin über Dinge, die nur ihn und sie etwas angingen? Letztendlich hatte er seinen Geschwistern damit signalisiert, dass sie nach seiner Scheidung heiraten würden, oder? Dabei wusste er genau, dass sie nicht heiraten wollte. Plötzlich beschlich Elizabeth das Gefühl, dass er ihr Vertrauen missbraucht hatte.

»Hier kommt der Krug«, verkündete Robert, drei Champagnerflöten in den Fingern balancierend. Lucas betrat hinter ihm die Bibliothek und stellte den Silberkühler auf den Tisch.

Er öffnete die Flasche, füllte die Gläser und reichte sie herum. Nachdem er darauf hingewiesen hatte, dass der Lunch um ein Uhr serviert werde, zog er sich diskret in Richtung Küche zurück.

Sie prosteten einander zu, sprachen über die Eröffnung des spanischen Resorts im kommenden Frühjahr, und Robert forderte Elizabeth auf, Ambrose von ihrer Auktion zu erzählen.

Angespannt, ihre Miene verschlossen, versuchte Elizabeth zu entspannen. Nach mehreren Schlückchen Champagner glückte es ihr, ihren Ärger über Robert auszublenden und Ambrose in groben Zügen von den Deravenel-Turner-Sammlungen zu berichten. Dabei wich sie Roberts Blicken geflissentlich aus.

»Alle Achtung, das wird ja eine Jahrhundertauktion!«, rief Ambrose. »Ich bin sicher, sie bringt dir Millionen ein. Den Termin darf ich auf gar keinen Fall verpassen. Wie steht's mit dir, Robert?«

»Ich werde selbstverständlich dort sein und mit Elizabeth mitfiebern, dass ausschließlich Höchstgebote zum Zuge kommen.«

In diesem Moment kündigte Lucas von der Tür her an, dass der Lunch serviert sei. Elizabeth stellte ihr Glas beiseite und stand auf. »Gut, gehen wir nach unten.« Sie ging voraus und hatte Mühe, ihren Zorn zu unterdrücken.

26

»Ambrose glaubt, dass er dich unwissentlich brüskiert hat«, sagte Robert. An den Türpfosten gelehnt, schaute er prüfend zu Elizabeth.

Sie saß am Schreibtisch in ihrem kleinen Privatbüro und ging die Geschäftsberichte durch. Beim Klang seiner Stimme hob sie den Kopf. »Nein, er hat mich nicht brüskiert.«

Er merkte sofort, dass sie log. Schon während des Essens war sie irgendwie verstimmt gewesen. Sie klang ärgerlich, und ihre verschlossene Miene sprach Bände. »Irgendetwas muss aber doch gewesen sein«, hakte er nach. Er trat an ihren Schreibtisch. »Ich kenne dich zu gut und zu lange, um das nicht zu bemerken, also streite es nicht ab.«

Elizabeth überlegte hin und her, ob sie sich auf eine heikle Diskussion mit ihm einlassen sollte und entschloss sich dann, mit der Wahrheit herauszurücken. Mit leiser, fester Stimme sagte sie: »Ich habe mich über *dich* geärgert, nicht über deinen Bruder. Ihn trifft keine Schuld.«

Robert stutzte. »Wieso? Was habe ich denn Schlimmes getan?«

»Du hast Ambrose erzählt, wir würden nach deiner Scheidung heiraten. Ich war dermaßen verblüfft, dass mir die Luft wegblieb.«

Er schüttelte heftig den Kopf. »O nein, das habe ich nicht! Das mit der Heirat kam zweifellos von ihm. Er weiß, dass ich für klare Verhältnisse bin, demnach folgerte er zwangsläufig, dass wir heiraten werden. So einfach ist das.«

Elizabeth betrachtete ihn schweigend.

»Wieso hast du das Thema nicht schon früher angesprochen? Als wir den Aperitif tranken? Ganz offensichtlich hat er irgendwas zu dir gesagt … als ich mit Lucas in der Küche war, um den Champagner zu holen.«

»Ich wollte dir keine Szene machen.«

»Stattdessen hast du während des Essens für eine denkbar gedrückte Stimmung gesorgt. Du hast sicher gemerkt, wie unbehaglich wir uns gefühlt haben. Du warst kurz angebunden und schnippisch, wenn du überhaupt mit einem von uns gesprochen hast, denn die meiste Zeit hast du schweigend vor dich hin gebrütet wie eine zürnende Rachegöttin. Du warst wütend. Das konnte man dir auch anmerken.«

»Ich war nicht wütend, ich war total … enttäuscht von dir.«

Er schüttelte den Kopf und seufzte. »Ambrose und du, ihr habt beide falsche Schlüsse gezogen. Wie kannst du bloß denken, ich würde dich enttäuschen? Ausgerechnet *ich*?«

»Er hat angekündigt, er und Anne möchten uns den Hochzeitsempfang in ihrem Haus ausrichten«, entrüstete sie sich. »Das sagt man doch nicht einfach so ins Blaue hinein, oder?«

»Aber Liebes, hab dich doch nicht so! Auch das

basierte auf seiner Vermutung, dass wir nach meiner Scheidung heiraten. Ist doch verständlich, dass er so denkt, oder? Vermutlich würden die meisten so handeln. Immerhin haben wir für einen Skandal gesorgt, indem wir unsere Beziehung öffentlich ausgelebt haben. Dass man dann heiratet, ist doch nur logisch.«

Sie schüttelte den Kopf. »Du weißt, dass ich dich nicht heiraten will, Robin. Außerdem bist du noch nicht mal geschieden.«

Mit ihrer Äußerung brachte sie ihn unwillkürlich auf die Palme. »Weswegen willst du mich eigentlich nicht heiraten?« Er stützte sich mit den Handflächen auf ihrem Schreibtisch ab, beugte sich zu ihr vor und schaute sie mit zusammengekniffenen Augen an. »Hab ich irgendetwas an mir? Bin ich etwa nicht gut genug für die Turner-Erbin? Die Erbin von Deravenels? Ist es das? Oder glaubst du, ich bin hinter deinem Geld und deiner Macht her?«

Angesichts seiner harten Worte und seiner verstimmten Miene rutschte Elizabeth unbehaglich in ihrem Sessel herum. »Wie kannst du so etwas sagen?«, fauchte sie ihn an. »Natürlich bist du gut genug für mich. Und ich weiß auch, dass du nicht mit mir zusammen bist, weil es dir um Geld oder Macht oder Einfluss geht. Du willst mich.«

»Da hast du verdammt recht. Und ich will, dass du meine Frau wirst«, regte er sich auf. Als er sah, wie sie sich plötzlich in ihrem Sessel versteifte und blass wurde, trat er vom Schreibtisch zurück. Sein Ton wurde merklich sanfter und er fuhr fort: »Heirate mich, Elizabeth, sobald ich wieder frei bin. Wir können einfach … verschwinden, wenn dir danach ist. *Ausreißen*. Es muss keine große pompöse Hochzeit sein, nur wir beide und zwei Trauzeugen.«

Während sie ihn sprachlos musterte, breitete sich ein hinreißend charmantes Lächeln auf seinem anziehenden Gesicht aus. »Wir sollten heiraten, Liebling, denn wir lieben und begehren einander. Und wenn du möchtest, können wir Kinder haben, den Erben, von dem alle reden. Der das Vermächtnis von Deravenels antritt. Möchtest du das denn nicht?«

Vor lauter Entrüstung fehlten ihr die Worte. Musste er dieses Thema anschneiden? Bevor sie sich bremsen konnte, erwiderte sie: »Nein, das möchte ich ganz bestimmt nicht. Ich bin erst fünfundzwanzig. Mir bleibt noch reichlich Zeit, um über einen Erben nachzudenken. Ich habe nämlich nicht die Absicht, jung zu sterben. Merk dir das. Im Übrigen bauschst du die Sache nur künstlich auf.«

»Wie kannst du so etwas sagen?« Er sah sie beschwörend an.

»Weil es stimmt.«

»Ich bausche die Sache künstlich auf? Was ist mit mir und meinen Gefühlen? Existiere ich überhaupt nicht in dieser Beziehung? Zum Tango gehören immer noch zwei, oder? Ist dir noch nie der Gedanke gekommen, dass ich sehr viel glücklicher wäre, wenn ich mit dir verheiratet wäre, als unverheiratet zusammenzuleben?«

»Du weißt schon lange, dass ich nicht heiraten will. Nie im Leben. Das hab ich dir schon als Achtjährige gesteckt.«

»Jetzt bist du eine erwachsene Frau«, entgegnete er scharf, in einem neuerlichen Anflug von Verärgerung. »Und du hast eine Affäre mit mir, einem erwachsenen Mann, und nicht mit einem kleinen Jungen in kurzen Hosen. Wir lieben uns. Da ist eine Heirat doch die natürlichste Sache der Welt, oder irre ich mich?«

Sie reckte trotzig das Kinn. »Ich heirate niemanden, Robin. Das geht nicht gegen dich, also nimm es nicht persönlich.«

»Verdammt noch mal, ich nehme es aber persönlich!«, brüllte er. Er verließ ihr Büro und schlug dabei die Tür so heftig hinter sich zu, dass eines der Bilder an der Wand wackelte.

Elizabeth lehnte sich zurück, ihre Gesichtszüge waren angespannt. Sie hatte seine Gefühle gewiss nicht verletzen wollen, ihn aber unbeabsichtigt heftig vor den Kopf gestoßen. Was konnte sie tun, um ihn zu besänftigen, sein verletztes Ego zu streicheln? Sie stand ratlos auf und ging nach draußen auf die Terrasse.

Sie sah, wie Robert mit ausholenden Schritten über den Pfad zu der alten Festungsruine lief. Soll er sich erst mal abreagieren, entschied sie. Wenn er sich wieder beruhigt hat, rede ich mit ihm. Ich muss ihm irgendwie begreiflich machen, wie sehr ich ihn liebe.

* * *

Obwohl sie sich die allergrößte Mühe gab, fiel es Elizabeth ungeheuer schwer, sich auf ihre Pläne für die

Spas zu konzentrieren. Nach einer knappen Stunde sprang sie auf, schlang sich einen Schal um die Schultern und ging nach draußen. Der zuvor strahlend blaue Himmel hatte sich merklich zugezogen, die abgekühlte Luft roch nach Regen. Ein Blick an den stumpf graugrünen Horizont und Elizabeth war überzeugt, dass sich dort oben ein Unwetter zusammenbraute. Sie zog den Kaschmirschal fester um ihre Schultern und stürmte über den Pfad. »Robin! Robin!« Doch es kam keine Reaktion.

Zu ihrer Verblüffung war er nicht in der Ruine, und sie konnte ihn auch sonst nirgends finden. Wo mochte er nur stecken? Sie hatte keine Ahnung. Auf dem Rückweg ins Haus hätte er an ihrem Fenster vorbeikommen müssen. Folglich war er noch irgendwo draußen. Plötzlich machte es klick bei ihr: Möglich, dass er zum Strand hinuntergelaufen war. Kaum dass sie die verfallene Festung verließ, krachte der erste Donner und der Himmel öffnete seine Schleusen.

* * *

Eine halbe Stunde später fanden Elizabeth und Lucas Robert am Strand, wo er unter einem Gebüsch hockte. Das Unwetter wütete inzwischen heftig, und es goss wie aus Kannen.

»Verdammt, ich hab mir solche Sorgen um dich gemacht!«, rief Elizabeth, sobald sie ihn entdeckt hatte. Einen Regenmantel und eine dicke Strickjacke unter dem Arm, lief sie zu ihm. »Warum bist du beim ersten Donnerschlag nicht schleunigst ins Haus zurückgekehrt?«

»Als der wolkenbruchartige Regen einsetzte, wollte ich zurück«, erklärte er, während er sein nasses Tweedsakko auszog und es dann auf einen Felsen legte. Er schlüpfte in den dicken Wollpullover. »Ah, so ist es besser. Mir war hundekalt. Dann fand ich es sinnvoller, irgendwo Schutz zu suchen, bis es zu regnen aufhören würde. Aber es hörte nicht auf.«

»Das geht bestimmt die ganze Nacht so weiter. Hier, zieh den Regenmantel über.« Sie wandte sich zu Lucas. »Geben Sie mir mal bitte den Schal?«

»Hier, Miss Turner.« Lucas reichte ihn ihr und schaute prüfend zu Robert. »Fehlt Ihnen auch nichts, Mr Dunley? Oder haben Sie sich verletzt?«

»Nein, nein, alles okay. Ich bin zwar beim Laufen über das Felsgeröll gestolpert, aber es ist Gott sei Dank noch mal gutgegangen.«

»Ich war zufällig oben am Fenster, Sir, und habe Sie gesehen. Ich wollte gerade runter zum Strand, als Miss Turner in die Küche gelaufen kam. Gut, dass Ihnen nichts fehlt.«

»Danke, Lucas.« Robert knotete sich den Schal um den Hals, nahm den Schirm, den Elizabeth für ihn mitgebracht hatte und schnappte sich sein nasses Sakko. Er musste unwillkürlich grinsen. »Danke für die schnelle Rettung.«

Sie grinste zurück und lief schnell mit ihrem Schirm über den Strand, gefolgt von den beiden Männern.

* * *

Nach ihrer Rückkehr bestand Elizabeth darauf, dass Robert heiß duschte. Währenddessen machte sie eine Kanne Tee, die Lucas in ihr Schlafzimmer brachte.

Zehn Minuten später kam Robert, in einen flauschigen Bademantel gehüllt, aus dem Bad und gesellte sich zu ihr. »Mein Gott, kaum zu glauben!« Er blickte kopfschüttelnd aus dem Fenster. »Du hattest recht, das Unwetter dauert bestimmt noch die ganze Nacht.«

Als er sich zu ihr umdrehte, sagte Elizabeth hastig: »Robin, es tut mir wahnsinnig leid. Bitte verzeih mir. Ich wollte dich bestimmt nicht verletzen, es ist mir einfach so rausgerutscht. Ich wollte doch bloß sagen, dass ich nicht heiraten möchte. Das hat gar nichts mit *dir* zu tun, Liebling. Ehrenwort. Dabei geht es einzig um mich. Ich liebe dich, ich möchte mein weiteres Leben mit dir verbringen, und das weißt du auch. Ich würde dich nie verletzen wollen, jedenfalls nicht bewusst.«

Robert setzte sich in den anderen Sessel, goss sich eine Tasse Tee ein, gab Süßstoff und eine Scheibe Zitrone dazu. Nach einem tiefen Schluck stellte er die Tasse auf einen kleinen Tisch. Er ergriff Elizabeths Hand, zog sie an seine Lippen, küsste zärtlich ihre Fingerspitzen.

»Da gibt es nichts zu verzeihen, Liebes. Zugegeben, ich habe ein bisschen überreagiert. Wir beide empfinden tief füreinander, und ich möchte mit dir zusammenbleiben – tja und heute Nachmittag stellte ich schlagartig fest, dass du mich zum glücklichsten Mann auf der ganzen Welt machen würdest, wenn du mich heiratest. Dennoch akzeptiere ich es, wenn du unsere Beziehung nicht legalisieren möchtest. Dann leben wir eben weiter so zusammen wie bisher.«

Sie seufzte erleichtert. »O Robin, ich bin ja so froh, dass du das sagst. Ich möchte dich nämlich nicht verlieren.«

»Keine Sorge. Ich bleibe bei dir, egal, was auch passiert.«

»Die Ehe hat mich nie gereizt«, erklärte sie. Sie wiegte gedankenvoll den Kopf und fuhr dann mit weicher Stimme fort: »Im Gegenteil, sie hat eher etwas Abschreckendes für mich. Das hängt vermutlich damit zusammen, dass ich so viele zerrüttete Ehen gesehen habe, unglückliche Ehefrauen, dominante Ehemänner – wahre Despoten, um ehrlich zu sein.«

»Das kann ich mir durchaus vorstellen. Du musstest von Kind an dramatische Szenen miterleben. So etwas prägt natürlich zwangsläufig.«

»Mein Dad war *das* Paradebeispiel für einen dominanten, launischen, frustrierten Ehemann, ein Mann, der sich und seinen Frauen das Leben schwermachte. Mir im Übrigen auch.«

»Er war glücklich mit seiner ersten Frau, Catherine, einer Spanierin. Die beiden waren sehr verliebt. Das weiß ich von meiner Mutter, die sie gut kannte. Das einzige Problem in ihrer Ehe war der fehlende Erbe – ansonsten kamen sie phantastisch miteinander aus. Sie war hochintelligent, gebildet und kultiviert. Trotzdem hat … ähm … deine Mutter Harry den Kopf verdreht. Nachdem dein Vater sie kennengelernt hatte, war er verrückt nach Anne. Wir brauchen das nicht weiter auszumalen, du kennst die Geschichte.«

»Dann begegnete er Jane Selmere, verliebte sich Hals über Kopf in sie und beschloss, sie zu heiraten. An meiner Mutter krittelte er nur noch herum und brachte sie damit an den Rand der Verzweiflung. Als Jane nach der Geburt des kleinen Edward starb, heiratete er die Deutsche Anne, eine stämmige, mütterlich wirkende Person. Sie passte so gar nicht in sein Beuteschema.«

»Unattraktiv ist die bessere Umschreibung«, warf Robert ein.

»Sie war eine liebenswerte Frau. Zu Edward und mir war sie immer sehr nett. Zu Mary auch. Nach meinem Dafürhalten hatte sie regelrecht Angst vor Harry, und sie war heilfroh über die Blitzscheidung. Richtig leidgetan hat mir Kathy Howard Norfell, Harrys bildschöne Jagdtrophäe und seine Vorzeigeehefrau. Sie war noch blutjung und nicht besonders helle im Kopf.«

»Du machst wohl Witze? Die hatte es faustdick hinter den Ohren! Kathy hat Harry nach Strich und Faden betrogen. Und kann man ihr das letztlich verdenken? Mal ganz ehrlich, als er die junge Kathy heiratete, war er ein alter ungenießbarer Fettsack. Kein Wunder, dass sie sich in fremden Betten austobte … mit attraktiveren und potenteren jungen Männern. Damit schaufelte sie sich ihr eigenes Grab. Es war eine schlimme Scheidung, bei der eine Menge Porzellan zerschlagen wurde. Zum Glück überlebte Catherine Parker ihn.«

»Und dann schneite uns der umwerfende Admiral ins Haus, der Sexprotz mit einer geballten Portion Charme. Und die lange vernachlässigte Catherine Parker heiratete den unwiderstehlichen Tom Selmere, der dann anfing, mit mir zu flirten, und der versuchte, mich rumzukriegen.«

Robert lachte. »Selmere war ein Aufschneider und das Negativbeispiel für einen Ehemann, stimmt's, mein Liebling?«

»Wo du recht hast, hast du recht«, meinte sie kichernd. »Philip Alvarez war jedoch keinen Deut besser. Er heiratete Mary bloß wegen des Geldes, inzwischen bin ich mir da sicher. Und dann ließ er sie – grob ausgedrückt – stehen wie ein altes ausgedientes Möbelstück.«

»Er war nicht mal auf ihrer Beerdigung, diese Dumpfbacke«, knurrte Robert. »Trotzdem, Elizabeth«, fuhr er mit ernster Stimme fort, »nicht alle Männer sind wie dein Vater, Selmere und Alvarez. Ich jedenfalls nicht. Das müsstest du im Laufe unserer langen Freundschaft begriffen haben.«

»Ja sicher, Robin. Aber ich möchte ... frei sein, unabhängig, eine eigenständige Frau. Ich möchte nicht heiraten, auf gar keinen Fall.« Sie schaute ihn bittend an. »Können wir jetzt das Thema wechseln? *Bitte?*«

»Natürlich. Keine Diskussion mehr.« Er trank einen Schluck Tee. »Danke noch mal, dass du mit Lucas an den Strand gekommen bist.«

»Hast du dir auch bestimmt nichts verstaucht, als du auf den Felsen ausgerutscht bist?«

»Nein, es war bloß hundekalt, und ich war völlig durchweicht. Inzwischen fühle ich mich wieder blendend. Wenn ich angezogen bin, nehmen wir einen kleinen Drink.«

»Du hast mir verziehen, oder, Robin?«

»Da gibt es nichts zu verzeihen«, wiederholte er.

* * *

»Draußen ist es herrlich sonnig, Robin«, rief Elizabeth, als sie am Sonntagmorgen die Vorhänge zurückzog und aus dem Fenster schaute. »Das Unwetter ist bestimmt nach Norden weitergezogen. Na, mach schon, steh auf, mein kleiner Faulpelz. Komm mit nach unten. Dann mache ich uns Frühstück.«

»Es ist noch nicht mal sechs«, brummelte Robert, inzwischen hellwach. Er warf die Decken zurück und schwang die Beine aus dem Bett. Dann schlüpfte er in Morgenmantel und Slipper. »Was gibt's denn heute Morgen Leckeres zum Frühstück, Miss Turner?«

»Ach, alles Mögliche, was so im Kühlschrank steht. Lucas hat Räucherfisch gekauft. Magst du so was? Oder Nierchenragout mit Pilzen? Das ist sein Standardgericht.«

»Was hältst du von einem weichgekochten Ei und Toast?«, schlug er vor. Er führte sie aus dem Schlafzimmer die Treppe hinunter.

»Gekochte Eier sind okay«, pflichtete sie ihm bei. »Die nehm ich auch.«

In der Küche machte Elizabeth die Kaffeemaschine an, lief zum Kühlschrank, holte Milch und Eier heraus und stellte alles auf die Kochinsel in der Mitte des Zimmers.

»Habt ihr noch irgendwo Orangensaft?«, wollte Robin wissen.

»Entschuldige, habe ich glatt vergessen, aber im Kühlschrank müsste welcher sein.«

Robert füllte zwei Gläser, trug sie zum Küchentisch und schaltete mit der Fernbedienung den Fernseher ein. »Ich will mir bloß kurz die Wetterprognose –« Er hielt inne und starrte fassungslos auf den Bildschirm. Elizabeth wirbelte herum und folgte seinem Blick.

»Der Wagen, in dem Prinzessin Diana saß, verunglückte kurz nach Mitternacht im Point-D'Alma-Tunnel«, teilte der Nachrichtensprecher gerade mit. »Der Krankenwagen, der kurze Zeit später an der Unglücksstelle eintraf, brachte sie ins Pitié-Sâlpetrière, die Klinik, in der sie in den frühen Morgenstunden verstarb.«

»Ach, du meine Güte!«, rief Elizabeth bestürzt. »Unfassbar. Nein, ich glaube es nicht.« Sie schaute auf Robert, der wie festgewachsen neben dem Tisch stand, und stellte mit zitternden Händen den Eierkarton ab. Mit aufgewühlter Stimme fügte sie hinzu: »Es ist unmöglich, Robin. Da muss ein Irrtum vorliegen. Doch nicht Prinzessin Diana.«

Robert hatte es die Sprache verschlagen. Er schlang einen Arm um Elizabeths Schultern, drückte sie sanft auf einen Stuhl und setzte sich neben sie. Ungläubig starrte er auf den Bildschirm, sekundenlang nicht in der Lage, die dramatische Nachricht aufzunehmen.

Tränen liefen Elizabeth über die Wangen, sie zog

umständlich ein Papiertaschentuch aus der Hosentasche und betupfte sich die Augen. »Ihre armen Söhne, die kleinen Prinzen.« In ihrer Stimme schwang tiefe Betroffenheit, und sie begann erneut zu weinen.

Robert raffte sich schließlich auf und holte zwei Becher Kaffee. Dann saßen sie stundenlang vor dem Fernseher und verfolgten die Berichterstattung aus Paris und London. Das war am 31. August 1997. Mit England und der ganzen Welt betrauerten sie tief schockiert den tragischen Tod der bezaubernden Prinzessin der Herzen, die viel zu früh aus dem Leben gerissen worden war.

27

Bedrückende Stille. Ich hätte mir nie vorstellen können, dass so etwas bei Deravenels möglich ist. Die Angestellten erledigen ihre Aufgaben wie sonst auch, auf ihren Gesichtern jedoch zeigt sich eine tiefe Traurigkeit. Sie laufen deprimiert durch die Gänge, unterhalten sich leise flüsternd, arbeiten, gleichwohl überwältigt von einem Schmerz, der ganz England und die ganze Welt erfasst hat.

Das Leben einer dynamischen, bezaubernden jungen Frau wurde ausgelöscht. Und doch lebt sie in unseren Herzen weiter. Plötzlich und unerwartet, suggeriert uns ihr gewaltsamer Tod, dass auch wir verletzbar und sterblich sind, dass wir immer in Gefahr schweben. Die gemeinsame Trauer schweißt zusammen.

Sie starb vor fünf Tagen, und wir alle stehen noch immer unter Schock, können nicht fassen, dass sie von uns gegangen ist. Ich empfinde ihn ganz stark … diesen Schmerz über den Verlust, so als wäre ein verheißungsvoller Traum in tausend Stücke zerbrochen. Sie war so lebenssprühend und begeisterungsfähig. Fürsorglich und erfüllt von Nächstenliebe gab sie den Armen, den Bedürftigen und Kranken. Ihr charmantes Lächeln, ihre strahlend blauen Augen … unbegreiflich, dass das nur noch Erinnerung ist …

Der Tod von Prinzessin Diana hat mir vieles vor Augen geführt. Nicht nur meine eigene Sterblichkeit, sondern auch die unterschiedlichen Aspekte meiner Beziehung mit Robin. Letzte Nacht konnte ich nicht schlafen … ich lag wach und dachte an ihn … was wäre, wenn er einen tödlichen Unfall hätte oder wenn er plötzlich sterben würde? Was würde ich ohne ihn tun? Mein Leben wäre mit einem Schlag vorbei, denn er ist mein Leben. Und trotzdem habe ich ihn am vergangenen Wochenende mit meinen Äußerungen tief verletzt. Ich sollte vorsichtiger sein mit dem, was ich sage … und nicht brutal mit der Tür ins Haus fallen. Vermutlich ist auch das ein Erbe meines Vaters.

Was ist das? Tränen auf meinen Wangen? Weine ich wegen Harry? Wegen Robin? Oder Prinzessin Diana? Meine Gefühle sind ein einziges Chaos.

Mein Vater Harry Turner. Ich liebte ihn und bin stolz auf das, was er als Konzernchef für Deravenels geleistet hat …

Ist es immer so, dass das Opfer seinen Peiniger liebt? Ist das normal? Ich habe mich oft gefragt, weshalb mein Vater mich als Kind so schlecht behandelte. Er war ein Ekel. Er brüllte und tobte, und schickte mich weg. Obwohl er Geld wie Heu hatte, zahlte er Kat Ashe dermaßen wenig Haushaltsgeld, dass wir in meiner Jugend immer knapp bei Kasse waren. Es waren Menschen wie Tante Grace Rose und John Dunley, Robins Vater, die sich liebevoll um mich kümmerten und mir damit glückliche Momente bescherten. John, indem er seinem Sohn erlaubte, die Wochenenden in Waverley Court zu verbringen, und Grace Rose, die mich auf die Stonehurst Farm einlud. Und wenn ich dort war, ob allein oder mit Robin, las sie einem jeden Wunsch von den Augen ab. Bei ihr hatte ich eine wundervolle Zeit.

Warum hasste mein Vater mich, als ich ein kleines Mädchen war? War es, weil er meine Mutter in mir sah? Und hatte er meine Mutter so sehr gehasst, dass sich der Hass zwangsläufig auf mich übertrug? Auf ein unschuldiges Kind, das nur von ihm sein konnte, mit rotblonden Haaren, hoch gewachsen und schlank wie mein Großvater Henry Turner. Harry Turner wandte zwar keine körperliche Gewalt an, dafür verletzte er mich mit der Brutalität seiner Worte. Ich war sein Opfer, trotzdem liebte ich ihn und versuchte, ihm alles recht zu machen. Weil ich verzweifelt wollte, dass er mich liebte und anerkannte? Das tat er erst, als ich bereits nicht mehr damit rechnete, nachdem wir uns jahrelang nicht gesehen hatten. Er lud mich ein, ihn und meine Halbschwester Mary zu besuchen, und wir aßen zusammen zu Mittag. Ich muss ihm wohl gefallen haben, denn er war beeindruckt von meiner Intelligenz und zudem sichtlich baff, dass ich seine helle Haut und das schimmernde rotblonde Haar geerbt hatte. Und so fand ich Akzeptanz. Laut Kat Ashe war mein Vater fasziniert von meinem großen Allgemeinwissen und stolz auf meine ausgezeichnete Bildung, wenigstens äußerte sie sich mir gegenüber so.

Robin ist überzeugt, dass meine Abneigung gegen die Ehe aus meinen Negativerfahrungen resultiert. Kann sein, dass er damit richtig liegt. Mir will jedoch nicht einleuchten, wieso ein Trauschein eine Beziehung verändern soll. Es ist letztlich lediglich bedrucktes Papier … nein, stimmt nicht. Es ist ein Dokument, das unsere Beziehung legitimiert, was in vielen Lebensbereichen von nicht unwesentlicher Bedeutung ist. Ich bin nicht verrückt darauf, obwohl ich verrückt nach Robin bin. Folglich muss ich das Für und Wider noch einmal sorgfältig abwägen. Und ich muss Robin ein positives Gefühl geben. Ich muss ihn meiner Liebe versichern …

* * *

»Komm rein, Merry«, rief Elizabeth, als es energisch an ihrer Bürotür klopfte.

Merry schaute ins Zimmer und fragte: »Marcus Johnson ist da. Soll ich ihn hereinführen?«

»Ja, und ruf Grace Rose an, dass ich wie versprochen um sechs bei ihr bin. Rechtzeitig zum Aperitif!«

»Mach ich.« Merry verschwand und schloss die Tür wieder hinter sich zu.

Elizabeth zog den schwarzen Hefter aus dem Stapel, schlug ihn auf und überflog die Stichpunkte, die Marcus Johnson fein säuberlich auf dem ersten Blatt notiert hatte. Als Merry mit Marcus ihr Büro betrat, sah sie auf.

Elizabeth stand auf, ging um den Schreibtisch und schüttelte Marcus Johnson die Hand. »Guten Morgen, Marcus, freut mich, dass Sie es einrichten konnten, schon heute zu kommen und nicht erst morgen. Ich bin Ihnen sehr verbunden.«

»Guten Morgen, Elizabeth, das war überhaupt kein Problem.«

»Nehmen Sie doch bitte Platz«, sagte sie und setzte sich wieder hinter ihren Schreibtisch.

»Tragisch, nicht wahr, das mit Prinzessin Diana? Ganz London trauert«, bemerkte Marcus.

»Ich auch. Ich bin fix und fertig«, gestand Elizabeth. »Mir geht ständig durch den Kopf, dass es ein Unfall war, der nicht hätte passieren müssen.«

»Geht mir ähnlich, und etlichen anderen Leuten auch. Dass man sich nicht entsprechend um sie gekümmert hat … mir scheint, es war … na ja, eine ziemlich chaotische Situation.«

»Da stimme ich Ihnen zu.« Sie blickte auf die aufgeschlagene Seite. »Kommen wir zum Geschäftlichen, Marcus. Ihr Konzept hat mich nachhaltig überzeugt.« Und lächelnd fügte sie hinzu: »Ich beauftrage Ihre Agentur damit, die Werbekampagne für die Elizabeth-Turner-Spas zu lancieren. Des Weiteren möchte ich, dass Sie die Deravenel-Turner-Sammlungen in der Öffentlichkeit ein bisschen mehr bewerben. Sotheby's wird bestimmt eine Menge Werbung machen, trotzdem habe ich den Eindruck, dass ein wenig zusätzliche Publicity nicht schaden kann. Wäre das für Sie realisierbar?«

»Für Sie machen wir doch alles, und danke für das Vertrauen, das Sie uns entgegenbringen. Ich werde zwei meiner Art-Direktoren damit betrauen. Eine Abteilung übernimmt die Werbung für die Spas, die andere lanciert die Auktion.« Er beugte sich leicht zu ihr vor. »Nachdem ich Sie von unserer Werbestrategie überzeugen konnte, möchte ich Ihnen noch etwas vorschlagen. Was halten Sie von der Überlegung, die Eröffnungsparty in einem Hotel stattfinden zu lassen und nicht in Ihrem brandneuen Londoner Spa?«

»Ihr Vorschlag ist fabelhaft! Einfach super, das ist die perfekte Lösung«, erwiderte Elizabeth lachend.

»Ich bin nämlich echt skeptisch wegen meiner schönen weißen Teppichböden, der weißen Vorhänge und Möbel. Auf solchen Riesenpartys kippt immer mal ein Glas um, wird etwas verschüttet oder rumgekleckert.«

»Genau. Ein Szenario wie aus einem Alptraum. Isabella Fort hatte spontan die Idee und hat sich für den Hotelempfang stark gemacht. Wie Sie in der Präsentation gelesen haben, schlägt meine Mitarbeiterin das Dorchester vor. Oder bevorzugen Sie ein anderes Hotel?«

»Das Dorchester ist hervorragend geeignet für solche Empfänge. Zudem überzeugt mich das Konzept, unabhängig davon einige ausgesuchte Fachjournalisten für Schönheit, Wellness und Mode persönlich herumzuführen. Ihnen das Spa zu zeigen und dort hinterher einen vorbereiteten Lunch im kleinen Kreis einzunehmen ist eine brillante Idee. Im Übrigen finde ich Ihre sämtlichen Aktionen bestechend, und deshalb bekommen Sie den Zuschlag. Wann, meinen Sie, können Sie anfangen?«

»Wenn Sie das erste Spa in London im April 1998 eröffnen wollen, müssen wir umgehend loslegen. Wir brauchen erfahrungsgemäß sechs Monate Vorlaufzeit.«

»Ich bitte Merry, die von Ihnen vorbereiteten Verträge von unseren Anwälten gegenlesen zu lassen, bevor ich sie unterzeichne. Sie bekommen Ihre Ausfertigung nachher ausgehändigt. In der Zwischenzeit möchte ich noch ein paar Punkte mit Ihnen besprechen.«

»Dann mal los.« Marcus lächelte. »Ich habe heute Vormittag jede Menge Zeit.«

* * *

»Sie will alles verdammt schnell und ist dabei verdammt ungeduldig«, sagte Mark Lott und trank einen Schluck von seinem trockenen Martini. »Wenn du mich fragst, ist das Kaliber 'ne Nummer zu groß für die Kleine.«

Alexander Dawson feixte anzüglich. »Aber dein Kaliber würde passen, was, Mark?«

»Spinnst du? Meinst du im Ernst, ich würde mein bestes Stück da reinstecken, wo der verdammte Dunley schon drin war? Nie im Leben. Sie ist sowieso nicht mein Typ.«

»Aber seiner. Die beiden rammeln Tag und Nacht, wie die Karnickel, darüber tuschelt schon ganz London. So was kommt verdammt nicht gut an in der City. Es gibt mächtig viel Gerede um die Konzern-Lady, weil sie es mit einem ihrer Topmanager treibt. Diese Typen haben zwar einerseits nichts gegen eine kleine Nummer einzuwenden, andererseits sind sie stockkonservativ, was Sex im Büro angeht.«

»Sie treiben es doch nicht etwa im Büro, oder?« Marks Stimme überschlug sich fast. Er starrte seinen Kollegen entgeistert an.

»Du hast sie wohl nicht mehr alle! Das war doch bloß so dahergesagt. So was ist eben tabu. Aber um noch mal auf dein Argument von vorhin zurückzukommen, dass sie ihre Visionen im Eiltempo umsetzen will. Meinst du damit die Spas?«

»Was sonst? Die Dinger kosten ein Vermögen«, betonte Mark.

Alexander winkte dem Kellner, bestellte zwei weitere Martinis und wandte sich dann wieder an Mark. »Sag mal, tickst du noch ganz richtig? Das Unternehmen investiert keinen müden Penny in die Spas. Sie stemmt das mit ihrem Privatvermögen.«

»Privatvermögen? Die Dame hat kein Geld, das weißt du genauso gut wie ich. Unsere süße kleine Mary hat ihre sämtliche Kohle diesem feurigen Latin Lover in den Rachen geschoben. Dieser Alvarez hat's verstanden, wie sich was aus ihr herauskitzeln ließ.«

»Im wahrsten Sinne des Wortes«, schoss Alexander süffisant grinsend zurück. »Das hat Norfell mächtig gefrustet. Ich habe immer geglaubt, dass er liebend gern mit ihr in die Kiste gestiegen wäre. Die hingen ohnehin wie die Kletten aneinander. Vermutlich durfte er sogar ab und an mal ran.«

»Red keinen Scheiß. Norfell und Mary gehörten derselben Kirche an, mehr war da nicht. Der ist wählerisch, was seine Bettgespielinnen angeht. Norfell steht auf schlanke Frauen mit hellem Teint. Und heiß … heiß wie Feuer müssen sie sein. Ein dunkler Typ wie Mary war nicht sein Fall; außerdem war sie ihm bestimmt zu fett und zu lethargisch.«

»Ich mochte Mary«, räumte Alexander ein. Sein Blick schweifte abwesend durch den Grill Room des Dorchester. »Verdammt, wenn man vom Teufel spricht!«, stieß er hervor. »Da hinten sitzt sie. Elizabeth. Mit irgendeinem smarten Typen. Wer mag der Glückliche sein? Ob sie Dunley den Laufpass gegeben hat, für einen Älteren? Das wäre glatt der Brüller.«

»Das ist Marcus Johnson, du Dumpfbacke, der renommierte PR-Mann. Ich war mit ihm zusammen in Eton. Er entstammt einer einflussreichen Familie aus Yorkshire. Sein Vater ist Lord Johnson of Beverley. Ich kann mir nicht vorstellen, dass Marcus ein Faible für sie hat. Der hat genug andere Eisen im Feuer ... hatte er jedenfalls.« Mark lehnte sich zurück und grinste. »Außerdem ist er verheiratet. Und jetzt noch mal zu den Spas. Wie ich eingangs erwähnte, kosten die Dinger ein Vermögen, und sie hat einen Kredit von zehn Millionen Pfund aufgenommen. Jetzt verrat mir mal eins. Was, wenn sie mit ihren Spas scheitert? Wer zahlt dann den Kredit zurück? Elizabeth oder der Konzern? Ich nehme mal an die Firma, weil Elizabeth gar nicht das Geld hat, um ihren Bankverpflichtungen nachzukommen.«

»Nein, nein, da bist du schwer im Irrtum.« Alexander schüttelte heftig den Kopf. »Du vergisst, dass sie mindestens fünfzig bis siebzig Millionen Pfund mit der Auktion machen wird, die bei Sotheby's stattfindet.«

Marks Augen wurden schmal. »Bleib auf dem Teppich, Alex! Das scheint mir aber verdammt hoch gegriffen. Was zum Henker kommt denn da unter den Hammer? Weißt du was Genaueres?«

»Ja. Zufällig arbeitet meine Nichte bei Sotheby's, und sie sprach neulich davon, dass es sich um die größte Auktion handelt, die Sotheby's in den vergangenen Jahren auf die Beine gestellt hat. Und dass die zum Verkauf angebotenen Stücke einzigartig sind. Jede Menge Diamanten und andere Klunker, überdies ein Haufen Kunst, Impressionisten und Post-Impressionisten, die Millionen erzielen werden.«

»Das ist nicht dein Ernst!«

»O doch.« Alexander nickte bekräftigend. »Glaub mir, Mark, es ist so. Elizabeth ist regelrecht auf die Füße gefallen, denn die Kunstwerke sind außerordentlich wertvoll. Offenbar stammt ein Großteil der Bilder von Edward Deravenels Geliebter, einer gewissen Jane Shaw. Matisse, Manet, Monet, van Gogh … alles große Namen. Venetia, meine Nichte, erzählte mir außerdem, dass die ersten Schätzungen bei weitem zu niedrig gegriffen waren, und dass das Auktionshaus sie derzeit nach oben korrigiert.«

»Im Klartext: Elizabeth ist nicht beizukommen, was?« Mark hob missmutig die Brauen. »Wir haben nicht die Spur einer Chance, sie zu stürzen.«

»Das habe ich so nicht gesagt. Natürlich ist sie angreifbar. Ich habe lediglich betont, dass es nicht die Spas sind, die ihr das Genick brechen werden. Da gibt es aber durchaus andere Risiken. Streng mal deine grauen Zellen an. Dieser Robert Dunley ist ein solcher Risikofaktor. Den haben etliche Manager auf dem Kieker. Und die Gerüchte über das Verhältnis der beiden sind auf Dauer zermürbend.«

Mark beugte sich vertraulich zu Alexander und fragte: »Und wer hat ihn denn speziell im Visier? Los, erzähl schon.« Er grinste gehässig.

»Norfell«, erwiderte Alexander tonlos. »Und er steht nicht allein.«

»Wer will ihm denn noch ans Leder?«, zischelte Mark ziemlich verblüfft.

»Verrat ich nicht. Da musst du schon selber draufkommen.« Alexander lehnte sich zurück, da der Ober eben eine Platte Austern vor ihn hinstellte, und hüllte sich in beredtes Schweigen.

Sobald Mark seinen Räucherlachs serviert bekommen hatte, hakte er nach: »Wer ist es? Mir kannst du es doch ruhig sagen! Was soll denn die Geheimniskrämerei?«

»Ehrlich gesagt, Mark, bin ich mir nicht ganz sicher, ob meine Informationen stimmen. Ich müsste mutmaßen, und das bringt uns kein Stück weiter, oder?«

Dawson redete sich nur heraus, das wurde dem wesentlich ausgefuchsteren Mark Lott spontan bewusst. »Komm, gib mir wenigstens ein paar Anhaltspunkte. Damit wir Elizabeth Turner über kurz oder lang zur Strecke bringen können.«

Alexander warf den Kopf in den Nacken und wieherte vor Lachen. Er fasste sich hastig wieder und meinte gepresst: »Ich hatte einen Großonkel, dessen Onkel wiederum zu Beginn des Jahrhunderts bei Deravenels tätig war, als Direktor der Sparte Bergbau. Er starb unter mysteriösen Umständen, und mein Großonkel vermutete, dass sein Onkel ermordet wurde, von jemandem aus dem Edward-Deravenel-Clan. Also plante er, den Mord aufzudecken, weil er Vergeltung üben wollte.«

»Arbeitete dieser Großonkel auch bei Deravenels, Alexander?«

»Ja, auch im Bergbau. Er hieß Aubrey Dawson, *Aubrey* nach seinem Onkel Aubrey Masters, der auf rätselhafte Weise ums Leben kam.«

»Und, kam dein Großonkel Aubrey zum Zuge?«

»Nein, da die Geschichte Jahrzehnte zurücklag, war sie längst in Vergessenheit geraten. Er heiratete nicht, und als er starb, vermachte er mir seine Deravenels-Aktien. Durch ihn hab ich den Job hier bekommen. Ich stehe voll hinter dem Konzern und werde ihn folglich schützen.«

»Ich bekam den Job durch meinen Vater, der seinerzeit für Harry Turner arbeitete. Mein Großvater war im Vorstand, als Henry Turner das Unternehmen leitete. Aber damit erzähle ich dir sicher nichts Neues.«

»Nein. Wir sind alte Hasen. Urgestein im Management von Deravenels. Der Konzern ist mir heilig, und ich will verhindern, dass irgendeine Frau darin herumpfuscht«, knurrte Alexander.

»Verdammt, ich auch«, versicherte Mark, insgeheim verwundert, wieso Alexander elegant das Thema gewechselt hatte.

* * *

Cecil Williams blickte von seinem Schreibtisch auf, als es an seiner Bürotür klopfte. Francis Walsington kam ins Zimmer und drückte die Tür hinter sich zu.

»Hallo, Francis! Mit dir hatte ich heute am allerwenigsten gerechnet. Ich dachte, du gönnst dir ein langes Wochenende.«

»Ich habe mich anders entschieden. Deshalb.« Francis schob eine gefaltete Zeitungsseite über den Schreibtisch und setzte sich Cecil gegenüber. »Lies mal.«

Cecil starrte auf den Wirtschaftsteil der Pariser Ausgabe der *International New York Herald Tribune*. Er überflog rasch die Seite und sagte dann: »Du bist überzeugt, dass François und Marie de Burgh ihre Fühler nach Deravenels ausstrecken, stimmt's?«

»Offenbar haben sie es ja wohl nicht auf Marks and Spencer abgesehen. Guck dir den zweiten Absatz mal genauer an, was da zwischen den Zeilen steht.«

Cecil nickte und vertiefte sich abermals in den Artikel, ein Interview mit François de Burgh und seiner Frau Marie Stewart de Burgh. Als er zu der entsprechenden Passage kam, las er laut vor: »Meine Frau und ich planen, bei Dauphin zu expandieren, und damit fortzuführen, was mein Vater vor seinem tragischen, tödlichen Unfall bereits initiierte. Wir setzen auf eine globale Expansion, beginnend mit England. Dafür werden wir ein bereits bestehendes Unternehmen, das weltweit agiert und das sich nahtlos in Dauphin einpasst, übernehmen.« Cecil lehnte sich zurück. »Du hast recht. Damit meint er die Deravenel Company. Da sind sie jedoch chancenlos, da eine Übernahme ausgeschlossen ist.«

»Trotzdem können sie uns einen Haufen Ärger machen, indem sie in offenen Wunden wühlen, unsere Reputation ankratzen – es zumindest probieren.« Francis zog eine Grimasse. »Marie glaubt also allen Ernstes, dass sie ein Anrecht auf Deravenels hat. Sie ist verbohrt, diese Traumtänzerin. Dabei hat sie keinerlei Befugnisse. Trotzdem plant sie, uns anzugreifen.«

»Aber bloß verbal!« Cecil schaute seinen Kollegen an und fügte hinzu: »Ansonsten sind ihr die Hände gebunden. Elizabeth hält die Aktienmehrheit, von daher ist sie die mächtigste Person in diesem Unternehmen.«

»Stimmt. Wir sind ein Privatunternehmen, das auf individuellen Statuten basiert, die uns vor feindlichen Übernahmen schützen. Und die wenigsten wissen um diese Richtlinien. Womöglich spielt der eine oder andere aber doch mit dem Gedanken, seine Deravenels-Anteile zu veräußern. Und ist bereit, gegen ein entsprechend lukratives Gebot an Marie zu verkaufen.«

»Ich glaube dennoch nicht, dass das allzu viele sein werden. Das reicht nicht für eine Aktienmehrheit. Woher hast du den Artikel? Hast du die französische *Herald Tribune* abonniert, Francis?«

»Nein, ein Freund rief mich heute Morgen aus Paris an und hat ihn mir vorgelesen. Daraufhin habe ich mir die Ausgabe besorgen lassen. Ich bin dafür, ihn Elizabeth zu zeigen.«

»Genau. Sie sollte informiert sein. Es hat keinen Sinn, sie zu schützen, indem wir ihr den Artikel vorenthalten«, erwiderte Cecil. »Außerdem würde sie uns an die Gurgel gehen, wenn wir das täten. Allerdings ist sie über Mittag mit diesem PR-Mann Marcus Johnson zum Lunch verabredet. Wir müssen warten, bis sie wieder zurück ist.«

»Ist Robert bei dem Gespräch dabei?«

»Nein, er müsste in seinem Büro sein. Ich rufe ihn kurz an.«

Wenige Minuten später betrat Robert Dunley Cecils Büro, die Stirn gedankenvoll gerunzelt. »Was liegt an? Irgendwelche neuen Katastrophenmeldungen?«

Cecil drückte ihm die Zeitungsseite in die Hand. »Hier, lies selber.«

Nachdem er den Artikel durchgelesen hatte, blickte Robert von Cecil zu Francis. »Wir waren uns immer darüber im Klaren, dass Marie irgendwann aktiv werden würde. Es kommt bloß früher, als ich dachte, aber nach dem Tod ihres Schwiegervaters haben sie und ihr Mann bei Dauphin das Sagen.« Er rieb sich nachdenklich das Kinn und gab Cecil die Zeitungsseite zurück. »Momentan können wir da nicht tätig werden.«

Und an Francis gewandt, fragte er: »Was meinst du dazu?«

»Nicht viel. Wir diskutieren zwar schon seit Urzeiten, dass die Dame uns irgendwann mächtig einheizen wird, aber unternommen haben wir bisher nichts.«

»Wie denn auch?«, fragte Cecil.

»Elizabeth muss das unbedingt lesen«, erklärte Robert mit Nachdruck. »Gleich wenn sie zurück ist.«

»Unbedingt« Francis lehnte sich zurück und starrte gedankenvoll auf einen imaginären Punkt an der Wand. Schließlich sagte er: »Ich plädiere dafür, wir signalisieren François de Burgh, dass wir über seine Übernahmestrategie informiert sind. Gleichzeitig stecken wir ihm, dass er angesichts unserer komplexen

Unternehmensrichtlinien nicht die kleinste Chance auf Erfolg hat. Wehret den Anfängen, Leute! Wir müssen ihr Vorhaben im Keim ersticken, notfalls drohen wir ihnen sogar mit unseren Anwälten.«

»Eine fabelhafte Strategie, Francis. Was hältst du davon, wenn du nach Paris fährst und de Burgh persönlich informierst?«, schlug Robert vor.

»Mach ich«, war Francis einverstanden. »Aber vorher müssen wir Elizabeth in Kenntnis setzen.«

28

Ich bin auf deinen Vorschlag eingegangen und habe Marcus Johnson engagiert«, verkündete Elizabeth strahlend. Sie setzte sich zu ihrer Großtante auf die Couch.

Grace Rose straffte den Rücken und erwiderte ihr Lächeln. »Kluges Mädchen!«, sagte sie. »Du wirst deine Entscheidung mit Sicherheit nicht bereuen, Liebes. Er macht die Werbung für deine Spas, hmm?« Sie nippte an ihrem Weißwein.

»Für die Spas und gegebenenfalls für die Auktion«, erklärte Elizabeth ihr. »Heute fand die Vertragsunterzeichnung statt. Zur Feier des Tages hat er mich ins Dorchester eingeladen.«

»Das ist eine der ersten Adressen in London. Zum Business Lunch?«

»So was in der Art, ja«, bestätigte Elizabeth lachend.

Die beiden Frauen saßen im Salon des Apartments, das Grace Rose in Belgravia bewohnte, und hatten sich wie üblich viel zu erzählen. Ihre Nichte sah blendend aus, fand die alte Dame, in einem taubengrauen Hosenanzug mit weißer Bluse. Dazu trug sie Perlenohrstecker und das Collier aus schimmernden Südseeperlen.

»Schön, dass du die Perlen trägst«, bemerkte Grace

Rose. »Sie haben ursprünglich Jane Shaw gehört. Mein Vater schenkte sie ihr.«

»Oh, wie zauberhaft«, sagte Elizabeth. Unwillkürlich tastete sie mit der Hand an ihren Hals und spielte mit der Perlenkette. »Das wusste ich noch gar nicht.«

»Jane Shaw vererbte sie deiner Großmutter Bess Deravenel Turner, und mit ihrem Nachlass kamen sie in den Besitz deines Vaters. Ich habe nie gesehen, dass seine Frauen sie je getragen hätten.«

»Keine Ahnung. Ich habe mich vom Fleck weg in die Kette verliebt, als ich den Schmuckkoffer von Mary aufmachte.« Elizabeths Finger glitten über die kostbaren Perlen. »Doch ja, ich erinnere mich dunkel, dass Catherine sie einmal im Ritz Hotel trug, anlässlich eines Weihnachtsdinners. Oder eine ähnliche Kette. Schon möglich, dass Catherine sie öfter trug.«

»Das hoffe ich. Perlen müssen nämlich getragen werden, Elizabeth. Pack sie nicht in den Tresor, denn sie brauchen Licht und müssen atmen. Perlen, die nicht getragen werden, verlieren ihr Aussehen. Sie können brechen oder reißen. Und die Perlen, die mein Vater für Jane kaufte, sind makellos. Und sehr, sehr wertvoll.«

»Edward Deravenel hatte bestimmt einen ausgezeichneten Geschmack, oder?« Elizabeths Fingerspitzen strichen erneut liebevoll über die Perlen.

Grace Rose nickte. »Mein Vater hatte für so ziemlich alles einen guten Blick, besonders für Frauen. Genau wie deiner. Du hast mir am Telefon gesagt, du wolltest mit mir über Harry sprechen.« Sie legte den

Kopf schief und betrachtete prüfend ihre Großnichte. »Worüber denn, Liebes?«

»Darüber, wie er mich in meiner Kindheit behandelte. Du bist die Einzige, die mir Aufschlüsse über sein damaliges Verhalten geben kann. Sicher, Kat Ashe, Blanche und ihr Bruder Thomas Parrell kannten ihn auch, aber lange nicht so gut wie du. Außerdem sahen sie ihn nicht oft. Ich muss es wissen, es lässt mir keine Ruhe. Er hat mich als Kind gequält, nicht wahr?«

»Ja, das hat er, und ich habe Harry deswegen häufiger zur Rede gestellt. Er quälte dich verbal, psychisch und emotional. Einmal drohte ich ihm sogar an, dass ich ihn anzeigen würde, weil er bestraft gehörte. Letztendlich handelte er jedoch unterbewusst, getrieben von fehlgeleiteten Emotionen. Er vermochte derartige Impulse nicht zu kanalisieren.«

Elizabeth spürte, wie die Anspannung von ihr abfiel. Sie lehnte sich entspannt zurück. »Ich bin froh, das aus deinem Munde zu hören, weil ich ähnlich empfinde … manchmal kommen mir sogar Zweifel, ob ich diese bösen Szenen nicht maßlos aufgebauscht habe. Weißt du, ich liebe ihn nämlich und bewundere seine Leistungen. Aber warum liebe ich ihn, Grace Rose, wenn er sich so brutal benahm? Oder liebt das Opfer immer den Peiniger?«

»*Du* liebst deinen Vater, weil du ihm *verziehen* hast. Als du neun oder zehn warst und sich sein ganzes Verhalten dir gegenüber schlagartig änderte, hast du ihm vieles nachgesehen. Wie kommst du übrigens darauf? Gibt es einen Grund, warum du so genau Auskunft über deine frühe Kindheit haben möchtest?«

»Robin möchte mich heiraten, sobald er geschieden ist. Ich sträube mich aber gegen eine Heirat. Das hat nichts mit Robin persönlich zu tun. Inzwischen hat er das wohl eingesehen. Er beteuert jedoch, dass meine Abneigung gegen eine Heirat mit meinem Vater zu tun hat, dass Harry ein Negativbeispiel war und mir das Thema Ehe gründlich verleidet hat.«

»Da hat Robin sicher nicht ganz unrecht.« Grace Rose sah sie scharf an. »Ich möchte ihm zustimmen.«

Elizabeth nickte stumm.

»Um auf den Kern der Sache zu kommen«, fuhr Grace Rose fort. »Hast du eine Vermutung, weshalb Harry dich ablehnte? Ich behaupte, es hatte mit seinen widersprüchlichen Gefühlen für deine Mutter Anne zu tun.«

»Er liebte sie über alles, nicht wahr?«, fragte Elizabeth.

»Harry war regelrecht besessen von ihr, und es dauerte Jahre, bis sie überhaupt heiraten konnten. Weil Catherine, seine erste Frau, als strenggläubige Katholikin einer Scheidung nicht zustimmen wollte. Als sie endlich heirateten und nachdem er so lange auf einen Erben gewartet hatte, war er fassungslos, als Anne ein Mädchen zur Welt brachte. *Dich*. Er war schwer enttäuscht und deprimiert, ließ sich das aber nicht anmerken. Danach hatte Anne nur noch Fehlgeburten. Und der ersehnte Stammhalter blieb aus. Wahrscheinlich schlug seine Liebe irgendwann in Hass um. Er beargwöhnte ihre Karriere, dass sie pausenlos zwischen London und Paris hin und her jettete und als gefragte Innenarchitektin Erfolge feierte. Irgendwann misstraute er ihr, weil er davon überzeugt war, dass sie einen Geliebten hatte, was natürlich alles Einbildung war – ein Produkt seiner eifersüchtigen Phantasie. Er ließ sich gehen, aß und trank zu viel, wurde fett, und er benahm sich unmöglich gegenüber seinen Mitmenschen. Charles beschwerte sich des Öfteren über ihn.«

»Demnach schlug die Enttäuschung, dass er keinen Sohn bekam, in Bitterkeit und Verärgerung um. Am Schluss hasste er meine Mutter. Und demzufolge auch mich.«

»Das stimmt, Elizabeth. Als du klein warst, war es besonders schlimm. Weil du ihre schönen ausdrucksvollen Augen hattest und gewisse Verhaltensmuster, die ihm ein Stachel im Fleisch waren. Dann war sie plötzlich tot und er ein gramgebeugter Mann. Ob du mir glaubst oder nicht, er trauerte um sie. Jedes Mal, wenn er dich sah, müssen die alten Wunden wieder aufgebrochen sein.« Grace Rose schüttelte den Kopf. »Man mag es drehen und wenden, wie man will, aber für einen Erwachsenen war sein Benehmen nicht zu entschuldigen. Immerhin war er dein Vater. Erklär mir einer die Abgründe der menschlichen Seele!«

»Ich denke, das hast du gerade getan. Danke, dass du versucht hast, mir Harrys Motive nahezubringen. Sicher, ich hab ihm vor Jahren verziehen und ihn nachher zu einem Helden hochstilisiert, weil ich ihn gewissermaßen mit dem Vorzeigeunternehmer Edward Deravenel verglich … Anders kann ich es nicht umschreiben. Robin glaubt, dass mein Vater mich damit traumatisierte, wie er seine Frauen behandelte. Besser gesagt, seine Ehefrauen. Er beteuert, mit seinem rücksichtslosen Egoismus hätte mein Vater mir das Heiraten gründlich vermiest.«

»Und, glaubst du das auch?«, hakte Grace Rose nach.

»Da bin ich mir offen gestanden nicht sicher. Ich weiß bloß, dass ich dadurch früh emanzipiert war. Weil ich mich immer um mich selber kümmern musste, bin ich heute eine selbstbewusste, starke Frau. Die sich keine Vorschriften machen lässt. Ich mag nicht als Aushängeschild eines Mannes herumlaufen. Ich gefalle mir so, wie ich bin. Und ich entscheide für mich selbst.«

»Das verstehe ich ja, und ich gebe dir recht. Wir müssen authentisch sein, und zu uns selbst stehen.« Grace Rose machte eine gedankenvolle Pause, bevor sie fragte: »Bedrängt Robert dich, dass du ihn heiraten sollst? Geht es darum?«

»Nicht wirklich. Er machte mir einen Antrag und akzeptierte mein Nein. Grace Rose, ich habe gedankenlos auf seinen Gefühlen herumgetrampelt. Das war gemein von mir. Ich wünschte, ich könnte das letzte Wochenende ungeschehen machen.«

»Jetzt aber mal langsam. Robert ist noch nicht geschieden, also ist eine Wiederheirat momentan Zukunftsmusik. Wenn er frei ist, lässt du dir das alles noch mal durch den Kopf gehen. Sprecht darüber. Wollt ihr denn tatsächlich eine Ehe ohne Trauschein führen?«

»Ja, da sind wir uns einig.«

»Dann lass es so laufen. Wenigstens erst mal.«

* * *

»Okay, Francis, ich sag's ihr«, erklärte Robert Dunley, nachdem Francis Walsington ihm die Sachlage in Paris geschildert hatte. »Wir bleiben in Kontakt. Tschüs.« Er klappte sein Handy zu.

Er lief die wenigen Stufen hoch, die zum Eingang des Hauses in der Chester Street führten, wo Grace Rose ein Apartment bewohnte, und betätigte den Knopf der Gegensprechanlage. Legitimierte sich, worauf die Haustür leise summend aufklickte. Kurz darauf wurde er in den Salon geführt, in dem Elizabeth und Grace Rose saßen.

»Schatz, da bist du ja endlich!« Elizabeth sprang auf und stürzte sich in seine ausgebreiteten Arme.

»Francis hat den Termin mit den Leuten von Dauphin«, raunte er ihr ins Ohr. »Er fliegt morgen nach Paris. Das Treffen ist für Montagmorgen angesetzt.«

»Gott sei Dank.« Sie ergriff seine Hand und zog ihn zu ihrer Tante, die selig strahlte.

Er küsste die alte Dame auf die Wange und trat zurück. »Du bist ein Wunder! Ein echtes Wunder, Grace Rose«, verkündete er im Brustton der Überzeugung. »Wer es nicht weiß, würde dich für bedeutend jünger halten. Du siehst absolut hinreißend aus. Und erst dein Kleid. Das Delphinblau unterstreicht deine Augenfarbe.«

»Robert Dunley, du bist ein unverbesserlicher

Charmeur.« Sie drückte seinen Arm. »Nimm dir bitte was zu trinken. Bedien dich ruhig selbst. Auf dem Tisch steht Champagner und das Übliche eben.«

»Champagner ist sehr gut, danke. Soll ich dir etwas nachgießen, Elizabeth?«, fragte er auf dem Weg zum Bartisch.

»Danke, nein.«

»Bevor ich es vergesse, Elizabeth«, schaltete sich ihre Großtante ein, »in meinem Schlafzimmer liegen zwei Geschenke. Für deinen und Roberts Geburtstag. Könntest du sie schnell mal herholen?«

»Aber natürlich. Bin gleich zurück.« Elizabeth sprang vom Sofa hoch und lief aus dem Zimmer.

Robert setzte sich neben Grace Rose auf das Sofa. »Traurige Geschichte, das mit Prinzessin Diana.« Er stellte sein Glas auf den Kaffeetisch. »Eine nationale Tragödie.«

»In der Tat«, bestätigte Grace Rose. »Die Leute stehen völlig unter Schock. Sie können es nicht begreifen, es ist beeindruckend, wie viele Menschen öffentlich um sie trauern. Das passt gar nicht zu uns Engländern. Vor dem Kensington-Palast liegen Berge von Blumen.«

»Stimmt, sie brachten es in den Nachrichten.«

Elizabeth kam zurück. Sie schwenkte zwei kleine, in Geschenkpapier eingewickelte Päckchen, die sie auf den Kaffeetisch legte.

»Das Kleinere ist für dich, Robert, und es ist mit viel Liebe geschenkt«, bemerkte Grace Rose. »Und das andere ist für dich, Liebes.«

»Vielen herzlichen Dank«, sagte Robert. »Dürfen

wir sie jetzt aufmachen oder müssen wir noch warten?« Er lächelte.

Grace Rose, die ihn mit einem zärtlichen Blick bedachte, kicherte leise. »Diese Frage hast du schon als kleiner Junge immer gestellt. Natürlich darfst du es öffnen. Und du auch, Elizabeth.«

»Ich bin ja so gespannt. Außerdem ist es sowieso schöner, wenn wir sie in deinem Beisein aufmachen«, meinte Elizabeth.

»Du zuerst«, forderte Robert sie auf.

»Meinetwegen.« Sie las die Glückwunschkarte und entfernte dann lächelnd das Geschenkpapier. Ein kleines schwarzledernes Etui kam zum Vorschein. Elizabeth ließ den Deckel aufschnappen und rang nach Luft, als sie die Diamantbrosche sah. »Sie ist phantastisch!«, kreischte sie los. »Ich liebe solche aufwendig gestalteten, antiken Anstecknadeln. Tausend Dank.« Sie sprang auf, lief zu ihrer Tante und küsste sie auf die Wange. »Ich finde sie wunderschön.«

»Das freut mich. Mir lag es am Herzen, dass du diese Brosche bekommst. Ich hab sie von meinem Vater. Es war ein Weihnachtsgeschenk. Und da du Edward Deravenel glühend verehrst, dachte ich, ich schenke sie dir.«

»Ich wünschte mir, ich hätte ihn kennengelernt«, seufzte Elizabeth. »Ich werde das Schmuckstück in Ehren halten.«

Grace Rose blickte lächelnd zu Robert, der gerade ein Paar mit Diamanten und Rubinen besetzte Manschettenknöpfe bewunderte. »Grace Rose, du verwöhnst mich zu sehr. Aber trotzdem danke.«

»Du bist es mir wert, Robert, genau wie Elizabeth. Ich bin froh, dass ich euch als Kinder bei mir haben durfte. Ihr beide habt mir viel Freude gemacht.«

»Und du hast uns eine unvergessliche Zeit geschenkt«, antwortete Elizabeth.

»Diese Manschettenknöpfe sind absolute Spitze«, sagte Robert. »Sie sind von Cartier, stimmt's? Damit wolltest du mir eine ganz besondere Freude bereiten.«

»Sie gehörten meinem Mann. Ich schenkte sie Charles kurz nach der Hochzeit, und er trug sie regelmäßig an den Premierenabenden, auf der Party nach der Vorstellung. Charles hielt sie für Glücksbringer. Ich hoffe, dir geht es auch so.«

»Bestimmt.« Das Handy in seiner Jacketttasche klingelte, und er verzog das Gesicht. »Bitte, entschuldigt mich.« Er stellte sich ans Fenster, wo er einen besseren Empfang hatte, und klappte das Mobiltelefon auf.

Währenddessen beugte Grace Rose sich zu Elizabeth vor und raunte ihr zu: »Eins hab ich vorhin vergessen zu sagen. Gegen Ende seines Lebens war dein Vater sehr, sehr stolz auf dich und deine Leistungen, und er liebte dich wirklich. Ich möchte, dass du das weißt.«

Elizabeth ergriff ihre Hand und drückte sie sanft. »Danke, dass du mir das erzählst. Es bedeutet mir unendlich viel.«

* * *

Es war Sonntag, der siebte September. Die beiden hatten Geburtstag und beschlossen, den Abend zu Hause in Elizabeths Apartment am Eaton Square zu verbringen.

Nach einem späten, ausgedehnten Frühstück hatten sie ihre Geschenke ausgepackt und den ganzen Tag gefaulenzt. Etwas völlig Neues für die beiden, die sonst ständig unter Stress standen.

Robert bestand darauf, das Abendessen zu kochen, und Elizabeth war sich umziehen gegangen. Er hatte ein schnelles einfaches Essen zubereitet, von dem er wusste, dass es ihr schmecken würde. Jetzt kam er aus der Küche, ging zum Kamin, legte frisches Holz auf und öffnete die Flasche Krug Champagner, die in einem mit Eis gefüllten Kübel stand. Er dimmte das Licht. Hmmm, irgendetwas fehlte, dachte er auf einmal, ja genau, stimmungsvolle Musik. Schnell hatte er ihre Lieblings-CD von Frank Sinatra in den Player geschoben und regelte die Lautstärke.

Er stand mit dem Rücken zum Kamin, als er vom Flur her das Klappern ihrer Absätze vernahm. Plötzlich stand sie auf der Schwelle und strahlte ihn an.

Für den Augenblick eines Herzschlags fehlten ihm die Worte.

»Du hast ausdrücklich betont, ich soll was Bequemes anziehen!«, rief sie, als sie seine verdutzte Miene bemerkte. »Et voilà.«

Er warf den Kopf in den Nacken und lachte los. »Von wegen bequem. Supersexy trifft es wohl eher! Du bist köstlich, Liebes.«

Sie fiel in sein Lachen ein; zumal sie es bewusst darauf angelegt hatte, ihn mit einem reizvollen Outfit zu überraschen. Und er fand es supersexy, toll! Sie trug ein blassblaues Négligé und silberne High Heels von Manolo Blahnik. Und dazu die Brillantnadel von Grace Rose, ihre heißgeliebten Südseeperlen und passende Ohrstecker, das Perlenarmband und den passenden Ring hatte er ihr am Morgen geschenkt.

»Phantastisch. Du siehst hinreißend aus.« Er durchquerte das Zimmer, zog sie in seine Arme und küsste Elizabeth. Dann fragte er flüsternd: »Darf ich diesen Tanz haben, Liebling?« Sie nickte. Eng umschlungen wiegten sie sich im Rhythmus der Musik.

Als der Song zu Ende war, führte Robert sie zu dem gemütlichen Zweisitzer vor dem Kamin, goss ihr Champagner ein und setzte sich neben sie. Sie ließen ihre Gläser klirren. »Herzlichen Glückwunsch zum Geburtstag!«, riefen sie gleichzeitig.

»Dein Outfit ist einfach umwerfend«, murmelte Robert kurz darauf.

Elizabeth nickte, ihre dunklen Augen blitzten vor lauter Übermut. »Ich habe mich für dich schöngemacht, Robin. Weißt du noch? Als Kinder haben wir uns oft verkleidet, einfach so zum Spaß.« Sie streckte ihr Bein aus und wippte mit dem Fuß. »Ich habe sogar meine Manolos angezogen. Extra für dich.«

»Die Überraschung ist dir gelungen.« Er zupfte an seinen Manschetten, und sie sah, dass er die Armbanduhr von Patek Philippe trug, die sie ihm geschenkt hatte. Und die rubinbesetzten Manschettenknöpfe von Grace Rose. »Auch ich habe mich für dich ins Zeug gelegt.«

»Zwei Dumme, ein Gedanke! Wir haben immer die gleiche Wellenlänge.«

»Hoffentlich hab ich auch beim Essen deinen Geschmack getroffen.«

»Ganz bestimmt, aber eigentlich habe ich noch gar keinen Hunger.«

Er nickte und schwieg. Sie aß wie ein Vögelchen, fand er, und schien ihm zu dünn. Dabei war sie nicht auf Diät oder etwa eitel. Nein, sie machte sich einfach nicht viel aus Essen. Deshalb hatte er sich bei ihrem Geburtsgtagsdinner ganz besonders angestrengt. »Es war sehr großzügig von Grace Rose, dass sie mir die Manschettenknöpfe ihres verstorbenen Mannes geschenkt hat. Das hat mich tief berührt, und ich weiß, du wirst diese Brosche in Ehren halten. Nicht zuletzt, weil Edward Deravenel sie gekauft hat.«

»Stimmt. Und weil sie ein kostbares Einzelstück aus der viktorianischen Epoche ist. Ich mag diesen Schmuck.« Sie lehnte sich auf dem Sofa zurück. »Ich bin froh, dass Grace Rose so lange lebt und dabei gesund und geistig fit ist. Sie weiß unendlich viel über die Deravenels und die Turners zu erzählen. Wenn man so will, ist sie die Chronistin der Familie, findest du nicht?«

Er lachte und nickte. »Die Geschichte der Deravenel-Turner-Dynastie könnte unter dem Motto Skandale, Sex und Szenen stehen. Meine Eltern haben mir jede Menge pikante Details enthüllt, als ich alt genug für so was war.«

»Die pikanten Details interessieren mich weniger, dafür aber die Morde und Entführungen und was sonst so an faulen Geschichten gelaufen ist. Ehrlich gesagt, mag ich Grace Rose aber nicht drängen, dass sie mehr preisgibt, als ihr eigentlich lieb ist.«

»Bei unserem nächsten gemeinsamen Besuch versuche ich mal, ihr ein bisschen was zu entlocken. Geheimnisse, meine ich.« Robert stand auf, holte die Champagnerflasche und füllte ihre Gläser nach.

»Und jetzt erzähl mal, was du Schönes gekocht hast. Das interessiert mich brennend.«

»Fingerfood!«

»Du machst Witze.«

»Nein, schau selbst.« Robert zog sie hoch und führte sie in die Küche. »Da!« Er deutete auf einen vollbeladenen Servierwagen, bevor er behutsam die schützenden Servietten von den Platten nahm. »Dein Lieblingsessen, Kat hat es mir verraten.«

»O Robin, wie lieb von dir!« Nach einem verliebten Blick zu ihm ging sie zu dem Servierwagen und bewunderte seine kunstvollen Arrangements: Häppchen mit Eiersalat, Gurkenscheiben mit Käsecreme, liebevoll dekorierte Tomatenstücke, Lachsröllchen, Hackbällchen, Cracker mit aufgespritzter Sardinenmousse und klitzekleine Würstchen im Schlafrock. Kat hätte es nicht besser machen können.

»Zum Dessert gibt es warme Scones mit Devonshire Cream und Erdbeerkonfitüre, und hinterher den Geburtstagskuchen: Obststrudel – das war früher unser Lieblingsgebäck.«

»Robin, ich liebe dich.«

»Ich dich auch.«

Er zog sie in die Arme, und sie küssten sich leidenschaftlich. Als sie sich schließlich voneinander lösten, murmelte Elizabeth sehnsuchtsvoll: »Meinst du, wir können uns mit dem köstlichen Häppchenbüfett noch ein bisschen Zeit lassen? Ich habe solche Lust auf dich.«

»Ich auch!« Er ergriff schnell ihre Hand und zog sie ins Schlafzimmer.

29

Am Montagmorgen um punkt neun verließ Francis Walsington das Plaza Athénée Hotel. Nach dem tragischen Tod von Prinzessin Diana hatte er aus dem Ritz ausgecheckt und stattdessen das Plaza gebucht, wo er in den letzten Jahren des Öfteren logierte und sich wie zu Hause fühlte. Zudem wusste er den aufmerksamen Service des Personals zu schätzen.

Sein Termin bei Dauphin, dem französischen Handelskonzern, war erst um zehn, bis dahin wollte er ein bisschen frische Luft schnappen und in aller Ruhe nachdenken. Er schlenderte über die Avenue Montaigne in Richtung Champs-Élysées.

Es war ein herrlicher Morgen, die Luft wunderbar lau, der Himmel über Paris von einem einmalig strahlenden Blau. Paris kam für ihn gleich hinter London, beide Städte waren bei jedem Wetter reizvoll, indes genoss er die Schönheit jenes Tages ganz besonders.

Er dachte an Elizabeth. Sie hatte sämtliche Attribute, die er an einer Konzernchefin schätzte – Selbstbewusstsein, Visionen und Esprit. Sie war überaus diszipliniert, leidenschaftlich und entschlussfreudig. Als Cecil neulich ihren brillanten Intellekt und ihre Inspiration hervorgehoben hatte, hatte er dem ohne

Wenn und Aber zugestimmt. Sie war eine integre Person: Auf ihr Wort war Verlass, genau wie bei ihrem verstorbenen Vater. Harry Turners Handschlag hatte in der Metropole London Vertragscharakter gehabt, darüber sprach man noch heute.

Francis sah es durchaus positiv, dass Elizabeth Robert Dunley an ihrer Seite hatte. Nicht nur als Berater und Topmanager, sondern auch als Geliebten und Partner. Er bewunderte und respektierte Robert, dem er blind vertraute und auf dessen Fähigkeiten er große Stücke hielt. Robert war ein Ehrenmann und absolut verlässlich.

Auf den Champs-Élysées herrschte bereits lebhafter Verkehr, eine neue Arbeitswoche hatte begonnen. Francis wechselte auf die rechte Straßenseite, sein Ziel war ein großes Firmengebäude am Ende des Prachtboulevards, nicht weit von der Place de la Concorde.

Da ihm bis zu seinem Meeting noch reichlich Zeit blieb, kehrte er in einem der Straßencafés ein, wo er einen *café au lait* und ein Croissant bestellte. Er lehnte sich in seinem Korbsessel zurück und beobachtete die Passanten, die eilig vorüberströmten. Nicht lange und seine Gedanken kreisten um François de Burgh und seine Gattin Marie Stewart de Burgh, mit denen er um zehn Uhr einen Termin hatte.

Er versuchte seit längerem, Informationen über die beiden einzuholen, sein Kontakt in Paris hatte jedoch nichts Nennenswertes in Erfahrung bringen können. Rein oberflächlich betrachtet, schien dem jungen Paar nichts Auffälliges oder Negatives anzuhaften.

Vom Charakter her waren beide jedoch ziemliche Egoisten und Selbstdarsteller.

François war von seinen Eltern maßlos verzogen worden. Sein kürzlich verstorbener Vater Henri war Franzose, seine Mutter, Catherine de Burgh, Italienerin. Er war der älteste von mehreren Geschwistern und damit Erbe des weitverzweigten Handelsimperiums. Laut den Informationen, die Francis hatte, war François de Burgh ein arroganter junger Schnösel, der den Jetset liebte und dem man korrupte Machenschaften nachsagte. Allgemein war bekannt, dass seine Frau die intelligentere von beiden war. Mit dem Tod seines Vaters war er zum Chef von Dauphin aufgestiegen.

Marie Stewart de Burgh war die Erbin von Scottish Heritage, einer großen Firma mit Sitz in Edinburgh. Als Geschäftsführerin ließ sie sich interimsweise von ihrer Mutter vertreten, die das Unternehmen bereits viele Jahre lang geleitet und auf Erfolgskurs gebracht hatte. Die junge Französin entstammte einem berühmten alten Adelsgeschlecht, ihre drei wohlhabenden und einflussreichen Brüder verkehrten in den besten gesellschaftlichen Kreisen und mischten entscheidend in der französischen Wirtschaft und Politik mit.

Schon mit fünf Jahren wurde Marie Stewart nach Paris geschickt, wo sie bei ihren berühmt-berüchtigten Onkeln lebte. Sie wuchs bei den umtriebigen und cleveren Aristokraten auf und sprach nur Französisch. Nach Aufenthalten in Elite-Internaten und Studium an den renommiertesten Universitäten war sie irgendwann fest davon überzeugt, dass sie zu Höherem geboren war.

Laut Insider-Informationen mangelte es der hübschen jungen Frau keineswegs an Selbstbewusstsein, ganz im Gegenteil, sie war arrogant, versnobt, überambitioniert und von ihren Onkeln dazu angehalten, sich hohe Ziele zu stecken. Weder sie noch ihr Mann waren jemals in irgendwelche Skandale verwickelt gewesen.

Während er seinen Kaffee trank, verglich Francis sie mit Elizabeth. Er war überzeugt, dass Marie Stewart seiner Chefin nicht das Wasser reichen konnte. Elizabeth Deravenel Turner war ein Genie. In der Deravenel Company hatte sie sich innerhalb kürzester Zeit als hervorragende Geschäftsfrau bewiesen, sie hatte eine exzellente Ausbildung genossen und war seiner Meinung nach »durch eine harte Schule gegangen«. Immerhin war sie die Tochter eines der weltweit größten Tycoone, von dem sie sich vieles abgeschaut hatte. Wenn es sein musste, war sie die geborene Schauspielerin, erfahren in der Kunst der Verstellung. Scharfsichtig und kompetent ließ Elizabeth sich im Geschäftsleben kein X für ein U vormachen, sie schaltete ihre Emotionen völlig aus und dachte immer mit dem Kopf.

Marie Stewart dagegen wurde von ihren Onkeln und ihrem Mann hofiert und hatte null unternehmerische Erfahrung. Prominent und reich, charmant und attraktiv. Und damit hatte es sich.

Absolut keine Konkurrenz für Elizabeth, entschied Francis. Hinzu kam, dass sie keinerlei Anspruch auf Deravenels hatte, auch wenn sie anderes glaubte. Madame de Burgh gefällt die Idee, die Erbin von Deravenels zu sein, aber das ist reines Wunschdenken, sie verrennt sich in eine Illusion, dachte er spöttisch.

Er trank seinen Kaffee aus, holte ein paar Münzen aus der Tasche und legte sie auf den Tisch.

* * *

Sie war hübsch, aber bei weitem nicht so hübsch, wie einige schwärmten. So viel zum Thema Mythen und Legenden, sagte sich Francis, während er über den edlen Teppich schritt, um Marie Stewart und ihren Ehemann François zu begrüßen.

Wie Elizabeth hatte sie die Statur der Turners geerbt, war groß und gertenschlank. Sie hatte fein geschnittene Züge, einen hellen makellosen Teint und schöne bernsteinfarbene Augen. Das rotblonde schulterlange Haar umschmeichelte ihr Gesicht. Dass sie und Elizabeth Cousinen waren, ließ sich nicht verleugnen, dachte Francis. Die eine oder andere genetische Übereinstimmung war zweifellos vorhanden.

»Guten Morgen, Mr Walsington«, sagte Marie Stewart in akzentuiertem Englisch und schüttelte ihm die Hand. »Willkommen bei Dauphin. Ich darf Sie mit meinem Mann bekanntmachen, François de Burgh, Präsident von Dauphin.«

»Guten Morgen, Madame de Burgh«, erwiderte Francis die Begrüßung. Er wandte sich ihrem Mann zu und reichte ihm die Hand. »Monsieur de Burgh, *bonjour.*«

»*Bonjour*, Monsieur Walsington«, murmelte François mit leiser, sympathischer Stimme. Er lächelte freundlich. Er war kleiner als seine Frau, ein dunkler, südländischer Typ mit großflächigem Gesicht, sie dagegen das kühle helle Nordlicht. Ein eigenwilliges Pärchen, dachte Francis, schon allein durch den Größenunterschied.

Marie Stewart führte sie in einen kleinen Konferenzbereich, der sich an das lichtdurchflutete Büro anschloss. Als alle Platz genommen hatten, rutschte Marie nervös auf die Kante ihres Stuhls und richtete ihre Aufmerksamkeit auf Francis. »Als man mich über Ihren Besuch informierte, schwante mir sofort, dass Elizabeth dahinterstecken muss. Sehe ich das richtig, Monsieur?«

»Der Unternehmensvorstand *und* Elizabeth baten mich, Sie aufzusuchen, Madame de Burgh. Und nicht zuletzt unsere Anwälte. In der Tat hielten wir eine Zusammenkunft im Hinblick auf Ihre Ankündigung für notwendig.« Er blickte zu François und fügte hinzu: »Ich beziehe mich auf das Interview, das Sie der *New York Herald Tribune* vor kurzem gaben. Darin kündigten Sie Ihre Expansionsbestrebungen in Richtung England und Ihre Übernahmeansprüche auf einen Global Player an.«

François kam seiner Frau zuvor. »Ja, das ist in der Tat unser Ansinnen, Monsieur Walsington. Wie alle modernen Unternehmer sind wir ausdrücklich daran interessiert, dass Dauphin global Akzeptanz findet.«

»Indem Sie die Deravenel Company übernehmen?«

»Ich habe den Namen Deravenel mit keinem Wort erwähnt, Monsieur Walsington«, versetzte der Franzose mit einem Hauch von Entrüstung in der Stimme.

»Das ist korrekt, aber Deravenels ist der größte und erfolgreichste Global Player in Großbritannien, und wir sind durchaus in der Lage, zwischen den Zeilen zu lesen. Wie übrigens auch unsere Justitiare.«

Den Blick auf Francis gerichtet, sagte Marie Stewart merklich unterkühlter als zuvor: »Das ist bereits das *zweite Mal*, dass Sie Ihre Anwälte ins Gespräch bringen, Monsieur. Wollen Sie uns … drohen?«

»Nein, keinesfalls, Madame. Aber für gewöhnlich konsultieren wir unsere Rechtsberater, wenn sich der leiseste Verdacht abzeichnet, dass wir in den Fokus von Übernahmebestrebungen geraten sind. Demnach hielt der Vorstand es für unabdingbar, dass ich Sie aufsuche und Ihnen darlege, wie komplex der Konzern ist.«

»Was meinen Sie mit komplex?«

»Um Ihnen das zu erklären, muss ich etwas weiter ausholen, Madame. Sie wissen sicherlich, dass die Deravenel Company ein Privatunternehmen ist; die Aktien werden nicht an den Börsen gehandelt und kaum je verkauft. In der Tat wechseln sie für gewöhnlich nur im Erbfall den Besitzer. Und –«

»Ich besitze Aktien!«, warf Marie Stewart empört ein.

»Ich weiß, Madame. Aktien, die Sie von Ihrer Großmutter geerbt haben.«

»Und durch sie bin ich die Erbin von Deravenels.«

Francis ging über ihre Bemerkung hinweg und fuhr mit kühler, unbewegter Stimme fort: »Ungeachtet dieser besonderen und ziemlich einmaligen Situation bezüglich der Aktien von Deravenels, existieren weitere Statuten, die eine Übernahme faktisch unmöglich machen. Unternehmensstatuten, die in den letzten siebzig Jahren eingeführt wurden. Und hier gilt im Besonderen die von Harry Turner durchgesetzte Änderung. Mit seinem Letzten Willen verhinderte er, dass die Deravenel Company von einem Ausländer übernommen werden kann … Erben kann ausschließlich ein Engländer oder eine Engländerin.«

»Ich *bin* Engländerin«, versetzte Marie Stewart schroff, ihre Miene war ärgerlich.

»Nein, Madame, bei allem Respekt. Ihre Mutter ist Französin und Ihr verstorbener Vater war Schotte. Im Übrigen leben Sie seit Ihrem sechsten Lebensjahr in Frankreich und wurden als Französin aufgezogen. Den Anspruch können Sie nicht durchsetzen.«

»Aber meine Großmutter war Engländerin!«, gab sie mit schriller Stimme zurück.

»Das reicht nicht, um Harry Turners Vermächtnis zu erfüllen. Sie dürfen nicht vergessen, dass *er* Deravenels von seinem Vater erbte, und in Harrys Testament ist die Erbfolge eindeutig festgelegt: zunächst sein Sohn Edward, dann seine Tochter Mary und schließlich Elizabeth. Abgesehen von diesem Testament, verhindern zahlreiche andere Richtlinien eine Übernahme des Konzerns. Jeder Versuch wäre also sinnlos. Außerdem besitzt Elizabeth Turner, die derzeitige Geschäftsführerin, den Großteil der Aktien, nämlich fünfundfünfzig Prozent. Damit ist sie unangreifbar.«

Marie Stewart lehnte sich zurück und schaute Walsington an. Obwohl im Geschäftsleben unerfahren, war sie keinesfalls dumm, eher noch naiv. Zudem wurde ihr seit jeher von ihren französischen Onkeln und ihrer Mutter suggeriert, dass sie einen Erbanspruch auf Deravenels hätte. Folglich war sie nicht bereit nachzugeben.

»Ich habe einen legitimen Anspruch, Monsieur Walsington«, erklärte sie schließlich entschieden, plötzlich wieder voller Selbstvertrauen. »Durch meinen Urgroßvater Henry Turner und seine Frau Bess Deravenel Turner, meine Urgroßmutter. Sie hatten eine Tochter, Margaret, die Schwester von Harry, und durch sie bin ich erbberechtigt. Formulieren wir es einmal so: Wenn Elizabeth, *meine Cousine* und derzeitige Firmenchefin, sterben würde, *wäre ich die Erbin*. Sonst ist niemand mehr da.«

»Die Konzernführung kann aber nicht an einen Ausländer gehen, das sagte ich bereits. Madame de Burgh, sie würden als Ausländerin gelten.«

»Henry Turner hat aber keine weiteren Nachkommen«, protestierte sie mit sich überschlagender Stimme.

Francis Walsington, versiert in Sachen Deravenels, wusste sehr wohl, dass es weitere Cousins gab. Gleichwohl beschloss er, die Diskussion an diesem Punkt zu beenden. »Ich denke, ich habe Ihnen klar und deutlich zu verstehen gegeben, dass eine Übernahme der Deravenel Company völlig ausgeschlossen ist. Bitte glauben Sie mir, jeder Versuch wäre lediglich Zeit- und Geldverschwendung, denn unsere umfassenden Statuten sind absolut wasserdicht.«

Marie Stewart senkte nachdenklich den Kopf und blickte unter leicht gesenkten Lidern auf ihre Hände, die sie im Schoß hielt. Francis bemerkte, dass sie, wie Elizabeth, sehr schöne Hände hatte, wohlgeformt und mit langen Fingern. Schließlich hob sie den Kopf und sah ihn direkt an. »Es würde mich freuen, wenn Sie meiner Cousine meine Ehrerbietung versichern und ihr herzliche Grüße ausrichten könnten, Monsieur Walsington. *Meiner Cousine*. Vergessen Sie das nicht. Sie täten mir überdies einen Riesengefallen, wenn Sie sie bitten würden, mich in ihrem Testament als Nachfolgerin einzusetzen.«

Einen kurzen Moment lang war Francis Walsington sprachlos, und er blinzelte perplex. Dennoch war er ein Meister der Verstellung, und er konterte rasch, mit unbewegter Miene: »Ich denke, das ist ein bisschen voreilig von Ihrer Seite, Madame. Elizabeth Turner ist erst sechsundzwanzig, sie wird bestimmt heiraten und –«

»Robert Dunley? Er ist verheiratet!«

»– und Kinder haben«, fuhr er ungerührt fort.

»Aber Sie fragen Sie trotzdem, nicht wahr?«, beharrte Marie Stewart. »Und bitte sagen Sie ihr, dass ich sie gern persönlich kennenlernen möchte.«

»Ich setze Sie über unsere Unterredung in Kenntnis«, entgegnete Francis und stand auf. »Ich darf mich entschuldigen, ich muss zum Flughafen. Ich bedanke mich für dieses Gespräch, Madame, Monsieur de Burgh.«

30

Francis, Robert, Cecil und Nicholas saßen gemeinsam mit Elizabeth in ihrem Büro, am Konferenztisch in der Nähe der Fenster.

Die letzte halbe Stunde hatte Francis Walsington von seinem Paristrip berichtet und kein Detail seines Besuchs bei den de Burghs ausgelassen.

Die vier Männer blickten skeptisch zu Elizabeth, die sichtlich nachdenklich wirkte. Schließlich sagte sie gefasst: »Ich möchte Marie Stewart nicht kennenlernen. Ich denke, es wäre falsch, und ich würde mir auf lange Sicht selber schaden.«

»Sie würde es bestimmt als positives Signal werten, dass du sie zu deiner Nachfolgerin erklärst«, gab Cecil zu bedenken. »Und du kannst sie nicht als deine Erbin einsetzen. In der Tat kannst du momentan niemanden zum Erben bestimmen.«

»Zudem würdest du dich selber in Gefahr bringen«, verkündete Robert Dunley mit besorgter Miene. »Morde, die nach einem Unfall aussehen, haben inzwischen Methode.«

»Glaubst du ernsthaft, dass Marie Stewart de Burgh es darauf anlegt, mich gewaltsam auszuschalten?«, meinte Elizabeth. »Es wäre vermutlich nicht der erste Mord, der wegen Deravenels begangen würde, oder?«

»Will man den Gerüchten glauben, ja«, warf

Nicholas Throckman ein, noch bevor Robert antworten konnte. »Nach meinem Dafürhalten basieren diese Gerüchte auf Fakten, oder liege ich da falsch?« Er schaute zu Francis.

»Nein, absolut nicht. Aubrey Masters war Chef der Sparte Bergbau und sein Tod war höchst mysteriös. Bei Lily Overton, Edward Deravenels Mätresse, verhielt es sich nicht anders. Außerdem war sie schwanger. Hinzu kommen das rätselhafte Verschwinden von Edward Deravenels jüngsten Söhnen und der Tod von Richard Deravenel, den man erstochen am Strand von Ravenscar fand. Das war definitiv Mord und kein Selbstmord. Nicht zu vergessen Will Haslings vorzeitiges Ableben. Etliche vermuten, dass er und Richard Deravenel in Streit gerieten und er so unglücklich fiel, dass er sich in Richards Büro den Kopf aufschlug … was zu seinem plötzlichen Tod führte. Auch das nenne ich Mord.«

»Mir brauchst du nicht zu erzählen, wie skrupellos Menschen zuweilen vorgehen, dass sie nicht einmal vor Mord zurückschrecken, um ihre persönlichen Ziele durchzusetzen, für Macht und Geld«, bemerkte Cecil. Er wandte sich an Elizabeth. »Du darfst auf gar keinen Fall einen Nachfolger benennen. Und wenn, dann darf es niemand wissen. Robert hat recht. Ein potentieller Erbe könnte dich in ernsthafte Gefahr bringen.«

»Im Übrigen hat Marie Stewart gar nicht so unrecht. Wärest du tot, dann wäre sie tatsächlich erbberechtigt, da sie in direkter Linie von Henry Turner abstammt«, bekräftigte Nicholas.

»Du hast noch andere Cousins, vergiss das nicht!«, warf Robert ein. »*Cousins ersten Grades* und damit engere Verwandte als Marie. Sie ist lediglich deine Großcousine.«

»Das stimmt, Robin.« Sie schenkte ihm ein weiches Lächeln und wandte sich mit den Worten an Nicholas: »Mary, die jüngste und Lieblingsschwester meines Vaters, heiratete seinen besten Freund Charles Brandt, sie haben zwei Töchter. Frances, die Ältere der beiden und meine direkte Cousine, ist mit Harry Greyson verheiratet. Sie haben drei Kinder … Jane, Catherine und Mary – beliebte Namen in unsere Familie, stimmt's?«

»Jane Greyson ist vor nicht allzu langer Zeit bei einem Flugzeugabsturz ums Leben gekommen«, räumte Robert ein.

»Ja, leider«, bestätigte Elizabeth.

»Womit wir beim Thema Personenschutz für Elizabeth wären«, schaltete sich Cecil ein. »Was haltet ihr davon?«

»Ich will keinen Bodyguard!«, rief sie spontan.

Francis nickte. »War mir klar, dass du dich sträuben würdest. Denk noch mal darüber nach. Ein Fahrer, der überdies die Funktion eines Bodyguards wahrnimmt. Das hielte ich für sinnvoll.«

»Okay, okay«, pflichtete sie ihm seufzend bei. »Und jetzt noch mal zu den de Burghs. Wie ist dein Eindruck von den beiden, Francis?«

»Tja«, meinte Francis gedehnt. »Auf mich wirken sie wie dumme Kinder. Dieser François ist naiv und unerfahren und hat null Ahnung von Unternehmensführung. Das gilt auch für Marie. Sie sind jung und maßlos verwöhnt. Man merkt ihnen an, dass sie für gewöhnlich ihren Kopf durchsetzen. Er beteiligte sich überhaupt nicht an unserem Gespräch. Sie übernahm das Reden und hat vermutlich die Hosen an. Sie ist übrigens ein halbes Jahr älter als er. François de Burgh ist für mich eine Luftnummer. Marie dagegen ist knallhart, ehrgeizig und geltungsbedürftig – sie pocht geradezu besessen auf ihre Verbindung zu den Turners, durch ihre verstorbene Großmutter. Diese Verbindung scheint den Managern, die Dauphin de facto *führen*, jedoch herzlich egal zu sein. Sie haben nicht das geringste Interesse an der Deravenel Company. Wie ich erfuhr, war die Führungsspitze nicht wirklich glücklich über das Interview in der *Herald Tribune* und die Enthüllung, dass man ein geschäftliches Engagement in England anstrebt. Nach meinem Besuch bin ich hinlänglich überzeugt, dass die de Burghs in ihrem eigenen Unternehmen nicht viel zu sagen haben.« Er zuckte grinsend mit den Schultern. »Wir sind absolut auf der sicheren Seite.«

Nicholas und Cecil lachten, worauf Elizabeth nachhakte: »Und wie ist sie denn so? Wie war dein erster Eindruck von ihr?«

»Sie wirkt durchaus sympathisch, eine gewinnende Persönlichkeit, aber Persönlichkeit und Charakter sind zwei verschiedene Paar Schuhe«, antwortete Francis. »Ihr Mann ist schwach, folglich scheint sie die Stärkere von den beiden zu sein. Ich glaube aber nicht, dass sie viel draufhat.«

»Ist sie so hübsch, wie viele behaupten?«, wollte Elizabeth weiter wissen.

»Hmmm, das ist Ansichtssache, jedenfalls ist sie eine attraktive junge Frau«, erwiderte Francis. »Äußerlich ähnelt sie stark dem berühmten Henry Turner. Sie ist groß, gertenschlank und grazil. Zudem hat sie den hellen Teint der Turners geerbt. Und das rotblonde Haar. Man könnte sogar so weit gehen zu behaupten, dass sie dir ähnlich sieht.«

»Verdammt, auch das noch«, meinte Elizabeth pikiert.

* * *

»Ich bin fest entschlossen, Cecil«, beteuerte Elizabeth am späteren Vormittag. »Ich will die absolute Aktienmehrheit erwerben.«

»Aber die hast du doch bereits«, betonte er. »Mit fünfundfünfzig Prozent.«

»Darüber bin ich mir im Klaren. Ich möchte jedoch mindestens siebzig Prozent halten, damit würde ich mich besser fühlen. Und sicherer.«

»Ich bezweifle sehr, dass irgendjemand seine Anteile an dich verkauft. Nicht wegen dir persönlich, sondern weil die Aktien nach Marys Tod wieder extrem lukrativ geworden sind. Weil wir das Ruder in den vergangenen elf Monaten herumreißen konnten. Wir haben abgespeckt und überflüssigen Ballast abgeworfen. Zudem werfen deine Spas in den amerikanischen Hotels hohe Gewinne ab, die Hotelkette im Übrigen auch. Wir sind stark im Aufschwung begriffen, und das wissen die Aktieninhaber.« Cecil lehnte sich zurück und lächelte. »Du kannst stolz auf dich sein und erleichtert, dass das Management von Dauphin letztendlich kein Interesse an einer Übernahme hat.«

»Das bin ich auch.« Elizabeth lachte befreit und atmete tief durch. »Ich brauche deinen Rat in anderer Sache, Cecil. Es geht um ein Unternehmen, das zum Verkauf steht ... Genauer gesagt, um eine Kette von Spas, die bislang der Amerikanerin Anka Palitz gehören. Sie lebt in New York. Anne Dunley hat mich darauf aufmerksam gemacht. Meinst du, ich sollte kaufen?«

»Das hängt davon ab, wie umsatzstark diese Wellnesskette ist, wie viel die jetzige Besitzerin dafür haben will und ob du der Meinung bist, dass sie sich in deine Unternehmensphilosophie integrieren lässt.«

»Ich denke schon. Die Wellnesseinrichtungen sind absolut edel, luxuriös und niveauvoll. Das wurde mir jedenfalls so berichtet.«

»Ich will Genaueres wissen«, meinte Cecil.

»Ich auch. Sobald ich nähere Informationen habe, setzen wir uns wieder zusammen, okay?« Sie schaute auf ihre Armbanduhr. »Ich habe einen Termin mit Sotheby's, wegen der Auktion. Ich muss mich beeilen, Cecil. Und nochmals vielen Dank für alles.«

Er begleitete sie zur Tür seines Büros und küsste sie auf die Wange. »Du brauchst nichts zu überstürzen«, sagte er mit einem amüsierten Lächeln. »Im Moment läuft es sehr gut für uns. Sogar bestens.«

»Ich weiß, dank dir und Robin. Wir sind ein gutes Team. Wie die drei Musketiere.«

»Das erfolgreiche Dreigestirn«, bekräftigte er.

* * *

»Schön, dass du heute Zeit für mich hast, Grace Rose«, sagte Elizabeth zwei Stunden später zu ihrer Großtante. »Ich muss dich nämlich dringend sprechen.«

»Kindchen, du weißt doch, ich freue mich immer über deinen Besuch. Und vor allem, wenn du meinen Rat suchst. Dann fühle ich mich wieder nützlich und gebraucht. Bei einem alten Menschen wie mir kommt das nicht mehr allzu häufig vor.«

Elizabeth kicherte und nahm einen Schluck von dem Sherry, den Grace Rose ihr aufgedrängt hatte. »Darauf trinken wir«, meinte sie, nachdem sie mit ihrer Großtante angestoßen hatte. »Dabei ist es erst vier Uhr. Findest du nicht, es ist ein bisschen früh für einen Drink ...« Sie beendete den Satz nicht.

»Mach dir keinen Kopf, Elizabeth. Irgendwo auf diesem Erdball ist jetzt bestimmt Cocktailstunde, ob in Paris oder in Punjab. Und von einem Glas Sherry wirst du nicht betrunken.« Mit einem forschenden Blick zu Elizabeth erkundigte sie sich: »Und was möchtest du mit mir besprechen, mein Kind? Vermutlich geht es um den Deravenel-Konzern, denn dein Liebesleben weiß ich ja bei Robert in den besten Händen.«

»Ja, es geht mal wieder um Deravenels. Genauer gesagt um meine Aktien. Ich besitze fünfundfünfzig Prozent und –«

»Was dich zur einflussreichsten Einzelaktionärin macht. Das sehe ich doch richtig, oder?«

»Ja, natürlich. Trotzdem würde ich gern weitere Aktien erwerben, um Deravenels gegen Übernahmegebote zu schützen. Ich denke, es ist meine Aufgabe, den Konzern vor Zugriffen zu bewahren.«

»Eine Übernahme würde niemals funktionieren. Dafür sind die Konzernstrukturen zu komplex«, verkündete ihre Großtante im Brustton der Überzeugung.

»Ja, das weiß ich.« Elizabeth hielt inne und atmete tief durch. »Eigentlich bin ich hergekommen, weil ich dich etwas ganz anderes fragen möchte, Grace Rose, und ich –«

»Du möchtest meine Aktien kaufen, stimmt's?«

Elizabeth war verblüfft. Ihr fehlten die Worte. Einigermaßen wieder gefasst, antwortete sie mit Nachdruck: »Ja, das stimmt. Ich kann mir vorstellen, dass du sie für deinen Großneffen Patrick aufhebst, aber vielleicht überlegst du es dir noch anders …«

»Nein, ich kann meine Aktien nicht an dich verkaufen, weil –«

»Bitte, du brauchst mir nichts zu erklären«, fiel Elizabeth ihr ins Wort. Sie wollte ihre Großtante nicht brüskieren. »Ich verstehe deine Entscheidung voll und ganz.«

»Nein, du verstehst gar nichts, und bitte, lass mich erst einmal ausreden, Elizabeth. Ich kann sie dir nicht verkaufen, weil ich sie dir bereits testamentarisch vermacht habe.«

Elizabeth sah ihre Tante erstaunt an. Sie war sprachlos.

Grace Rose fing an zu lachen. »Endlich hast du mal nicht das letzte Wort. Das ist ungewöhnlich für dich, Liebes.« Ihre Augen blitzten vor Vergnügen. Sie wusste, dass sie ihrer Großnichte, die sich nichts lieber wünschte als mehr Kontrolle über Deravenels, damit eine Riesenfreude gemacht hatte.

Nachdem sie sich wieder gefasst hatte, sagte Elizabeth: »Ich bin sprachlos vor Verblüffung. Das muss ich erst einmal auf mich wirken lassen. Wie großzügig von dir! Danke, hab tausend Dank.« Sie sprang auf, lief zu ihrer Großtante und umarmte sie stürmisch. Sie schüttelte den Kopf und fügte strahlend hinzu: »Ich kann es immer noch nicht fassen …«

»Du darfst mir aber ruhig glauben, mein Kind.«

Innerlich aufgewühlt, setzte Elizabeth sich wieder. Eine Fülle von Emotionen stürmte auf sie ein, sie war zu Tränen gerührt über das großzügige Geschenk.

Grace Rose betrachtete sie liebevoll. Sie hatte ihre Taufe miterlebt, sie hatte Elizabeth aufwachsen sehen, oft entsetzt und empört, wie Harry Turner die Kleine behandelte … sie war ihr ans Herz gewachsen. Sie liebte ihre Nichte wie ein eigenes Kind.

Unvermittelt war Grace Rose von einem Gefühl inneren Friedens beseelt. Sie hatte immer wieder versucht, Harry Turners ungebührliches Verhalten auszugleichen. Das war ihr zwar häufig gelungen, aber heute hatte sie ihre Großnichte rundum glücklich gemacht.

Elizabeth war zu einem wundervollen Menschen herangereift … stark, tapfer und voller Selbstvertrauen.

Sie ergriff Elizabeths Hand und drückte sie sanft. »Alles, was ich besitze, stammt von meinem Vater Edward Deravenel, folglich ist es nur legitim, dass es wieder an eine Deravenel geht. Und das bist du. Du bist die Letzte aus dieser Linie. Und du bist meine Erbin.«

DRITTER TEIL

Kritische Wendepunkte

Ihre Wege sind liebliche Wege,
und alle ihre Steige sind Friede.
Sprüche 3,17

Denn er hat seinen Engeln befohlen über dir,
dass sie dich behüten auf allen deinen Wegen,
dass sie dich auf den Händen tragen und du deinen
Fuß nicht an einen Stein stoßest.
Psalm 91

Des Nachts auf meinem Lager suchte ich,
den meine Seele liebt. Ich suchte;
aber ich fand ihn nicht.
Das Hohelied Salomos, 3,1

31

Ich bin glücklich. Sehr, sehr glücklich. Alles scheint auf einmal wie am Schnürchen zu klappen. Wenigstens in diesem Jahr.

Das Allerwichtigste für mich ist meine Beziehung mit Robin Dunley. Zwischen uns läuft es phantastisch. Wir sind ein Herz und eine Seele. Und sehr verliebt. Ich bete ihn regelrecht an, und er liest mir jeden Wunsch von den Augen ab, das weiß ich. Wir sind Seelenverwandte; wir ergänzen uns ideal, haben in vielen Dingen dieselben Ansichten, manchmal nimmt er mir vorweg, was ich sagen möchte, oder wir reden wie aus einem Munde. Es ist so verrückt, dass manche Leute annehmen, wir hätten unsere Argumentation vorher einstudiert. Das ist zwar unverständlich, trotzdem sehe ich es denjenigen nach, die so etwas denken.

Sein Herz schlägt nur für mich, und meins für ihn. Heimlich, wenn ich allein bin, oder wenn er schläft und ich wach bin, frage ich mich, wie es wäre, ein Kind von ihm zu haben … einen niedlichen kleinen Robin. Ich würde dieses Kind liebhaben, es verwöhnen und mit zärtlicher Fürsorge zusehen, wie es zu einem Mann wie sein Vater aufwächst …

Für mich gibt es keinen anderen Mann, mein geliebter Robin ist mein Ein und Alles. Er ist ein herzensguter, liebenswerter und äußerst rücksichtsvoller Mensch. Andererseits verfügt er über einen starken Willen, Hartnäckigkeit,

Esprit und unternehmerischen Enthusiasmus. Er ist ein zäher Verhandlungspartner, was Deravenels betrifft, weil es ihm um meine Interessen geht und er für mich das Beste aus jedem Deal herausholen will.

Er bringt mich zum Lachen und rührt mich zu Tränen. Er wirkt begütigend auf mich ein, wenn ich verärgert oder wütend bin. Ich glaube, ich spiele auf der Klaviatur von Robins Gefühlen. Auch was die Erotik anbetrifft, passen wir wunderbar zusammen, denn wir haben die gleichen Wünsche, Bedürfnisse und Obsessionen. Der Sex mit ihm ist einfach himmlisch.

Wir sind füreinander bestimmt, und wenn jemals eine Ehe im Himmel geschlossen wurde, dann unsere – weil ich unsere Beziehung mit der Ehe auf eine Stufe stelle. Womit auch sonst? Wir sind gleichberechtigte Partner, wir brauchen keinen Trauschein. Er schneidet dieses Thema auch nicht mehr an. Ich auch nicht. Wir sind glücklich, so wie es jetzt ist.

Nachdem Grace Rose mir im vorigen September eröffnete, dass sie mich als ihre Erbin eingesetzt hat, bin ich so was von glücklich. Zumal sie mir etwas vermacht, das ich mir sehnlichst wünsche – ein weiteres Aktienpaket der Deravenel Company.

Da sie einen Großneffen hat, hätte ich nicht im Traum zu hoffen gewagt, dass ich die Aktien bekomme. Und schon gar nicht, dass sie zehn Prozent der Anteile hält. An dem fraglichen Nachmittag erklärte sie mir die Zusammenhänge. Ihre ersten Aktien bekam sie von Edward Deravenel; später kamen welche von ihrem engen Freund Amos Finnister hinzu, der für Edward tätig war. Finnister war derjenige, der Grace Rose als vierjähriges Mädchen in einem Karren im East End entdeckte. Er blieb ihr sein ganzes Leben lang treu verbunden. Nach dem Tod von Vicky und Stephen Forth, ihren Adoptiveltern, erbte sie weitere zweieinhalb Prozent. Letztlich summierte sich ihr Aktienpaket auf stolze zehn Prozent.

Grace Rose führte weiter aus, dass sie in ihrem Testament wohltätige Organisationen und ihr Personal bedacht habe, einige Bilder und ein Teil ihres Schmucks seien für ihren Großneffen Patrick bestimmt. Patrick ist der Enkel von Charlies Schwester, Maisie Morran. Die großartige Schauspielerin und einstiger gefeierter Star am Broadway heiratete einen irischen Adligen. Ihr gemeinsamer Sohn verstarb mit Anfang vierzig, und Patrick ist sein einziges Kind und der Alleinerbe des Titels, der Ländereien und eines nicht unbeträchtlichen Geldvermögens. Laut Grace Rose ist Patrick ohnehin versorgt. Sie hat ihm zwei postimpressionistische Gemälde vermacht, die ihm immer besonders gefallen haben und ein paar Schmuckstücke von Cartier für seine zukünftige Ehefrau. »Alles andere ist für dich, Elizabeth«, hatte sie ihre Erklärungen beendet und abrupt das Thema gewechselt.

Die meisten von uns getroffenen unternehmerischen Entscheidungen haben positive Ergebnisse gezeitigt, etwas, das Cecil, Robin und mich mit Stolz erfüllt. Ich muss Ambrose unbedingt mit einschließen, denn Robins Bruder war nicht unmaßgeblich daran beteiligt, dass wir dieses wunderschöne Ferienresort in Marbella eröffnen konnten. Anlässlich der Eröffnung waren wir im März alle in Spanien. Und der Erfolg gibt uns recht.

Ein weiteres Highlight war die Eröffnung meiner Spas im April – in London, Paris und New York –, dank Anne

Dunleys unermüdlichem Einsatz. Sie ist in London und Paris aktiv, Anka Palitz in New York. Anne handelte mit ihr aus, dass Anka unsere sämtlichen Spas in Amerika leitet. Sechs davon gehörten vorher ihr. Wir erwarben ihr Unternehmen im Dezember, mit der Auflage, dass Anka die nächsten fünf Jahre bei Elizabeth-Turner-Spas bleibt. Sie war einverstanden, und jetzt ist sie meine amerikanische Partnerin.

Anfang Mai lernte ich den Russen Alexander Maslenikow kennen. Er war einer von fünf Interessenten für das Haus in Chelsea. Ich ahnte, dass er ein harter Brocken wäre und gleichzeitig der wahrscheinlichste Kandidat, der meinen Wunschpreis würde hinblättern können. Folglich ließ ich mich auf ihn ein, und es klappte. Ich nannte ihm mutig einen Preis von achtzig Millionen Pfund, er bot fünfundfünfzig; ich sagte, danke, das war's, und ging. Weil ich zuversichtlich war, dass er mein wunderschönes Haus unbedingt haben wollte und deshalb sein Angebot erhöhen würde. Mit meiner Einschätzung lag ich goldrichtig. Tags darauf meldete er sich bei mir und erhöhte auf siebzig Millionen Pfund. Und keinen müden Penny mehr, betonte er. Ich akzeptierte. Nachdem wir uns auf den Preis geeinigt hatten, lief der Rest wie geschmiert. Jetzt gehört mein schönes Haus mit den bösen Erinnerungen ihm, dafür gehören mir siebzig Millionen Pfund … eine ordentliche Finanzspritze für Deravenels, so sie denn irgendwann nötig werden sollte.

Robin beteuert immer wieder, dass 1998 mein Glücksjahr ist. Ich kann nur hoffen, dass Fortuna mir noch lange gewogen bleibt …

* * *

Am Dienstag, dem 26. Mai, würde die erste Auktion bei Sotheby's stattfinden. An jenem Abend standen die Impressionisten und Postimpressionisten aus den Deravenel-Turner-Sammlungen zur Versteigerung an. Robin holte Grace Rose ab, derweil Elizabeth sich für den Abend zurechtmachte. Sie trug ein violettes seidenes Cocktailkleid von Chanel und das goldene Medaillon, ein Erbstück von ihrem Vater. Während sie sich in der hohen Spiegeltür ihres begehbaren Kleiderschranks begutachtete, stellte sie fest, wie fabelhaft der Schmuck mit der Farbe ihres Kleides harmonierte.

Als sie sich umdrehte, fiel ihr Blick auf die Skulptur, die Robert ihr zu Weihnachten geschenkt hatte. Sie lächelte. Das Kunstobjekt stand auf einem Tisch vor der Wand, wo es sich perfekt machte. Es war ein Bett, diagonal gespalten. Die eine Hälfte bestand aus leuchtend roten Seidenrosen, die andere aus eingeschlagenen Nägeln, mit den scharfen Spitzen nach oben.

Das Objekt stammte von der Bildhauerin und Malerin Edwina Sandys – sie war Winston Churchills Enkelin und eine gute Freundin von Robin. Es trug den Titel *Das Ehebett*, was Elizabeth besonders witzig fand.

»Hier sind die Schuhe, Elizabeth«, rief Blanche Parrell. Sie kam in das Ankleidezimmer gestürzt. »Sie standen im Schuhschrank, im Schlafzimmer. Die Abendtasche muss hier irgendwo sein.«

»O danke, liebste Blanche. Ja, stimmt. Ich habe sie gerade entdeckt.« Sie schlüpfte in die High Heels. »Um wie viel Uhr holt Thomas dich ab?«

»Er kann jede Minute hier sein, mit Kat. Er wollte sie zuerst abholen. Ich habe ihm gesagt, er soll draußen im Auto warten. Immerhin hast du es ein bisschen eilig. Begrüßen kannst du ihn auch später noch.« Blanche trat zurück und musterte Elizabeth bewundernd.

»Und, habe ich vor deinen kritischen Augen bestanden?«, fragte Elizabeth kichernd. »Offenbar nicht. Wieso guckst du so skeptisch, Blanche?«

»Ohrringe«, antwortete Blanche. »Du brauchst Ohrringe. Die goldenen mit den Diamanten. Ich hole sie dir schnell. Bin gleich zurück.«

Elizabeth nahm die lilafarbene Abendtasche aus Seide von Prada, steckte Lippenstift, Papiertaschentücher ein und langte nach der Seidenstola, die zu ihrem Kleid gehörte. Als Blanche mit den diamantbesetzten Ohrringen zurückkehrte, steckte sie sie hastig an. »Sooo, fertig. Du sicher auch. Du siehst bezaubernd aus, Blanche. Ich finde, Marineblau steht dir.«

Blanche strahlte. »Danke. Und, bist du schon nervös? Der heutige Abend wird bestimmt eine Sensation.«

»Wem sagst du das, Blanche. Ich bin aufgeregt, nervös, gespannt wie ein Flitzbogen und habe wahnsinniges Herzklopfen.«

»Man sieht es dir aber nicht an. Du wirkst weder nervös noch sonst was, sondern kühl wie ein Minzsorbet.« Blanche lachte. »Du warst schon als Kind eine ausgezeichnete Schauspielerin.«

Verschwörerisch kichernd, verließen sie das Ankleidezimmer. Plötzlich sagte Elizabeth: »Es wird gemunkelt, dass Sotheby's heute Abend keine Höchstgebote erzielen wird und einige Gemälde gar nicht verkauft werden. Das Kunstgeschäft lässt sich seit Beginn der neunziger Jahre schleppend an. Schuld ist die Rezession. Die zweifellos jeder vorausgesehen hat. Cecil Williams ist jedoch überzeugt, dass sich der Kunstmarkt bereits wieder erholt hat. Er ist überaus zuversichtlich, dass die Preise heute Abend in die Höhe schießen.«

»Cecil weiß, wovon er spricht«, bemerkte Blanche. »Aber das muss ich dir nicht erzählen.«

Die Gegensprechanlage summte, Elizabeth drückte auf einen Knopf und meldete sich.

»Ich bin da, Liebling, mit Grace Rose«, ertönte Roberts Stimme. »Ah, da kommt auch Thomas, um Blanche abzuholen.«

»Wir sind gleich unten«, antwortete sie.

32

Kaum dass sie die Sotheby's Galerien an der New Bond Street betraten, wusste Robert, dass der Abend ein voller Erfolg werden würde.

Er spürte es spontan. Eine Mischung aus Hektik, Nervosität, Kunstbegeisterung und erregender Spannung lag über der Galerie, eine Ahnung, dass die angesetzte Auktion das Kunstereignis der Saison werden würde. Zudem war es eine Abendauktion, wo sich erfahrungsgemäß die Reichen und Schönen, Prominenten aus Kultur, Politik und Wirtschaft nur so tummelten.

Und das war noch untertrieben. Die Crème de la Crème der Londoner Gesellschaft hatte sich eingefunden, die Damen in Cocktailkleidern, die Herren in Savile-Row-Abendgarderobe.

Innerhalb weniger Augenblicke entdeckte Robert etliche Leute, die er kannte … Freunde, Geschäftspartner und Kollegen. Das Topmanagement von Deravenels war bereits versammelt, und er winkte Charles Broakes und Sidney Payne und ihren Frauen zu. Er sah John Norfell im Gespräch mit Jenny Broadbent, eine der Topunternehmerinnen in der City und eine renommierte Kunstsammlerin. Aus dem Augenwinkel nahm er Mark Lott und Alexander Dawson wahr.

Elizabeth, die die beiden ebenfalls gesehen hatte, flüsterte: »Meine Gegner und meine Befürworter sind hier, weil sie hautnah miterleben wollen, was aus meiner berühmten Kunstsammlung wird. Und die beiden da hinten wollen doch garantiert bloß miterleben, dass ich auf die Nase falle.«

Robert schenkte ihr ein verliebtes Lächeln und meinte überaus zuversichtlich: »Glaub mir, es wird dein großer Abend, Elizabeth. Fortuna lässt dich nicht im Stich.«

Statt einer Antwort nickte sie. Ihre dunklen Augen blitzten erwartungsvoll.

An Grace Rose gewandt, die sich leicht auf seinen Arm stützte, sagte Robert: »Und du bist der Star des Abends, Grace Rose. Du siehst phantastisch aus, deine Saphirohrringe sind … hinreißend schick.«

»Danke, Robert, du weißt einer alten Dame zu schmeicheln. Ich glaube jedoch, dass Elizabeth der Star der Show ist, denn die Auktion wird zweifellos eine Riesenshow.«

Er lachte, und Elizabeth war mit einem Mal mächtig stolz auf ihre Großtante. Sie hielt sich kerzengerade, ihr schimmerndes silberfarbenes Haar war perfekt frisiert und ihr Make-up tadellos. Grace Rose war wahrhaftig ein Hingucker und im Übrigen die eleganteste Erscheinung des Abends.

Sämtliche Blicke waren auf die drei gerichtet, als sie in den Auktionsraum kamen. Während sie sich langsam durch die Menschenmenge schoben, meinte Grace Rose plötzlich: »Die wollen tatsächlich alle bieten, das spüre ich. Hier riecht es nach Geld. Viel

Geld. Außerdem sind hier einige Pariser Kunsthändler vertreten. Die kaufen bestimmt, glaub mir.«

»Hoffentlich«, sagte Elizabeth seufzend. Ihr Blick schweifte durch den Saal. Sie winkte ihren Cousins, Frank Knowles und Henry Carray, entdeckte ihren Großonkel Howard, den großen alten Firmenpatriarchen.

»Die globale Rezession hat den Kunstmarkt zwar vor ein paar Jahren ganz schön in die Knie gezwungen«, meinte Robert, »aber allmählich geht es wieder aufwärts.«

»Das stimmt. Die Preise haben sich erholt, vor allem für gute Kunst. Das ist das Entscheidende, und die Gemälde aus Jane Shaws Sammlung und die, die sie für Edward erwarb, gehören zur allerersten Kategorie. Impressionisten und Postimpressionisten sind sehr begehrt, Robert. Ich habe da überhaupt keine Bedenken. Zwar sind auch etliche Gäste hier, die nur sehen und gesehen werden wollen, aber ich garantiere dir, darunter sind auch viele ernsthafte Kaufinteressenten.«

Als sie die große Galerie betraten, wo die Auktion stattfand, bekamen sie Kataloge und Nummerntafeln ausgehändigt und reservierte Plätze zugewiesen.

Kurz darauf kam Marcus Johnson zu ihnen. Schwungvoll, lächelnd, enthusiastisch. Ein solcher Abend, wo er hinter den Kulissen die Strippen ziehen konnte, war ihm wie auf den Leib geschneidert.

Nachdem er sie begrüßt hatte, begleitete er sie zu ihren Plätzen. Er wandte sich verschwörerisch zu Elizabeth. »Ich muss wieder los und mich um die Presseleute kümmern. Die Reservierung im Annabel's steht. Wir treffen uns dort, nach der Auktion.« Er lächelte breit. »Und dann feiern wir.«

Elizabeth, die von einer plötzlichen Nervosität erfasst wurde, nickte bloß.

Den Blick auf die Tür geheftet, beobachtete sie die Menschenmassen, die hereinströmten, und bekam kaum mit, dass Robert und Grace Rose, die zwischen ihnen saß, angeregt plauderten.

Elizabeth bemühte sich angestrengt um Fassung. Es sind die Nerven, es sind nur die Nerven, versuchte sie sich zu beruhigen. Plötzlich entdeckte sie Blanche, Thomas, Kat Ashe mit ihrem Mann John, und dahinter ihre geliebten Dunleys ... Ambrose und Anne, Merry und ihren Mann Henry, gefolgt von Cecil, Francis und Nicholas mit ihren Frauen. Die anderen blieben höflich zurück, so dass die drei Manager sich zu Elizabeth setzen konnten.

Cecil Williams, der ihre außergewöhnliche Blässe bemerkte, sagte leise: »Bloß nicht nervös werden, Elizabeth. Das klappt schon.«

»Sobald die Auktion beginnt, kann ich entspannen«, raunte sie ihm zu und drückte ihm die Hand. Sie verzog leicht das Gesicht. »Endlich werde ich dieses ganze Familien ... *sammelsurium* los. Wahrscheinlich schauen die mich von oben alle böse an.«

Cecil schmunzelte. »Du hast dir nichts vorzuwerfen. Deine Entscheidung war richtig. Immerhin tust du es in erster Linie für die Firma – für den Fall, dass du den Auktionserlös irgendwann investieren musst.«

»Du weißt, dass der Auktionator die Bieterschritte

kontrolliert, oder? Mit anderen Worten, der Preis steigt schrittweise nach seinen Vorgaben. Oder er pendelt sich auf einem Level ein«, erklärte ihr Grace Rose.

»Ja, Alistair Gaines von Sotheby's hat es mir erläutert«, antwortete Elizabeth. Sie rutschte kaum merklich auf ihrem Stuhl vor und lächelte Robert an. »Hier drin ist es unangenehm warm«, murmelte sie, »und entsetzlich laut, ohrenbetäubend.«

Er nickte. »Der Saal ist rappelvoll, sie schließen jetzt die Türen. Dann hört der Krach auf. Und der Spaß beginnt.«

Elizabeth fragte sich, wieso sie die Nummerntafel mitgenommen hatte; sie hatte überhaupt nicht vor mitzubieten. Sie wollte verkaufen. Ihr Blick fiel auf den dicken Katalog, der auf ihrem Schoß lag. Auf dem Einband stand: *Die Deravenel-Turner-Sammlungen. Wertvolle impressionistische und postimpressionistische Gemälde*.

Sie war stolz auf ihre Familie. Mit einem Mal entspannte sie. Sie hob den Blick. Der Auktionator betrat gerade das Podium. Nachdem er die Anwesenden begrüßt hatte, sprach er ausführlich über die Sammlung und nannte Einzelheiten zu dem ersten Bild, das zur Versteigerung kommen sollte.

Elizabeth hatte es von Anfang an gewusst … es war ihr geliebter Claude Monet. Sie reckte den Kopf und verfolgte gebannt den Verlauf der Auktion.

* * *

Der Auktionator ließ seinen Blick durch den Saal schweifen, in dem sich Prominenz, Kunstbegeisterte, potentielle Käufer und Kunsthändler aus aller Welt befanden, bevor er auf den Monet deutete, der rechts von ihm auf einer Staffelei stand. »Und hier sehen Sie ein ausgezeichnetes Beispiel für den Hochimpressionismus. Monets *Seinearm bei Argenteuil.* Bitte, machen Sie Ihr Gebot.«

Spontan wurde eine Nummernkarte hochgehalten, und der Auktionator rief begeistert: »Ich nehme das Eröffnungsgebot zu meiner Linken an. Eine Million Pfund.«

Sein Blick schoss über die Anwesenden. »Eine Million Zweihundertfünfzigtausend Pfund, hier vorn rechts.«

Elizabeth rang nervös die Hände, ihre Kehle war plötzlich wie ausgetrocknet. Der Auktionator ging in Schritten von Zweihundertfünfzigtausend Pfund weiter. Sie hatte recht behalten. Dieser Monet war eines der schönsten Gemälde in Jane Shaws kostbarer Sammlung.

Das Anfangsgebot erhöhte sich blitzartig. Als der Hammer des Auktionators nach zwölf Minuten niedersauste, war der Preis des Bildes auf satte neun Millionen Pfund gestiegen.

Elizabeth war einen Augenblick lang fassungslos. Sie griff an Grace Rose vorbei, umklammerte Roberts Arm. Über ihr Gesicht breitete sich ein Strahlen. »Ich glaub's einfach nicht!«, sagte sie mit leiser, aufgewühlter Stimme. »Du hattest recht, Robin.«

»Ich habe dir ja gleich gesagt, die Auktion wird ein

Riesenerfolg. Meinen Glückwunsch, Liebling.« Seine Augen sprühten vor Aufregung und Begeisterung.

Die nervöse Spannung war in der gesamten Galerie zu spüren. Elizabeth hatte zwölf Gemälde zum Verkauf angeboten, und alle fanden einen neuen Besitzer. Nach zwei Stunden war die gesamte Kollektion verkauft: der Pissarro, die Winterlandschaft von Guillaumin, zwei weitere Bilder von Monet, ein Manet, ein van Gogh, zwei Sisleys, ein Rouault und zwei Gemälde von Henri Matisse, der ebenfalls zu Elizabeths Lieblingsmalern gehörte. Damit hatte sie zig Millionen Pfund eingenommen und Finanzreserven für den Konzern geschaffen. Das erfüllte sie mit einem Gefühl großer Erleichterung.

Nach der Auktion sprang Robert auf und half Grace Rose höflich beim Aufstehen. Dann umarmte er Elizabeth, küsste sie auf die Wange und flüsterte an ihrer Schläfe: »Du hast es geschafft, Liebes. Morgen bist du das Stadtgespräch schlechthin.«

Sie bog den Oberkörper zurück und meinte süffisant lächelnd: »Und, ist das was Neues?«

Ihre Gäste und Bekannten gratulierten ihr. Plötzlich kam Marcus zu ihr. Er wurde von einem Mann und einer Frau begleitet und drängte sich mit einem selbstverständlichen Lächeln zu ihr vor. »Elizabeth, darf ich bekanntmachen: Phoebe Jones von der *Daily Mail* und Angus Todd von der *Times*. Bitte beantworten Sie den beiden doch kurz ein paar Fragen, ja?«

»Aber natürlich, kein Problem«, erwiderte sie. Daraufhin zog sie sich mit Marcus und den beiden Journalisten in eine Ecke des Saals zurück.

»Wie fühlen Sie sich, Miss Turner?«, wollte Phoebe Jones wissen. »Die Veranstaltung war ja ziemlich aufregend.«

Elizabeth nickte. »Aufregend ist gar kein Ausdruck, Miss Jones. Ich fühle mich regelrecht euphorisch. Ein anderes Wort fällt mir dazu nicht ein.«

»Wussten Sie, dass ein Monet mit dem Titel *Seinebrücke bei Argenteuil*, ein weiteres hervorragendes Beispiel für den Hochimpressionismus, 1988 bei Christie's hier in London für zwölf Komma sechs Millionen Dollar versteigert wurde?«, fragte Angus Todd. »Das war eine Rekordsumme.«

»Nein, das wusste ich nicht. Mein Gemälde bekam heute Abend den Zuschlag bei neun Millionen Pfund, das sind umgerechnet dreizehn Komma fünf Millionen Dollar. Folglich habe ich die damalige Summe noch überboten.«

Die beiden Journalisten stellten ihr weitere Fragen, bis Marcus sich einschaltete und Elizabeth mit dem Argument loseiste, dass sie einen weiteren Termin habe.

Marcus und Robert führten sie und Grace Rose aus der überfüllten Galerie auf die New Bond Street. Als sie im Auto saßen und losfuhren, seufzte Elizabeth tief. Dann strahlte sie die ganze Zeit bis zum Annabel's am Berkeley Square, wo sie zur Feier des Tages eine Dinnerparty für ihre engsten Freunde gab.

33

Cecil Williams musste spontan grinsen, als er Elizabeths Büro betrat und sah, dass sie Zahlenreihen in einem schwarzen Notizbuch durchging. »Na, so was.« Er trat an ihren Schreibtisch. »Schön, dass du meinen Rat befolgt hast und dir Notizen machst.«

Elizabeth hob den Kopf und strahlte. »Robin hat mir dieses Moleskine-Notizbuch besorgt. Ich habe alles über die vier Auktionen eingetragen. Wenn du willst, können wir die Zahlen durchgehen.«

Er setzte sich ihr gegenüber, öffnete sein eigenes Notizbuch und starrte auf die erste Seite. »Ich habe für Sotheby's extra ein neues angefangen. Wie dem auch sei, du hast extrem gut abgeschnitten. Ich komme auf rund einhundertdreiundzwanzig Millionen Pfund. Das darf man gar nicht laut sagen.«

»Ich weiß. Wenn wir den Erlös für das Chelsea House hinzurechnen, habe ich insgesamt einhundertdreiundneunzig Millionen Pfund eingenommen. *Brutto*, davon gehen natürlich noch die Steuern und die üblichen Auslagen ab.«

»Das habe ich bereits durchkalkuliert. Martine kann es dir nachher mal ausdrucken. Ehrlich gesagt, hat mich die zweite Auktion am meisten fasziniert … der Schmuck hat schwindelerregend hohe Preise erzielt. Weit mehr, als ich erwartet habe.«

»Das meint Nicholas auch. Schon damals, als Robin und ich die vielen Etuis in den Kellern von Ravenscar anschauten, haben wir beide begriffen, dass wir förmlich in eine Goldmine geraten waren. Oder sollte ich besser Diamantenmine sagen?« Sie schüttelte verwundert den Kopf. »Wenn ich an die faszinierenden Stücke denke, die da unter den Hammer gekommen sind ... zweiundzwanzig Diamantdiademe plus das Diamantcollier von Kaiserin Eugénie. Das hat Millionen gebracht. Und die vielen kostbaren Ringe von den berühmtesten Goldschmieden auf der ganzen Welt – mindestens fünf davon erzielten pro Stück über eine Million Pfund.« Nach einem Blick in ihr Notizbuch erklärte sie: »Sechsundzwanzig Millionen Pfund für die Deravenel-Turner-Juwelen und zweiundachtzig Millionen Pfund für die Kunst. Klingt doch nicht übel, oder?«

Cecil nickte zustimmend. »Alles hat Spitzenpreise erzielt. Vollkommen verrückt. Neun Millionen Pfund für den silbernen Hausrat, die vergoldeten Teller und das Porzellan, plus sechs Millionen für die Teppiche, Gobelins, die Stilmöbel und andere Kunstobjekte. Ich bin mit Grace Rose einer Meinung. Eine solche Auktion hat es seit Jahren nicht mehr gegeben. Und sie Deravenel-Turner-Sammlungen zu nennen war ein echtes Zugpferd.«

»Genau wie die geschickt eingefädelte Publicity von Sotheby's«, erinnerte sie ihn.

»Immerhin hast du mit Marcus Johnson einen brillanten Kopf engagiert«, erklärte Cecil. »Der Typ ist ein begnadeter Strippenzieher. Er hat die richtigen

Leute eingeladen, ordentlich Werbung gemacht und damit für Interesse und Furore gesorgt.«

»Schätze mal, unsere Familie hatte immer schon einen Hang zu *Skandalen.*« Um Elizabeths Mundwinkel zuckte es amüsiert. »Ich ja wohl auch. Aber Skandale sind immer *in.*«

»Du weißt, ich mische mich normalerweise nicht in deine Privatangelegenheiten ein, aber was ist mit Roberts Scheidung?«, erkundigte sich Cecil.

»Keine Ahnung, interessiert mich auch nicht weiter. Ich weiß bloß, dass er nächste Woche nach Cirencester fährt und Amy trifft. Er hatte die Reise verschoben, weil sie sich nicht gut fühlte.«

»Verstehe.«

»Glaub ja nicht, dass ich mich Hals über Kopf in die Ehe stürze, Cecil. Du weißt genau, dass ich von einer Heirat wenig halte … und das hat nichts mit meinem wundervollen Robin zu tun … ich möchte eben nicht heiraten.«

Cecil Williams war bewusst, dass sie ihre Einstellung nicht ändern würde. Und er kannte sie schließlich länger und besser als viele andere. Elizabeth war ein unverbesserlicher Dickkopf. Was sie nicht wollte, das wollte sie nicht. Andererseits nagte die Frage nach einem Erben und Nachfolger an ihr. Wer würde Deravenels irgendwann übernehmen, wenn sie nicht mehr war? Cecil schüttelte unwillkürlich den Kopf und wandte sich abermals den Aufzeichnungen in seinem Notizbuch zu. »Du hast einen größeren Kredit bei der Bank laufen. Das Darlehen für die ersten Elizabeth-Turner-Spas und für den Kauf der amerikanischen Spas von Anka Palitz solltest du schleunigst zurückzahlen. Das spart dir einen Haufen Zinsen.«

»Das habe ich mir auch schon überlegt. Ich habe mir siebzig Millionen Pfund bei der Bank geliehen. Zehn Millionen für die Spas in London und Paris und fünfzig Millionen für Ankas Spas. Die restlichen zehn Millionen hab ich als Startkapital in mein eigenes Unternehmen gesteckt. Ich werde deinen Vorschlag beherzigen und den Kredit vorzeitig zurückzahlen. Zumal immer noch genug Geld für Deravenels übrig bleibt, falls mal was sein sollte …«

»Diesbezüglich habe ich mir ein paar Gedanken gemacht. Ich meine, du solltest mit deinen Investitionen vorsichtig sein und auf gar keinen Fall in riskante Anlageformen investieren. Anlegen musst du das Geld schließlich, sonst bringt es keine Zinsen.«

»Ich weiß –«, ein Klopfen an der Tür unterbrach sie. »Herein«, rief sie.

Francis Walsington betrat ihr Büro, drückte die Tür hinter sich zu und lehnte sich für einen kurzen Augenblick an den Türrahmen.

»Ist irgendwas?«, fragte Elizabeth, alarmiert durch seine bestürzte Miene. Sie kannte ihn gut, las in ihm wie in einem offenen Buch. Selbst wenn er wie jetzt sein undurchdringliches Pokerface aufgesetzt hatte.

»Entschuldigt, dass ich unangemeldet hier hereinplatze, aber ich hielt es für meine Pflicht, euch umgehend zu informieren. Wieder ist ein Tanker explodiert. Der zweite innerhalb von drei Monaten.« Er durchquerte den Raum.

»O mein Gott, nein!«, entfuhr es Elizabeth.

»Keiner von unseren«, beruhigte Francis seine Chefin rasch. »Trotzdem stimmt mich dieser Vorfall sehr bedenklich. Hoffentlich wird das nicht zur Methode. Der Tanker war von Crestoil's in New Jersey und explodierte vor der balinesischen Küste.«

»Gab es viele Verletzte?«, fragte Cecil schnell nach.

»Einige Leute von der Crew. Ein riesiger Ölteppich treibt jedoch auf den Strand zu, und Bali ist ein beliebtes Reiseziel für Touristen aus aller Welt. Hinzu kommen ökologische Probleme von kaum vorhersehbarem Ausmaß.«

»Meinst du, dass irgendwelche Terroristen ihre Hand im Spiel hatten?« Elizabeth schaute Francis forschend an. »Würde mich nicht überraschen. Seit der Tankerexplosion in Spanien bin ich zunehmend skeptisch, was Terroristen- und Sabotageakte angeht. In der Tat überlege ich schon länger, ob wir Deravco Oil nicht verkaufen sollten.«

»Mit der Ölgesellschaft verdienen wir gutes Geld«, erinnerte Cecil sie, »aber das muss ich dir nicht erzählen. Die Deravco ist eine echte Cashcow.«

»Ich weiß. Andererseits spüre ich diese konstante Bedrohung, die uns im Nacken sitzt.« Sie lehnte sich zurück und fuhr fort: »Hast du die Information von Spencer Thomas?«

»Nein. Sie kam vor ein paar Minuten über den Nachrichtenticker von CNN. Ich hatte in meinem Büro zufällig den Fernseher an. Ich hab Spencer sofort angerufen, aber er ist anscheinend im Urlaub. Am Montag ist er zurück.«

»Was hältst du davon, wenn wir vorab mit ihm über einen Verkauf sprechen?«, schlug Elizabeth vor.

»Wenn wir verkaufen wollen, müssen wir einen Käufer haben«, gab Cecil zu bedenken. »Selbstverständlich können wir uns mit Spencer zusammensetzen – als Fachmann hat er mein volles Vertrauen. Und er ist bestens informiert in puncto OPEC.«

»Gute Idee«, bestätigte Francis. »In der Zwischenzeit kümmere ich mich darum, dass Vance Codrill die Sicherheitsmaßnahmen auf unseren Tankern erhöht. Mal ganz ehrlich, viel mehr können wir wahrscheinlich nicht tun.«

* * *

Wieder allein, nahm Elizabeth sich ihr Notizbuch vor. Rechnete Zahlen zusammen und kam zu dem Schluss, dass sie im laufenden Jahr locker eine Million Pfund für wohltätige Zwecke würde spenden können. Möglicherweise sogar noch ein bisschen mehr.

Sie zog die Schreibtischschublade auf, holte einen von Merry erstellten Ausdruck heraus und las ihn nachdenklich durch. Es handelte sich um eine Liste karitativer Organisationen, die ihre Assistentin für sie ausgewählt hatte. Robins Schwester wusste um das soziale Gewissen ihrer Chefin.

Sie sah, dass National Society for Prevention of Cruelty to Children auf dem Ausdruck stand und nickte. Wenn sie eins verabscheute, dann Gewalt gegenüber Kindern. Und gegenüber Tieren. Merry hatte die

Royal Society for Prevention of Cruelty to Animals ebenfalls aufgelistet. Beide Organisationen verdienten es, finanziell unterstützt zu werden.

Ein Glück, dass die Auktionen reichlich Bares in ihre private Kasse gespült hatten; damit konnte sie nützliche und sinnvolle Projekte unterstützen. Auf jeden Fall würde sie einen Teil des Geldes für wohltätige Zwecke spenden. Sie gab gern und hielt es für ihre moralische Verpflichtung, Menschen unter die Arme zu greifen, die weniger privilegiert waren als sie. Schon seit langem liebäugelte sie mit dem Gedanken, eine karitative Einrichtung zu unterstützen, und jetzt hatte sie endlich das Geld dafür.

Ihre Gedanken schweiften zu den inzwischen verstorbenen Deravenels und Turners, und sie sprang impulsiv auf und lief aus ihrem Büro zum Konferenzraum. Sie öffnete die schweren Mahagoniholztüren, trat ins Innere und machte Licht.

Es war ein wunderschöner Raum mit einer aufwendigen Stuckdecke und funkelnden Kristallleuchtern. Kostbare Ölgemälde hingen an den Wänden.

Das sind meine Vorfahren, dachte sie, während sie an den Porträts entlangschritt, die sie längst nicht alle kannte. Sie las die eingravierten Namen auf den kleinen Metallplatten, die an den vergoldeten Rahmen angebracht waren.

Auf der anderen Seite des Saales entdeckte sie drei bekannte Gesichter: ihr Großvater Henry Turner, der erste Turner an der Führungsspitze von Deravenels, ihr Vater Harry Turner, der zweite Turner und Konzernlenker, und ihre Halbschwester. Sie ging weiter. Vor dem Porträt ihres Urgroßvaters Edward Deravenel blieb sie stehen.

»Mein Gott, er sah umwerfend aus. Ein echter Womanizer!«, sagte sie laut und blickte sich hastig um, erleichtert, dass sie die Tür hinter sich zugemacht hatte. Ganz ohne Zweifel war er ein sündhaft attraktiver Mann und das lebensgroße Porträt ein Meisterwerk. Ich sehe ihm tatsächlich ähnlich, schoss es ihr durch den Kopf.

Sie trat zurück und betrachtete die imposanten Gemälde, die ihren Vater, ihren Großvater und ihren Urgroßvater zeigten. Was würden die drei von ihrer Blitzaktion halten? Dass sie ihren gesammelten Besitz verkauft hatte, als kümmerte sie das Erbe nicht die Bohne? Tat es schon, bloß hatte sie keine Verwendung dafür. Stattdessen hatte sie die Vorstellung beflügelt, eine Kriegskasse für Deravenels einzurichten. Das würden sie bestimmt verstehen. Und sie für den finanziellen Erfolg ihrer Aktion sogar bewundern. Sie lächelte milde. Diese Männer waren mit Leib und Seele Unternehmer gewesen, und sie trat in ihre Fußstapfen. *Sie* war jetzt Geschäftsführerin und fest entschlossen, noch besser zu werden als ihre Vorgänger.

Sie trat einen weiteren Schritt zurück und rief laut: »Ihr seid mir nicht böse, das weiß ich. Ich bin eine von euch. Und aus dem gleichen Holz geschnitzt, wenn ich auch eine Frau bin.« Elizabeth fing an zu lachen. Ein Glück, dass sie niemand hörte. Sonst würde man glatt denken, sie tickte nicht mehr richtig im Oberstübchen, weil sie mit den Porträts der drei verstorbenen Patriarchen redete.

34

Um es kurz zu machen«, sagte Nicholas Throckman. »Ich bin froh hinsichtlich der Entwicklungen in unserem Pariser Büro. Die Belegschaft wurde zwar verkleinert, trotzdem arbeitet sie äußerst effizient. Wir haben dort jetzt ein gutes Team.«

»Sidney Payne hat einen Riecher für kompetentes Personal.« Elizabeth lächelte Nicholas zu. »Was würde ich nur ohne dich machen?«

Robert kam durch die Verbindungstür in ihr Büro und setzte sich neben Nicholas. »Schade, dass du bei unserem Geburtstagsdinner nicht dabei sein konntest.«

»Tja, leider hatte ich in Paris zu tun.« Nach einem vielsagenden Blick zu Robert meinte er zu Elizabeth: »Da ist noch etwas –« Er hielt inne, als die Tür aufging und Francis und Cecil das Büro betraten.

»Bitte entschuldigt die Verspätung, aber das mit Charles Broakes und Norfell dauerte länger als geplant«, räumte Cecil ein. Er deutete zu der Sitzgruppe. »Wollen wir uns nicht dorthin setzen?«

Elizabeth stand auf und durchquerte das Büro. »Und wie ist es mit den beiden gelaufen? Hoffentlich konntet ihr alle Probleme und Unstimmigkeiten aus der Welt schaffen.«

»Alles in Butter«, versicherte Cecil ihr und setzte

sich neben sie auf die Couch. »Nachdem die umgebauten Herrenhäuser auf den Weingütern sich zu erfolgreichen kleinen Hotels mausern und die Spas schwarze Zahlen schreiben, kommen die zwei wieder halbwegs miteinander aus. Eine unterschwellige Spannung bleibt zweifellos immer spürbar. Charles ist bestimmt kein großer Fan von John Norfell.«

»Ich bezweifle, dass der überhaupt Fans hat«, grummelte Robert, der sich gemeinsam mit Francis und Nicholas zu ihnen setzte.

»Ich glaube, wir haben dich eben mitten im Satz unterbrochen, Nicholas«, bemerkte Cecil. »Entschuldige vielmals.«

»Ist schon okay. Schön, dass ihr kommen konntet. Ich wollte Elizabeth und Robert gerade von den Gerüchten erzählen, die in Paris kursieren. Es wird gemunkelt, dass François de Burgh gesundheitliche Probleme hat.«

»Was hat er denn?«, wollte Elizabeth wissen.

»Ich hab läuten hören, dass er Leukämie hat und dass seine Mutter sich große Sorgen macht«, erklärte Nicholas. »Und Marie de Burgh wohl auch.«

»Verständlich«, warf Francis ein. »Wenn der Typ das Zeitliche segnet, muss sie sich warm anziehen. Seine Mutter wird Dauphin übernehmen und einen seiner Brüder an die Führungsspitze setzen. Catherine de Burgh ist eine verdammt kluge Frau, sie war jahrelang in die Geschäftsleitung des Handelsimperiums involviert. Henri de Burgh verließ sich zu seinen Lebzeiten auf ihre unternehmerische Kompetenz, und ihre Söhne halten es genauso.«

»Wenn François stirbt und Marie Stewart bei Dauphin ausscheidet – was sie bestimmt nicht freiwillig tun wird –, kehrt sie dann nach Schottland zurück, um Scottish Heritage zu leiten?«, fragte Elizabeth nach. Ihre Gedanken rasten. »Ich meine mal ungeachtet der Tatsache, dass es ihre Firma ist. Immerhin ist sie überambitioniert und darauf aus, an den Hebeln der Macht zu drehen.«

»Ich schätze mal, dass es so kommen wird.« Francis und Elizabeth wechselten Blicke. »Oh, verdammt, dann säße sie uns im wahrsten Sinne des Wortes *im Nacken.*«

»Was halten wir uns lange mit dieser Frau auf?«, warf Nicholas ein bisschen gereizt ein. »Sie kann uns überhaupt nicht gefährlich werden. Folglich sollten wir uns nicht unnötig verrückt machen.«

In diesem Moment klingelte das Telefon auf Roberts Schreibtisch. Er stand auf und lief in sein Büro, um den Anruf entgegenzunehmen.

»Keiner macht sich hier verrückt«, wiegelte Cecil an Nicholas gewandt ab. »Du hast recht. Sie kann nicht wirklich aktiv werden. Trotzdem kann sie uns das Leben schwermachen –«

Er hielt inne, da Robert mit bestürzter Miene in der Tür auftauchte.

Elizabeth ahnte sofort, dass etwas Entsetzliches geschehen sein musste. »Was ist, Robin?«, fragte sie ängstlich. Sie sprang auf und lief zu ihm. »Was ist passiert?«

»Amy ist tot«, antwortete er leise. »Sie hatte einen Unfall.«

»Was für einen Unfall?«, schrie Elizabeth mit angsterfüllter Stimme und umklammerte seinen Arm.

»Offenbar ist sie die Treppe heruntergestürzt. Und hat sich das Genick gebrochen.« Er schüttelte den Kopf, als könnte er es immer noch nicht fassen.

Helles Entsetzen malte sich auf Elizabeths Gesicht; sie zog Robert zur Couch, drückte ihn in das Sitzpolster, sah, dass er unter Schock stand.

Sie blickte in die Runde, die vor Bestürzung verstummt war, und sagte zu Francis: »In Robins Büro müsste eine Flasche Brandy stehen. Bitte sei so nett und hol ihm ein Glas.«

»Selbstverständlich.« Francis sprang auf und lief ins Nebenzimmer.

»Wer hat dich informiert?« Cecil beugte sich zu Robert. »Hat die Polizei bei dir angerufen?«

»Nein, Anthony Forrest«, erwiderte Robert. Er richtete sich mühsam auf und schaute seinen Kollegen an. »Du kennst ihn. Ein alter Freund von mir und mein Steuerberater. Er kümmert sich um Amys und meine Finanzen, wohnt auch in Cirencester.«

»Dann hat ihn vermutlich die Polizei in Gloucestershire informiert, oder?« Cecil zog nachdenklich die Stirn in Falten.

»Nein, zumindest nicht, als er mit mir telefonierte. Die zuständigen Beamten werden ihn sicher kontaktieren, und mich zweifellos auch.« Robert atmete mehrmals tief durch, ehe er fortfuhr: »Amys Haushälterin Connie Mellor teilte ihm die traurige Nachricht mit, nachdem sie den Notarzt und die Polizei verständigt hatte. Sie kam gegen zwei Uhr vom Markt zurück und fand … die Sterbende.« An Elizabeth gerichtet, sagte er: »Ich bin fassungslos.«

»Ich auch«, bestätigte sie mit zitternder Stimme.

Robert nahm das Glas Brandy entgegen, dankte Francis und kippte es in einem Zug hinunter. Er sah hektisch auf seine Armbanduhr. »Oh, schon halb sechs. Ich muss Connie anrufen. Und Anthony, dass ich heute Abend nach Cirencester fahre.«

»Ambrose sollte mitfahren«, schlug Elizabeth rasch vor. Sie ging an ihren Schreibtisch, drückte eine Taste auf ihrem Telefon und erklärte Merry, sie solle Ambrose zu ihrem Meeting hinzubitten, da sie ihn dringend sprechen müsse.

Dann ließ sie sich in ihren Bürosessel sinken. Sie war kreidebleich und wirkte sehr bestürzt. Sie fühlte mit Robert, war genauso schockiert und fassungslos wie er. Er hatte Amy im August besucht und sie um die Scheidung gebeten. Inzwischen lief die Sache bereits.

Elizabeth schaute auf den schmalen Terminkalender, der auf ihrem Schreibtisch lag. Es war Dienstag, der 8. September, ein Tag nach ihrem gemeinsamen Geburtstag, den sie am vergangenen Wochenende mit Freunden und Verwandten groß gefeiert hatten. Es war eine rauschende Party mit Hunderten von Gästen gewesen.

Sie lehnte sich in ihrem Sessel zurück und versuchte sich zu sammeln. Die Männer hingen schweigend ihren Gedanken nach.

Plötzlich ging die Tür auf, und Ambrose und Merry kamen hereingestürzt, Entsetzen lag auf ihren Gesichtern. Elizabeth erhob sich hinter ihrem Schreibtisch und sagte mit kontrollierter Stimme: »Ich muss euch etwas Bedauerliches mitteilen. Robin bekam vorhin einen Anruf von Anthony Forrest aus Cirencester … Amy ist tot. Sie hatte einen tragischen Unfall. Sie ist die Treppe hinuntergestürzt und hat sich das Genick gebrochen.«

»O nein!«, stöhnte Merry auf. Sie starrte Elizabeth ungläubig an.

»O mein Gott!« Ambrose lief zu Robert, setzte sich neben ihn und fasste ihn am Arm. Merry folgte ihm völlig aufgelöst.

»Ich muss umgehend nach Cirencester fahren«, sagte Robert zu Ambrose. »Kommst du mit?«

»Das ist doch selbstverständlich. Meinst du, ich ließe dich allein fahren, in deiner Verfassung?«

Als das Telefon klingelte, griff Elizabeth eilends nach dem Hörer. »Elizabeth Turner.«

»Guten Tag, Miss Turner. Inspektor Colin Lawson von der Polizei in Gloucestershire am Apparat. Kann ich Mr Robert Dunley bei Ihnen erreichen?«

»Ja, er ist in meinem Büro, Inspektor. Ich hole ihn ans Telefon. Einen Moment bitte.« Sie legte eine Hand auf die Sprechmuschel. »Da ist ein Inspektor Lawson von der Polizei in Gloucestershire«, sagte sie zu Robert. »Lawson«, wiederholte sie.

Robert nahm ihr den Hörer aus der Hand und meldete sich mit seinem Namen. »Guten Tag, Inspektor Lawson. Ich habe Ihren Anruf bereits erwartet. Von Anthony Forrest erfuhr ich vor wenigen Minuten, dass meine Frau einen tragischen und tödlichen Unfall hatte. Er informierte mich, dass sie die Treppe hinuntergestürzt ist.«

»Das ist korrekt, Mr Dunley«, antwortete der Inspektor. »Und jetzt haben wir natürlich einige Fragen an Sie.«

»Wir fahren gleich los. Mein Bruder begleitet mich nach Cirencester. Möchten Sie, dass wir direkt ins Präsidium kommen oder sollen wir uns bei Mr Forrest treffen?«

»Letzteres wäre günstig, Mr Dunley. Wir müssen ohnehin mit Mr Forrest sprechen, demnach können wir die beiden Befragungen verbinden.«

»Das klingt plausibel, Inspektor. Eine Frage noch: Wo ist meine verstorbene Frau derzeit aufgebahrt? In der Klinik oder im Leichenschauhaus?«

Robert bemerkte das Zögern seines Gesprächspartners. Lawson räusperte sich umständlich, bevor er schließlich antwortete: »Ich glaube, die Tote wurde der Gerichtsmedizin überstellt … für eine Autopsie.«

»Danke, Inspektor Lawson. Wir sind in ungefähr drei Stunden bei Ihnen, je nach Verkehrslage.«

Nachdem er aufgelegt hatte, blickte Robert in die Runde. »Der Inspektor hat einige Fragen an mich und Anthony.« Stirnrunzelnd wandte er sich an Francis: »Als ich ihn fragte, wo Amys Leiche ist, schien er zu zögern und reagierte ausweichend. Hat das was zu bedeuten?«

»Nicht unbedingt«, antwortete Francis. »Vermutlich weiß er es selber nicht genau, ob sie noch im Krankenhaus oder bereits im gerichtsmedizinischen

Institut ist, wo die Obduktion vorgenommen werden soll. Mach dir da mal keine Gedanken.«

»Wieso will der Inspektor mit *dir* sprechen?«, wollte Merry wissen. »Ich meine, *du* kannst ihm doch am allerwenigsten weiterhelfen, oder? Du warst schließlich den ganzen Tag hier im Büro.«

Robert zuckte mit den Schultern. »Vermutlich ist es lediglich Polizeiroutine, Merry. Immerhin bin ich ihr Noch-Ehemann und somit ihr nächster Angehöriger.«

Francis schaltete sich ein. »Robert hat recht. Es ist bestimmt eine reine Routinemaßnahme, Merry. Die Polizei wendet sich an den Ehepartner des Unglücksopfers, vor allem, wenn die Unfallursache fragwürdig scheint.«

»Was heißt hier fragwürdig?«, hakte Elizabeth aufgebracht nach. »Was ist fragwürdig an Amys Sturz?«

»Ich versichere dir, Elizabeth, dass die Unfallursache ermittlungstechnisch eine ganze Menge Fragen aufwirft. Wie kam es zu dem Sturz? War Amy zu dem fraglichen Zeitpunkt allein im Haus? Wurde sie womöglich gestoßen? War jemand unbefugt ins Haus eingedrungen? Hatte sie psychische Probleme? War es wirklich ein Unfall? Oder Mord? War sie wegen irgendwas bedrückt oder depressiv? War sie psychisch krank? Oder physisch? Nahm sie irgendwelche Medikamente? Oder gar Drogen? Trank sie? Glaub mir, die Liste ließe sich beliebig fortsetzen«, schloss er tonlos.

Alle schwiegen und ließen Francis' Argumentation auf sich wirken.

Dann brach Elizabeth das Schweigen und fragte:

»Wäre es nicht sinnvoll, Francis, wenn du Robert und Ambrose zu der Befragung mit Lawson begleiten würdest?«

Der Angesprochene schüttelte den Kopf. »Ich halte das nicht für klug.«

»Und wieso nicht?«

»Weil es nach … Panik aussehen könnte, wenn ich Roberts juristische Interessen wahrnehme. Immerhin bin ich der Sicherheitschef von Deravenels und gleichzeitig Anwalt, vergiss das bitte nicht. Ich garantiere dir, die Polizei wird nicht –«

»Er hat aber nichts getan!«, erregte sich Elizabeth. »Das weißt du genau.«

»Die Polizei weiß es aber nicht. Und ja, Robert war heute im Büro, und wir haben zusammen euren Geburtstag gefeiert. Für die Ermittler ist das kein Unschuldsbeweis. Für die ist er ein Verdächtiger … sofern sie irgendein krummes Ding vermuten. Und warum ist er verdächtig? Weil er ihr Ehemann ist. Wie ich bereits andeutete, werden Ehemänner unter die Lupe genommen, wenn die Todesursache zweifelhaft scheint.«

»Zweifelst du etwa auch an seiner Unschuld, Francis?«

»Nein, Elizabeth, aber ich bin nicht die Polizei.«

»Ich hätte einen Auftragsmörder anheuern können, Elizabeth«, warf Robert ein. Er ging zu ihr und legte ihr beschwichtigend einen Arm um die Schultern.

»Ja, sag mal, spinnst du?«, entrüstete sie sich. »Wer denkt denn an so was?«

»Die Polizei«, erwiderte er wahrheitsgemäß.

35

Alicia Forrest, Anthonys Ehefrau, empfing sie am Eingangsportal von Gosling's End, dem Queen-Anne-Haus, das seit Jahrhunderten im Besitz der Familie war.

»Wir hatten noch gar nicht mit euch gerechnet«, sagte sie, nachdem sie die beiden freundschaftlich umarmt hatte. »Ihr müsst ja regelrecht hergeflogen sein.«

»Es war nicht viel Verkehr auf den Straßen«, meinte Robert. »Danke, dass wir hier übernachten dürfen, Alicia. Hoffentlich macht es dir nicht allzu viel Umstände.«

»Red keinen Unsinn. Als wenn ich euch in einem Hotel unterbringen würde. Kommt, Anthony und der Inspektor warten in der Bibliothek … bei einem Drink. Wie geht es Anne?«, wollte sie von Ambrose wissen.

»Gut, sie lässt dich grüßen. Und, wie ist dieser Inspektor so?«

»Eigentlich recht nett, ruhig, zurückhaltend, höflich. Absolvent von Eton oder Harrow, hab ich den Eindruck. Jedenfalls ist er ein Gentleman.«

»Zweifellos einer dieser modernen Cops«, warf Ambrose ein.

»Mag sein.« Alicia öffnete die Tür zu der mit dunklem Holz getäfelten Bibliothek und sagte: »Robert und Ambrose sind schon da. Früher als erwartet.«

Anthony Forrest schüttelte seinen alten Freunden herzlich die Hand. »Schön, dich mal wiederzusehen, alter Junge«, sagte er zu Roberts älterem Bruder. »Leider sind die Umstände nicht gerade glücklich gewählt. Darf ich vorstellen, Inspektor Lawson und Wachtmeister Fuller vom Dezernat in Gloucestershire.«

Nachdem sie einander begrüßt hatten, wandte der Inspektor sich an Robert. »Soweit ich informiert bin, hatten Sie sich von Ihrer verstorbenen Frau getrennt, Mr Dunley. Ist das korrekt?«

»Ja, vor etwas über fünf Jahren.«

»Haben Sie sich in Freundschaft getrennt?«

»Ja, Inspektor. Wir haben sehr jung geheiratet und uns auseinandergelebt –« Robert brach abrupt ab, da er sich plötzlich auf Francis' Vorgaben besann: Gib nicht zu viel preis; erzähl denen bloß, was sie wissen müssen; beantworte ihre Fragen und das war's. Ansonsten hältst du die Klappe, kapiert?

»Sie bekleiden die Position eines Geschäftsführers bei Deravenels.«

Robert nickte mit gesenktem Kopf. Er schätzte Colin Lawson auf Anfang vierzig. Er war sympathisch und höflich und – wie Alicia versichert hatte – ein Gentleman.

»Seit wann, Mr Dunley?«

»Seit 1996.«

»In dem Jahr übernahm Miss Turner die Gesamtgeschäftsführung für den Konzern, sehe ich das richtig?«

»Das ist korrekt.«

»Sie haben doch schon vorher viele Jahre im Unternehmen gearbeitet?«

»Ja, in der Londoner Konzernzentrale, aber auch im Ausland.«

»Ihr Vater und Ihr Großvater waren bereits für die Deravenel Company tätig?«

»Auch das ist richtig.«

»Demnach kennen Sie Miss Turner schon längere Zeit?«

Robert begriff, worauf der Inspektor hinauswollte, und beschloss, Francis' Vorgaben in diesem speziellen Punkt zu ignorieren. Seine Beziehung mit Elizabeth war kein Geheimnis, zumal von etlichen Magazinen und Zeitungen dokumentiert. Er lehnte sich entspannt zurück und führte aus: »Wir kennen uns seit unserem neunten Lebensjahr, Inspektor Lawson. Elizabeth und ich sind seit unserer Kindheit und Jugend befreundet. Folglich lautet die Antwort: Ja, ich kenne sie schon sehr, sehr lange.«

»Wann sahen Sie Ihre verstorbene Frau zuletzt, Mr Dunley?« Lawson musterte Robert eindringlich.

»Im August. Am sechsten, glaube ich. Ich war bei ihr, um die Scheidung zu besprechen, und Amy war einverstanden.«

»Verstehe. Wie Sie bereits erwähnten, hatten Sie sich in beiderseitigem Einvernehmen getrennt, folglich waren Sie sich in puncto Scheidung auch beide einig, oder? Sehe ich das richtig?«

»Ja, exakt. Wir haben uns in aller Freundschaft getrennt.«

»Und Sie kamen zu einer gütlichen Einigung mit Mrs Dunley? Es gab keinerlei Probleme?«

»Nein, Inspektor, überhaupt keine. Meine Frau hatte der Scheidung zugestimmt, und wir besprachen mit Mr Forrest eine Regelung hinsichtlich der Unterhaltszahlungen.«

»Und Sie hatten nie Streit wegen der Scheidung oder der Unterhaltsleistungen?«, hakte der Polizeibeamte beharrlich nach.

»Nein, nie. Sollten Sie anderes gehört haben, dann ist das schlichtweg falsch.« Robert schaute zu Anthony. »Du wirst all das sicherlich bezeugen können, oder?«

Anthony nickte. »Mr Dunley sagt die Wahrheit, Inspektor Lawson. Es gab keine Unstimmigkeiten zwischen den Dunleys wegen der Scheidung. Auch nicht während der langen Trennungsphase. Wir, meine Frau und ich, kannten Mrs Dunley gut, und sie war zufrieden mit ihrem Leben hier in Cirencester. Wer sie kannte, wird Ihnen das bestätigen können. Sollte irgendjemand etwas anderes behaupten, so ist es … *gelogen.*«

»Danke, Mr Forrest, für Ihre Klarstellung.«

»Inspektor Lawson, als Mr Forrest heute Nachmittag bei mir anrief, sagte er, Mrs Dunley habe sich bei dem Sturz das Genick gebrochen. Das stimmt doch, oder?«, fragte Robert.

»Ja, Sir. Sie hatte allerdings noch andere Verletzungen – eine Platzwunde am Kopf und am ganzen Körper Prellungen und Blutergüsse.«

»Sind das typische Verletzungen, wenn jemand die

Treppe herunterstürzt? Ich hab das nämlich so verstanden, dass die Todesursache dieser Sturz war.«

»Die Verletzungen könnten daher stammen, ja.« Der Inspektor nickte.

»Als wir telefonierten, meinten Sie, Sie könnten mir heute Abend Näheres zum Verbleib der Verstorbenen mitteilen.«

»Die Leiche ist im gerichtsmedizinischen Institut, Mr Dunley, wo eine Autopsie vorgenommen wird. Sie können sie morgen sehen.«

»Das hoffe ich doch sehr. Ich gehe stark davon aus, dass ein Gerichtsverfahren stattfindet.« Robert heftete seinen Blick auf den Polizisten. »Und wann wird das sein?«

»Der Termin steht noch nicht fest, Mr Dunley. Irgendwann im Laufe der Woche. Das ist in solchen Fällen üblich und vollkommen normal im Hinblick auf die Indizienlage.«

»Verstehe. Und wird sie hier in Cirencester stattfinden?«

»Nein, in Cheltenham, Mr Dunley. Cirencester hat keinen Coroners' Court. Kommen wir nun zu meinen weiteren Fragen. Wann hatten Sie letztmalig Kontakt zu Ihrer Frau? Haben Sie sie nach dem sechsten August noch einmal gesehen?«

»Nein, aber wir telefonierten. Mehrere Male in den letzten Wochen. Die genauen Daten weiß ich nicht mehr.«

»Im August oder im September?«

»Ich telefonierte Ende August mit Amy, und am ersten oder zweiten September.«

»Und die Telefonate verliefen harmonisch? Auch da gab es keine Probleme zwischen Ihnen?« Colin Lawson ließ sein Gegenüber nicht eine Sekunde aus den Augen.

»Nein, keine Probleme, Inspektor Lawson.« Robert hob fragend die Brauen. »Worauf wollen Sie eigentlich hinaus? Ist Ihnen da womöglich etwas anderes zu Ohren gekommen? Dass es Probleme gab wegen der Scheidung oder hinsichtlich des Unterhalts?«

»Nein, nein, Mr Dunley, niemand spekuliert in diese Richtung.« Lawson stand auf. Sein Kollege Fuller, der die ganze Zeit über während der Befragung geschwiegen hatte, erhob sich ebenfalls.

»Wäre es nicht denkbar, dass Mrs Dunley wegen der bevorstehenden Scheidung verzweifelt war?«, schaltete sich Fuller nun ein.

Die Frage verblüffte Robert. »Nein, das war sie nicht. Da bin ich mir ganz sicher.«

»Mir ging eben durch den Kopf, dass sie sich vorsätzlich die Treppe hinuntergestürzt haben könnte und gar nicht gefallen ist. Dass es Selbstmord war und kein Unfall.«

»Sie war nicht verzweifelt!«, empörte sich Alicia Forrest. »Ich kannte sie sehr gut, und sie war vollkommen gefasst.«

»Verstehe, Mrs Forrest«, sagte Fuller.

Die beiden Beamten bedankten und verabschiedeten sich, nachdem Inspektor Lawson Robert erklärt hatte, dass er sich wegen des Gerichtsverfahrens bei ihm melden werde.

Alicia brachte sie zur Tür und verschwand dann in der Küche, um das Abendessen vorzubereiten.

* * *

Als sie allein waren, ging Anthony zu dem Tisch mit den Getränken. »Verdammt, jetzt brauch ich erst mal einen Drink! Was möchtet ihr, Robert, Ambrose?«

»Ein Glas Weißwein, bitte«, antwortete Robert und trat neben seinen Freund.

»Für mich auch«, sagte Ambrose. Er stellte sich neben seinen Bruder. »Und was zum Teufel sollte das Ganze da eben?«

Während er den Chablis in drei langstielige Weingläser goss, sagte Anthony: »Kam mir so vor, als fischte er im Trüben. Womöglich hat Connie Mellor irgendeine Andeutung fallenlassen, dass Amy nicht glücklich war oder so. Keine Ahnung. Mir gegenüber machte sie vor ein paar Wochen irgendeine komische Bemerkung wegen der Scheidung. Vielleicht hat sie Lawson was Ähnliches gesteckt. Sie setzt sich nun mal gern in Szene. Der Inspektor war bereits bei Connie und hat mit ihr gesprochen.«

»Was meinst du mit komischer Bemerkung?« Robert nahm sein Glas Wein entgegen. »Was hat sie denn so gesagt?«

»Connie meinte, sie könne sich nicht vorstellen, dass Amy glücklich über die Scheidung sei. Als Mrs Robert Dunley fühle sie sich entschieden wohler, und dass sie nur zugestimmt habe, weil du sie unter Druck gesetzt hättest. Amy wollte dir den Gefallen tun, weil sie dich immer noch liebte, auch wenn ihre Gefühle nicht erwidert würden.«

»Das ist ja absoluter Blödsinn!«, entrüstete sich Robert. Sein Gesicht war dunkel angelaufen vor Zorn. »Ich habe Amy nie zu irgendetwas gedrängt. Und von wegen Gefälligkeit. Amy wollte Geld. Wie sie mir nämlich erklärte, wollte sie sich in Paris oder in Südfrankreich ein Apartment kaufen, irgendwo, wo ihr das Leben mehr Spaß machen würde. So oder so ähnlich drückte sie sich aus. Außerdem liebte sie mich nicht mehr, auch wenn Connie das beteuert.«

»Ich glaube dir, Robert. Ich habe Connie seinerzeit deutlich zu verstehen gegeben, dass sie ihre Nase nicht in anderer Leute Angelegenheiten stecken soll. Vermutlich konnte sie es dennoch nicht lassen und wiederholte ihre Äußerung gegenüber Lawson. Zum Wohl.« Er hob sein Glas und prostete den beiden zu.

Die drei Männer setzten sich an den Kaffeetisch. Eine kurze Gesprächspause entstand, während sie an ihrem Weißwein nippten und entspannten.

»Jetzt kapiere ich auch, was Fuller meinte«, rief Robert plötzlich. »Nein, ich bin mir hundertprozentig sicher, dass Amy sich nicht vorsätzlich die Treppe runtergestürzt hat. Sie war nicht der selbstmordgefährdete Typ.«

Ambrose, der nachdenklich vor sich hin gebrütet hatte, meinte darauf: »Du vergisst eins, Robert – Amy und ihr Faible für High Heels, besonders für ihre hochhackigen Manolo Blahniks und die Jimmy Choos. Bestimmt wurden ihr diese unbequemen Dinger zum

Verhängnis. Sie stolperte oder knickte um und *peng* krachte sie die Stufen runter. Es war ein Unfall, da bin ich ganz deiner Meinung.«

* * *

»Das ist mal wieder ein gefundenes Fressen für die Presse«, seufzte Cecil. Er blickte von Francis zu Elizabeth, die mit ihm an einem Tisch in der Clublounge saßen. »Elizabeth, zieh dich warm an.«

»Die Geschichte wird für einige sensationsgierige Headlines sorgen.« Elizabeth nickte missmutig. »Und sich vermutlich zum Skandal ausweiten. Die Journalisten werden Robin durch den Schmutz ziehen und mich gleich mit. Aber was können wir tun? Nichts, bloß abwarten und Tee trinken. Und darüber erhaben sein.«

Francis trank einen Schluck Champagner. »Sobald die Polizei Vermutungen dahingehend äußert, dass Amys Unfalltod verdächtig scheint, kommt es in die Schlagzeilen. Vernichtende Schlagzeilen. Zum Glück haben wir kompetente Anwälte.«

Schweigend nippten Elizabeth und Cecil an ihren Champagnerflöten. Elizabeth schaute auf die Wand gegenüber, an der hübsche alte Bilder sämtlicher Hunderassen hingen. Mark Birley, Besitzer von Mark's Club in der Charles Street, wo sie zu Mittag aßen, war ein leidenschaftlicher Sammler. Die Aquarelle und Ölgemälde verliehen dem beliebten Club eine einzigartige Atmosphäre.

Sie löste den Blick von der Wand und sah Francis

an. »Meinst du, die Polizei könnte Robin des Mordes an seiner Frau verdächtigen?«

»Solange es keine Indizien oder Beweise gibt, können sie ihm gar nichts. Also reg dich nicht unnötig auf, Elizabeth. In ein paar Tagen ist Gras über die Sache gewachsen.«

»Hoffentlich.« Sie schürzte die Lippen. »Ich kann mir die Skandalgeschichten in der Presse schon lebhaft vorstellen: dass Robin Amy beseitigen ließ, damit er mich heiraten kann. Dabei wisst ihr beide genau, dass ich wenig Wert auf die Scheidung legte, weil ich gar nicht heiraten will.«

»Das wird auch kein Journalist zu schreiben wagen«, versicherte Cecil begütigend. »Schließlich drohen bei üblen Verleumdungen empfindliche Strafen. Ich kann dir nur raten, halt dich da raus und fahr nicht nach Cirencester. Versprich mir das, Elizabeth.«

»Versprochen. Robin sträubt sich sowieso dagegen, dass ich ihn in dieser heiklen Situation unterstütze. Er findet es besser, wenn wir uns vorübergehend nicht zusammen in der Öffentlichkeit sehen lassen – bis sich die Wogen wieder geglättet haben.«

»Dieser Entscheidung kann ich nur beipflichten«, bekräftigte Cecil.

36

Was Amys Tod angeht, wäscht Robin seine Hände in Unschuld – ich im Übrigen auch. Wir sind keine Mörder oder Mordauftraggeber, aber es gibt immer Leute, die uns unser Glück neiden und folglich hinter unserem Rücken hässliche und unwahre Geschichten verbreiten.

Seit Amys tragischem Tod verstummen die Gerüchte nicht mehr. Sie starb am achten; am neunten stand es bereits in allen Zeitungen, und die Berichterstattung hört seitdem nicht auf. Die Presseleute vermeiden jedoch alles, was ihnen eine Verleumdungsklage auf den Hals hetzen könnte. Die Geschichten fußen auf Spekulationen und Mutmaßungen – Francis meint, dass wir damit leben müssen, bis der Fall endgültig zu den Akten gelegt wird. Für den kommenden Montag ist das Gerichtsverfahren am Coroners' Court in Cheltenham anberaumt, und ich hoffe, damit ist die Sache abgeschlossen. Ich sehe dem Termin gelassen entgegen. Zumal es nur zwei mögliche Tatbestände gibt: Tod durch Unfall oder Mord. Robin hält daran fest, dass Amy sich nie und nimmer das Leben genommen hätte und selbst wenn, dann bestimmt nicht, indem sie sich die Treppe herunterstürzte. Alicia und Anthony Forrest beteuern, dass Amy kerngesund und putzmunter war. Ich glaube ihnen das. Beide sind offene, ehrliche Menschen, an deren Ansehen niemand zweifeln wird.

Alicia schwört Stein und Bein, dass Amy an keiner le-

bensbedrohlichen Krankheit litt. Noch zwei Tage vor ihrem Tod habe sie einen ungeheuer optimistischen und lebensbejahenden Eindruck gemacht. Wegen Robin mache ich mir keine Sorgen. Er ist unschuldig, und er steht auch nicht unter Anklage. Überdies gibt es nicht das kleinste Indiz auf ein Fremdverschulden.

Ach, ich vermisse meinen geliebten Robin, meinen liebsten Freund. Und ich weiß, ihm geht es genauso. Wir telefonieren mehrmals täglich miteinander, das lindert die Sehnsucht ein bisschen, trotzdem fühle ich mich einsam und allein ohne seine zärtliche Nähe, seine Scherze, sein Lachen, seine Fürsorglichkeit. Auf Grace Roses Vorschlag hin hält er sich vorübergehend auf der Stonehorst Farm auf. Und ich bin hier auf meinem geliebten Ravenscar. Cecil und Francis hielten es für taktisch klug, dass wir uns den hartnäckigen Angriffen durch die Presse entziehen. Das taten wir dann auch. Jetzt liegt mehr oder weniger ganz England zwischen uns. »Was du machst, machst du konsequent«, meinte Robin, als ich ihm das Wo und Warum offenbarte – dass ich, wenn es die Entfernung erlaubt hätte, schnell mal heimlich zu ihm gefahren wäre. Und ich musste Cecil Williams hoch und heilig versprechen, cool zu bleiben – und daran halte ich mich.

In puncto Ehe hat sich bei mir nichts getan. Ich möchte mir meine Freiheit bewahren … Amys Tod ändert nichts an meiner Einstellung. Robin ist jetzt frei und kann wieder heiraten. Ich nicht. Wieso? Das habe ich mich in den letzten Tagen häufiger gefragt. Bis mir die Erleuchtung kam: Ich mag diesen letzten großen Schritt nicht gehen.

Heute ist Donnerstag, in ein paar Tagen findet das Gerichtsverfahren statt. Wenn alles vorbei ist, kommt Robin zu mir nach Yorkshire. Merry hat angeboten, mich zu begleiten, aber ich bin ganz gern mal allein. Zudem brauche ich sie in London, wo sie mein Büro managt. Robin ist mit seinem Cousin Thomas Blunte auf der Stonehurst Farm. Ich freue mich, dass er dort nette Gesellschaft hat.

Heute stand es wieder in allen Zeitungen, nichts wirklich Vernichtendes, trotzdem war es ärgerlich. Ich bin froh, wenn das endlich vorbei ist. Manchmal kann ich mich nur noch wundern, welche Artikelfülle sich aus völlig unhaltbaren Spekulationen zaubern lässt …

* * *

Elizabeth schlenderte an den Klippen am Strand entlang und sog die frische Seeluft ein. Es war ein Bilderbuchtag im September; der Himmel strahlend blau und wolkenlos, die Sonne warm, die Luft mild … sie liebte diese Tage im Herbst, die an einen stimmungsvollen Indian Summer erinnerten und die für Yorkshire eher selten waren. Oft jagten dunkle Wolken über den Himmel, und der raue Wind, der von der Nordsee blies, sorgte für unwirtlich kalte Temperaturen.

Heute Nachmittag war das Wetter jedoch angenehm, und Elizabeth genoss die Weiten des einsamen Strandes und fühlte sich frei wie die Möwen, die über dem Wasser kreisten.

Sie war ziemlich überzeugt davon, dass die Hintergründe von Amys Tod niemals aufgeklärt werden würden. Auch nicht nächste Woche, im Gerichtsverfahren. Manche stürzten sich wie hungrige Geier auf eine Verschwörungstheorie … als wäre es sättigendes Manna für sie. Wie kam Marilyn Monroe zu Tode? Oder Prinzessin Diana? Wer war der Mörder von John F. Kennedy? *Wer war's? Wer war's? Wer war's?*, schallte es unablässig in ihrem Kopf. Gefolgt von einem bohrenden *Warum? Warum? Warum?*. Amy würde doch bestimmt zu einer neuen Kultfigur avancieren, oder? Und egal, wie der Coroner entschied, ein leiser Verdacht würde weiterhin auf Robin und seiner Geliebten, Elizabeth Deravenel Turner, lasten. Sie seufzte schwer und ließ deprimiert die Schultern hängen. Es gab nichts, was sie dagegen hätte tun können. Die Deravenels zogen Skandale und Gerüchte an wie der Honig die Fliegen.

* * *

Francis Walsington und Cecil Williams saßen in einer Nische des Wilton's, einem beliebten Fischrestaurant an der Jermyn Street. Während er mit einer kleinen Gabel behutsam das Austernfleisch aus der Schale löste, murmelte Francis: »Ich spiele mit dem Gedanken, nach Cheltenham zu fahren, Cecil. Als informierter Beobachter. Kann sein, dass Robert mich dort braucht.«

Cecil, der bisher dagegen gewesen war, lenkte unerwartet ein. »Okay, dann fahr. Leiste Robert wenn nötig Rechtsbeistand. Nach meinem Dafürhalten war es ein Unfall, jede andere Todesursache scheidet für mich aus.«

»Grundsätzlich schließe ich mich dir da an. Trotzdem … wenn ihm unbedingt einer einen Strick aus der Sache drehen will …« Er verzog das Gesicht.

Cecil konnte sich das Lachen nicht verkneifen. »Hehe, du liest wohl zu viele von diesen Revolverblättern? Die sind voller Skandale, Sensationsgeschichten und negativen Schlagzeilen.«

»Dafür sind Zeitungen da, Cecil, um uns sämtliche schlechten Nachrichten zu vermitteln. Aber mal was anderes. Nicholas erzählte mir vor einer Stunde, dass er John Norfell neulich in Paris gesehen hat.«

»Na und? Norfell kann hinfahren, wo er will.«

»Das schon, aber Nicholas hat ihn aus dem Dauphin-Firmengebäude an den Champs-Élysées kommen sehen. Was sagst du dazu?«

Cecils Augen wurden schmal. »Was wollte unser John bei Dauphin? Catherine de Burgh besuchen? Oder ihre Schwiegertochter Marie? Das gibt Anlass zum Nachdenken, stimmt's?«

»Womöglich wollte er schon mal vorfühlen … bei Marie? Um sich für die Zukunft abzusichern? Mit Mary hatte er bestimmt auch was laufen.«

»Da bin ich mir nicht so sicher. Und dieses schottische Früchtchen ist nicht sein Typ.«

»Das war Mary Turner auch nicht, trotzdem hätte er sie mit Kusshand genommen, hätte sie nicht diesen Don Juan Alvarez geheiratet.« Francis schlürfte genüsslich die Auster aus der Schale.

»Robert warnt nicht von ungefähr davor, dass Norfell mit miesen Tricks arbeitet und ein doppeltes Spiel treibt. Für so etwas hat Robert einen Riecher.« Cecil schlürfte ebenfalls eine Auster. »Norfell ist krankhaft ehrgeizig. Sollte François de Burgh tatsächlich sterben und der Kilt kehrt in die Highlands zurück, dann hat Norfell bestimmt ein paar Ideen auf der Pfanne …«

»Bezüglich Scottish Heritage«, beendete Francis seinen Satz.

»Behalt ihn im Auge«, warnte Cecil.

»Was meinst du? Soll ich einen Detektiv auf ihn ansetzen?«

»Tu, was du für richtig hältst. Und behalt deine Methoden für dich. … Ich weiß von nichts. Aber mach es bald.«

»Wird erledigt«, antwortete Francis, während er genüsslich seine letzte Auster schlürfte.

37

Am Montagmorgen stand Robert Dunley mit Anthony und Alicia Forrest sowie Francis Walsington vor dem Coroners' Court in Cheltenham.

»Schön, dass du kommen konntest, Francis«, sagte Robert und stellte ihn seinen Freunden vor. Nachdem sie einander begrüßt hatten, fuhr Robert fort: »Anthony und Alicia kannten Amy seit zig Jahren. Ich hatte dir ja erzählt, dass Anthony meine Finanzgeschäfte betreut. Folglich hatte er häufiger Kontakt mit Amy. Das geben die beiden dem Coroner heute auch zu Protokoll.«

»Verstehe«, meinte Francis. Sein Blick fiel auf eine große dunkelhaarige Frau, die auf sie zusteuerte. »Kennst du die Frau? Sie kommt geradewegs auf uns zu.«

Robert folgte seinem Blick. »Das ist die Haushälterin, diese Connie Mellor.«

»Ach, tatsächlich? Sie ist viel jünger, als ich dachte, und ein echter Hingucker.« Francis wandte sich zu Anthony. »Demnach ist sie die Frau, die jede Menge Klatschgeschichten verbreitet hat, hmm? Was letztlich dazu führte, dass die Polizei Gewalteinwirkung oder gar Mord als Todesursache nicht ausschloss?«

»Genau die«, antwortete Anthony. »Sie ist nicht ganz unschuldig an dem heutigen Gerichtstermin.«

Als die Dame sie erreichte, blieb Anthony nichts anderes, als sie zu begrüßen.

»Guten Morgen.« Er machte die Haushälterin mit Francis Walsington bekannt.

Nachdem sie ein kurzes Hallo in die Runde geworfen hatte, wandte Connie Mellor sich wieder zum Gehen. »Ich bin für neun Uhr dreißig geladen, und ich möchte mich nicht verspäten. Bitte entschuldigen Sie mich.« Dann ging sie weiter.

Francis schaute ihr stirnrunzelnd nach. »Ein bisschen kurz angebunden, finde ich.«

Robert zuckte mit den Schultern. »Vielleicht hat sie ein schlechtes Gewissen, weil sie dreiste Unwahrheiten in die Welt gesetzt hat. In einem hat sie allerdings recht: Der Termin ist auf neun Uhr dreißig angesetzt. Lasst uns reingehen.«

Die vier gingen zum Eingang des Gerichtsgebäudes, wo sie ein hochgewachsener, athletisch gebauter Mann begrüßte, der sie dort bereits erwartete. »Guten Morgen, Mr Dunley«, sagte er zu Robert. »Ich bin Michael Anderson, der zuständige Coroners' Officer.«

Nachdem er ihn mit Handschlag begrüßt hatte, erklärte Robert: »Das sind Mr und Mrs Anthony Forrest, gute Freunde von mir, die hier als Zeugen auftreten, und Francis Walsington, ein Kollege und Freund.«

Nach der allgemeinen Begrüßung führte Mr Anderson sie durch eine kleine Lobby und mehrere Korridore in einen großen, mit Stühlen bestückten Saal, der eher wie eine Konzerthalle anmutete. Auf einem erhöhten Podium an der Kopfseite des Raums standen der wuchtige Amtstisch des Coroners und die Zeugenbänke.

Mr Anderson geleitete sie zu der ersten Sitzreihe. »Bitte, nehmen Sie hier Platz. Die anderen Zeugen müssten jeden Augenblick eintreffen«, meinte er. »Und zu Ihrer Information, Mr Dunley, die Plätze dort hinten sind für die Presse reserviert.«

»Oh, ich hatte nicht angenommen, dass Vertreter der Presse anwesend sein würden«, erwiderte Robert verblüfft.

»Jede Befragung, jedes Gerichtsverfahren ist öffentlich zugänglich für Presse und interessierte Bürger. Haben Sie noch Fragen, Mr Dunley?«

»Nein, ich glaube nicht.«

Mr Anderson lächelte und nickte. »Bitte entschuldigen Sie mich kurz. Ich bin gleich wieder bei Ihnen.«

Francis beugte sich zu Robert und flüsterte: »Lass dir wegen der Presse und der anderen Leute keine grauen Haare wachsen. Das hier wird ein Klacks für dich. In den meisten Fällen findet ein Gerichtsverfahren statt, um die Personalien der Verstorbenen juristisch festzuhalten, wie und wann sie starb. Aber nicht warum.«

»Verstehe.« Roberts Blick schweifte durch den Saal, der sich allmählich füllte. Er entdeckte Inspektor Lawson und Sergeant Fuller und Dr Norman Allerton, Amys Hausarzt. Connie Mellor saß allein in einer Reihe; von den anderen Anwesenden kannte er niemanden, er glaubte zu wissen, dass es geladene Zeugen waren.

Zu Roberts Verwunderung begann die Untersuchung auf die Minute pünktlich. Mr Anderson forderte die Anwesenden auf, sich zu erheben, worauf ein distinguiert aussehender Herr den Saal betrat, der mit ausgreifenden Schritten auf das Podium zuhielt und sich hinter den beeindruckenden Amtstisch setzte. Robert erkannte in ihm den Coroner Dr. David Wentworth.

Der Richter führte aus, dass sie sich eingefunden hätten, um den Tod einer Frau zu untersuchen, die nach einem Treppensturz an den Folgen eines Genickbruchs verschieden sei. Dann schaute er zu dem diensthabenden Beamten und wies ihn an, mit dem Verfahren zu beginnen. Worauf Mr Anderson zunächst seinen Eid ablegte, bevor er Name und Adresse der Verstorbenen sowie die Todesursache verlas.

* * *

Während der Coroner das weitere Procedere erklärte, schweiften Roberts Gedanken für einen kurzen Moment ab … Er dachte an Amy und wie tragisch sie zu Tode gekommen war. Mit nur sechsundzwanzig Jahren!, ging es ihm durch den Kopf. Es war bestimmt einer jener dummen Unfälle gewesen, wie sie im Haushalt passierten, weil man einen Moment lang nicht aufpasste oder so. Sie war immer in Bewegung gewesen, ein hektisches kleines Energiepaket, das hatte Ambrose ihm letzte Woche noch auf ihrer Beerdigung bestätigt … die in aller Stille stattgefunden hatte, in ihrer geliebten Kirche in Cirencester. Anne und Ambrose waren mitgegangen, sowie Amys Halbbruder Jack, ihr einziger noch lebender Verwandter. Ein kleines, trauriges Begräbnis. Ihr Tod war von so viel Tragik überschattet …

Das Schlagen einer Tür riss Robert aus seinen Gedanken, und er reckte den Kopf. Hörte, wie der Coroner den ersten Zeugen aufrief, und stutzte einen Moment, denn er war davon ausgegangen, dass er als Erster in den Zeugenstand gerufen würde, stattdessen wurde Connie Mellor aufgerufen.

Nachdem sie geschworen hatte, die Wahrheit und nichts als die Wahrheit zu sagen, nannte sie ihren Namen und ihre Adresse und auf Nachfragen des Coroners, dass sie die letzten vier Jahre als Haushälterin bei Mrs Amy Dunley angestellt gewesen sei.

Dr. Wentworth erkundigte sich mit gütiger, einfühlsamer Stimme, ob sie diejenige gewesen sei, die den Leichnam gefunden habe.

»Ja, Sir.«

»Bitte erzählen Sie uns alle Einzelheiten und beschreiben Sie dem Gericht, was an dem fraglichen Tag passierte.«

»Selbstverständlich, Sir. Also das war so. Nachdem ich Mrs Dunley den Lunch serviert hatte, fuhr ich in die Stadt zum Einkaufen. Nach Cirencester. Ich war höchstens eine Stunde weg und bin so gegen zwei Uhr nach Thyme Lodge zurückgekehrt. Nachdem ich die Lebensmittel eingeräumt hatte, hab ich Mrs Dunley gesucht. Um mit ihr das Abendessen zu besprechen. Für gewöhnlich arbeitete sie nachmittags in ihrem Büro – das befindet sich auf der ersten Etage.

Ich lief durch den Flur, weil ich nach oben wollte. Und da lag sie, am Fuße der Treppe. Es war ein totaler Schock für mich. Sie lag da, zusammengekrümmt, ihre Gliedmaßen unnatürlich verrenkt. Ich stürzte zu ihr, Dr. Wentworth, hellauf in Panik … denn mir wurde schlagartig bewusst, dass sie sich ernsthaft verletzt haben musste. Und als ich mich neben sie kniete, begriff ich …« Connie Mellor hielt inne und räusperte sich mehrmals, bevor sie mit aufgewühlter Stimme fortfuhr: »An ihrem gebrochenen Blick erkannte ich gleich, dass sie tot war. Ich musste nicht mal ihren Puls fühlen.«

»Und dann, Mrs Mellor? Was haben Sie als Nächstes getan?«, fragte der Coroner weiter.

»Ich lief zum Telefon und rief einen Krankenwagen und die Polizei an. Sie waren sofort da. Beide. Ich wurde gefragt, ob ich die Lage des Leichnams verändert hätte. ›Nein‹, antwortete ich, ›das habe ich nicht.‹ Ich weiß schließlich, dass man das nicht tun darf.«

»Sie identifizierten die Verstorbene als Mrs Dunley und gaben der Polizei die Informationen, die sie hier vor Gericht wiederholen, ist das korrekt?«

»Ja, Sir. Einer der Notärzte erklärte mir, dass Mrs Dunley sich das Genick gebrochen habe. Nach dem Abtransport der Verstorbenen hatte Inspektor Lawson noch ein paar Fragen an mich. Danach rief ich Mr Forrest an und teilte ihm die tragische Nachricht mit. Er sagte, er werde umgehend Mr Dunley informieren.«

»Danke, Mrs Mellor. Jetzt würde ich gern von Ihnen wissen, welchen Eindruck Mrs Dunley an ihrem Todestag auf Sie machte. War sie unglücklich? Schien sie traurig oder verzweifelt wegen irgendetwas? Oder vielleicht sogar depressiv?«

»Nein, nicht an dem fraglichen Tag, da wirkte sie eigentlich recht gefasst, Sir. Sie erzählte mir, dass sie für eine Weile wegfahren wolle, ins Ausland, vielleicht nach Paris. Ob es mir etwas ausmachen würde, so lange allein im Haus zu leben? Ich versicherte ihr, dass das überhaupt kein Problem sei. Aber es gab Tage, an denen sie … hmm … wie soll ich sagen? Irgendwie neben sich stand. Das hing mit der Scheidung zusammen.«

»Verdammt, wieso sagt sie so was?«, raunte Anthony aufgebracht Alicia zu, worauf sie leise »Pscht« zischte und begütigend ihre Hand auf seine legte.

»Hat sie das Ihnen gegenüber genau so formuliert, Mrs Mellor?« Der Coroner schaute die Haushälterin an.

»Nein, nicht genau so, Sir, aber ich wusste doch, dass das der Grund war.«

»Ich kann den Eindruck nicht loswerden, dass Sie da lediglich etwas vermutet haben.« Der Coroner bedachte Connie Mellor mit einem bohrenden Blick. »Dass es möglicherweise reine Spekulation war?«

Connie Mellor wirkte geknickt. »Schon möglich«, meinte sie widerstrebend.

»Hat Mrs Dunley sich Ihnen gegenüber ausdrücklich geäußert, dass sie angesichts der bevorstehenden Scheidung psychisch aufgewühlt war? Oder wütend?«

»Nein, das hat sie nicht.«

»Ich danke Ihnen, Mrs Mellor. Sie können sich wieder setzen.«

Als er aufgerufen wurde, sprang Robert auf und begab sich in den Zeugenstand. Nachdem er ebenfalls den Eid abgelegt hatte, wartete er die Fragen des Coroners ab.

»Wie ich Ihren früheren Aussagen gegenüber der Polizei entnehme, lebten Sie von Ihrer Frau Amy Robson Dunley, der Verstorbenen, getrennt. Es handelte sich um eine einvernehmliche Trennung«, führte Dr. Wentworth aus, währenddessen er Robert interessiert musterte. »Dem Gericht ist zudem bekannt, dass Sie dabei waren, eine finanzielle Regelung zu finden. Ist das korrekt, Mr Dunley?«

»Ja, Dr. Wentworth. Meine Frau und ich blieben einander freundschaftlich verbunden, und wir hatten uns im beiderseitigen Einvernehmen auf die Scheidung geeinigt; es gab keine Probleme hinsichtlich der Unterhaltsleistungen. Ich hatte ihr Thyme Lodge bereits kurz nach unserer Trennung überschrieben.«

»Wann sahen Sie Ihre Frau das letzte Mal?«, fragte der Coroner.

»Am sechsten August. In Thyme Lodge. Ich war dort, um mit ihr die Einzelheiten der Scheidung zu besprechen.«

»Und danach haben Sie sie nicht mehr besucht?«

»Nein, Dr. Wentworth. Aber wir telefonierten, einmal Ende August und dann Anfang September. Dabei erfuhr ich das, was sie auch Mrs Mellor erzählte, nämlich dass sie eine Zeitlang nach Paris wollte.«

»War Ihre Frau bisweilen psychisch labil oder gar depressiv, Mr Dunley?«

»Nein, nie. Das hätte auch gar nicht zu ihrem

lebensbejahenden Naturell gepasst. Und sie war keineswegs psychisch angeknackst wegen der Scheidung. Ich bin überzeugt, dass Amy gestürzt ist, dass ihr Tod ein Unfall war. Ich bin sicher, dass sie sich nicht vorsätzlich die Stufen runtergestürzt hat.«

Der Coroner schien verblüfft über Roberts Ausführungen, sagte jedoch nichts. »Besteht Anlass zu der Annahme, dass die Verstorbene an einer Krankheit litt oder an einer Geistesstörung?«, fragte er schließlich.

»Nein. Soweit ich weiß, war sie kerngesund«, erwiderte Robert scharf.

»Danke, Mr Dunley, Sie können an Ihren Platz zurückkehren.«

Dr. Norman Allerton, Amys Hausarzt, wurde als dritter Zeuge aufgerufen. Der Coroner vergewisserte sich zunächst, ob Amy Robson Dunley seine Patientin gewesen war.

»Ja, das stimmt, Sir, allerdings war sie nie ernsthaft krank. Mal eine Erkältung oder eine Grippe, nichts Ernsthaftes.«

»Wann untersuchten Sie die Verstorbene das letzte Mal?«, erkundigte Dr. Wentworth sich.

»Ende Juni.«

»Hatte sie da irgendwelche Beschwerden, Dr. Allerton?«

»Nein. Sie kam in meine Praxis, weil es wieder mal Zeit für ihren jährlichen Gesundheits-Check wurde.«

»Und Sie stellten fest, dass ihr nichts fehlte?«

»Sie war völlig gesund.«

»Und ihr Geisteszustand?«

»Vollkommen unauffällig. Die verstorbene Mrs Dunley hatte nichts. Sie war körperlich und geistig topfit.«

»Danke, Dr. Allerton. Sie können sich wieder setzen.«

Und so ging es weiter … die Zeugen wurden aufgerufen und mit mehr oder weniger den gleichen Fragen konfrontiert. Robert verfolgte die Verhandlung zunehmend angespannt.

Im Zuge der Untersuchung wurde Arthur Tarlaton, einer der Sanitäter, als Zeuge aufgerufen. Der Coroner bat ihn, die Verletzungen der Verstorbenen zu beschreiben.

»Als ich die Halle von Thyme Lodge betrat, sah ich sofort Mrs Dunley am Fuße der Treppe liegen. Unnatürlich verdreht und verrenkt, muss ich sagen, als hätte sie noch versucht, den Sturz irgendwie abzufangen. Ich hab sie natürlich gleich untersucht und festgestellt, dass sie sich das Genick gebrochen hatte. Zudem hatte sie am Hinterkopf eine Platzwunde – an der Stelle, wo sie auf dem harten Dielenboden aufgekommen war. Möglich wäre aber auch, dass die Verletzung von den Treppenkanten stammte, über die sie geschrammt war. Auf dem Marmorboden im Foyer befanden sich Blutspuren, eine spätere DNA-Analyse bewies, dass es Mrs Dunleys Blut war.«

»Mr Tarlaton, wie schätzen Sie das ein? Starb Amy Dunley aufgrund ihres Treppensturzes? Oder könnte ihren Tod auch etwas anderes verursacht haben? *Oder jemand anderer?* Irgendein Eindringling, meine ich.«

»Das bezweifle ich. Sie starb eindeutig an den Folgen des Genickbruchs.«

»Sie schließen also aus, dass die Platzwunde an ihrem Hinterkopf den Tod herbeiführte oder zumindest dazu beitrug, dass sie überhaupt erst stürzte?«

»Ja, Sir.«

»Danke, Mr Tarlaton.«

»Ich bitte Mrs Alicia Forrest in den Zeugenstand.«

Alicia atmete förmlich auf, dass sie endlich an der Reihe war. Hastig lief sie nach vorn und leistete ihren Eid.

Dr. Wentworth, der sie nur vom Hörensagen kannte, sagte: »Laut meiner Information waren Sie eine enge Freundin der Verstorbenen.«

»Ja, das war ich, Dr. Wentworth, und ich kann nur bestätigen, was ihr Arzt vorhin sagte. Amy Dunley war eine glückliche, warmherzige und offene junge Frau, die niemals Selbstmord begangen hätte. Überdies gab es keinerlei Probleme zwischen ihr und ihrem Mann. Beide wollten eine einvernehmliche Scheidung, und es war allgemein bekannt, dass sie Freunde bleiben wollten. Es gab auch keine Unstimmigkeiten hinsichtlich der Unterhaltsleistungen oder dergleichen.«

»Danke, Mrs Forrest. Ich habe keine weiteren Fragen. Sie können den Zeugenstand verlassen«, verkündete Dr. Wentworth, der intuitiv begriff, dass er eine sehr selbstbewusste, rigorose junge Frau vernommen hatte, die so leicht nichts erschüttern konnte.

Der Coroner rief Anthony Forrest auf, der die Aussagen seiner Vorgänger im Wesentlichen bestätigte.

Nach ihm wurde Inspektor Lawson gehört. »Bitte berichten Sie uns, was Sie an dem fraglichen Nachmittag in Thyme Lodge vorfanden. Nachdem Sie den Anruf von Mrs Connie Mellor erhalten hatten und umgehend dorthin fuhren.«

Lawsons Aussage überschnitt sich mit der des Sanitäters Arthur Tarlaton.

»Wie Mr Tarlaton bereits ausführte, Dr. Wentworth, lag die Tote unnatürlich verrenkt am Boden – vermutlich hatte sie panisch versucht, das Geländer zu greifen und den Sturz damit noch beschleunigt. Mr Tarlaton informierte mich über den Genickbruch und die Platzwunde an ihrem Hinterkopf. Die Autopsie ergab als Todesursache einen gebrochenen Wirbel im Nackenbereich. In ihrem Blut fanden sich weder Spuren von Medikamenten, Barbituraten noch Alkohol.«

»Danke, Inspektor Lawson. Aus Ihrem Bericht ersehe ich, dass sich in Thyme Lodge keinerlei Hinweise auf ein gewaltsames Eindringen feststellen ließen. Und dass Mrs Mellor im Haus selbst auch nichts Verdächtiges fand. Ist das korrekt?«

»Absolut korrekt, Sir. Nach unseren Ermittlungen lässt nichts auf einen Eindringling schließen.«

»Haben Sie dem noch irgendetwas hinzuzufügen, Inspektor Lawson?«

»Nein, das ist alles, Dr. Wentworth. Vielleicht noch, dass die Verstorbene Schuhe mit ungewöhnlich hohen Absätzen trug. Mir kam nämlich erst zwei Tage später der Gedanke, dass diese Pumps womöglich nicht ganz unbeteiligt an dem Sturz waren. Vor allem, wenn sie in Eile war.«

Alicia Forrest setzte sich kerzengerade auf, öffnete den Mund und schloss ihn wieder. Dabei gestikulierte sie hektisch, so dass der Coroners' Officer mit zwei langen Schritten bei ihr war. »Was haben Sie denn, Mrs Forrest? Gibt es irgendein Problem?«, erkundigte er sich halb besorgt, halb begütigend.

»Nein, Mr Anderson, aber ich möchte meiner Aussage von vorhin noch etwas hinzufügen. Ist das möglich?«

»Hmmm, ich bin mir nicht sicher ...«

»Ah, Mr Anderson, irgendwelche Probleme bei Ihnen?« Der Coroner reckte den Hals.

»Nicht unbedingt, Sir.« Mr Anderson trat auf das Podium. »Es geht um Mrs Forrest. Sie möchte ihre Aussage noch ergänzen.«

»Oh, das hatte ich schon vermutet. Also gut, holen Sie sie nochmals in den Zeugenstand.«

Alicia Forrest nahm ihren Platz ein und sagte: »Dr. Wentworth, ich möchte meinen Ausführungen noch etwas hinzufügen. Es bezieht sich auf Inspektor Lawsons Äußerung wegen der High Heels. Mrs Dunley trug immer Schuhe mit hohen Absätzen, und sie war dauernd in Hektik, hatte es ständig eilig. Ich habe sie mehrfach gewarnt, dass die steilen Stufen in Thyme Lodge gefährlich sind. Letztes Jahr wäre ich beinahe selber gestürzt, weil ich hochhackige Pumps trug und es eilig hatte. Zum Glück konnte ich das Geländer im letzten Moment noch packen und mich festhalten. Dabei hab ich mir den Knöchel verstaucht. Es lag eindeutig an den Schuhen, Dr. Wentworth, diese hohen Hacken können einem zum Verhängnis werden.«

»Verstehe. Danke für diese zusätzliche Information, Mrs Forrest. Ich bin überzeugt, dass Sie das Ganze dadurch ein klein wenig erhellen konnten, genau wie Inspektor Lawson. Sie können sich wieder setzen.«

Robert drückte Alicias Hand, als sie zurückkehrte und sich neben ihn setzte. Francis und Anthony strahlten sie an.

Und dann warteten sie geschlagene zwanzig Minuten, bis der Coroner seine Unterlagen und Notizen durchgesehen hatte und verkündete: »Angesichts der mir vorliegenden Berichte und der heutigen Anhörungen bin ich überzeugt, dass dieser Tod ein Unfall war, verursacht durch Unachtsamkeit.«

* * *

Als Robert allein ins Freie trat, wurde er von seinen Freunden umlagert. Er tippte eine Nummer in sein Handy und erklärte dann: »Alles in Ordnung. Es ist super gelaufen, Liebes. Der Coroner hat auf Unfall mit Todesfolge plädiert.«

»O Robin, Gott sei Dank«, flüsterte Elizabeth unter Tränen.

»Bleib, wo du bist. Ich bin bald bei dir.«

38

Der hier würde Ihnen gut stehen, Miss Turner«, sagte die Verkäuferin. »Rot schmeichelt Ihnen ganz besonders, Madam.«

Elizabeth lächelte. »Danke, Clarice, er gefällt mir auch sehr gut. Ist das Paschmina?« Sie ließ den langen, über einem Bügel hängenden Schal – leuchtend rot und wunderschön bestickt mit Perlen und Spitzen – durch ihre Finger gleiten.

»Nein, das ist Kaschmirwolle mit Seide. Handarbeit. Aus Indien. Von einem sehr guten Hersteller.«

»Ich glaube, den nehme ich für mich, obwohl ich ja eigentlich ein paar Weihnachtsgeschenke kaufen wollte«, meinte Elizabeth. »Haben Sie diese schönen Schals auch in Marineblau, in Schwarz und in einem helleren Blauton da, für meine drei Freundinnen?«

»Dort drüben, Miss Turner.« Clarice führte sie zu einem anderen Regal. Elizabeth kaufte gern bei Fortnum and Mason ein. Das Geschäft führte Waren von erlesener Qualität, ausgefallen und modisch, überdies war das Personal sehr kompetent. Sie wurde freundlich bedient, konnte in aller Ruhe aussuchen und war schnell wieder in ihrem Büro.

»Das hier ist etwas ganz Edles.« Clarice breitete vor Elizabeth eine fliederfarbige Stola aus, die mit Perlen und Bändern bestickt war. »Und die hier, schauen Sie mal. Ist das nicht ein tolles Grün?«

»Beide sind wunderschön!«, rief Elizabeth. Der Fliederton wäre ideal für Grace Rose, und mit dem mintgrünen Schal würde ich Anne Dunley sicher eine große Freude machen, überlegte sie sich. »Diese beiden nehme ich auf jeden Fall. Und den roten nehme ich für mich, Clarice, weil er Ihnen so gut an mir gefiel. Wenn Sie mir jetzt noch etwas Hübsches in Marineblau und in Schwarz zeigen könnten, hätte ich meine Weihnachtsgeschenke schon beinahe zusammen.«

»Wir haben diese Schals selbstverständlich auch in Blau und Schwarz. Einen Moment bitte, Madam, ich hole sie Ihnen. Im Übrigen haben wir wunderschöne Handschuhe aus Paris hereinbekommen, wenn Sie inzwischen mal schauen möchten. Da drüben in der Glasvitrine.«

»Danke, Clarice, das mache ich. Mit ein bisschen Glück bekomme ich sämtliche Geschenke in Ihrer Abteilung.«

Die Verkäuferin lächelte und rauschte geschäftig davon. »Ich weiß doch, dass Sie es immer eilig haben, Miss Turner.«

»Es geht so«, rief Elizabeth ihr hinterher. Sie hörte, dass ihr Handy klingelte und holte es aus ihrer Handtasche. Sie ging zum Fenster und meldete sich. »Hallo?«

»Elizabeth?«

»Ja. Bist du es, Francis?«

»Ja. Ich habe versucht, dich im Büro zu erreichen.

Merry meinte, ich soll es auf deinem Handy probieren. Wo bist du gerade?«

»Bei Fortnum's.«

Francis Walsington fing an zu lachen.

»Was ist denn daran so lustig?«

»Nichts. Wie es halt so ist, aber ich muss mit dir sprechen. Und rat mal, wo ich gerade bin? Einen Steinwurf von dir entfernt. Bei meinem Schneider in Savile Row.«

»Ist es etwas Dringendes?«

»Nein, etwas Privates. Hör mal, Elizabeth, was hältst du davon, wenn wir uns in einer halben Stunde im Ritz treffen? Das ist für uns beide ganz in der Nähe.«

»Und worüber möchtest du mit mir sprechen, Francis?«

»Nicht am Telefon, Elizabeth, und schon gar nicht übers Handy. Kommst du auf einen Drink ins Ritz, ja?«

»Okay, mach ich, Francis. Bis gleich.« Sie ließ das Handy in ihre Handtasche gleiten und dachte nach. Wieso wollte Francis unbedingt mit ihr sprechen? Jedenfalls klang es wichtig, was er ihr mitzuteilen hatte.

Sie schlenderte zurück zu der Vitrine, betrachtete versunken die Auslage, in der Hoffnung, ein Paar Handschuhe im passenden Farbton zum Schal zu finden. Handschuhe und Schal wären das ideale Geschenk für Grace Rose.

Als Clarice mit einem blauen und einem schwarzen Schal des indischen Herstellers zurückkehrte, kaufte

Elizabeth beide. Dann suchte sie die passenden Handschuhpaare aus, die sie zu den Schals legte. »Hmmm, ich glaube, jetzt habe ich alles, Clarice. Jedenfalls für heute.«

»Sehr schön, Miss Turner. Möchten Sie, dass die Sachen als Geschenke verpackt werden? Dann markiere ich jedes Päckchen, damit Sie wissen, wer welche Farbe bekommen soll.«

»Danke, Clarice. Bitte schicken Sie sie zu mir nach Hause, ja? Bedaure, aber ich muss los.«

»Kein Problem, Miss Turner, am Nachmittag haben Sie alles.«

* * *

Francis, der in der Lobby des Ritz Hotels gewartet hatte, lief Elizabeth entgegen, als sie um punkt zwölf Uhr durch die Schwingtür kam. Er küsste sie auf die Wange und führte sie in den Loungebereich. »Trinken wir hier was, oder?«

»Ja, natürlich, meinetwegen. Ich mag diese Lounge oder wie man so etwas nennt. Ist ja auch nebensächlich. Also, was hast du mir zu erzählen?«

»Warte, bis wir bestellt haben, okay? Dann sage ich es dir.«

»Ich bin sehr gespannt, Francis. Du bist doch sonst nicht so ein Geheimniskrämer. Normalerweise kannst du negative Neuigkeiten nicht für dich behalten. Und es ist bestimmt wieder was Unangenehmes, stimmt's?«

»Ich wollte darüber nicht am Telefon sprechen,

mehr nicht. Oh, sieh mal, da ist ein netter Tisch neben dem Palmenkübel. Komm, lass uns dort hinsetzen.«

Kurz darauf erschien ein Kellner, der ihre Bestellung aufnahm. Francis entschied sich für ein Glas Champagner, und Elizabeth auch, was ihn überraschte.

Der Kellner verschwand wieder. Sobald sie allein waren, beugte Elizabeth sich über den Tisch und sah Francis an. »Okay, schieß los. Mach's nicht so spannend.«

Francis schaute auf seine Armbanduhr. »Es ist exakt fünf Minuten nach zwölf. Heute Morgen, gegen ungefähr zehn vor elf erhielt ich einen Anruf aus Paris. François de Burgh war eine halbe Stunde vorher gestorben.«

Für einen Augenblick starrte Elizabeth ihn sprachlos an, dann rief sie: »Alle Achtung. Die Information kam aber prompt. Hast du bei Dauphin etwa jemanden eingeschleust, der dich mit Insiderwissen versorgt?«

»Du weißt genau, dass ich dir dergleichen nicht verraten darf, Elizabeth. Je weniger du weißt, desto besser. Du liegst jedoch nicht falsch: Ich habe äußerst geschickt gestreute Kontakte in Paris, von daher weiß ich auch, dass die Nachricht von seinem Tod jede Minute im französischen Fernsehen kommen kann.«

»Wirklich traurig, er war noch so jung.« Elizabeth atmete tief durch und lehnte sich auf ihrem Stuhl zurück. »Sein Tod erfüllt dich mit Sorge, was, Francis?«

»Das kannst du laut sagen. Weil ich keinen Zweifel

daran habe, dass die junge Witwe auf diese Seite des Kanals wechseln wird … und zwar endgültig.«

»Wann reist sie nach Schottland, was meinst du?«

»Schwer zu sagen. Mittelfristig bekommt sie bei den de Burghs sowieso kein Bein auf den Boden. Und wie ich Catherine kenne, sorgt sie ehrgeizig für ihre Söhne. Dabei fehlt es ihr nicht an der nötigen Herzenswärme und Einfühlungsvermögen. Ganz im Gegenteil. Es wird eine Trauerphase geben, in der sie sich rührend um ihre Schwiegertochter kümmert. Aber letztlich muss unser Schottenröckchen verschwinden. Ganz einfach: Catherine wird sie nicht neben sich dulden.«

»Du meinst, sie muss bei Dauphin ausscheiden? Das bedeutet aber nicht zwangsläufig, dass sie Paris verlassen muss? Oder Frankreich?«, hakte Elizabeth nach.

»Ich vermute mal, sie kann in Frankreich bleiben, aber wozu? Ohne einen Funken Macht oder Einfluss? Da kehrt sie doch lieber nach Edinburgh zurück, wo sie immerhin Scottish Heritage besitzt. Zweifellos wird sie die Firma übernehmen wollen, die ihr Halbbruder James seit dem Tod ihrer Mutter leitet.«

»Ob er damit so ohne weiteres einverstanden ist?«, war Elizabeth skeptisch.

»Keine Ahnung. Schließlich hat er mit ihrer Mutter zusammengearbeitet, und zwar sehr erfolgreich.«

»Das bedeutet also, dass Marie de Burgh mir Ärger machen wird …« Elizabeth brach ab, da der Kellner mit zwei Gläsern Champagner Rosé an ihren Tisch trat.

Wenig später prostete Francis ihr zu. »Auf dich, Lady Boss.«

»Und auf dich, Francis. Ich weiß nicht, was ich ohne dich tun würde.«

»Ich offen gestanden auch nicht. Und ja, sie wird dir Ärger machen, und Deravenels, und –« Er verstummte mitten im Satz, und sie betrachtete ihn eindringlich. Ihrem sonst so wortgewandten Topmanager schien es mit einem Mal die Sprache verschlagen zu haben.

»Sie kann uns nicht wirklich gefährlich werden, oder, Francis? Alle sagen, dass sie keinen Anspruch auf die Deravenel Company hat.«

Er schüttelte den Kopf. »Irrtum, sie hat einen Anspruch – durch ihre Großmutter. Wenn du sterben würdest, dann wäre sie die legitime Erbin.«

»Und was ist mit meinen Greyson-Cousinen? Die haben doch aber auch einen Anspruch.«

»Das schon, und dein Bruder Edward glaubte das sicher auch, trotzdem kommt Marie Stewart de Burgh in der Erbfolge vor ihnen. Weil ihre Großmutter Margaret Turner Stewart die ältere Schwester von Harry war, während Mary Turner Brandt die jüngere Schwester deines Vaters war, und ihre Tochter Frances die Mutter der Greyson-Mädchen. Demnach würde die Schottin letztendlich alles erben ... *wenn* du tot wärest.«

»Aber mein Vater hat einen Letzten Willen bestimmt!«, versetzte Elizabeth mit Nachdruck. »Mit einem Zusatz, dass ausschließlich ein Engländer Deravenels erben kann, und sie ist keine Engländerin.«

»Fakten hin oder her, Elizabeth, manche Leute können sehr energisch und hartnäckig um ihre Interessen kämpfen. Überdies ist sie missgünstig, machtbesessen und egozentrisch.« Er seufzte. »Solange man denken kann, bringen Menschen sich gegenseitig um, bloß weil sie auf Reichtum und Privilegien aus sind.«

»Meinst du, sie ginge so weit, mich eiskalt umbringen zu lassen?«, fragte sie leise.

»Ich habe keine Ahnung, und es wäre auch müßig zu spekulieren. Ich kann mich nur wiederholen: Die Methoden solcher Auftragskiller sind mittlerweile so raffiniert, dass viele Morde glatt als Unfall durchgehen. Außerdem wäre es nicht der erste Mord, der in deiner Familie passiert.«

»Und deshalb soll ich mir einen Bodyguard zulegen, richtig?«

»Korrekt, du hast es kapiert.«

Sie legte ihm eine Hand auf den Arm. »Francis, ich glaube dir ja alles, was du sagst, ich vertraue dir rückhaltlos, und ich weiß um deine Besorgnis. Aber ... sie ist immerhin meine *Cousine* –«

»Von wegen. Sie ist deine Gegenspielerin!«, entfuhr es ihm mit leiser, aber dennoch heftiger Stimme. »Das darfst du niemals aus den Augen verlieren, Elizabeth Deravenel Turner. Du weißt aus eigener, leidvoller Erfahrung, dass Blut *nicht* dicker als Wasser ist. Ich möchte, dass du dir einen Leibwächter zulegst, und zwar den besten, den wir für Geld bekommen können. Und ich spreche hier nicht von irgendeinem Chauffeur, der im Ernstfall gar nicht die entsprechende Ausbildung hätte, dich zu beschützen. Nein, der Bodyguard wird *neben* deinem Fahrer sitzen und alles unter Kontrolle haben. Ich möchte –« Er hielt inne und sah sie fest an. »Willst du mal eine meiner kleinen Geschichten aus dem Showbusiness hören?«

Sie nickte. »Na klar. Aber was hat das mit dem Bodyguard zu tun, den du mir unbedingt verpassen willst?«

»Das erfährst du gleich. Ein guter Freund von mir arbeitet in Hollywood, für eines der renommierten Filmstudios. Vor ein paar Jahren stellte sich dort ein junger Schauspieler aus New York vor, dem sein Agent das Potential zu einem großen Star attestierte. Der Agent spekulierte natürlich darauf, dass die Filmbosse seinen Klienten unter Vertrag nehmen würden. Für einen großen Film. Die Verantwortlichen wussten jedoch nicht so richtig, wie sie ihn besetzen sollten … War er eher der knallharte Actiontyp? Oder mehr der romantische Komödienheld? Oder wäre ihm die Rolle des Charakterdarstellers auf den Leib geschrieben? Sie überlegten hin und her, wofür er sich am besten eignen würde. Fakt war, dass er sich in kein Schema pressen ließ. Mein Bekannter, der in solchen Fällen der Einschätzung seiner versierten Casting-Chefin vertraute, organisierte ein Treffen zwischen den beiden. Vielleicht hatte sie ja eine Idee, wie er sich am besten vermarkten ließe. Nach einer halben Stunde lief sie aus dem Besprechungszimmer zu ihrem Chef, also meinem Freund, und rief: ›Ich hab zwar keinen Schimmer, für welche Rolle oder welchen Film wir den Typen besetzen sollen. Ich könnte nicht mal mit Gewissheit sagen, ob er überhaupt schauspielern kann. Eins ist jedoch so sicher wie das Amen in der Kirche: Der Kerl schreckt vor nichts zurück. Machen Sie schleunigst einen Vertrag mit ihm.‹ Daraufhin nahmen sie ihn unter Vertrag. So einen Typen suche ich auch für dich. Jemand, der vor nichts zurückschreckt, der dich unter Einsatz seines Lebens verteidigt. Ein Kerl wie ein Baum, durchtrainiert, skrupellos, einer, der auf mögliche Angreifer abschreckend wirkt und der im Ernstfall auch von der Waffe Gebrauch macht.«

»Igitt, ich hasse Waffen«, grummelte Elizabeth.

Francis starrte sie an, dann begann er zu lachen. »Man gewöhnt sich an alles, auch daran, dass ein Bodyguard eine Waffe trägt. Also, stimmst du mir zu, dass du so jemanden brauchst? Na komm, gib deinem Herzen einen Ruck und sag ja.«

»Ja.«

»Willst du denn gar nicht wissen, wer der Schauspieler gewesen ist?«

»Mich würde mehr interessieren, ob er ein großer Star geworden ist.«

»Ist er.«

»Okay, und wie heißt er?«

»Bruce Willis.«

»Wenn der Bodyguard so aussieht, dann nehme ich natürlich einen«, erwiderte sie grinsend. Und mit ernster Stimme fügte sie hinzu: »Ich bin mir bewusst, dass wir heutzutage in einer gefährlichen Welt leben und dass ich aufgrund meiner Stellung gefährdet bin, nicht bloß wegen Marie de Burgh, die mir förmlich den Stuhl unterm Allerwertesten wegziehen und mich im Unternehmen beerben will.« Elizabeth trank einen Schluck Champagner. »Und ich bin keineswegs blöd, Francis. Mir ist klar, dass es Leute gibt, die mich als lebende Zielscheibe betrachten, weil sie es auf mich abgesehen haben.«

* * *

»Das Restaurant des Ritz ist wirklich sehr zu empfehlen«, sagte Francis zwanzig Minuten später. Sein Blick erfasste das gediegene Ambiente des Restaurantbereichs. »Du bereust es bestimmt nicht, dass du mit mir zum Lunch geblieben bist, Elizabeth. Und das Essen ist übrigens köstlich«, setzte er lächelnd hinzu. Nicht nur dass Francis Walsington ein großer Bewunderer von Elizabeth Turner war, er war auch ihr Dauerbeschützer. Ihre Sicherheit war für ihn Verpflichtung und Herzensangelegenheit zugleich.

»Ich bin immer gern mit dir zusammen, Francis. Das weißt du doch. Und der Raum ist wirklich bezaubernd. Genau wie der Blick auf Green Park. Oh, sieh mal, es schneit. Vielleicht bekommen wir dieses Jahr weiße Weihnachten.«

Er folgte ihrem Blick, sah das muntere Schneetreiben vor dem Panoramafenster. »Und wohin fährst du mit Robert über Weihnachten?«, wollte er wissen. »Doch nicht ins Ausland, oder?«

»Nein, keine Sorge. Robert und ich fahren gemeinsam mit Grace Rose zur Stonehurst Farm. Wir haben ihr das schon so lange versprochen und –« Elizabeth hielt inne und schüttelte den Kopf. »Sie ist alt, und Robin und ich meinen, dass wir dieses Jahr bei ihr bleiben müssen. Wer weiß, wie lange sie noch lebt? Achtundneunzig ist ein stolzes Alter.«

»Stimmt, und dir täte es gut, wenn du mal ein paar Tage abschalten würdest. Du bist ein richtiger Workaholic, Elizabeth.«

»Die Arbeit macht mir eben Spaß, Francis. Außerdem unternehmen Robin und ich nebenher noch eine ganze Menge.«

»Ich bin froh, dass ihr endlich wieder zusammen ausgeht und euch nicht hinter verschlossenen Türen versteckt. Ihr braucht euch für nichts zu schämen, ihr habt nichts Verwerfliches getan. Gönnt euch ein schönes Leben.«

»Die Gerüchte hören vermutlich nie auf«, sagte sie seufzend. »Manche Leute wollen einfach glauben, dass wir für Amys Tod verantwortlich sind.«

»Gott sei Dank seid ihr über solchen Blödsinn erhaben. Außerdem kommen Skandale in den besten Familien vor – auch in deiner.« Er prustete los. »Damit muss man einfach leben.«

»Sobald Marie de Burgh die Trauerzeit hinter sich hat, geht John Norfell bei ihr auf Tuchfühlung. Wollen wir wetten?« Elizabeth musste kichern.

»Ist er schon. Hat Cecil dir das nicht erzählt?«

»Doch, er erwähnte es kurz. Wenn John Norfell was mit ihr anfängt – kann er ja, jetzt wo sie Witwe ist –, haben wir dann nicht Handhabe, ihn rauszuwerfen?«

»Nur wenn der Vorstand ihm nachweisen kann, dass er gegen die Wettbewerbsklauseln in seinem Managervertrag verstoßen hat.«

»Das heißt, wir müssen warten?«

»Ja, eine andere Möglichkeit haben wir nicht …« Er ließ den Satz in der Luft hängen und lächelte sie an, da der Ober gerade ihre Vorspeisen brachte. »So, und jetzt wird tüchtig zugelangt. Du scheinst ja nur von Luft und Liebe zu leben.«

»O nein, ich esse schon genug.« Sie probierte die Tomatensuppe. »Okay, mach das mit dem Bodyguard, Francis. Du hast wie immer recht. Ich brauche einen verlässlichen Begleitschutz.«

* * *

»Ich fasse es nicht. Wir stehen tatsächlich im Entree von Downing Street Nummer zehn«, raunte Elizabeth Robert am Abend zu. »Ich war ja so gespannt, Tony und Cherie Blair persönlich kennenzulernen. Du nicht?«

»Doch, wahnsinnig gespannt, Liebes. Die beiden sind der personifizierte Charme.« Robert bedachte sie mit einem zärtlichen Lächeln. »Schön zu wissen, dass du trotz deiner unternehmerischen Erfolge kein bisschen eingebildet bist.« Er schob seinen Arm unter ihren und führte sie durch die lange Empfangshalle in die privaten Räumlichkeiten des Premierministers, wo eine vorgezogene Weihnachtsparty stattfand.

Elizabeth, die sich neugierig umschaute, zischelte: »Mein lieber Freund, sind hier viele Promis vertreten … Filmstars, angesagte Schriftsteller, TV- und Medienmogule. Und Popstars. Oh, guck mal schnell, Robin: Ist das da hinten nicht Sting mit seiner Frau?«

Er folgte ihrem Blick und nickte. »Ja, vorhin habe ich David Hockney entdeckt, einen meiner Lieblingsmaler. Er plauderte mit Emma Thompson und Alan Bennett. Und da, neben dem Weihnachtsbaum steht Jenny Seagrove, eine meiner Lieblingsschauspielerinnen.«

»Sie ist hinreißend. Und wer ist ihr Begleiter?«

»Bestimmt ihr Partner Bill Kenwright, der Theaterimpresario. Hier ist alles vertreten, was Rang und Namen hat. Auch jede Menge Sportstars.«

»Im Nachhinein bin ich froh, dass wir die Einladung zur Party angenommen haben.«

Ein Kellner kam mit einem Tablett voller Getränke auf sie zu, und die beiden entschieden sich für Champagner. Sie ließen ihre Gläser leise klirren, und Robert sagte: »Cheers auf Cool Britannia, um mit den Worten des Premierministers zu sprechen.« Und mit ernster Miene fügte er hinzu: »Seit New Labour an der Macht ist und die Blairs in Downing Street wohnen, hat es einen spürbaren Wandel in der britischen Gesellschaft gegeben. Durch das ganze Land ist ein Ruck gegangen. Alles scheint machbar … jedenfalls empfinde ich es so.«

»Ich dachte, *wir* empfinden es so«, schoss Elizabeth leicht pikiert zurück und setzte dann betont hinzu: »Eigentlich empfinden es mehr oder weniger alle Menschen so.«

»Das stimmt.« Robert nickte bekräftigend. Er fasste ihren Arm und führte Elizabeth durch den Saal. »Komm, ich wollte Jenny Seagrove schon immer mal persönlich kennenlernen.«

39

Jahrtausendwechsel. Plötzlich war er da, und das Jahr 2000 begann mit einem Riesenereignis. Wenigstens für die Deravenel Company. Ich gab eine große Party, zu der ich das gesamte Personal eingeladen hatte, und alle, alle kamen. Dafür hatte ich den Bankettsaal des Dorchester Hotels reserviert … mit Drinks, Dinner und Dancefloor. Ich hatte weder Kosten noch Mühen gescheut, und die Party wurde ein Megahit – alle waren begeistert. Ich übrigens auch.

Um ehrlich zu sein, feierten wir nicht bloß das Millennium und Silvester, sondern auch, dass ich die Firma ins 21. Jahrhundert hinübergerettet habe. Bisweilen mit Blut, Schweiß und Tränen, aber trotzdem. Und natürlich nicht allein. Ich habe die kompetenteste Führungscrew, die man sich nur wünschen kann. Gemeinsam mit Cecil und Robin sind wir die drei Musketiere. »Das Triumvirat«, korrigiert Cecil mich für gewöhnlich süffisant grinsend, obwohl dieser Vergleich genauso hinkt wie der andere. (Ich will damit sagen: von wegen Dreimännerherrschaft und so.) Francis Walsington, Nicholas Throckman und Ambrose Dunley haben uns dabei als verlässliche, loyale Manager und Berater unterstützt. Im Übrigen führen wir diesen Riesenkonzern als Team. Inzwischen ist er wieder so erfolgreich wie damals unter Edward Deravenel und später unter meinem Vater Harry Turner. Meine Halbschwester hatte die Firma heruntergewirtschaftet; wir haben sie wieder aufgebaut, größer als vorher. Und das in nur vier Jahren! Ich stieg 1996 ein, und jetzt haben wir Oktober 2000. Die Jungs in der City bewundern uns; ich bewundere uns ... und bin stolz auf uns.

Deravenels ist ein rundum solides Unternehmen. Sämtliche Abteilungen schreiben schwarze Zahlen. Die Hotels florieren; auch die Weingüter und die Hotels; meine Spas gehören in die Kategorie der weltweit luxuriösesten und schönsten, sie haben bereits zahlreiche Auszeichnungen für die Qualität und Nachhaltigkeit der Behandlungen erhalten. Angesichts des erfolgreichen Marbella Resorts haben wir eine neue Sparte eröffnet: Wir bauen ähnliche Ferienanlagen an den schönsten Flecken der Erde.

Ambrose zeichnet für diese neue Unternehmung verantwortlich, nachdem er sich bei dem Projekt in Marbella als rational denkender, tüchtiger und innovativer Manager bewiesen hat. Robins Bruder ist ein Juwel – wie alle Frauen und Männer, die mein Erfolgsteam ausmachen.

Im vorigen Jahr hatten wir Ärger mit John Norfell, nachdem er dem Zauber von Marie de Burgh verfallen war. Marie blieb keine Alternative, als 1999 nach Schottland zurückzukehren. Wie Francis mir darlegte, muss ihre Schwiegermutter ziemlich brutal mit ihr umgesprungen sein. Marie wurde aus Dauphin hinausgekegelt und musste Paris verlassen.

Männer sind für sie anscheinend Marionetten, die sie nach Herzenslust gängeln kann. John Norfell musste schmerzlich erfahren, dass sie ihn für ihre eigenen hochambitionierten Ziele manipulierte. Er merkte bald, dass sie nicht die Absicht hatte, mit ihm zu schlafen, geschweige *denn, ihn zu heiraten. Damit war der Traum ausgeträumt, mit ihr gemeinsam Scottish Heritage zu führen.*

Norfell beteuert, dass er nie ihr Geliebter war und dass er schleunigst nach England flüchtete, sobald er merkte, was für ein raffiniertes, verlogenes Biest sie ist. Diese Informationen habe ich direkt von Francis, der uns im Übrigen dazu anhielt, bei Norfell in diesem Fall ein Auge zuzudrücken. Letztlich habe er sich nur selbst geschadet, aber nicht der Deravenel Company, war seine Argumentation. Wir haben dem zugestimmt, allerdings nicht ohne dem Burschen die Hausordnung vorzulesen, damit er sich künftig daran hält!

Robin erzählte mir, Norfell habe ihm gegenüber eingeräumt, dass Marie de Burgh ungeheuer begehrenswert sei. »Eine echt scharfe Braut«, so John. Als ich das hörte, hätte ich mich fast übergeben. Wie abfällig er von Frauen spricht! Seitdem sehe ich diesen John Norfell aus einer völlig anderen Perspektive. Gewarnt von Cecil und Robin, dass er bei weiteren Eskapaden postwendend aus der Firma fliegt, bäckt Norfell seit einem Jahr kleine Brötchen. Ich habe ihn immer im Blick.

Bisweilen denke ich an Marie, meine raffgierige Cousine, die am liebsten alles an sich reißen würde, was mir gehört, und die meinen Platz im Konzern einnehmen will. Die Dame ist ganz schön unverschämt. Und sie lässt nicht locker … dauernd will sie mich treffen, dann bedrängt sie mich, dass ich sie testamentarisch als meine Erbin einsetzen soll. Damit würde ich mein eigenes Todesurteil unterschreiben.

Ich war baff, als sie mir ein Foto von sich schickte. Sie ist zweifellos eine Schönheit, aber Sex-Appeal? Als ich

Nicholas Throckman darauf ansprach, bekam er erst mal rote Ohren. Dann erklärte er mir, dass Marie de Burgh einem Mann wortlos suggeriert, dass sie auf ihn abfährt. Sie sei schön und anmutig, der Typ potentielle Herzensbrecherin.

Mir bricht sie jedenfalls nicht das Herz, so viel steht fest. Ich werde mir die Dame geflissentlich vom Hals halten. Ich habe das Foto verbrannt, und ihre Terminanfragen stoßen bei mir auf taube Ohren. Francis hält mich auf dem Laufenden. Er ist wahrhaftig kein Fan von ihr. Offenbar ist sie verzweifelt auf der Suche nach einem neuen Ehemann, und er meint, dass es mit ihr irgendwann ein böses Ende nimmt. Seine Abneigung gegen Marie Stewart de Burgh wurzelt tief. Er kennt ihren Halbbruder, Sohn ihres Vaters mit seiner langjährigen Geliebten. Er wurde geboren, bevor James Stewart Maries Mutter heiratete, und ist zwölf Jahre älter als Marie. Obwohl unehelich, leitet er Scottish Heritage seit etlichen Jahren. Francis mag ihn, er hält ihn für einen fähigen, soliden Geschäftsmann. Allerdings hält er nicht viel von einer geschäftlichen Allianz der beiden »Halbgeschwister«, wie er sie nennt.

Alles in allem war das Jahr 2000 ein gutes Jahr. Bisher jedenfalls. In der Firma läuft alles glatt. Francis atmet spürbar auf, seitdem er mir den perfekten Bodyguard verpasst hat. Gary Hinton ist ein sympathischer, ausgeglichener, zuvorkommender Mensch … ich könnte es mit niemandem aushalten, der mich physisch und mental erdrückt. Aber das ist bei ihm nicht der Fall. Er ist ruhig und aufmerksam. Er gibt mir Sicherheit, und er wird mich bestimmt beschützen.

Robin findet Gary Hinton ebenfalls sympathisch. Er weiß um seine körperliche Fitness und ist jetzt wesentlich entspannter, was meine Sicherheit betrifft. Zwischen uns beiden läuft es super, wir haben es endlich geschafft, die dunklen Schatten zu vertreiben, die Amys tragischer Tod über unsere Beziehung geworfen hat. Zum Glück ist das blöde Gerede weitestgehend verstummt, und die Presse hat interessantere Objekte gefunden.

Robin und ich sind in New York. Wir arbeiten für ein paar Wochen in unserem Büro in Manhattan, zwischendurch treffe ich mich mit Anka Palitz wegen der Spas … Ich habe nur ein Problem: eine scheußliche Erkältung, die ich schon in London hatte und einfach nicht loswerde …

* * *

Von einem fürchterlichen Hustenkrampf geschüttelt, sank Elizabeth in einen Sessel und hielt sich die Hand vor den Mund. Sofort war Robert bei ihr, ein alarmierter Ausdruck zeigte sich auf seinem Gesicht.

»Wie geht es dir?«, fragte er besorgt. »Du klingst ja schlimm, Elizabeth.«

»Ich weiß auch nicht«, japste sie schließlich. »Der Hustenreiz überkam mich ganz plötzlich. Das passiert öfters, und dann ist er auf einmal wieder wie weggeblasen. Ich bin okay, Robin, wirklich.«

»Meinst du nicht, es könnte eine Bronchitis sein?«

»Nein, ganz bestimmt nicht.« Sie stand auf, strich ihr rotes Strickkleid glatt und lief zum Kleiderschrank, aus dem sie den passenden Mantel nahm. »Wir sind spät dran. Wir sind in einer halben Stunde mit Anka im La Grenouille verabredet.« Sie schenkte ihm ein strahlendes Lächeln, wie um ihm zu versichern, dass ihr nichts fehlte.

»Dann komm, Liebes. Ich bin so weit.« Er half ihr in den Mantel und ging mit ihr zur Tür. »Gary wartet unten auf uns.«

* * *

Anka Palitz, eine blonde, modisch aufgestylte Schönheit, saß bereits im Restaurant. Sie lächelte warm, als Elizabeth und Robin von Charles, dem Besitzer des La Grenouille, an ihren Tisch gebracht wurden.

»Schön, Sie beide wiederzusehen«, sagte sie, als Elizabeth neben sie auf die gepolsterte Sitzbank rutschte. Robert setzte sich auf den Stuhl den beiden gegenüber.

»Tut mir leid, dass wir uns verspätet haben. Es war wahnsinnig viel Verkehr«, entschuldigte sich Elizabeth.

»Das macht doch nichts. Was möchten Sie trinken? Champagner, Wein oder etwas Alkoholfreies?«

»Danke, ich nehme ein Wasser, Anka. Wenn ich zum Mittagessen Wein trinke, werde ich immer so müde.«

»Geht mir genauso. Robert, und Sie?«

»Für mich bitte auch ein Wasser«, antwortete er.

Anka winkte dem Ober und gab dann ihre Getränkebestellung auf. Währenddessen beobachtete Robert Elizabeth. Sie gefiel ihm gar nicht. Ihr Gesicht war kreidebleich und in ihren Augen lag ein fiebriger Glanz. Sie hatte bestimmt Fieber.

Er schaute sie so auffällig an, dass Elizabeth leise sagte: »Mir geht es blendend, Robin.« Sie wusste immer, was er dachte, konnte in seinem Gesicht lesen wie in einem offenen Buch.

Anka, die sich automatisch zu ihr wandte, fiel plötzlich Elizabeths kränklich blasses Gesicht auf. »Fühlen Sie sich nicht wohl? Sie sehen gar nicht gut aus.«

»Oh, das liegt bloß an der blöden Erkältung, die hatte ich schon in London. Mir fehlt nichts, wirklich. Ach übrigens, das ist für Sie.« Elizabeth holte aus ihrer Handtasche einen großformatigen, wattierten Umschlag heraus. »Das ist das gesamte Programm, wie ich es mir für die amerikanischen Spas vorstelle. Gehen Sie es in aller Ruhe durch und sagen Sie mir dann, was Sie davon halten. Es eilt nicht, aber ich würde gern Ihre Meinung dazu hören, solange wir noch in New York sind. Außerdem müsste ich wissen, ob Sie uns in den Spas erhalten bleiben, nachdem ich die Wellnesskette an Deravenels veräußert habe. Für Sie ändert sich dadurch nichts, es ist lediglich eine Transaktion auf dem Papier. Sie sind zweifellos weiterhin für mich tätig.«

»Also für mich steht fest, dass ich bleiben möchte, Elizabeth. Ich schaue mir die Unterlagen im Laufe der Woche an, und dann diskutieren wir bei einem Lunch oder einem Dinner darüber, je nachdem, was Ihnen lieber ist.«

»Natürlich, und es –« Ein Hustenkrampf erstickte

jedes weitere Wort. Sie drückte sich die Serviette vor den Mund und hustete, bis sie krebsrot im Gesicht war. Als der Hustenreiz endlich nachließ, atmete sie tief durch und presste stöhnend eine Hand auf ihre Brust.

»Was hast du?«, erkundigte sich Robert bestürzt.

»Es tut irgendwie weh, wenn ich tief einatme.« Sie lehnte sich erschöpft zurück. »Mir ist schwindelig, Robin.«

»Du musst schleunigst zu einem Arzt, Liebes«, entschied Robin besorgt. Er tauschte einen Blick mit Anka und hob fragend eine Braue.

»Das würde ich allerdings auch sagen. Am besten fahren wir gleich los«, pflichtete Anka ihm bei. Sie war bereits aufgesprungen. »Ich kenne einen hervorragenden Arzt. Ich telefoniere kurz mit seiner Praxis und kündige uns an. Damit Elizabeth nicht unnötig warten muss.«

»Gut, ich komme mit. Ich muss Gary anrufen, er hat den Wagen irgendwo hier in der Nähe geparkt.« Er stand auf und sah Elizabeth an. »Ich bin gleich zurück, mein Liebling.«

»Mir fehlt absolut nichts, Robin. Eine kleine Erkältung bringt mich schon nicht um.«

* * *

Dr. Andrew Smolenski erwartete sie bereits. Er hatte Anka Palitz am Telefon so verstanden, dass es sich um einen Notfall handelte. Als Elizabeth sein Sprechzimmer betrat und sofort anfing zu husten, war der Mediziner im höchsten Maße alarmiert.

Sobald sie sich wieder halbwegs beruhigt hatte, fragte er: »Wie lange haben Sie diesen Husten denn schon, Miss Turner?«

»Seit letzter Woche …« Sie hielt inne, schüttelte apathisch den Kopf und fuhr sich mit der Hand übers Gesicht. »Verzeihen Sie, ich fühle mich ein bisschen schlapp.«

»Wir sind vorigen Freitag, am zwanzigsten, in New York eingetroffen, Dr. Smolenski«, erklärte Robert hastig. »Elizabeth war schon in London stark erkältet. Aber den Husten hat sie erst seit unserer Ankunft, also seit letztem Wochenende.«

»Verstehe.« Der Arzt machte sich Notizen auf einem Klemmbrett, bevor er sich Elizabeth erneut zuwandte. »Wenn Sie tief einatmen, haben Sie dann Schmerzen in der Brustgegend?«

Elizabeth nickte.

»Haben Sie Auswurf? Ich meine, husten Sie Schleim ab?«

»Heute Morgen, ganz früh, aber nicht viel.«

Der Arzt stand auf und ging um seinen Schreibtisch. »Ich muss Sie untersuchen, Miss Turner. Wenn Sie bitte kurz mitkommen wollen.« Er öffnete die Tür zu einem Behandlungsraum und fügte hinzu: »Bitte ziehen Sie Ihren Mantel und das Kleid aus. Meine Assistentin wird Ihnen dabei behilflich sein.«

Er schob die junge Frau sanft in den Behandlungsraum und ließ sie allein. Kurz darauf kam seine Assistentin durch eine weitere Tür herein und sagte: »Kein Grund zur Beunruhigung, Miss Turner, es ist lediglich eine Routineuntersuchung. Ziehen Sie bitte diesen Bademantel über, wenn Sie Ihr Kleid ausgezogen haben.«

Kurz darauf kehrte der Arzt zurück und begann mit der Untersuchung. Er kontrollierte, ob sie Fieber hatte, fühlte ihren Puls, horchte sie mit einem Stethoskop ab und machte einen Lungenfunktionstest. Als er fertig war, meinte er mit einem bekräftigenden Kopfnicken: »Sie können sich wieder anziehen, Miss Turner, und in mein Zimmer kommen.« Seine Assistentin half Elizabeth beim Anziehen.

Als sie sein Zimmer betrat, unterhielt sich der Arzt gerade mit Anka und Robin, seine Miene war bedenklich ernst. »Ah, Miss Turner. Sie haben fast neununddreißig Grad Fieber und eine besorgniserregend hohe Pulsfrequenz. Ihr Atem geht entschieden zu flach, und der Sauerstoffgehalt in Ihrem Blut liegt bei vierundachtzig Prozent. Ich glaube, Ihre Lungen nehmen nicht genug Sauerstoff auf. Mr Dunley fragte mich vorhin, ob es eine Bronchitis ist. Meine Diagnose spricht jedoch dagegen. Ich vermute eher, dass Sie eine Lungenentzündung haben, und möchte, dass Sie schleunigst in die Notaufnahme des Krankenhauses fahren. Um dort weitere Tests durchführen zu lassen.«

»Oh.« Elizabeth sah ihn mit großen Augen an.

»Ich kümmere mich um alles Weitere«, verkündete der Arzt mit energischer Stimme, die keinen Widerspruch zuließ.

* * *

Elizabeth ließ in der Ambulanz des New York Cornell Hospitals weitere Tests über sich ergehen. Eine Röntgenaufnahme des Brustkorbs und weitere Bluttests bestätigten die Diagnose des Arztes: Sie hatte eine schwere Lungenentzündung.

Dr. Melanie Roland, die diensthabende Ärztin, betrat den kleinen Untersuchungsraum, wo Elizabeth zusammen mit Robert und Anka wartete. »Wir werden Sie für vierundzwanzig Stunden zur Beobachtung hierbehalten«, erklärte die Ärztin. »Sie bekommen Antibiotika, während wir darauf warten, wie sich die von uns angelegten Bakterienkulturen entwickeln.«

»Ich möchte nicht im Krankenhaus bleiben, auch nicht für eine Nacht«, protestierte Elizabeth mit einem flehenden Blick zu Robert.

»Es wäre aber entschieden besser für Sie, Miss Turner«, betonte Dr. Roland. »Ihre Symptome sind gravierend. Sie haben eine Lungenentzündung – damit ist nicht zu spaßen.«

Robert legte einen Arm um Elizabeths Schultern. »Es ist doch nur für eine Nacht«, murmelte er begütigend. »Ich fahre ins Hotel und packe dir schnell das Nötigste zusammen, ja?« Er schaute die Ärztin an. »Kann ich dann noch ein paar Stunden bei ihr bleiben?«

Dr. Roland lag eigentlich ein Nein auf der Zunge, doch sie nickte lächelnd. »Selbstverständlich, Mr Dunley.«

»Sie können doch gewiss in die Wege leiten, dass Miss Turner ein Privatzimmer bekommt?«, fragte er.

»Ich kümmere mich gleich darum.«

»Ich leiste Ihnen Gesellschaft, bis Robert wiederkommt«, sagte Anka.

»Danke, Anka. Sie sind ein Schatz.«

* * *

Als Robert am nächsten Morgen die Klinik betrat, musste er feststellen, dass man Elizabeth aus dem Privatzimmer verlegt hatte. Sie lag auf der Intensivstation, wurde künstlich beatmet, ein Gewirr von Schläuchen steckte in ihren Venen. »O Gott, steht es so ernst um sie?«, fragte er Dr. Roland, die ihn auf die Intensivstation führte, wo er Elizabeth lediglich für ein paar Minuten sehen durfte.

Als sie das Krankenzimmer verließen, erklärte sie Robert: »Wir haben sie sediert, damit sie ruhiger ist. Das ist besser für Miss Turner, glauben Sie mir.« Sie setzten sich auf eine Krankenhausbank. »Heute Nacht hat sie plötzlich hohes Fieber bekommen, der Sauerstoffgehalt in ihrem Blut sank noch weiter, und bis jetzt hat sie auf die Antibiotika noch nicht angesprochen.«

Eine eisige Faust schloss sich um Roberts Herz. Trotzdem schaffte er es, ruhig zu bleiben. »Was ist mit den von Ihnen angelegten Bakterienkulturen? Liegen die Ergebnisse inzwischen vor?«

»Ich warte noch darauf, Mr Dunley. Wir haben Miss Turner verschiedene Antibiotika gegeben, damit wir hoffentlich bessere Werte erzielen. Ich muss Sie jedoch darauf hinweisen, dass ihr Zustand äußerst kritisch ist.«

»Aber warum? Wie konnte es dazu kommen?«

»Die Patientin hat eine schwere Lungenentzündung, und die bisher verabreichten Antibiotika zeigten keine nennenswerte Wirkung. Wir sind dennoch zuversichtlich, dass sie positiv auf das Medikament reagiert, das wir ihr jetzt geben«, versicherte sie Robert, als sie seine bestürzte Miene bemerkte.

Robert rieb sich mit der Hand über das Gesicht und atmete tief durch. »An einer Lungenentzündung kann man sterben … wie schlimm steht es um Elizabeth?«

»Wie ich bereits sagte, Mr Dunley, ihr Zustand ist kritisch. Aber wir versuchen wirklich alles, damit Miss Turner wieder gesund wird. Sobald wir das Ergebnis der angelegten Kulturen haben, wissen wir mehr.«

»Kann ich hierbleiben und warten, bis sie aufwacht?«, fragte er und klang verzweifelt.

»Besser nicht. Es kann noch Stunden dauern, bis sie wach wird. Ehrlich gesagt, hoffe ich es für Miss Turner.«

»Verstehe«, sagte er. »Und danke, Dr. Roland.«

40

Auch die nächsten Tage blieb Elizabeths Zustand weiterhin kritisch, und Robert war halb krank vor Sorge. Er hätte ihr gern geholfen, dennoch gab es nichts, was er hätte tun können. Er war kein Arzt, und außerdem war sie in den besten Händen. Dr. Smolenski hielt ihn auf dem Laufenden, zudem hatte er großes Vertrauen zu Melanie Roland. Er hatte sofort gemerkt, dass die Ärztin sehr kompetent war.

Er fuhr zweimal am Tag ins Krankenhaus, schaute nach Elizabeth und ging niedergeschlagen aus ihrem Zimmer. Er konnte nur warten und beten. Und er betete viel. Und telefonierte häufig mit London. Cecil war nicht minder erschüttert als er und drauf und dran, nach New York zu jetten. »Wart erst noch, bis das Ergebnis der Kulturen vorliegt«, hatte Robert abgewiegelt. Das Resultat war indes niederschmetternd. Elizabeth habe eine ganz seltene Form von Lungenentzündung, die in vielen Fällen tödlich verlaufe, klärte Dr. Roland ihn auf.

»O mein Gott, nein! Können Sie Ihr Leben denn nicht retten?«

»Doch, können wir«, meinte Melanie Roland nachdrücklich. Sicher war sie sich allerdings nicht.

* * *

Elizabeth lag auf der Intensivstation, die Augen geschlossen, ihr Gesicht ohne jede Regung.

Robert betrachtete die Frau, die er unsterblich liebte und für die er nichts tun konnte. Er trat von ihrem Bett zurück und verließ das Zimmer, auf den Lippen ein leises Gebet. *Bitte, lieber Gott, lass sie wieder gesund werden. Mach, dass sie die schwere Krankheit übersteht. Ich darf sie nicht verlieren. Elizabeth ist mein Leben.*

* * *

Ich fühle mich sterbenselend und dem Tod näher als dem Leben. Aber ich möchte noch nicht sterben. Ich bin erst neunundzwanzig. Ich würde gern noch ein bisschen leben. Für Robin. O mein Gott! ROBIN. Was wird aus ihm, wenn ich sterbe? Er braucht mich. Also muss ich für mein Leben kämpfen. Ich muss diese tödliche Krankheit besiegen. Ich darf ihn nicht allein lassen. Ich muss ihn beschützen. Aber wie? Ich muss mich darum kümmern, dass er bei Deravenels unkündbar ist. Dass er in eine Spitzenposition aufsteigt, die ihm große Machtbefugnisse und ein lukratives Einkommen garantiert. Das bin ich ihm schuldig. Cecil Williams muss sofort herfliegen. Ich brauche Cecil, Zeugen und Anwälte. Ich werde einen Zusatz in mein Testament aufnehmen.

* * *

Tags darauf traf Cecil Williams in New York ein. »Ich wünschte, du hättest mich früher informiert. Dann hätte ich die nächste Maschine nach New York genommen«, meinte er. Sie saßen im Restaurant des

Carlyle Hotels, und Cecil sah Robert über den Frühstückstisch verärgert an. »Ich mach mir große Sorgen um Elizabeth.«

»*Ich auch*. Nichtsdestotrotz sind uns die Hände gebunden. Wir müssen darauf vertrauen, dass die Ärzte ihr helfen können.«

»Wie geht es ihr?«, erkundigte sich Cecil eindringlich. In seinen grauen Augen lag tiefe Besorgnis.

»Ein bisschen besser. Sie wurde von der Intensivstation verlegt und wird auch nicht mehr künstlich beatmet, trotzdem ist sie noch lange nicht über den Berg. Zumal immer die Gefahr eines Rückfalls besteht. Hoffentlich nicht!«, seufzte er.

Cecil legte seine Serviette auf den Tisch, schob den Stuhl zurück und stand auf. »Ich bin fertig. Wollen wir in die Klinik fahren?«

»Okay. Sie freut sich bestimmt, dich zu sehen, Cecil.« Die beiden Männer verließen das Restaurant.

Obwohl es bereits November war, war das Wetter angenehm mild; sie liefen bis zur Madison Avenue, wo sie ein Taxi anhielten. Robert nannte dem Fahrer die Adresse des New York Cornell Hospitals. »Sie hat abgenommen und ist noch blasser als sonst, also krieg keinen Schock, wenn du sie siehst.«

»Nein, ganz bestimmt nicht«, versicherte Cecil. Aber dennoch war er schockiert, als er sie schließlich sah. Elizabeth war nämlich nur noch Haut und Knochen, ihr Gesicht wachsweiß.

Er trat an ihr Bett, beugte sich über Elizabeth und küsste sie auf die Wange. Sie ergriff seine Hand, in ihren dunklen Augen flammte ein Lächeln auf. Das stimmte ihn positiv. »Sobald Robert sein Okay gegeben hat, habe ich mich in die nächstbeste Maschine gesetzt. Er war nicht ganz einfach.«

Elizabeth zupfte an der Sauerstoffmaske herum, die sie tragen musste, und sagte: »Das kann ich mir lebhaft vorstellen. War aber bestimmt besser so. Ich war längere Zeit außer Gefecht gesetzt. Du hättest dich nur gelangweilt.«

Robert trat zu ihnen, gab Elizabeth einen Kuss und zog einen Stuhl für Cecil heran. Dann holte er einen für sich.

Cecil informierte sie in groben Zügen über die Deravenel Company, und sie nickte von Zeit zu Zeit, währenddessen sie gespannt zuhörte.

Robert, der sie aufmerksam beobachtete, bemerkte bald, dass sie müde wurde. Er strich ihr über den Arm. »Wir gehen jetzt, Liebes, damit du dich ausruhen kannst. Wir kommen später wieder.«

Elizabeth nickte und schob die Atemmaske beiseite. »Ich muss mit Cecil sprechen, Robert. Lässt du uns bitte einen Moment lang allein?«

»Kein Problem«, sagte er nach einem weiteren Kuss und verließ den Raum. Seine Verblüffung ließ er sich nicht anmerken.

»Was möchtest du mit mir besprechen, Elizabeth?« Cecil beugte sich dichter zu ihr nach vorn. »Ist es etwas sehr Wichtiges?«

Sie nickte. »Für den Fall, dass mir etwas passieren sollte und ich sterbe, will ich, dass Robert Dunley an meiner Stelle die Konzernführung übernimmt. Versprich mir, dass du dich darum kümmerst.«

»Das ist völlig ausgeschlossen, Elizabeth! So gern ich dir den Gefallen tun würde. Dafür müssten die Unternehmensstatuten ein weiteres Mal geändert werden. Er ist schließlich kein Deravenel, und nur ein Deravenel kann den Konzern führen.«

»Dann ändere das gefälligst um.« Sie setzte hastig die Maske wieder auf und japste nach dem lebensspendenden Sauerstoff.

»Das geht nicht ohne die Zustimmung der Mitgesellschafter.«

»Dann wird er eben solange kommissarischer Konzernchef, so wie Edward Selmere seinerzeit für den jungen Edward.« Sie drückte die Maske erneut aufs Gesicht, beugte sich vor und umklammerte Cecils Arm. Nach einem kurzen Moment nahm sie die Maske wieder herunter und erklärte mit leisem Nachdruck in der Stimme: »Sollte ich sterben, wird er mein Nachfolger. Habe ich mich klar und verständlich ausgedrückt? Demzufolge müssen wir umgehend alles Erforderliche in die Wege leiten. Bitte, Cecil. Robin hat dich sicher informiert, dass diese Krankheit nicht immer gut verläuft. Und wenn ich sterbe, will ich mein Haus bestellt wissen …«

»Ich tue, was ich kann«, versprach er und drückte sie sanft zurück auf das Kissen und rückte ihr die Atemmaske zurecht. Dann holte er Robert zurück ins Zimmer, wo sie sich gemeinsam von ihr verabschiedeten. Elizabeth brauchte dringend Ruhe.

* * *

Drei Wochen nachdem sie auf die Intensivstation gekommen war, wurde Elizabeth aus der Klinik entlassen. Robert fiel ein zentnerschwerer Stein vom Herzen. Sie war zwar gespenstisch dünn und blass, aber zum Glück hatte sie die schlimme Lungenentzündung überstanden, die ihr Immunsystem brutal angegriffen hatte, dass sie beinahe daran gestorben wäre.

»Ich hab es überstanden!«, rief sie. Sie saß auf dem Sofa im Salon der Suite, die sie im Carlyle gebucht hatten. »Danke, dass ihr immer für mich da wart.« Sie lächelte von Robert zu Anka Palitz und klopfte auf den Platz neben sich. »Komm und setz dich zu mir«, bat sie Cecil. »Bin ich glücklich, dass ihr alle hier seid. Ich schlage vor, wir bestellen jetzt den Nachmittagstee. Mir wäre nach einer schönen heißen Tasse Tee.«

Robert bestellte den Nachmittagstee für vier Personen in ihre Suite. Währenddessen kramte Anka in ihrer Handtasche und holte den dicken Umschlag hervor. Cecil beugte sich zu Elizabeth und raunte ihr vertraulich zu: »Ich mochte in dieser heiklen Sache nicht auf die Anwälte von Deravenels zurückgreifen. Stattdessen habe ich ein unabhängiges Anwaltsbüro damit beauftragt, deine Interessen zu vertreten, für den Fall, dass Robert zum kommissarischen Geschäftsführer ernannt werden muss. Sobald du dich besser fühlst, kann ich einen Termin mit ihnen vereinbaren.«

Elizabeth starrte mit einem Mal entrückt ins Leere. Nach einer kurzen Weile jedoch antwortete sie kaum hörbar: »Ich halte es nach reiflicher Überlegung für sinnvoller, die Unternehmensstatuten zu ändern, damit Robin im Falle meines Ablebens ordentlicher Geschäftsführer werden kann. Sobald ich wieder fit bin und wir nach London zurückkehren, berufe ich eine außerordentliche Vorstandssitzung ein. Ich sehe da überhaupt kein Problem. Die Gesellschafter werden sich meinen Wünschen beugen.«

Wenn sie sich da mal nicht täuschte, dachte Cecil. Dennoch nickte er bestätigend.

* * *

Ungeachtet seiner Erleichterung über ihre gesundheitlichen Fortschritte, wich Robert Elizabeth nicht von der Seite und kümmerte sich rührend um sie. Er war geschockt gewesen, regelrecht panisch, als er mitbekam, dass ihr Leben nur noch an einem seidenen Faden hing.

Sobald Dr. Smolenski ihr das Reisen erlaubte, waren sie nach Kalifornien geflogen und hatten Thanksgiving mit Freunden gefeiert. Er wollte, dass sie sich in dem angenehmen Klima und der gelösten Atmosphäre erholte. Und nachdem sie, rechtzeitig zum Weihnachtsfest, wieder in London eingetroffen waren, bestimmte er mit sanfter Härte über die Planung ihrer Tagesaktivitäten … Ihr blieb keine Alternative, als sich dem zu fügen. Immerhin wohnten sie zusammen, und ihm blieb nichts verborgen. Er bestand darauf, dass sie keine Überstunden machte, nötigte sie zu regelmäßigen Mahlzeiten und dass sie sich die Wochenenden freinahm.

Sein strenger Plan funktionierte. Nach einem Jahr war sie wieder topfit und sprühte regelrecht vor Energie. Dass sie dem Tod näher als dem Leben gewesen war, merkte man ihr nicht mehr an.

»Allmählich bin ich wieder ganz die Alte«, meinte sie eines Morgens im Dezember 2001 kichernd, als sie Roberts Büro betrat. »Die Elizabeth von früher, meine ich. Sie lehnte sich an den Türrahmen und schenkte ihm ein verführerisches Lächeln.

Er stand auf, ging zu ihr und schloss sie in die Arme. »Und du siehst ... phantastisch aus.« Er küsste sie zart auf den Mund. »Ich hab etwas für dich.« Er kehrte an seinen Schreibtisch zurück. »Ein sogenanntes Vor-Weihnachtsgeschenk.«

Elizabeth folgte ihm gespannt, verwundert, dass er ihr ein Schmucketui in die Hand drückte. Als sie es öffnete, jauchzte sie unwillkürlich auf. »O Robin, wie wunderschön!« Sie schaute auf ein Paar Smaragdohrringe, jeweils mit vier kleinen Diamanten eingefasst. »Danke, danke, tausend Dank.« Sie umarmte ihn und küsste ihn auf die Wange.

»Das ist die Belohnung für ein artiges Mädchen«, zog er sie lachend auf. Und sie fiel in sein Lachen ein. Oh, sie liebte ihn wie keinen anderen. Er war der Mittelpunkt ihres Lebens ... Robin war ihr Leben. Zwei Herzen, die sich gefunden hatten und die im gleichen Takt schlugen.

VIERTER TEIL

Den Feind besiegen

»Schau dir lange an, was dir gefällt, und noch länger, was dich bedrückt …

Colette

»Und ob ich schon wanderte im finstern Tal, fürchte ich kein Unglück; denn du bist bei mir, dein Stecken und Stab trösten mich.
Du bereitest vor mir einen Tisch im Angesicht meiner Feinde. Du salbest mein Haupt mit Öl und schenkest mir voll ein.
Gutes und Barmherzigkeit werden mir folgen mein Leben lang, und ich werde bleiben im Hause der Herrn immerdar.«

Psalm 23

41

Robert und sein Bruder Ambrose standen in der modernen Reithalle, die vor kurzem auf einem der ausgedehnten Weidegrundstücke unweit von Waverley Court in Kent gebaut worden war. Die beiden Männer begutachteten den erst seit einer Woche fertiggestellten Reitparcours.

»Ist verdammt gut geworden, Robert«, lobte Ambrose, während sie durch die Halle schlenderten. »So eine Halle ist eine tolle Sache für den Winter oder bei schlechtem Wetter. Das nenne ich Dressurreiten mit allem Komfort. Du hast dir sogar den Luxus einer Heizung gegönnt.«

»Ja, hier draußen kann es mächtig kalt werden, denn vom Meer her bläst häufig ein eisiger Wind über Romney Marsh. Wahrscheinlich lasse ich in meine andere Reithalle auch eine Heizung einbauen.«

Nach einer weiteren Inspektionsrunde traten die beiden Männer ins Freie.

Es war ein milder Samstagmorgen Anfang September 2002. Der azurblaue Himmel war mit watteweichen Wolken getupft, die Sonne strahlte golden und warm. Robert blinzelte in das helle Licht. »Es ist nirgends so schön wie in England – wenn das Wetter mitspielt, stimmt's?«

»Find ich auch.« Ambrose nickte. Er sah seinen

Bruder lange an, bevor er fortfuhr: »Und wie fühlt man sich so als Großgrundbesitzer?«

Robert lachte. »Super, was sonst? Ehrlich gesagt, war ich vollkommen überrascht, als Elizabeth mir Waverley Court überschrieb. Zumal sie sehr daran hängt.«

»Eben darum war ich auch verblüfft.«

»Na ja, immerhin gehöre ich so gut wie zur Familie«, meinte Robert schmunzelnd. »Außerdem verbringen wir die Wochenenden gemeinsam hier. Hinzu kommt, dass Grace Rose ihr die Stonehurst Farm vermacht und Elizabeth ihr versprechen musste, nicht zu verkaufen. Sie möchte, dass das Anwesen im Besitz der Familie bleibt.«

»Und Elizabeth war einverstanden?«

»Ja, Ambrose. Sollte sie sich dagegen sträuben? Immerhin hat Grace Rose sie testamentarisch mehr oder weniger zur Alleinerbin erklärt.«

»Verstehe. Waverley Court zu unterhalten ist bestimmt nicht ganz billig, oder?« Ambrose sah zu seinem Bruder, während sie durch den weitläufigen Rosengarten schlenderten, den Robert angelegt hatte.

»Ach, das ist halb so wild. Wir haben kaum Personal, nur Toby und Myrtle, und eine Putzhilfe, wenn wir hier sind. Toby kümmert sich um die Pferde und hält das Grundstück in Schuss, außerdem habe ich vorübergehend einen Gärtner eingestellt. Im Übrigen hat Elizabeth ein Konto eingerichtet, mit dem sie den Unterhalt von Waverley Court sicherstellt, nach dem Muster, wie Edward Deravenel mit Ravenscar verfuhr. Und sie hat für mich in Fonds investiert, womit ich ein Einkommen habe.«

Ambrose fasste diese Neuigkeit sichtlich positiv auf. »Ich bin froh, dass Elizabeth dich für den Ernstfall gut versorgt hat, Robert. Du arbeitest nämlich verdammt hart und opferst dich für das Unternehmen förmlich auf. Und du vergötterst Elizabeth. Letztendlich ist eure Beziehung wie eine Ehe … nur ohne Trauschein.«

»Stimmt. Und glaub mal nicht, ich hätte nicht versucht, unsere Beziehung zu legalisieren. Elizabeth sträubt sich dagegen, und ich möchte sie nicht weiter bedrängen. Wir sind glücklich mit dem Status quo, also belassen wir es dabei. Sie will partout nicht heiraten – in diesem Punkt bleibt sie hartnäckig.«

»Aber … aber … wollt ihr denn keine Kinder?«, rutschte es Ambrose einen Moment später versehentlich heraus.

Robert lief schweigend weiter und beschleunigte seine Schritte. Ambrose schloss zu ihm auf. »Entschuldige bitte. Ich wollte dir nicht zu nahe treten.«

»Ich weiß.« Robert seufzte. »Ich hätte zwar gern Kinder, aber sie ist mir wichtiger als alles andere – Elizabeth steht bei mir an erster Stelle. Das Thema Kinder stößt bei ihr auf taube Ohren, obwohl sie irgendwann einen Erben braucht. Was soll's? Wir sind beide erst einunddreißig, folglich können wir uns mit der Familienplanung noch ein bisschen Zeit lassen. Kannst du dir das vorstellen? Elizabeth und ich sind schon sechs Jahre zusammen. Wie die Zeit vergeht.«

»Ja, die Zeit vergeht wie im Fluge«, bestätigte Ambrose. »Wo ist Elizabeth denn heute Morgen?«

»Sie ist zur Stonehurst Farm gefahren, wo Grace Rose den ganzen Sommer verbracht hat. Sie ist mittlerweile einhundertzwei Jahre alt, aber das sieht man ihr nicht an. Sie sieht phantastisch aus und ist geistig noch voll auf der Höhe. Ach übrigens, du bleibst doch übers Wochenende, oder? Hast du kein Gepäck dabei?«

»Toby kümmert sich darum. Und da meine Frau geschäftlich in New York ist, bleibe ich natürlich gern. Ich habe sogar einen ziemlich großen Koffer mit.«

»Den hat Myrtle inzwischen bestimmt ausgepackt! Sie ist ein wahres Juwel. Und unter uns, Elizabeth hat Cecil Williams ebenfalls großzügig bedacht. Sie hat einen Fonds für ihn eingerichtet, ihm ein Grundstück geschenkt und einen Bentley gekauft. Als ich das mit dem Luxusschlitten hörte, war ich erst mal platt. Ausgerechnet für Cecil, der sonst immer so unauffällig und bescheiden ist.« Robert klopfte seinem Bruder auf die Schulter. »Du siehst, ich bin nicht der Einzige, den sie großzügig bedacht hat.«

»Ich weiß. Für Francis, Nicholas und mich hat sie Pensionsfonds eingerichtet … das ist überaus vorausschauend von ihr.« Sie kamen zu den von Robert angelegten Gartenterrassen. »Es ist einmalig schön hier!«, sagte sein Bruder voller Bewunderung. »Überall wachsen diese herrlichen Rosen!«

»Das hier sind die Spätblüher«, klärte Robert ihn auf. »In der Bibliothek habe ich ein antiquarisches Buch über Gartengestaltung gefunden und mich auf der Stelle in die historischen Gärten verliebt. Diesen

Rosengarten habe ich nach dem Muster gestaltet, wie ihn die Tudors 1560 anlegten. Im Sommer, wenn alles blüht, ist er ein wahrer Traum.«

* * *

Später, bei einem leichten Lunch auf der Terrasse, wollte Robert plötzlich wissen: »Was ist eigentlich mit Mark Lott und Alexander Dawson? Weißt du da zufällig Näheres?«

Ambrose legte seine Gabel auf den Tellerrand und schüttelte den Kopf. »Und was meinst du denn im Speziellen?«

»Francis erzählte mir, dass sie häufiger nach Schottland reisen, und nicht immer gemeinsam. Hecken die vielleicht was mit der ehrgeizigen Marie aus? Was denkst du?«

»Weiß Francis denn nichts Genaueres?« Ambrose hob fragend die Brauen. »Schließlich sind Intrigen und Machtspiele sein Geschäft.«

»Nein, sonderbarerweise nicht. Er glaubt jedoch, dass sich Ärger zusammenbraut. In Edinburgh sei zwar alles ruhig, aber das sei nur die Ruhe vor dem Sturm, meinte er zu mir.«

»Und was heißt das?« Ambrose klang ein bisschen verwirrt.

»Keine Ahnung. Vermutlich ist es auf Marie de Burgh gemünzt. Sie leitet Scottish Heritage gemeinsam mit ihrem Halbbruder James. Und dass das nicht immer harmonisch läuft, leuchtet ein. Die beiden fetzen sich wohl ganz ordentlich. Sie ist immer noch

Single und bemüht sich verzweifelt, einen geeigneten Ehekandidaten aufzureißen.«

»Aber bestimmt nicht Lott oder Dawson, das sind doch beides Warmduscher!«, wiegelte Ambrose ab.

»Sei dir da mal nicht zu sicher«, warnte Robert. »Die zwei sind intrigante Schlitzohren.« Er zuckte mit den Schultern. »Offenbar hat sie momentan genug mit ihrem eigenen Unternehmen zu tun.«

»Was sich positiv auf uns auswirkt – sie streckt ihre perfekt manikürten Hände seit längerem nicht mehr nach Deravenels aus. Und Norfell lässt ebenfalls die Finger von ihr.«

»Ist auch besser so. Der kann nämlich was erleben, wenn er sich nicht an unsere Abmachungen hält!« Und grinsend fügte er hinzu: »Cecil und ich haben ihm gehörig den Marsch geblasen und ihm mit fristloser Kündigung gedroht. Ich nehme mal an, das hat gefruchtet.«

* * *

Jedes Mal, wenn Elizabeth die Stonehurst Farm besuchte, war sie von neuem verzaubert. Der gepflegte Park war wunderschön anzuschauen mit seiner verschwenderischen Blütenpracht, den exotischen Pflanzen, blühenden Sträuchern und dem alten Baumbestand. Es war einer jener typisch englischen Gärten, wie Elizabeth sie liebte, und Grace Rose hatte ihn über die Jahre hinweg ganz besonders liebevoll gestaltet.

Im Haus blitzte es vor Sauberkeit. Das Sonnenlicht

spiegelte sich auf den antiken Möbeln, den blankpolierten Parkettböden, den riesigen Spiegeln. Sämtliche Zimmer waren hell und freundlich. Silber- und Kristallvasen voller Rosen standen auf den Tischen und Kommoden, erfüllten die Räume mit ihrem süßen Duft. Vermischten sich mit anderen köstlichen Aromen, die aus der Küche drangen … der Duft von Apfelkuchen und frisch gebackenem Brot … frische Kräuter und gehackte Minze … gratinierter Käse …

»Grace Rose, du verwöhnst mich zu sehr!«, rief Elizabeth ihrer Großtante zu. »Ich könnte wetten, dass es heute Mittag Käsesoufflé gibt. Mein absolutes Lieblingsessen!«

»Meins auch. Stimmt, das gibt es zu Mittag.«

»Bevor ich es vergesse. Ich habe deinen Rat befolgt und an die Wohlfahrtsorganisation *Parents and Abducted Children Together* gespendet, die du mir empfohlen hast. Das mache ich jetzt regelmäßig. Es ist für eine gute Sache.«

»Ich spende an PACT, seit die Organisation vor zwei Jahren gegründet wurde.« Grace Rose betrachtete Elizabeth skeptisch. »Du siehst erschöpft aus, mein Kind. Geht es dir nicht gut?«

»Mir fehlt nichts. Ich bin kerngesund«, versicherte Elizabeth ihr hastig.

»Bisweilen wirkst du … ziemlich niedergeschlagen«, sagte Grace Rose mit Nachdruck. »Und sicher nicht wegen Deravenels oder Robin. Dich bedrückt etwas anderes, stimmt's?«

»Ich mache mir ehrlich gesagt Sorgen wegen Marie Stewart de Burgh. Ich bin misstrauisch, da sie sich schon seit längerem bedeckt hält. In Schottland bleibt es völlig ruhig. Selbst Francis ist beunruhigt.«

Grace Rose war erstaunt. »Wieso denn das?«

»Er findet ihr Schweigen genauso alarmierend wie ich. Andererseits darf man nicht vergessen, dass er sie nicht ausstehen kann. Glaubt man seinen Aussagen, nimmt Marie irgendwann ein schlimmes Ende.«

»Ich vertraue seiner Einschätzung, Elizabeth. Er ist ein brillanter Kopf und durchaus in der Lage, Menschen realistisch einzuschätzen. Hör auf ihn. Ich halte große Stücke auf ihn.«

»Ich auch.« Elizabeth rutschte unbehaglich auf ihrem Stuhl herum. »Du wolltest mir doch noch etwas geben.«

»Diesen Schlüssel.« Grace Rose hielt ihn ihrer Großnichte hin. »Er ist für den großen schwarzen Koffer, der im Schlafzimmer in meinem Kleiderschrank steht. In dem Koffer befinden sich Papiere, wertvolle Dokumente, die Edward Deravenel gehörten. Im Grunde genommen dokumentieren sie die Familiengeschichte der Deravenels und gewissermaßen auch der Turners. Du bist die Letzte, demnach sollst du den Koffer bekommen, wenn ich irgendwann nicht mehr bin.« Als sie Elizabeths bestürztes Gesicht sah, fügte Grace Rose schnell hinzu: »Im Übrigen bin ich stolz auf unsere Familiengeschichte …« Sie hielt inne und reichte Elizabeth den Schlüssel.

»Verstehe.« Elizabeth steckte den Schlüssel in ein Fach ihrer Handtasche. »Ich bin schon sehr gespannt darauf. Die Deravenels haben mich schon immer fasziniert.«

In diesem Moment kam Maddie, die Haushälterin, zu ihnen und verkündete, das Mittagessen sei fertig. Elizabeth half Grace Rose beim Aufstehen und führte sie in das Esszimmer.

Maddie servierte ihnen die Käsesoufflés frisch aus dem Backofen, heiß, schön aufgegangen mit knusprig brauner Kruste, in dem klassisch weißen feuerfesten Geschirr.

»Besser kann man sie gar nicht machen«, rief Grace Rose. »Mein Kompliment an die Köchin.«

»Die bin ich, Mrs Morran«, antwortete Maddie verlegen kichernd.

Worauf Grace Rose ihr lächelnd zuwinkerte.

* * *

Nach dem Essen zogen die beiden sich auf die langgestreckte, überdachte Terrasse zurück, von der man einen guten Blick auf den mit hohen Eichen und Lebensbäumen eingefassten englischen Rasen hatte. Die Stonehurst Farm war berühmt für ihren alten Baumbestand, der teilweise über hundert Jahre alt war.

Bei einem köstlichen Passionsfruchttee plauderten sie über die Familie Deravenel, das Lieblingsthema von Elizabeths Großtante. Sie hatte den Eindruck, dass Grace Rose sich zunehmend mehr mit der Vergangenheit beschäftigte. Sie ließ sich von ihren Erinnerungen treiben, tauchte in längst vergangene Zeiten ein.

Nach einer längeren Pause sagte Grace Rose unvermittelt mit ihrer klaren, hellen Stimme: »Liebste

Elizabeth, mach dir keine Sorgen. Dein Leben ist auf Rosen gebettet. Wie immer es auch kommen mag, du bist ein Goldkind. Du hast die Nase vorn.«

Elizabeth beugte sich zu ihr vor und drückte ihr sanft die weiche, faltige Hand. »Ich weiß, Tante Grace Rose … weil ich wie du eine Deravenel bin.«

Die alte Dame lächelte, ihr Gesicht war voller Liebe. Sie hielten einander bei den Händen, bis Grace Rose schließlich die Lehnen ihres Sessels umklammerte und sich aus dem Polster hochdrückte. »Ich möchte lieber wieder reingehen. Hier im Wintergarten wird es mir zu warm, auch wenn ich den Blick auf den Park genieße. Er ist wunderschön, nicht wahr?«

»Er ist bezaubernd«, bestätigte Elizabeth, die ihrer Großtante beim Aufstehen behilflich war.

»Eigentlich ist es Vickys Garten. Meine Mutter legte ihn damals an, weißt du …« Grace Rose schwankte leicht und klammerte sich an Elizabeth. Mit besorgter Stimme murmelte sie: »Ich glaube, ich schaffe es nicht bis ins Haus.«

»Komm, setz dich wieder hin.« Elizabeth drückte Grace Rose sanft in den Sessel und wollte Maddie holen.

»Geh nicht weg, Kleines«, flüsterte Grace Rose kaum hörbar.

Kurz entschlossen setzte Elizabeth sich neben sie und ergriff ihre Hand. »Fühlst du dich nicht gut?«

Grace Rose schenkte ihr ein hinreißendes Lächeln, ihre Augen schimmerten plötzlich in einem strahlenden Blau. »Ich habe mich nie besser gefühlt, Liebes«, murmelte sie und schloss die Augen.

Nach einer Weile fuhr sie fort: »Sie sind alle hier bei mir … oh, mein über alles geliebter Charlie … da bist du ja … mit Bess … Dad … warte auf mich … ich komme zu dir … Charlie … warte, ich laufe dir in die Arme …«

»Grace Rose! Tante Grace Rose!« Elizabeth beugte sich über ihre Tante. Sie rührte sich nicht, antwortete ihr nicht … und Elizabeth musste feststellen, dass sie für immer von ihr gegangen war. Sie küsste sie auf die Wange, Tränen liefen ihr über das Gesicht, fielen auf die faltige, papierdünne Haut. Sie schloss ihrer Großtante behutsam die Lider und sagte mit weicher Stimme: »Sie sind alle gekommen. Alle, die du während deines langen erfüllten Lebens innig geliebt hast. Jetzt bist du wieder bei ihnen. Und du bist glücklich … Der Herr sei mit dir, Grace Rose.«

42

Sie hat am Samstagabend entbunden«, sagte Francis Walsington. Er blickte von Elizabeth zu Robert. »Es ist ein Junge. Er soll James heißen, nach seinem Großvater James Stewart, und später Scottish Heritage erben.«

»So, so, hat sie es endlich geschafft. Sie hat einen Erben anzubieten, den ich nicht habe«, meinte Elizabeth schließlich. »Und was hat sie davon? Die Spatzen pfeifen es von den Dächern, dass ihre Ehe mit Henry Darlay eine Katastrophe ist. Und selbst die Tatsache, dass er mit mir verwandt ist – seine Mutter ist eine Cousine von mir –, bringt sie kein bisschen weiter bei Deravenels.« Nach einem Blick zu Cecil fügte sie hinzu: »Vergesst nicht die andere Klausel in Dads Vermächtnis.«

Cecils Augen wurden schmal. »Wahrscheinlich hat Marie keine Ahnung von dieser Klausel, die völlig legitim ist: Harry Turner schloss nicht nur Fremde von der Konzernführung aus, sondern auch die verwandtschaftliche Linie seiner Schwester Margaret. Weil er an seiner jüngeren Schwester hing, die mit seinem besten Freund Charles Brandt verheiratet war.«

»Folglich wurden ihre Kinder, unsere Greyson-Cousinen, testamentarisch besser gestellt«, warf Elizabeth ein.

»Mir ist es schleierhaft«, versetzte Cecil scharf, »wieso diese Marie Stewart de Burgh nicht endlich aufgibt. Sie kann dich nicht provozieren.«

»Cecil hat recht«, schaltete sich Francis ein. »Die Dame produziert eine Menge heiße Luft. Außerdem ist sie derzeit mit Henry Darlay und ihrem Baby voll ausgelastet. Was meint ihr?«

Elizabeth musste über Francis' schadenfrohes Gesicht lachen. »Außerdem besitze ich mit fünfundsechzig Prozent die Aktienmehrheit. Das ist auch nicht zu verachten.«

»Es ist sowieso erstaunlich, dass sie keine Fehlgeburt hatte«, meinte Robert. »Nachdem ihr persönlicher Referent vor ihren Augen, auf offener Straße, getötet wurde. Wenn ich an diesen schrecklichen Mord denke, gefriert mir das Blut in den Adern.«

»Mir auch. Stellt euch das bloß mal vor: David del Renzio ging neben ihr, plötzlich wird er von hinten gepackt und mit mehreren Messerstichen getötet. Die Mörder stehlen seine Brieftasche. Ich frage mich, was sie sich davon erhofften?«

»Geld, höchstwahrscheinlich … und die Polizei hat die Täter nie gefasst«, betonte Francis. »Allerdings hat Nicholas seine eigene Theorie in dieser Mordgeschichte.«

»Hab ich da gerade meinen Namen gehört?« Nicholas Throckman betrat soeben Elizabeths Büro und schloss leise die Tür hinter sich. »Das mit dem neugeborenen Erben wisst ihr sicher schon. Der Kleine tut mir jetzt schon leid. Als wenn irgendjemand scharf darauf wäre, Scottish Heritage zu erben!«

»Der Laden schreibt Verluste, oder?« Francis rutschte ein Stück auf der Couch beiseite, worauf Nicholas sich zu ihnen setzte. »Und so was nennt sich dann hochtrabend Konglomerat!«

»Kurz vor Maries Hochzeit mit Darlay beschwerte sich ihr Halbbruder bei mir darüber, dass sie null Ahnung vom Business habe und ihre Geschäftsideen ein Witz seien«, erzählte Robert den Anwesenden. »Er war gar nicht glücklich über ihre Intervention und räumte sogar ein, dass er das Unternehmen beleihen müsse.« Robert verzog das Gesicht zu einer Grimasse. »Ich sollte ihm eine Bank empfehlen.«

»Warum hast du daraufhin nicht angeboten, ihm Geld zu leihen?«, fragte Cecil, um seine Mundwinkel spielte ein feines Lächeln. »Dann hätten wir ihnen irgendwann den Geldhahn zugedreht und Scottish Heritage einkassiert.« Robert lachte über Cecils Pokerface, worauf Francis und Nicholas prustend einfielen.

»Das hätte ich nie gebilligt!«, entrüstete sich Elizabeth. »Im Übrigen würde ich Scottish Heritage nicht mit der Kneifzange anrühren. Selbst wenn sie es mir schenken würden, wollte ich dieses Pleiteunternehmen nicht haben!« Sie schaute auf Nicholas. »Was ist mit dem Mord? Hast du irgendwas gehört?«

»Jede Menge Gerüchte, über einen eifersüchtigen Ehemann. Francis weiß sicher mehr als ich.«

»Wohl kaum. Der Mord ist im März passiert, das ist jetzt über zwei Monate her, und die Polizei tappt weiterhin im Dunkeln. Darlay wurde übrigens auch verdächtigt. Man kann ihm jedoch nichts nachweisen. Zwei maskierte Männer packten David del Renzio, stachen auf ihn ein, stahlen seine Brieftasche und flüchteten. Sie waren förmlich vom Erdboden verschwunden. Marie Stewart stand allein auf einer Straße in Edinburgh und musste zusehen, wie ihr persönlicher Referent verblutete. Und das, wo sie kurz vor der Entbindung stand.«

Nicholas nickte. »Ich habe die abstrusesten Geschichten gehört … den wildesten Klatsch und Tratsch. Eine Story hält sich hartnäckig, nämlich dass Darlay mächtig eifersüchtig auf David del Renzio war, weil er irrigerweise vermutete, er wäre Marie Stewarts Liebhaber. Demnach soll er irgendwelche Berufskiller mit der Drecksarbeit beauftragt haben. Darlay ist für mich ein arroganter junger Schnösel, der sich auf die faule Haut legt und das süße Leben genießt – teuren Champus, heiße Flirts, weite Reisen. Marie Stewart wünscht sich bestimmt, sie wäre die de Burgh-Witwe geblieben. Ich hab läuten hören, dass sie ihre Heirat mit Darlay bitter bereut.«

»Der Lustknabe«, murmelte Elizabeth. »Er ist jünger als sie.«

»Und geistig wohl auch etwas unterbelichtet«, warf Robert ein. »Hat einen kleinen Dachschaden von seinen vielen Drogen- und Alkoholexzessen.«

»Tja, jeder bekommt eben, was er verdient«, meinte Cecil sarkastisch. »Tut mir leid, ich muss los. Habe gleich noch ein Meeting.« Er verließ das Büro.

Kurz darauf erkundigte sich Elizabeth bei Nicholas: »Falls Darlay irgendetwas mit dem Mord an del Renzio zu tun hat, geht er vermutlich straffrei aus. Habe ich dich da richtig verstanden?«

»Ja, genau. Wie ich jedoch vorhin bereits andeutete, haben wir von dieser Highland-Tussi nichts zu befürchten. Sie ist keine Bedrohung für dich oder für dieses Unternehmen, Elizabeth. Das darfst du mir getrost glauben. Heute ist Montag, der 21. Juni 2004, und im September wirst du dreiunddreißig. Ich garantiere dir, du wirst in diesem Chefsessel alt werden. Du sitzt mit sechzig immer noch hier. Wollen wir wetten?«

»O Nicholas, was würde ich ohne dich bloß tun?«, sagte Elizabeth kichernd. »Dein Optimismus ist unschlagbar.«

* * *

Nicholas ist absolut unersetzlich. Genau wie mein über alles geliebter Robin, die große Liebe meines Lebens. Gestern Abend, als wir nach Hause fuhren, war ich fix und fertig, weil ich jede Form von Gewalt verabscheue. Und der Mord an David del Renzio hatte mich den ganzen Tag beschäftigt. Zumal mich die Frage verfolgte, womit Marie Stewart ihren jungen Ehemann eifersüchtig gemacht hatte. Ich wusste keine Antwort, Robin im Übrigen auch nicht. Er gab jedoch zu bedenken, dass manche Männer von Natur aus krankhaft misstrauisch und grundlos eifersüchtig sind. Zudem sei mein missratener Cousin Henry Darlay ein verzogener, arroganter, beschränkter Bengel. Das gute Aussehen habe er allerdings von den Turners, zog Robin mich auf, und das Geltungsbedürfnis. Letztendlich stimmte ich meinem Schatz zu, dass Darlays Misstrauen lächerlich war, immerhin war seine Frau hochschwanger. Der Kerl spinnt doch! Wenn man bedenkt, dass er vermutlich derjenige war, der bezahlte Killer damit beauftragte, del Renzio im Beisein von Marie Stewart auf offener Straße umzulegen. Wie leicht hätte sie in ihrer Panik das Baby verlieren können!

Ein Baby. Letzte Nacht, nachdem wir uns geliebt hatten, wollte Robin plötzlich wissen, ob ich es mir vorstellen könnte, Kinder zu haben. Ich druckste herum, weil ich ihm nicht weh tun mochte. Hätte ich nein gesagt, dann hätte ich ihn bestimmt verletzt. Stattdessen konterte ich mit einer Gegenfrage. »Wünschst du dir denn Kinder?«, fragte ich, worauf er einräumte, dass er öfter darüber nachgedacht habe, es aber kein Weltuntergang sei, wenn er nicht Vater werden würde.

Robin ist nicht hier. Er ist heute Morgen gemeinsam mit Nicholas Throckman nach Paris geflogen, wo sie hoffentlich einen neuen Manager für unsere französische Hauptniederlassung einstellen werden. Er ist die nächsten Tage weg. Währenddessen nehme ich mir mal wieder die Unterlagen und Dokumente vor, die Grace Rose meiner Obhut anvertraut hat. Kaum zu glauben, aber sie ist bald zwei Jahre tot. Ich vermisse sie sehr.

Marie Stewart verdränge ich am besten schleunigst in den hintersten Winkel meines Bewusstseins. Als wir gestern über den Mord an del Renzio und die horrormäßigen Begleitumstände sprachen, hatte ich fast ein wenig Mitleid mit ihr. Aber das wäre Mitleid an der falschen Stelle. Francis wies mich wiederholt darauf hin, dass sie meine Gegenspielerin ist. Und sich selber vermutlich der größte Feind. Er ist nach wie vor überzeugt, dass es mit ihr böse enden wird. Grace Rose hat stets seiner Menschenkennt-

nis vertraut und hielt auch sonst große Stücke auf Francis. Tja, wir wollen mal abwarten. Ich weiß instinktiv, dass Marie Stewart keine Ruhe geben wird …

* * *

»Ich glaube, wir müssen mit Norfell tatsächlich kurzen Prozess machen und ihn aus dem Unternehmen abberufen«, sagte Cecil Williams mit gesenkter Stimme zu Elizabeth. Ihm grauste vor dieser Diskussion, die er schon tagelang vor sich hergeschoben hatte.

»Wieso? Hat er sich mal wieder an unsere schottische Unternehmerin rangemacht?«, fragte sie und schnaubte verächtlich. »Wohl kaum, Cecil, da Madame sich einzig für ihr Baby interessiert.«

»Nein, darum geht es nicht, Elizabeth«, erwiderte Cecil hastig. Er trank einen Schluck Wein und räusperte sich vernehmlich.

Die beiden aßen in Mark's Club in Mayfair zu Abend. Cecil hatte sie zum Essen eingeladen, da Robert und Nicholas weiterhin in Paris weilten. Außerdem wollte er die Gelegenheit nutzen, um mit ihr unter vier Augen zu sprechen.

»Wenn es nicht um unser Schottenröckchen geht, worum dann? Was hat Norfell jetzt wieder angestellt, dass er mit einem Rausschmiss rechnen muss?«, erkundigte Elizabeth sich, nun neugierig geworden.

»Ich darf offen zu dir sein und muss kein Blatt vor den Mund nehmen, okay? Norfell ist nicht dein Freund.«

»Schon klar, nachdem er um fünf Ecken mit mir

verwandt ist und nichts geerbt hat«, entgegnete sie mit einem zynischen Lächeln. »Alle wollen sie mich irgendwie ausbooten. Das ist ekelhaft. Aber erzähl weiter, Cecil.«

»Er ist nicht dein Freund, weil er Roberts Feind ist. Davon bin ich ehrlich überzeugt.«

Sie sah ihn halb ärgerlich, halb verblüfft an. »Robin hat immer wieder betont, dass Norfell ein intriganter Strippenzieher ist. Und du meinst, das bewahrheitet sich jetzt?«

»Genau. Dieser falsche Fuffziger neidet Robert den Erfolg und die Anerkennung, die er in der Deravenel Company genießt. Ich hab läuten hören, dass Norfell es gern sähe, wenn du Robin fallen lassen würdest.«

»Da ist er aber verdammt schiefgewickelt. Von mir aus kannst du Norfell die Papiere geben, meinen Segen hast du. Andererseits hat er bei unseren Hotelketten wahre Wunder vollbracht, und so etwas verdient Anerkennung. Hmm, können wir ihn nicht einfach versetzen … ich meine weit weg, wo er keinen Schaden anrichten kann?«

Cecil grinste befreit. Ihm fiel ein Stein vom Herzen, dass seine Chefin nicht – wie so oft – wütend aufbrauste, sondern die Sache mit Fassung nahm. »Folglich müssten wir ihn irgendwo in die Südsee schicken. Leider haben wir kein entsprechendes Projekt für ihn. Obwohl er sich dort vermutlich pudelwohl fühlen würde.«

Elizabeth schenkte ihrem Manager ein strahlendes Lächeln. »Du bringst mich eben auf eine Idee. Ich spiele schon seit einiger Zeit mit dem Gedanken, auf den Fidschi-Inseln ein Hotel mit einem integrierten Wellnessbereich zu eröffnen. Solche Hotels werden immer beliebter, und Anka Palitz liegt mir dauernd in den Ohren, ich solle eine richtig luxuriöse Clubanlage planen. Also warum schicken wir John Norfell nicht auf die Fidschi-Inseln? Oder sonst wohin, wo er uns ein paar schöne Ecken, Baugrundstücke und was weiß ich ausgucken kann?«

»Damit ist dir ernst, stimmt's?« Cecil lehnte sich zurück und wiegte den Kopf.

»Natürlich. Ich möchte diese Hotelidee jedoch zunächst mit Robin besprechen.«

»Auch das mit John Norfell?«

»Auch das. Er muss schließlich informiert sein, oder? Und wenn wir als Führungsgremium beschließen, Norfell tatsächlich auf Fidschi oder Bali oder auf ein anderes Fernreiseziel loszulassen, dann soll Robert ihm das mit der Versetzung beibiegen.« Als Cecil schwieg, hakte sie nach: »Ja? Nein? Was?«

»Die Idee ist brillant. Ich hielte es für einen ungeheuer diplomatischen Schachzug, wenn Robert ihm unsere Entscheidung mitteilen würde.«

»Dann ist das also geklärt.« Sie stach mit der Gabel in einen von den Scampi. »Ich schätze mal, dass Norfell von Charles Broakes ans Messer geliefert wurde. Die beiden sind wie Hund und Katze. Ich glaube fast, Charlie hasst ihn.«

»Da liegst du falsch, es war nicht Charlie Broakes.«

»Wer war es denn dann? Los, raus mit der Sprache, Cecil.«

»Mark Lott.«

Elizabeth starrte ihn mit offenem Mund an. »Heiliger Strohsack! Der? Auf Mark Lott wäre ich am allerwenigsten gekommen. Und wieso hat er aus der Schule geplaudert?«

»Keine Ahnung«, erwiderte Cecil knapp. »Seine Beweggründe gehen mich auch nichts an. Ich war nur froh, *dass* er geplaudert hat.«

43

Francis Walsington hörte schweigend und mit unbewegter Miene zu, was sein Gegenüber erzählte. Die beiden Herren saßen im The Ivy, wo sie zu Mittag aßen.

»Tja, so sieht es aus«, schloss Giles Frayne. Er trank einen Schluck Mineralwasser.

»Nicht zu fassen, was du mir da erzählt hast, Giles«, sagte Francis. »Unglaublich!«

»Ich war selber schockiert, als ich es erfuhr, Francis.« Giles lehnte sich zurück und wartete auf Walsingtons Reaktion.

»Ich bin schockiert und erschüttert. Lass uns erst mal was bestellen. Du hast bestimmt Hunger. Und danke, dass du extra von Schottland hergeflogen bist. Ich weiß deinen Einsatz zu schätzen.«

»Ich hielt es für klüger. Man weiß nie, wofür es letztlich gut ist – so oder so ähnlich drückte es meine Mutter gelegentlich aus.«

Francis winkte einem Kellner, der ihnen sofort die Speisekarten brachte. Die beiden Männer saßen in einer ruhigen, uneinsehbaren Nische, wo sie ungestört reden konnten.

»Ich glaube, ich bestelle den Schellfisch«, sagte Francis mehr zu sich selbst. Seine Gedanken rasten, während er versuchte, die eben gehörten Informationen zu einem stimmigen Ganzen zusammenzufügen.

»Ich schließe mich dir an«, meinte Giles. »Gebackener Schellfisch und Chips, das klingt gut, und vorweg nehme ich Austern.«

»Ich auch.« Francis winkte den Kellner erneut an ihren Tisch, der ihre Bestellung aufnahm und Francis die Weinkarte reichte.

»Möchtest du ein Glas Wein zum Essen?«, wollte Francis von seinem Gast wissen.

»Nein, danke.«

»Für mich auch nicht.« Er gab dem Ober die Weinkarte zurück. »Danke, wir bleiben bei Wasser.«

Eine kurze Weile später beugte Francis sich vertraulich zu Giles und raunte ihm zu: »Es stimmt. Würde man uns zusammen in Edinburgh sehen, dann würde die Sache auffliegen. Wir hätten natürlich telefonieren können, ich bin aber mehr für ein klärendes Vieraugengespräch. Unter den gegebenen Umständen jedenfalls. Außerdem wollte ich dir das hier geben.« Francis griff in seine Sakkotasche und zog einen Umschlag heraus, den er Giles über den Tisch schob.

»Danke.« Giles steckte ihn in die Hosentasche.

»Wir müssen aufpassen, dass die Geschichte nicht eskaliert«, fuhr Francis fort. »Mir geht das alles zu schnell. Ich werde zumindest versuchen, die Situation unter Kontrolle zu bringen und die große Katastrophe zu verhindern.«

»Das schaffst du schon. Und was soll ich in der Zwischenzeit machen?«

»Verdammt, Giles, du bleibst wo du bist! Im schönen Edinburgh. Du bist der beste Undercover-Informant, den ich je hatte.« Francis nickte anerkennend. »Dich verdächtigt doch niemand, oder?«

»Nie im Leben. Ich bin die Coolness in Person. Keine Sorge.«

Giles Frayne, mit Anfang dreißig ein paar Jahre jünger als Francis Walsington, war ein guter Schauspieler und ein brillanter Spitzel. Hochintelligent und erfahren in seinem Metier, war er Francis' Topmann für heikle und geheime Missionen, und das schon seit etlichen Jahren.

»Schwer zu sagen, was sie als Nächstes planen, oder?« Francis blies missmutig die Backen auf. »Verdammt, aber ich bin nun mal kein Hellseher«, knurrte er und beantwortete damit seine eigene Frage.

»Tja, ich weiß da auch nicht weiter. Sie sind unberechenbar.« Giles schien ratlos.

»Du fliegst heute Abend zurück?«

»Ja. Wie abgesprochen. Morgen früh bin ich wieder auf meinem Posten.«

Francis nickte. »Heute haben wir den vierten April. Wir treffen uns wieder am Samstag, dem neunten April. Geht das in Ordnung für dich?«

»Ja, das passt mir gut. Ich fliege mit meiner Frau und meiner Tochter übers Wochenende nach London ... das ist doch eine fabelhafte Deckung. Und meine beiden Lieben haben ein bisschen Abwechslung.«

»Wo wollen wir uns treffen?«

»Was hältst du von einem Drink am Samstagabend? So um sechs könnte ich im Ritz sein. An der Bar. Kannst du das einrichten?«

»Kein Problem, Giles. Ah, da wird unsere Vorspeise gebracht.«

* * *

Als Francis am Spätnachmittag in sein Büro zurückkehrte, setzte er sich an seinen Schreibtisch und ließ sich das Gespräch, das er mit Giles geführt hatte, noch einmal in aller Ruhe durch den Kopf gehen.

Er war schockiert über die Fakten, die Giles ihm dargelegt hatte, und fragte sich, was das für Elizabeth zu bedeuten hatte. Inwieweit wäre sie betroffen? Wie konnte er intervenieren? Würde er letztlich für ihre Sicherheit garantieren können? Wir bekommen Ärger, wurde ihm bewusst. Und den gilt es zu vermeiden. Ich muss mir schleunigst etwas einfallen lassen, sonst kann ich für gar nichts garantieren.

* * *

Um sechs Uhr an diesem Abend klopfte Francis kurz an Elizabeths Bürotür und trat dann ein.

»Hallo, Francis!«, rief Elizabeth und winkte, als er unschlüssig stehen blieb und auf den Fersen wippte. »Komm, setz dich doch.«

»Ich muss mit dir sprechen«, sagte er auf dem Weg zu ihrem Schreibtisch.

Als er ihr gegenüber Platz nahm, las Elizabeth

spontan an seiner finsteren Miene ab, dass er schlechte Neuigkeiten für sie hatte. »Francis, was ist los? Ist es etwas Unangenehmes?«

»Die Frage muss ich leider mit ja beantworten. Wo ist Robert? Ich möchte, dass Robert und Cecil an unserer Besprechung teilnehmen.«

»Die beiden sind in Cecils Büro.« Sie nahm den Hörer auf und tippte Cecils Nummer ein. »Francis ist hier bei mir, Cecil«, erklärte sie. »Er hat schlechte Nachrichten für uns.« Nachdem sie aufgelegt hatte, lehnte sie sich zurück und sagte: »Siehst du, du kannst mir nichts verheimlichen.«

Er lächelte schwach. »Das war auch gar nicht meine Absicht. Da habe ich momentan ganz andere Probleme.«

Minuten später kamen Robert und Cecil in Elizabeths Büro. »Kommt, setzt euch«, forderte Robert sie auf.

Er und Cecil setzten sich auf die Couch, in der Nähe der Fenster. »Was liegt an, Francis?«, wollte er wissen.

Francis, der Elizabeth durch das Zimmer gefolgt war, brauste auf: »Dieses verdammte Frauenzimmer! Diese Idiotin hat sich einen anderen gesucht, der ihr dauernd Ärger macht. Und uns vermutlich auch. Sie muss übergeschnappt sein!«

»Marie Stewart!«, rief Elizabeth. »Mit Frauenzimmer und Idiotin meinst du bestimmt das Schottenröckchen, stimmt's?«

»Ja.«

»Du vermutest, sie hat einen anderen? Aber sie ist

doch erst seit kurzem Witwe!«, entrüstete sich Elizabeth schockiert.

»Ich weiß es … alle wissen es«, gab Francis zurück. »Anscheinend ist es ihr verdammt gleichgültig, was andere darüber denken.«

»Wer ist denn der Glückliche?«, hakte Cecil nach.

»Jimmy Bothwith.«

»Der schottische Tycoon?«, fragte Elizabeth ungläubig.

»Er denkt, er ist eine ganz große Nummer, aber das bildet er sich nur ein«, erregte sich Cecil. »Was Francis sagt, stimmt. Der Typ macht bloß Ärger. Und sein Geld mit irgendwelchen schmutzigen Geschäften. Es grenzt an ein Wunder, dass der noch nicht im Knast war.«

Robert schaute auf Francis. »Der Typ ist aber doch verheiratet, oder täusche ich mich da?«

»Glaubst du, das interessiert unsere schottische Femme fatale? Nie und nimmer«, grummelte Francis.

»Im Februar kam Darlay bei einer Explosion ums Leben. Im April hatte sie schon wieder einen Neuen.« Elizabeth hob die schön geschwungenen Brauen. »Korrekt?«

»Nach meinen Informationen hatte sie den schon viel früher«, antwortete Francis. »Es wird gemunkelt, dass die beiden bereits vor Darlays Tod eine Affäre hatten und dass die Explosion und der anschließende Brand in ihrem Landhaus bestimmt kein tragischer Unfall waren. Sondern von langer Hand geplant.«

»Gift?«, flüsterte Elizabeth. »Oder Sprengstoff?«

»Vermutlich beides. Es heißt, dass sie Henry Darlay loswerden wollten, weil er ihrer romantischen Liaison im Wege stand.«

»*Sie*?«, fragte Elizabeth scharf. »Sprechen die Leute von ihr als Komplizin? Dass Marie an dem Mord an ihrem Mann beteiligt war – sofern es tatsächlich Mord war?«

»Hmm, manche schon.«

Elizabeth schauderte und schwieg.

»Folglich ist Marie Stewart de Burgh Darlay frei für Ehemann Nummer drei?«, meinte Robert.

»Keine Ahnung, ob sie Bothwith heiraten will – die beiden sind wohl schon seit einer ganzen Weile unzertrennlich. Im Übrigen liegt sie mit ihrem Halbbruder im Clinch. Ich werde den Eindruck nicht los, dass sie ihn ausbooten will, damit Jimmy Bothwith bei Scottish Heritage einsteigen kann.«

»Aber damit haben wir doch nichts zu tun!«, warf Elizabeth ein.

»Das ist richtig. Ich weiß jedoch aus absolut glaubwürdiger Quelle, was Bothwith überall in Edinburgh herumtönt. Nämlich dass er dafür sorgen wird, dass Marie Stewart bekommt, was ihr zusteht. Und das ist dein Job bei Deravenels. Er will dich absetzen und sie auf deinen Platz hieven.«

»Unmöglich!«, wiegelte Robert ab.

»Ich weiß das. Wir wissen es alle, aber hier geht es in erster Linie um Zermürbungstaktik. Jimmy Bothwith mag ein zwielichtiger Typ sein, aber er ist nicht blöd. Im Gegenteil, in gewisser Weise ist er ziemlich clever. Er gibt Presseinterviews und plaudert in Talkshows, weil er ganz genau weiß, dass wir vor Wut fast platzen. Der Typ will uns gezielt Ärger machen und unserem Image schaden.« Francis schüttelte den Kopf. »Sein übersteigertes Ego – das ist Jimmy Bothwiths verhängnisvoller Fehler. Er vergleicht sich gern mit Jimmy Goldsmith und Jimmy Hanson, zwei mächtige Tycoone, die in den Siebzigern und Achtzigern die Welt regierten ...«

»Er mag zwar wie seine großen Vorbilder Jimmy heißen, trotzdem ist und bleibt er ein durchgeknallter Spinner«, bemerkte Cecil gehässig.

»Marie Stewart hat uns in der Vergangenheit das Leben schwergemacht, und was hat sie letztlich damit erreicht? Nichts, absolut gar nichts. Folglich wird es wieder auf das Gleiche hinauslaufen, oder?« Elizabeth blickte von Francis zu Cecil und Robert.

»Ganz klares Ja«, antwortete Francis und fuhr hastig fort: »Wie läuft es bei dem Deal mit Norseco Oil?«

»Die Verträge trafen vor zwei Wochen ein und werden derzeit auf Herz und Nieren geprüft«, erklärte Robert. »Wieso fragst du?«

»Ganz zufällig habe ich erfahren, dass Jimmy Bothwith die Belvedere Holdings und Castleton Capital gehören. Und diese beiden Unternehmen haben massiv in Norseco Oil investiert.«

Eine unangenehme Gesprächspause schloss sich an.

Robert ergriff als Erster wieder das Wort. »Norseco verfügt über zig Aktionäre, und diese beiden Namen sagen mir ad hoc nichts. Spencer Thomas kann sich diesbezüglich mal umhören.«

»Das sollten wir auf jeden Fall veranlassen.« Cecil schaute auf seine Armbanduhr. »Zu dumm. Um diese Zeit ist er bestimmt nicht mehr im Haus. Soweit ich weiß, wollte er heute noch zu einer Schulaufführung, in der seine Tochter mitspielt.«

»Sollten Belevedere Holdings und Castleton Capital bedeutende Aktienkontingente an Norseco halten, würden wir uns zwangsläufig in ein Unternehmen einkaufen, dass Jimmy Bothwith in Teilen gehört«, gab Elizabeth zu bedenken. »Und wir haben Marie im Nacken sitzen. Hinzu kommt, dass Großaktionäre für gewöhnlich einen Platz im Aufsichtsratsgremium beanspruchen.«

»Du hast es erfasst«, bestätigte Francis und stand auf. Er lief nervös vor ihrem Schreibtisch auf und ab, bevor er hinzufügte: »Ich werde mich der Sache annehmen und euch am Donnerstag über alles Weitere informieren. Bis dahin kann ich meine Beziehungen spielen lassen, aber dafür brauche ich wie gesagt ein paar Tage.«

»Wollen wir uns Donnerstagmorgen oder am Nachmittag zusammensetzen?« Elizabeth stand auf und trat an ihren Schreibtisch, wo sie in ihrem Terminkalender blätterte. »Bei mir geht beides. Cecil und Robert sind bestimmt so flexibel, dass sie sich mit uns arrangieren können.«

»Dann lass uns den Spätnachmittag festhalten«, antwortete Francis und lächelte. »Jede Sekunde zählt.«

»Eine kurze Frage noch, Francis«, warf Robert ein.

»Und die wäre?«

»Bist du dir mit den beiden Unternehmen hundertprozentig sicher?«

»Mein Informant ist absolut zuverlässig. Ich habe also keinerlei Veranlassung, an der Glaubwürdigkeit seiner Aussage zu zweifeln.«

»Wir könnten Jake Sorrenson, den Vorstandsvorsitzenden der North Sea Consolidated Oil Company, darauf ansprechen. Er dürfte auf dem Laufenden sein, wer Aktienpakete an seinem Konzern hält.«

»Mit Sicherheit«, bekräftigte Francis. »Und wenn nicht, kann er es in den Aktionärslisten nachschauen. Das Problem ist, Sorrenson weiß nicht, wem Belvedere Holdings und Castleton Capital gehören. Ich auch nicht. Mein Informant versicherte mir zwar, Bothwith sei der Eigentümer, aber der hat bestimmt Strohmänner, die für ihn agieren. Der Typ ist mit allen Wassern gewaschen.«

»Wer ist denn dieser Informant?«, wollte Elizabeth wissen.

Sie wechselten Blicke. Francis grinste. »Sei nicht so neugierig, Elizabeth. Das ist und bleibt mein Geheimnis.«

* * *

»Hallo? Ich bin's, Francis.«

»Ist irgendwas? Du klingst so gestresst.« Elizabeth umschloss den Telefonhörer fester.

»Nein, alles im grünen Bereich. Ich wollte bloß das Meeting heute Nachmittag absagen.«

»Oh. Und weswegen?«

»Es hat sich erledigt. Kann ich jetzt mal kurz in dein Büro kommen? Ich brauche höchstens zehn Minuten von deiner kostbaren Zeit.«

»Okay, dann komm. Ich sitze zwar gerade über meinen Spendenaktionen, aber das eilt nicht.«

Drei Minuten später betrat Francis Walsington ihr Büro und setzte sich auf einen der Besucherstühle vor Elizabeths Schreibtisch. »Ich erklär dir jetzt, was du zu tun hast. Also bitte, hör mir gut zu.«

Worauf Elizabeth gespannt an seinen Lippen hing.

44

Und ich dachte, dieses Jahr wird es endlich mal etwas ruhiger!«, seufzte Elizabeth. Sie legte ihre Hand auf Roberts. »Sieht aus, als würde 2005 genauso hektisch wie sonst auch.«

Robert führte ihre Hand an seine Lippen und küsste zärtlich Elizabeths Fingerspitzen. »Was hat Grace Rose zu dir gesagt? … Dass dein Leben immer extrem verlaufen ist.«

»Weißt du, sie fehlt mir. Sie war mir eine wundervolle Ratgeberin.«

»Und jetzt hast du nur noch mich. Und Cecil … Typen, die keine Ahnung von Frauen haben!«

»Oh, ihr zwei versteht mich schon ganz gut. Francis übrigens auch. Am Montag tat er mir richtig leid. Er schien mit seinem Latein am Ende.«

»Er war ratlos und stocksauer auf Marie Stewart. Die Dame ist ganz schön unverfroren: Darlay ist kaum unter der Erde, da zeigt sie sich schamlos mit diesem Bothwith. Mein Gott, die hat es dermaßen eilig, dass es einem den Atem verschlägt.«

»Ich verstehe die Polizei nicht. Haben die nicht ordentlich ermittelt oder was?«

»Doch, davon bin ich überzeugt, Liebes. Aber wenn ein Verbrechen nicht in den ersten achtundvierzig Stunden aufgeklärt wird, bleibt der Fall für gewöhnlich ungelöst ...« Er winkte einem Ober und bestellte zwei weitere Gläser Roséchampagner. »Das wird immer wieder betont.«

»Ich wünschte, dieses neue Problem wäre gar nicht erst aufgetaucht. Aber mal was anderes, ich habe den Termin mit Spencer Thomas auf die nächste Woche gelegt und hoffe, dass es klappt.«

»Gut. Ist Cecil informiert?«

»Nein, ich sag's ihm morgen. Wann fliegen wir eigentlich wieder mal nach Paris?«

»Sobald das fragliche Problem beseitigt ist.«

»Du klingst, als wäre das schon sehr bald.« Sie nickte einem Paar zu, das eben an ihrem Tisch in Harry's Bar vorüberging, einem ihrer Lieblingsrestaurants in Mayfair.

»Wer war das?«, wollte Robert wissen. »Müsste ich die beiden kennen?«

»Nein, ihn kenne ich bislang auch nicht, aber seine Frau produziert eine Kosmetikserie, die ich kaufen möchte ... also das Unternehmen, meine ich. Für die Spas.«

Sie ließen leise ihre Gläser klirren, ehe Elizabeth fortfuhr: »Mache ich dich glücklich, Robin Dunley?«

»O ja, mein Liebling. Weißt du, dass wir schon neun Jahre zusammen sind?«

»Als Erwachsene, meinst du sicherlich. Wenn ich mich recht entsinne, hast du mich das erste Mal geküsst, als ich acht war, unter der großen alten Eiche in Waverley Court.«

»Irrtum, du hast mich zuerst geküsst, du kleine Verführerin!«

»Aber du hast angefangen, Robin Dunley.«

»Nein, hab ich nicht. Du warst ein freches kleines Ding und anhänglich wie eine Klette.«

Sie lachten befreit, das erste Mal seit Tagen. Elizabeth beugte sich dicht zu ihm und murmelte: »Wenn ich bedenke, was für hässliche Sachen Marie vor Jahren über mich verbreiten ließ. Dass ich eine skandalöse Affäre mit einem verheirateten Mann hätte und so. Dabei ist es mit ihr und James Bothwith das Gleiche!«

»Francis lag mit seiner Einschätzung von Anfang an goldrichtig … die Dame war ihm schon bei ihrer ersten Begegnung in Paris nicht geheuer. Seinerzeit war Marie noch mit François de Burgh verheiratet.«

»Glaubst du, sie hat bei Darlays Tod etwas nachgeholfen?«

»Schwer zu sagen. Aber um ehrlich zu sein, messe ich dem allgemeinen Gerede wenig Bedeutung bei.« Sie wechselten einen verliebten Blick. »Du darfst nicht vergessen, dass damals etliche Leute mit dem Finger auf mich zeigten und beteuerten, ich hätte meine Frau umgebracht. Du weißt, dass es nicht stimmt, und vielleicht ist Marie Stewart ebenso unschuldig an dem Tod ihres Mannes.«

* * *

Elizabeth lief durch die langen Flure zum Sitzungssaal der Deravenel Company, öffnete mit unbewegter Miene die schwere Tür und ging hinein.

Cecil saß mit Robert und Spencer Thomas, dem

verantwortlichen Leiter von Deravco, ihrer Ölgesellschaft, zusammen. Die drei Herren verstummten, als sie das Besprechungszimmer betrat, und standen höflich auf; Spencer lief zur Tür, um sie zu begrüßen. Nachdem er sie auf die Wange geküsst hatte, geleitete er sie an den Tisch und rückte ihr einen Stuhl zurecht.

Elizabeth setzte sich und legte die mitgebrachten Aktenmappen auf den Tisch. »Bedaure, dass ihr warten musstet. Mir ist leider ein Anruf aus New York dazwischengekommen.«

»Das macht doch nichts«, antwortete Spencer strahlend. »Stellen Sie sich vor, Sie sind demnächst die stolze Besitzerin von Norseco Oil, einer der größten europäischen Ölgesellschaften. Herzlichen Glückwunsch!«

»O nein, nicht so schnell, Spencer! Ich bin nun mal eine abergläubische Skeptikerin und gratuliere mir erst zu einem Geschäftsabschluss, wenn die Sache unter Dach und Fach ist.« Sie tippte auf den Aktenstapel, der sich vor ihr türmte. »Das hier sind die Norseco-Dokumente. Ich bin alles noch mal durchgegangen, und dabei sind mir ein paar Dinge aufgefallen.«

Spencers Miene verdunkelte sich. »Oh. Vorige Woche waren Sie aber noch total euphorisch. Ist irgendetwas falsch gelaufen?«

»Das will ich so nicht sagen.« Sie schüttelte den Kopf. »Nicht *falsch*, aber womöglich auch nicht *richtig*. Für uns, beziehungsweise für die Deravenel Company.«

Spencer Thomas war mit Anfang fünfzig ein jungenhaft wirkender Mann mit gesund gebräunter Haut, blauen Augen und blondem Haar. Als gebürtiger Texaner kannte er sich im Ölgeschäft aus und war seit achtzehn Jahren für die Deravenel Company tätig. Elizabeth schätzte ihn und vertraute ihrem Ölexperten, dennoch hätte sie ihn niemals in den inneren Beraterzirkel aufgenommen. Stattdessen begegnete sie ihm mit einer vorsichtigen, gesunden Distanz.

»Bedaure, Spencer, aber ich fürchte, Deravenels muss passen. Wir ziehen uns aus den Verhandlungen zurück.«

Auf seiner Stirn zeigte sich eine steile Falte. »Was soll das heißen? Das verstehe ich jetzt nicht«, stammelte er ehrlich überrascht.

»Ganz einfach. Wir werden die Norseco Oil nicht kaufen«, verkündete Elizabeth mit tonloser Stimme.

Spencer lehnte sich fassungslos auf seinem Stuhl zurück. Ihm fehlten die Worte. Schließlich fragte er mit rauer, kratziger Stimme: »Und wieso nicht? Es sei ein ganz großer Deal, das haben Sie doch selber beteuert.«

»Ich habe meine Gründe. Das Unternehmen passt nicht zu uns. Es ist zu groß, und ich bin zunehmend besorgt wegen terroristischer Übergriffe. Ich weiß nämlich nach einem absolut vertraulichen Gespräch mit einem Regierungsexperten für Terroraufklärung, dass mehrere Extremistengruppen weitere Angriffe auf Tanker planen. Vor allem auf britische und US-Tanker. Angriffe, die ökologische Schäden von verheerendem Ausmaß anrichten und die die Ölkonzerne im Übrigen Milliarden an Regressansprüchen kosten werden. Ich wurde von meiner Quelle dahingehend beraten, diesen Deal zu canceln. Und das werde ich tun. Umgehend.«

»Mein Gott! Das ist ja entsetzlich! Was soll ich Jake Sorrenson sagen?«

»Die Wahrheit. Genau das, was ich eben dargelegt habe, Spencer. Und natürlich schreibe ich Sorrenson einen Brief, in dem ich mich für die Unannehmlichkeiten entschuldige, die ihm durch die Verhandlungen entstanden sind.«

* * *

Es war ein warmer Maitag, als Francis Walsington Elizabeths Büro betrat. »Sie hat ihn geheiratet.«

»Das überrascht mich nicht«, antwortete Elizabeth, ihre Stimme genauso neutral wie seine. »Du hast immer gesagt, sie sei keine Intelligenzbestie.«

»Stimmt. Sie tritt von einem Fettnapf in den nächsten. Heute Morgen waren die beiden auf dem Standesamt, der Schritt wird ihr noch schwer aufstoßen. Sie hat ihren Bruder aus der Firma gekegelt – was der ihr verständlicherweise mächtig übelnimmt – und Jimmy Bothwith zum Chef des Ganzen erklärt.«

Elizabeth grinste süffisant. »Folglich hat sie den Bock zum Gärtner gemacht, hm?«

»So könnte man es nennen. Damit macht sie sich zwangsläufig eine Menge Feinde, Elizabeth. Sie entstammt einer angesehenen schottischen Familie … und dann kommt sie aus Frankreich zurück und verbreitet bloß noch Chaos. Frisch verwitwet, heiratet sie wieder, und Ehemann Nummer zwei stirbt bei einer dramatischen Explosion. Oder war es Brandstiftung? Es bleibt mysteriös. Der Typ ist kaum unter der Erde, da bandelt sie mit einem selbsternannten Tycoon aus der Gegend an, der eine fragwürdige Blitzscheidung hinlegt und sie heiratet. Heute. Noch vor der Hochzeit stellt sie Jimmy Bothwith in dem alteingesessenen Familienunternehmen ein und setzt ihrem Bruder den Stuhl vor die Tür.«

»Solange sie in Edinburgh Tabula rasa macht, lässt sie mich wenigstens in Ruhe«, gab Elizabeth zu bedenken.

»Mit der Dame wird es irgendwann mal schlimm enden«, sagte Francis und ignorierte ihre Bemerkung. »Soweit ich weiß, mischt Jimmy schon seit Monaten in der Geschäftsführung von Scottish Heritage mit. Er hat ein paar überaus fragwürdige Geschäfte gemacht, die teilweise wohl sogar illegal waren. Die beiden müssen aufpassen, dass sie nicht im Knast landen.«

Elizabeth setzte sich auf und beugte sich über ihren Schreibtisch. »Woher willst du das wissen?«

»Ich habe gezielte Informationen über Marie, Jimmy und was sie bei Scottish Heritage treiben.«

»Und woher? Etwa von ihrem Halbbruder?«

»Sei nicht so neugierig, Elizabeth. Du darfst zwar alles essen, aber nicht alles wissen. Meine Methoden gebe ich ohnehin nicht preis. Ich bin *hier* der verantwortliche Leiter der Abteilung Sicherheit, okay?«

»Okay, okay, vergiss es. Eigentlich wollte ich ja bloß wissen, was du mit den Informationen machen willst, die du über Jimmy Bothwith gesammelt hast.«

»Ich bin mir noch unschlüssig, aber höchstwahrscheinlich werde ich ihn anzeigen müssen. Ein guter Freund vom Betrugsdezernat – er war Inspektor bei Scotland Yard und wechselte dann zum Organisierten Verbrechen – riet mir heute Nachmittag bei einem Drink, dass ich mich an seinen Kollegen bei der schottischen Polizei wenden muss. Es ist meine Pflicht. Wenn ich polizeidienliche Hinweise zurückhalte, mache ich mich selber strafbar.«

»Und?«

»Hab ich eine Alternative?«

»Was passiert dann mit Jimmy Bothwith?«

»Ich denke mal, er wird verhaftet und kommt vor Gericht. Wurde allmählich auch Zeit, dass dieser Betrüger hinter Schloss und Riegel kommt.«

»Und Marie Stewart?«

»Das Gleiche. Sie hat Hand in Hand mit ihm gearbeitet und womöglich Beihilfe zu einem Mord geleistet. Fest steht, dass sie seine Geschäftspartnerin ist … in einem Traditionsunternehmen, das sie in den letzten paar Monaten heruntergewirtschaftet haben. Die Firma steht vor dem Konkurs.«

»Meinst du, die beiden werden wirklich zu einer Haftstrafe verdonnert?«

»Klar. Was schaust du mich so an?«

»Wie?«

»Na so, als hättest du plötzlich Mitleid mit ihr. Erzähl mir jetzt bloß nicht, sie ist deine Cousine. Sie ist deine Gegenspielerin, Elizabeth.«

»Ich hab kein Mitleid mit ihr«, protestierte Elizabeth.

»Na, Gott sei Dank. Sie hat sich die Suppe eingebrockt, also muss sie sie auch auslöffeln.«

* * *

Eines Morgens gegen Ende Juni beugte Robert sich über Elizabeth und rüttelte sie sanft an der Schulter. »Aufwachen«, hauchte er ihr ins Ohr. »Liebling, wach auf.«

Elizabeth öffnete die Augen, blinzelte verschlafen und schaute in das über alles geliebte Gesicht. »Robin, was ist denn? O mein Gott, hab ich verschlafen?«

»Nein, aber ich hab Neuigkeiten, die ich dir unbedingt erzählen muss. Von Francis. Er hat mich eben auf dem Handy angerufen.«

»Um diese nachtschlafende Zeit?«

»Es ist acht Uhr, und es ist Samstag.«

»Ich bin immer noch hundemüde.« Sie setzte sich auf und schwang die Beine aus dem Bett. »Oh, wir sind in Stonehurst. Ich hatte völlig vergessen, dass wir gestern hergefahren sind.«

»Komm, Liebes. Ein starker Kaffee und du bist hellwach.«

»Was hat Francis dir gesagt? Schlechte Neuigkeiten, stimmt's?«

Er ignorierte ihre Frage, und sie gingen einträchtig schweigend die Treppe hinunter. Eng umschlungen betraten sie das Frühstückszimmer; Robert füllte zwei Becher mit Kaffee und trug sie zum Tisch.

»Francis erzählte mir, dass Marie Stewart neulich verhaftet wurde«, begann er nach einem Schluck

Kaffee zu erzählen. »Sie sitzt in Edinburgh in Untersuchungshaft. Auf sie wartet ein Verfahren wegen Betrugs. Und wegen ein paar anderer Delikte, die Francis uns später noch mitteilen wird.«

Elizabeth zuckte schaudernd zusammen, trotz der behaglichen Wärme im Raum, ihr lief eine Gänsehaut über die Arme.

»Bist du okay?«, erkundigte Robert sich besorgt.

»Ja. Was ist mit Bothwith? Haben sie den auch einkassiert?«

»Nein. Der hat sich wohl schon vor ein paar Tagen abgesetzt. Nach Dänemark.«

»Wieso ausgerechnet nach Dänemark? Merkwürdig.« Elizabeth lehnte sich auf dem Polsterstuhl zurück und schaute versunken vor sich hin. Ihr Brustkorb krampfte sich mit einem Mal schmerzhaft zusammen, unwillkürlich stieg ein Schluchzen aus ihrer Kehle. Ihre Augen füllten sich mit Tränen, und sie suchte in ihrem Morgenmantel nach einem Papiertaschentuch.

»Was hast du? Ist dir nicht gut?«, fragte Robert besorgt. Ihr Gesicht war plötzlich weiß wie eine Wand.

»Was du gesagt hast, macht mich wahnsinnig traurig … Wie entsetzlich, in einer solchen Situation alleingelassen zu werden … wie erträgt sie das nur, Robin? Ich glaube, ich würde das nicht packen.«

Statt darauf einzugehen, wechselte er das Thema. »Komm, wir gehen auf die Terrasse. Es ist himmlisch draußen.« Er trug ihre Kaffeebecher ins Freie.

Elizabeth folgte ihm langsam. Und dankte ihrem

Schicksal, dass sie dieses Juwel von einem Mann gefunden hatte.

Eng umschlungen bewunderten sie den schönen Park, der vor langer Zeit von liebenden, sorgenden Händen angelegt worden war. Elizabeth schmiegte ihre Wange zärtlich an seine. »Ich liebe dich … ich danke dir für alles, für die Liebe, die du mir immer wieder schenkst.«

Er schaute auf ihr Gesicht, das Gesicht, das er schon als Junge liebte, und zog sie noch enger an sich. »Dich zu lieben ist das Schönste auf der Welt … und von dir geliebt zu werden war mein sehnlichster Wunsch im Leben«, raunte er ihr ins Ohr.

EPILOG

Frau des Jahres

»… und so darf er niemals erfahren, wie stark ich ihn liebe – nicht etwa, weil er schön ist, Nelly, nein –, sondern weil mein Wesen klarer in ihm ausgeprägt ist als in mir selber. Woraus auch unsere Seelen gemacht sein mögen, seine und meine gleichen einander …«

Emily Brontë, Sturmhöhe

Wenn unsere Augen Spiegel wären.
Tun wahre volle Herzen ruh'n in den Gesichtern,
Wo fänden wir zwei schön're Hemisphären.
Nicht nordisch kalt, nicht westlich abendlichtern.

John Donne

»Es ist, als sei dies Herze unbewegt,
Sind andere schon in seinem Bann geblieben;
Auch wenn die Liebe mich nicht trägt,
So lass mich dennoch lieben!«

George Gordon, Lord Byron

Epilog

Als Elizabeth ihr Firmenbüro betrat, ging ihr Blick automatisch zu der Verbindungstür, die in Roberts Büro führte. Sie war verschlossen, wie in letzter Zeit immer häufiger. Stirnrunzelnd setzte sie sich hinter ihren Schreibtisch.

Sie hatte mehrere Stunden beim Coiffeur verbracht, denn heute Abend hatte sie einen spektakulären Auftritt … Sie würde den Woman of the Year Award verliehen bekommen, eine Auszeichnung der International Association of Business Executives – und eine ganz große Sache in der Branche.

Sie schlug ihren Terminkalender auf der aktuellen Seite auf: 19. Mai 2006. O mein Gott, im September werde ich fünfunddreißig, und Robert auch. Ich kann es kaum glauben, dachte sie.

Der 19. Mai … letztes Jahr um diese Zeit hatte Marie Stewart die Quittung für die Betrugsdelikte bekommen, die auf ihr und Jimmy Bothwiths Konto gingen. Dem Luxusleben auf der Überholspur war damit jäh ein Ende gesetzt. Leise seufzend dachte Elizabeth an ihre Gegenspielerin, die sich durch ihre Ignoranz und Impulsivität alles verbaut hatte. Es wurde gemunkelt, dass ihre Ehe mit Henry Darlay nicht glücklich gewesen sei und sie sich aus lauter Verzweiflung in Jimmy Bothwith verliebt habe. »Dieser Mistkerl. Als sie ihn dringend gebraucht hätte, machte er sich aus dem Staub«, sagte Elizabeth laut vor sich hin.

Dieser Verbrecher hatte Marie für seine Zwecke instrumentalisiert, sich Scottish Heritage unter den Nagel gerissen, in ihrem Namen die Banken betrogen und windige Geschäfte mit dubiosen Typen gemacht – die meisten zweifellos kriminelle Hirne wie er. Durch Jimmy war sie ganz tief gestürzt.

So tief, dass Marie Stewart Bothwith, verwitwete de Burgh, verwitwete Darlay, inzwischen vorbestraft war und eine Gefängnisstrafe absitzen musste. Allerdings in einer der modernen Einrichtungen mit offenem Vollzug für Wirtschaftskriminelle, wo die Bedingungen nicht so streng waren wie in den landläufigen Haftanstalten. Ihr kleiner Sohn wurde von Verwandten aufgezogen.

»Wenn du nicht aufpasst und Vorsorge triffst, tritt dieser Bengel irgendwann dein Vermächtnis an«, hatte Francis sie nach Maries Inhaftierung eindringlich gewarnt. Elizabeth hatte ihm darauf nicht geantwortet.

Sie war froh und dankbar, dass Francis sie vor einer Katastrophe bewahrt hatte. Sonst hätte sie sich womöglich zu einer folgenschweren Geschäftstransaktion hinreißen lassen. Woher er sein Wissen über Belvedere und Castleton hatte, würde sie vermutlich nie erfahren. Beides waren jedoch Strohfirmen gewesen und hatten letztlich Jimmy Bothwith gehört. Hätte sie in Norseco investiert, dann hätten er und Marie Stewart, seine damalige Ehefrau, folglich weiterhin das Sagen in der Führung des Ölkonzerns gehabt.

Bothwith besaß ein etwa gleich großes Aktienpaket wie Jake Sorrenson, der Gründer des Unternehmens. Und ebendieser Sorrenson saß mittlerweile auch hinter Gittern, wegen Missmanagement, Steuerhinterziehung, Bankenbetrug und anderer Delikte. Hätte sie Norseco übernommen, hätte sie ganz schön in der Tinte gesessen.

Es war verdammt knapp, überlegte sie. Dank Francis Walsington hab ich die Kurve gerade noch mal gekriegt. Ihr geschätzter Kollege und Freund hatte wieder einmal den richtigen Riecher gehabt. Und effiziente Informanten. Insgeheim war sie davon überzeugt, dass er Marie Stewart böse hatte auflaufen lassen. Na wenn schon!

Sie sah auf den Eintrag in ihrem Terminkalender. Aha, sie würde also früher losmüssen: Vor dem Galadinner anlässlich der Preisverleihung fand nämlich noch ein Cocktailempfang statt. Sie klappte den Tagesplaner wieder zu. Jetzt musste sie sich um die Rede für den heutigen Abend kümmern. Das war wichtig.

Sie griff zu Stift und Papier und stellte alsbald fest, dass sie sich nicht konzentrieren konnte. Robin ging ihr nicht aus dem Kopf. Sie schob ihren Sessel zurück, sprang auf, öffnete die Tür zu seinem Büro und schaute hinein. Er war nicht da. Es brannte auch kein Licht. Merkwürdig. Für gewöhnlich ließ er das Licht an.

Elizabeth seufzte. Sie war am Morgen zeitig zum Friseur gefahren. Da sie ihre Haare inzwischen lang trug, nahm das Stylen und Föhnen einige Zeit in Anspruch. Robin war noch in der Dusche gewesen, und sie hatte ihm eine Nachricht hinterlassen. Außer einem »guten Morgen« hatten sie kaum miteinander gesprochen; wo mochte er nur sein?

Sie kehrte an ihren Schreibtisch zurück und versank in Gedanken.

* * *

Robin ist seit einiger Zeit verändert. Er ist ruhiger geworden, gesetzter … nicht mehr so impulsiv oder rechthaberisch wie früher. Er ist in vielem lockerer geworden und lässt auch mal fünf gerade sein. Im Rückblick glaube ich, dass es mit Marie Stewart und ihren Machenschaften zusammenhängt, die uns letztlich alle den Atem verschlugen. Ich werde das ungute Gefühl nicht los, dass er sich in einer Sache mit ihr identifiziert … dem mysteriösen Tod von Darlay. Seine Frau starb unter ebenso mysteriösen Umständen, und der Fall wurde nie hinreichend aufgeklärt. Für viele Leute war und bleibt Robin der Schuldige, so wie Marie von etlichen Leuten zu Darlays Mörderin abgestempelt wird. Einfach gruselig.

Ansonsten sind Robin Dunley und Marie Stewart so unterschiedlich wie Feuer und Wasser. Sie ist arrogant und oberflächlich. Mein geliebter Robin dagegen ist verlässlich, rücksichtsvoll und einfühlsam, er trifft keine überstürzten Entscheidungen. Nicht mehr jedenfalls.

Jetzt, wo ich darüber nachdenke, fällt mir auf, dass er sich sowieso sehr zurückhält. Komisch. Er unternimmt seltener Ausritte als früher, und die Dressurstunden in der Halle sind auch weniger geworden. Warum? Ist er innerlich ausgebrannt? Oder fühlt er sich nicht gut? Weder noch. Sonst würde ich ja etwas bemerken. Er ist zwar keine zwanzig mehr, aber mit knapp fünfunddreißig ist man noch nicht alt. Er hat einfach einen Gang runtergeschaltet … manches reizt ihn nicht mehr so wie früher … ich fühle, dass … er irgendwie enttäuscht ist.

Bisweilen überlege ich, ob er mit seinem Job unzufrieden ist? Vielleicht sollte ich ihn dazu motivieren, eine neue Abteilung zu gründen und aufzubauen. Wie sein Bruder seinerzeit die Sparte Ferienresorts. Andererseits braucht Robin seine geballte Power für die Unternehmensführung, die er mit Cecil und mir gemeinsam managt. Nein, mit seiner Arbeit hat es nichts zu tun. Aber irgendwas ist da … seit etwa einem Jahr ist er so anders … Mein Bauchgefühl sagt mir …

* * *

Das Klingeln des Telefons riss sie aus ihren Gedanken. Sie schrak hoch und griff automatisch nach dem Hörer. »Hallo?«

»Ich bin's«, sagte Robin.

»Wo bist du?«, fragte Elizabeth, erleichtert, seine Stimme zu hören.

»Ich hatte ein bisschen was zu erledigen und dachte, heute würde es gut passen.«

»Was denn so?«

»Schneider, Friseur, das Übliche eben …«

»Wann kommst du ins Büro?«

»Kann ich noch nicht sagen, Schatz. Vielleicht auch gar nicht. Ich bekomme immerhin zwei Anzüge angepasst. Gegen halb fünf wollte ich auf jeden Fall wieder im Apartment sein. Zum Umziehen. Solltest du übrigens auch.«

»Ja, ich versuch's wenigstens.«

»Also dann bis später. Wir sehen uns zu Hause, Liebes«, verabschiedete er sich und legte auf.

Sie starrte auf den Hörer in ihrer Hand und runzelte verwundert die Stirn.

* * *

Elizabeth stellte sich prüfend vor den Spiegel in ihrem Ankleidezimmer. Sie hatte ein eng anliegendes, lilafarbenes Abendkleid von Valentino mit langen schmalen Ärmeln gewählt, dessen knöchelumspielender Rock sich in weichen Falten bauschte. Der weite Ausschnitt unterstrich ihr makelloses Dekolleté. Dazu trug sie passende hochhackige Seidenpumps.

Zufrieden mit ihrem Äußeren, legte sie Edward Deravenels Goldkette mit dem Medaillon um, steckte sich die diamantbesetzten Ohrringe an und streifte ein goldenes Armband über. Dann nahm sie das passende seidene Abendtäschchen und ging ins Wohnzimmer. Sie war gespannt, was Robert zu ihrem Outfit sagte.

Er stand vor dem Kamin und nippte an einem Glas Wasser. Sobald sie den Raum betrat, stellte er das Glas beiseite und lief ihr entgegen.

»Du siehst absolut hinreißend aus, Elizabeth! Einfach umwerfend!«

»Du auch«, erwiderte sie. »Das neue Dinnerjacket steht dir fabelhaft. Du wirst sämtliche Männer ausstechen.«

»Ich habe es heute Nachmittag abgeholt.« Er griff in seine Jacketttasche. »Ich hab auch noch was für dich.«

»Echt?«

»Hmmm.« Er küsste sie auf die Wange, ließ das kleine lederbezogene Kästchen in seiner Hand aufschnappen und nahm einen Ring heraus. »Hier, der ist für dich«, sagte er grinsend. Er ergriff ihre linke Hand und schob ihr den Ring über den Ringfinger. »Und? Wie gefällt er dir?«

Elizabeth schnappte nach Luft, als sie den auffälligen Solitär betrachtete; der Diamant, der da an ihrem Finger funkelte, hatte mindestens vierzig Karat! »Danke, o wie schön. Ich danke dir von ganzem Herzen. Damit hätte ich nie gerechnet.« Sie umarmte ihn stürmisch.

Er grinste durchtrieben. »So und jetzt sind wir verlobt. Ende der Diskussion.«

Elizabeth stutzte einen Augenblick lang und überspielte ihre Verblüffung, indem sie losprustete: »He, wie find ich denn das? So was nennt man Überrumpelungstaktik, oder?«

* * *

Man sah ihnen nach, als sie durch die Lobby des Savoy Hotels schritten: die rotblonde Schönheit in lilafarbenem Kleid, und ihr attraktiver Begleiter in einem perfekt sitzenden Savile-Row-Dinnerjacket, groß und dunkelhaarig.

In der Lounge, wo der Cocktailempfang stattfand, war die Reaktion nicht anders. Die Gäste reckten die

Köpfe, während die beiden durch den Raum schlenderten und Freunde und Mitarbeiter begrüßten. Die Führungsmannschaft von Deravenels war komplett vertreten; Cecil hatte sechs Tische für jeweils zehn Personen reservieren lassen. Elizabeth ging durch die Menge, plauderte mit Francis, Cecil, Nicholas und Spencer Thomas, die ihr herzlich gratulierten.

Bei Champagner und köstlichen Canapés verging die Cocktailstunde wie im Fluge. Und als sie in den Bankettsaal gebeten wurden, wo der Festakt mit anschließendem Galadinner stattfand, hatte Elizabeth das Gefühl, dass sie gerade erst angekommen waren.

* * *

Harvey Edwards, der Präsident der International Association of Business Executives, stand auf der erhöhten Rednertribüne, die an einem Ende des Saals aufgebaut war. »Und nun«, sagte er, »kommen wir zur Verleihung unseres Award for Business Excellence. Dieses Jahr ehren wir eine ganz besondere Frau, eine herausragende Frau in der Geschäftswelt ... eine Frau, die wir zu ihren großartigen Leistungen, zu ihrer Brillanz, ihrer Vision und ihren Führungsqualitäten beglückwünschen. Und eine der ganz wenigen Frauen, die es bis an die Spitze geschafft haben. Meine Damen und Herren, verehrte Anwesende, es ist mir eine große Ehre, Ihnen Miss Elizabeth Deravenel Turner vorzustellen, die Geschäftsführerin des ältesten Konzerns weltweit ... der Deravenel Company.«

Stürmischer Applaus setzte ein.

Elizabeths Herz raste, als sie zu der Tribüne ging. Auf wackligen Beinen stieg sie die Stufen hinauf. Sie hatte ihre Rede am Morgen geschrieben und beschlossen, frei zu sprechen, weil sie das persönlicher und nachhaltiger fand.

Harvey Edwards begrüßte sie mit einem freundschaftlichen Kuss auf die Wange, ehe er ihr die Auszeichnung überreichte: ein eleganter Kristallobelisk, mit ihrem Namen und einer Inschrift versehen.

Elizabeth dankte ihm, stellte den Obelisk auf das Podium und beugte sich über das Mikrophon. Nachdem sie sich für den Preis bedankt und die Anwesenden begrüßt hatte, begann sie mit ihrer Rede.

Zunächst sprach sie über ihren Vater, den verstorbenen Harry Turner, einen der größten Magnaten auf diesem Globus; sie erwähnte ihren Großvater Henry Turner, der das Unternehmen sicher durch sämtliche Krisen gesteuert habe, und äußerte sich anerkennend über ihren Urgroßvater Edward Deravenel, der die Deravenel Company Anfang des zwanzigsten Jahrhunderts zu einem der größten globalen Konzerne ausgebaut hatte. Dann sprach sie mit Enthusiasmus über die zunehmende Bedeutung von Frauen in Führungspositionen, die in der Geschäftswelt des neuen Millenniums unverzichtbar seien.

Sie war redegewandt, souverän und amüsant. Mit ihrem Wortwitz brachte sie das Publikum des Öfteren zum Lachen, und Elizabeth atmete heimlich auf. Und dann war mit einem Mal alles gesagt, und sie bedankte sich im Besonderen bei einigen Mitarbeitern im Unternehmen, die sie namentlich erwähnte.

Schließlich, nach einer kurzen Pause, sagte sie mit klarer und beschwingter Stimme: »Und vor allem danke ich Robert Dunley, meinem Partner im Leben und im Business.« Ihr Blick glitt suchend über die Menge, richtete sich auf ihn. »Robin, ohne dich hätte ich das alles nicht geschafft. Du hast mir den Weg geebnet … und mich zu dem gemacht, was ich heute bin: die erfolgreiche Konzernlenkerin Elizabeth Deravenel Turner. Danke für alles. Ich danke dir aus tiefstem Herzen.«

* * *

Als sie wieder zu Hause waren, ahnte sie, dass irgendetwas schiefgelaufen sein musste. Robert stapfte missmutig in den Salon und baute sich vor dem Kamin auf, seine Miene verschlossen, seine Haltung angespannt und abweisend. War er wütend? Oder gereizt? Aber weswegen denn?

»Ist irgendwas, Robin?«, fragte sie hastig, während sie ihm folgte.

Zunächst reagierte er nicht auf ihre Frage, stattdessen betrachtete er sie stirnrunzelnd. Schließlich sagte er: »Wieso hast du mich als deinen Partner bezeichnet? Und nicht als deinen Verlobten, immerhin bin ich das seit heute Abend.«

»Weißt du, in dem Moment hab ich nicht groß überlegt … zumal ich die Rede heute Morgen geschrieben und auswendig gelernt hatte. Es tut mir wahnsinnig leid. Kannst du mir noch einmal verzeihen?«

»Und da ist noch etwas, Elizabeth, das ich nicht verstehe. Du hast den Ring von deiner linken Hand an den Ringfinger der rechten gesteckt. Bedeutet das, dass wir nicht mehr verlobt sind? Dann war er verdammt kurz, mein magischer Moment.«

»Robin, bitte, versteh mich doch! Ich war nervös wegen der Preisverleihung und der Laudatio, die ich halten musste. Ich hab den Solitär an den rechten Ringfinger gesteckt, weil ich keine Lust auf großartige Erklärungen hatte. Nicht vor all den Leuten. Ich wollte nichts weiter, als diesen Abend hinter mich bringen.«

»Folglich hast du mich als deinen Partner bezeichnet, *weil du keine Lust auf großartige Erklärungen hattest!*«

Er klang wütend und verletzt.

Elizabeth kam einen Schritt näher, um ihn versöhnlich zu umarmen. Sie war ein wenig verwirrt. So hatte sie ihn noch nie erlebt.

»Lass das«, warnte er mit gepresster Stimme und funkelte sie an.

»Robin, es tut mir wahnsinnig leid. Ich wollte dich nicht kränken oder brüskieren, das musst du mir glauben. Ich liebe dich. Ich würde niemals etwas tun, das …«

»Ach, verdammt, lass mich damit in Frieden! Lass mich in Ruhe!« Er hatte die Stimme erhoben. »Ich weiß wahrhaftig nicht, wieso ich mir das noch länger antun soll. Keine Ahnung.« Ihm versagte die Stimme, Tränen traten ihm in die Augen. »Ich gehe. Mach's gut.«

Bevor sie etwas sagen konnte, lief er aus dem Zimmer und war weg.

Elizabeth starrte kopfschüttelnd auf die Eingangstür und stand sekundenlang reglos da. Was hatte er gesagt? *Ich gehe. Mach's gut.* Oh, mein Gott, er hatte sie verlassen!

Blitzartig stürmte sie aus dem Apartment und in den Lift, fuhr ins Parterre. Sie riss die Haustür auf, rannte auf ihren hohen Absätzen gefährlich stolpernd die Außentreppe hinunter. Schemenhaft nahm sie seine Silhouette wahr, wie er den Arm hob und nach einem Taxi winkte.

»Robin! Robin!«, rief sie und lief schneller. Er schenkte ihr keine Beachtung, sondern bemühte sich weiterhin, ein Taxi anzuhalten.

»Robin! Robin! Bitte, warte mal. Warte doch auf mich. Robin Dunley, bleib bei mir! Geh nicht.« Sie raffte mit beiden Händen ihr Kleid und rannte hinter ihm her, währenddessen sie aus Leibeskräften seinen Namen rief. O Gott, nein, dachte sie, als ein Taxi anhielt. Seine Hand lag auf dem Türgriff. Das durfte er ihr nicht antun. Er konnte sie doch nicht eiskalt verlassen!

»Robin, warte! Warte auf mich. *Bitte*!«

Schon halb im Taxi, drehte er sich schließlich zu ihr um.

»Ich würde da nicht lange fackeln, Kumpel«, meinte der Taxifahrer, der sich neugierig aus dem Fenster lehnte. »Na los, gehen Sie zu ihr. Wenn Sie mich fragen, was Besseres kann Ihnen nicht passieren.«

Robert stieg wieder aus, knallte die Wagentür zu

und drehte sich um. Elizabeth kam mit wehenden Haaren auf ihn zugerannt. Und stürzte sich an seine Brust. Sie war völlig außer Atem, ihr Herz hämmerte gegen ihren Brustkorb, Tränen liefen ihr über das Gesicht. Vor lauter Panik brachte sie keinen Ton heraus.

Er hielt sie mit einem Arm fest, zog mit der anderen Hand das seidene Einstecktuch aus seinem Jackett und tupfte ihr die Tränen von den Wangen.

»Du musst mich nach Hause bringen«, schniefte sie an seiner Brust. »Ich habe keinen Haustürschlüssel.«

»Keine Bange, ich lass dich schon nicht nachts auf der Straße stehen«, antwortete er brüsk. »Ich bring dich eben nach Hause und dann bin ich weg.«

Sobald sie in ihrem Wohnzimmer waren, lehnte Elizabeth sich schwer atmend gegen die Tür und sagte gepresst: »Du kannst gehen, wenn du willst. Ich kann dich bestimmt nicht aufhalten. Aber vorher will ich wissen, was ich dir getan habe.«

Er seufzte tief und schloss kurz die Augen. »Das habe ich dir vorhin bereits gesagt.«

»Es tut mir leid, es tut mir entsetzlich leid«, murmelte sie und fing wieder an zu weinen. »Kannst du denn nicht verstehen, dass ich Angst vor dieser Preisverleihung hatte, und mir verzeihen oder …?« Sie sprach den Satz nicht zu Ende.

»Ich kann nicht mehr«, sagte er so leise, dass sie ihn kaum verstand. »Bis hierher und nicht weiter. Ich hab es satt. Restlos satt. Wir sind fast zehn Jahre zusammen, wir leben zusammen wie ein Ehepaar. Ich finde, wir sollten unsere Beziehung legalisieren. Und was ist mit Kindern? Du brauchst einen Erben. Aber wem sag ich das? Heirate mich. Ich möchte, dass wir heiraten, Elizabeth.«

»Du weißt genau … was ich von der Ehe …«

»O ja, das kenne ich zur Genüge. Sei mal ehrlich zu dir. Du kannst mich nicht heiraten, weil du mit der Firma verheiratet bist, so ist es doch, oder? Du liebst deinen Job mehr als mich«, brüllte er aufgebracht.

»Das stimmt nicht!«, schrie sie zurück. »Ich liebe dich. Ich habe dich immer geliebt. Und will keinen anderen als dich.«

»Das hab ich alles schon mal gehört. Und jetzt muss ich gehen.« Mit zwei großen Schritten war er in der Diele.

Sie lief ihm hinterher, packte ihn am Arm, zerrte Robin zu sich herum, so dass er sie anschauen musste. »Ich liebe dich mit jeder Faser meines Herzens … bitte gib mir noch eine Chance … ich werde mich bessern … und meine Bedenken vor einer Ehe überwinden. Du kannst mir helfen … indem wir noch eine Weile verlobt bleiben … lass mir noch ein bisschen Zeit –«

»Du willst einfach nicht wahrhaben, dass nicht alle Männer so sind wie dein Vater. Durch sein rücksichtsloses Verhalten hat er dir die Ehe madig gemacht, stimmt's?«

Sie fing wieder an zu weinen und klammerte sich an ihn. Schließlich schloss er sie in seine Arme, strich ihr übers Haar.

Unvermittelt löste sie sich aus seiner Umarmung, zog das Seidentuch aus seiner Brusttasche und wischte sich über die Augen. Sie schluckte schwer. »Ich liebe dich, seit wir uns kennen. Das sind immerhin siebenundzwanzig Jahre. Die meisten Ehen halten nicht mal so lange.«

Robert betrachtete sie, bemerkte die zerwühlten Haare, ihr tränenüberströmtes Gesicht, das verschmierte Make-up. Da fiel es ihm wie Schuppen von den Augen. Er würde sie niemals verlassen können, sie waren Seelenverwandte, waren füreinander bestimmt.

Er zog sie erneut an sich, schlang ihr einen Arm um die Schultern und sah ihr tief in die Augen. »Ich kann dich nicht verlassen. Wie auch? Ich bin dein Geschöpf, so wie du meins bist. Wir gehören zusammen, niemals könnte ich eine andere Frau lieben …«

»Und ich werde niemals einen anderen Mann lieben«, flüsterte sie. »Bitte verlass mich nicht, Robin. Ohne dich kann ich nicht leben.«

Als er schwieg, bettelte sie: »Bitte, bleib bei mir.«

Er streichelte ihr zärtlich die Wange und nickte. »Ich verspreche dir, ich werde immer bei dir sein … bis dass der Tod uns scheidet.«

Und es war ihm völlig ernst.

Louise Candlish
Denn dich liebe ich

Roman | 464 Seiten | Gebunden mit Schutzumschlag
ISBN 978-3-547-71156-1

Folge deinem Herzen!

Als ihre Mutter stirbt, kehren bei Olivia mit aller Macht die Erinnerungen zurück: an eine unglückliche Kindheit, an eine verbotene Liebe. Olivia macht sich auf, den Mann zu finden, den sie nicht vergessen kann. In einem malerischen Ort an der englischen Südküste begegnet sie ihm wieder. Es ist wie damals. Fast.

»Traurig und herzerwärmend zugleich.« *Cosmopolitan*

»Phantastisch gut!« *Elle*

Alice Castle

Schokoherz

Roman | Aus dem Englischen von Julia Walther
464 Seiten | Softcover | ISBN 978-3-547-71153-0

Männer oder Schokolade –
was macht Frauen wirklich glücklich?

Endlich bekommt Bella das Angebot ihres Lebens. Sie beginnt in einem kleinen Laden in Brüssel als Chocolatière zu arbeiten. Die süße Leidenschaft bestimmt ihr Leben, doch Schokolade allein hat noch keine Frau glücklich gemacht. Denn auch ihre Liebe zu Tom stellt eine zarte Versuchung dar. Bringt er sie schließlich zum Dahinschmelzen?

Marion von Schröder

Justus Pfaue

Ein Paradies für alle

488 Seiten | Gebunden mit Schutzumschlag
ISBN 978-3-547-71168-4

Eine verbotene Liebe in dramatischen Zeiten

Der Kaufhauskönig Georg Wertheim verliebt sich unsterblich in die junge Hanna. Sie erwidert seine Liebe von ganzem Herzen. Doch seine Familie und ein von Hanna sorgfältig verborgenes Geheimnis verhindern die Hochzeit der beiden. Er heiratet eine andere, Hanna aber bleibt die Liebe seines Lebens. Als Georg von den Nazis bedroht wird, steht plötzlich auch ihr Leben auf dem Spiel.